SUZANNE ENOCH

Millionäre lieben keine Blondinen

Buch

Ex-Diebin Samantha Jellicoe ist gerade nach New York in das luxuriöse Stadthaus ihres Millionär-Geliebten Rick gezogen. Obwohl es ihr besser gefallen hat, in Häuser einzubrechen anstatt sie davor zu beschützen, fängt Sam an, zu realisieren, dass sie alles dafür tun würde, um mit Rick zusammen bleiben zu können. Und auch er kann sich ein Leben ohne Sam nicht mehr vorstellen und lässt sie ihre Einbruchsübungen sogar am eigenen Haus durchführen. Ihr süßes Liebesleben erfährt allerdings eine empfindliche Störung, als Rick ein wertvolles Gemälde gestohlen wird. Der Verdacht fällt prompt auf Samantha. Kann sie ihre Unschuld beweisen? Sie setzt alles auf eine Karte und begibt sich erneut in die Unterwelt. Bald bekommt Rick Einblick in die außergewöhnlichen trickreichen Fähigkeiten seiner furchtlosen Geliebten, die sich selbst durch Morddrohungen nicht aus der Fassung bringen lässt. Doch wird er zu ihr halten und was führt Samanthas totgeglaubter Vater im Schilde?

Autorin

Suzanne Enoch ist in Amerika längst eine Bestsellerautorin, die durch ihre Regency-Romane, Liebesromane und Lady-Thriller berühmt und bekannt geworden ist. Sie lebt in Anaheim, Kalifornien.

Von Suzanne Enoch bereits erschienen:
Ein gefährlicher Flirt (37401)
Schau mir in die Augen (37436)

SUZANNE ENOCH

Millionäre lieben keine Blondinen

Roman

Aus dem Englischen
von Sibylle Mall

blanvalet

Die Originalausgabe erschien
unter dem Titel »Billionaires Prefer Blondes«
bei Avon Books, an imprint of HarperCollinsPublishers, New York

FSC
www.fsc.org
MIX
Papier aus verantwortungsvollen Quellen
FSC® C014496

Verlagsgruppe Random House FSC-DEU-0100
Das FSC®-zertifizierte Papier *Holmen BookCream*
für dieses Buch liefert Holmen Paper, Hallstavik, Schweden

1. Auflage
Taschenbuchausgabe März 2011 bei Blanvalet,
einem Unternehmen der
Verlagsgruppe Random House GmbH, München

Das Werk wurde vermittelt durch die Literarische Agentur
Thomas Schlück GmbH, Garbsen
Umschlaggestaltung: © Artwork HildenDesign
unter Verwendung eines Motivs von benicce/Shutterstock
Redaktion: Ralf Dürr
LH · Herstellung: sam
Druck und Einband: GGP Media GmbH, Pößneck
Printed in Germany
ISBN: 978-3-442-37435-9

www.blanvalet.de

1

Dienstag, 14.17 Uhr

Samantha Jellicoe konnte gar nicht genug von New York bekommen. Am liebsten wäre sie den ganzen Tag durch die Stadt gestreift. Wie es in dem Song von Nancy Sinatra hieß, waren ihre Vagabundenschuhe wie dafür gemacht. Ihre Strophen würden aber ein wenig anders klingen als in *Vagabond Shoes*. Sie würde davon singen, dass die reichen Stadtbewohner Tür an Tür mit der besitzlosen Mehrheit lebten, dass ein Taxi wie das andere war und man immer eines für die Flucht erwischen konnte, und davon, dass jeder so mit seinen eigenen Angelegenheiten beschäftigt war, dass er sich nicht um die Belange der anderen kümmerte.

Für Menschen wie sie, die ihren Lebensunterhalt damit verdienten, mit ihren Vagabundenschuhen verbotene Orte zu betreten, war das schon fast das Paradies.

Oder vielmehr *hatte* sie ihr Geld damit verdient, indem sie sich unsichtbar gemacht und die sündteuren Besitztümer anderer Leute gestohlen hatte. Aber das war vorbei. Sie hatte sich jetzt aus dem Geschäft zurückgezogen. R-U-H-E-S-T-A-N-D. Was nicht wirklich erklärte, warum sie jetzt an der Haustür eines Mannes stand, der zu den reichsten und einflussreichsten New Yorks gehörte. Gut, sie war nicht wirklich in den Ruhestand getreten. Sie hatte sich nur einen anständigen Beruf zugelegt, sie arbeitete nun tatsächlich tagsüber.

Ganz Geschäftsfrau, schüttelte sie mit einem Nicken Mr Boyden Lockes Hand. »Ich freue mich, dass ich Ihnen helfen konnte, Boyden«, sagte sie und überlegte, ob sein Name wohl von einer

Unternehmensberatung ersonnen worden war, um Investoren anzulocken. Sie würde sich selbst einen Namen wie Samantha Safehouse zulegen. »Und vielen Dank für den Kaffee.«

Er hielt ihre Hand ein wenig zu lange fest – wohl um ihr zu verstehen zu geben, dass er nicht nur an ihrer Beratung interessiert war. Als ob ihr das entgangen wäre, so wie er sich die letzten vierzig Minuten nur mit ihrem Busen unterhalten hatte. Mr Locke hatte sicher keine Ahnung, welche Farbe ihre Augen hatten. Seine waren braun, und sein Blick glitt unaufhörlich über seine Wertgegenstände, wenn er über sie sprach.

»Nein, ich danke Ihnen«, entgegnete er. »In meiner Lage kann man gar nicht vorsichtig genug sein. Ich weiß ja, dass unbedingt etwas für die Sicherheit des Hauses getan werden muss, ich wollte aber erst mal sichergehen, die richtige Person für den Job gefunden zu haben.«

Er ließ diese Bemerkung anzüglich klingen, aber Samantha lächelte trotzdem. Sie hatte so eine Ahnung, dass sein Vertrauen in ihre Fähigkeiten mehr mit dem Mann zu tun hatte, mit dem sie gerade zusammenlebte, als mit ihrer Qualifikation. Aber wenn ihr die Verbindung mit Rick Addison Aufträge einbrachte, dann war das eben so. »In den nächsten Tagen lasse ich Ihnen meine Referenzen zukommen.«

»Und meine Leute werden sie dann durchsehen. Ich würde mich freuen, wenn Sie mal auf einen Kaffee vorbeischauen.«

Samantha rang sich ein weiteres Lächeln ab. »Wenn ich wieder in der Gegend bin, werde ich dran denken. Sie werden meine Rechnung nächste Woche erhalten.«

Sie hatte ihre Hand endlich wieder für sich und tänzelte aus der Tür. Als sie draußen stand, holte sie eine Dose Pfefferminzbonbons aus ihrer Handtasche. »Kaffee. Du meine Güte«, murmelte sie und schob sich ein paar hellgrüne Dragees in den Mund.

Augenscheinlich war sie zu allem fähig, um ihr Geschäft anzukurbeln. Jetzt hatte sie sich sogar schon herabgelassen,

Kaffee zu trinken – nun gut, sie hatte kaum daran genippt. Sie drehte sich an der Straßenecke um und sah sich Lockes Haus noch einmal genau an. Alt, elegant und perfekt gelegen, nämlich auf der East Side, wo die alteingesessenen reichen New Yorker Familien wohnten. Ihr war klar, warum er sie sofort nach ihrer Ankunft in New York hatte treffen wollen, um die Sicherheitsvorkehrungen zu besprechen.

Vor ein paar Jahren war sie drei Häuser weiter zugange gewesen. Der Monet dort hatte ihr eine Viertelmillion eingebracht, und Locke hatte einen Picasso im Salon hängen. Hätte sich ihr ehemaliger Auftraggeber damals auf moderne und nicht auf impressionistische Kunst spezialisiert, dann wäre sie in jener Nacht wohl in seinem Haus gewesen.

Lockes Sicherheitssystem war handelsüblich, eine Alarmanlage für die Türen und Fenster und Sensoren an den Kunstwerken. Einen kurzen Moment lang war sie versucht, durch die Hintertür einzubrechen und ihn danach sicherheitstechnisch zu beraten. Eine nostalgische Anwandlung.

Sie könnte den Picasso in ihren Händen halten, bevor er dazu kommen würde, sich noch einen Kaffee einzugießen. Aber wie die Dinge standen, würde er wahrscheinlich denken, sie sei gekommen, um sich ihm an den Hals zu werfen.

Das Mobiltelefon in ihrer Handtasche klingelte und riss sie aus ihren Träumereien über die guten alten Tage. Sie grinste beim Klang der vertrauten James-Bond-Melodie. »Hi, Sahneprinz«, sagte sie und winkte ein Taxi heran.

»Dein Termin ist also gut gelaufen«, antwortete eine ruhige männliche Stimme mit leicht britischem Akzent.

»Konntest du das aus den zwei Worten heraushören?«

»Ja, zwei Wörter bedeuten gut. Schlecht sind fünf Wörter.«

Sie kicherte und ging ein paar Schritte weiter zum Bordstein, wo ein gelbes Taxi gehalten hatte. Sie öffnete die Tür und ließ sich auf den Rücksitz fallen. »Madison Ecke Sechzigste«, sagte sie und schlug die Tür zu. »Welche fünf Wörter?«

»Normalerweise ›Du kannst mich mal, Kumpel‹, wenn ich mich recht erinnere.«

»Ja, aber da geht es nicht immer ums Geschäft.«

Er gab ein eigenartiges Schnauben von sich. »Samantha Jellicoe, ich will, dass du herkommst und mir das sagst.«

Ihr Mund wurde ganz trocken. Offenbar genügte die kleinste sexuelle Anspielung seinerseits, und schon war sie kurz vor ihrem Höhepunkt. »Sehr gierig?«, fragte sie neckend.

»Und wie. Aber eigentlich habe ich angerufen, um zu fragen, ob es bei unserem Abendessen heute bleibt.«

»Ich möchte dir deine Überraschung nicht verderben.«

»Weiß ich zu schätzen. Fährst du zum Einkaufen?«

Samantha widerstand dem Impuls, das Taxi nach versteckten Kameras abzusuchen. »Welches Wort hat mich nun wieder verraten?«

»Madison Avenue, Schätzchen. Kauf was Aufregendes. Und Rotes.«

»Ich müsste nicht ständig rote Sachen kaufen, wenn du sie mir nicht immer vom Leib reißen würdest. Und außerdem passt rot und sexy nicht wirklich zu Pauly's Pizza.«

»Wir gehen nicht zu Pauly's Pizza.«

»Was du nicht sagst. Dann seh ich dich also heute Abend, da du mir ja nicht verrätst, wohin wir gehen«, sagte sie und klappte ihr Telefon zu.

Das Taxi hielt, sie stieg aus und stand schon auf der Madison Avenue, als ihr einfiel, dass sie vergessen hatte, Rick nach seinem Meeting zu fragen. »Verdammt«, murmelte sie und holte ihr Handy wieder aus der Tasche. Sie wählte seine Nummer.

»Addison«, meldete er sich mit kühler Stimme.

Oh. »Du bist wieder in deinem Meeting, stimmt's?«, fragte sie und verfluchte sich. Er hatte sie natürlich in seinem einzigen freien Moment angerufen.

»Ja.«

»Tut mir leid, ich wollte eigentlich nur fragen, wie es läuft.

Sag doch einfach ›Fusion‹ für super gelaufen und ›Aktienoption‹ für beschissen.«

Einen Moment lang war die Leitung still. »Fusion«, sagte er schließlich. Sie konnte das Lächeln in seiner tiefen Stimme hören.

»Gut. Wir sehen uns dann heute Abend.«

»Auf jeden Fall. Da werden wir dann über die Aktienoptionen sprechen.«

Diesmal legte er als Erster auf. Jedenfalls hatte sie schon einige Fortschritte gemacht mit diesem ganzen Beziehungskram, auch wenn sie nach fünf Monaten des Zusammenlebens mit Rick doch schneller hätte darauf kommen sollen, dass er seine eigenen Geschäftsangelegenheiten unterbrochen hatte, um sich nach ihren zu erkundigen. Nun, es gab wohl nur eine Art der Wiedergutmachung für diesen Fauxpas. »Sexy und rot«, murmelte sie und lief die Straße hinunter in Richtung Valentino.

Zwei Stunden später stand sie in einer Seitengasse hinter einem eleganten Haus in der East Side Manhattans. Ihre Schuhe und ein verführerisches rotes Kleid hatte sie zusammengeknüllt und unter ihre schicke gelbe Bluse gesteckt.

Um vier Uhr nachmittags in ein Haus am Central Park einzusteigen war nichts für einen Anfänger, aber sie war ja seit ihrem siebten Lebensjahr keiner mehr. Damals hatte ihr Vater begonnen, seine Tochter in der Stadt, in der sie sich gerade aufhielten, auf Diebestouren in den Park oder auf einen Platz in der Stadt mitzunehmen.

Im Haus befanden sich der Butler, zwei Hausangestellte und der Koch, aber Samantha hatte in den vergangenen Tagen ihren Tagesablauf genau beobachtet. Um diese Zeit lief *Dr. Phil,* und sie sahen sich die Sendung zusammen in der Küche an. Der Besitzer des Hauses war in seinem Büro in Manhattan bei einer Besprechung, einige Kilometer weit weg. Mit einem

Lächeln auf den Lippen holte sie die Lederhandschuhe aus ihrer Handtasche, zog sich die Riemen über den Kopf und klemmte die Tasche unter ihre Achsel. Dann begann sie, wie Spiderman die alte, raue Mauer zur Feuerleiter hochzuklettern, indem sie ihre Finger in die winzigen Zwischenräume im Mörtel krallte.

Ein Einbruch in Lockes Haus war tabu, aber man musste eben manchmal dort kratzen, wo es juckte. Sie war jetzt wie elektrisiert nach einem langweiligen und frustrierenden Tag.

Samantha schwang sich über das Geländer und eilte über die Metallstufen zum dritten Stock. Das Fenster am Ende des Korridors war natürlich abgeschlossen. Da es zur Feuerleiter hin öffnete, war es zudem mit einer Alarmanlage gesichert. Der Kunstgriff bestand also darin, den Schaltkreis nicht zu unterbrechen. Sie nahm eine Nagelfeile aus ihrem Portemonnaie und löste das Silikon um das untere Fensterglas herum ab.

Dann riss sie ein Stück von einer Rolle Isolierband ab, das sie immer dabeihatte, und wickelte es mit der Klebeseite nach außen um ihre behandschuhte Hand. Sie presste die Handfläche flach auf das Glas, vergewisserte sich, dass sie guten Kontakt hatte, und entfernte den letzten Rest der Dichtung mit der freien Hand. Die Glasscheibe war nun lose und klebte am Isolierband fest. Nachdem sie die Scheibe abgestellt hatte, nahm sie die Nagelfeile und griff mit der Hand durch das Fenster. Sie steckte die Metallfeile unter den Fensterrahmen, damit der Schaltkreis geschlossen blieb, klebte sie mit Isolierband fest, beugte sich vor und öffnete das Fenster. Zwei Sekunden später war sie im Haus.

Samantha war irritiert. Das war viel zu einfach gewesen. Eine Nachrüstung des Sicherheitssystems war wirklich fällig.

Einfach oder nicht, der Adrenalinstoß hatte jedenfalls ihre Nerven gestärkt, nachdem sie die letzten zwei Tage damit verbracht hatte, zu Menschen freundlich zu sein, die Aufnahmen von ihr machten und auf ihre Oberweite starrten. Sie summte vor sich hin, zog die Handschuhe aus und ging zum Büro nach oben, um sich dort eine Cola light aus dem Kühlschrank zu nehmen. Sie war schon fast durch die Tür, als sie erstarrte.

Ein Dutzend Männer und Frauen in der üblichen Geschäftskleidung saß im Raum und blickte auf den Mann in der Mitte. Wie in einem Zeichentrickfilm drehten sie sich alle gleichzeitig zu ihr um.

Schöne Scheiße. »Hallo«, sagte sie. »Entschuldigen Sie bitte. Falsche Tür.« Sie ging rückwärts wieder hinaus und schloss die Tür hinter sich. Sie war schon auf dem unteren Treppenabsatz angelangt, als sich die Tür wieder öffnete.

»Samantha, bleib sofort stehen.«

»Es tut mir leid.« Sam drehte sich auf dem Absatz um und starrte den Besitzer des Hauses an. »Du hast doch gesagt, du seist in deinem blöden Büro.«

Richard Addison. Englischer Milliardär, Geschäftsmann, Sammler, Philanthrop, mit einem Körper wie ein Profifußballer und Augen blauer als Saphire. Und augenscheinlich regte sich nach den fünf Monaten ihrer Beziehung immer noch etwas bei ihm in der Gegenwart einer ehemaligen Einbrecherin. Wahnsinn.

»Und du hast gesagt, dass du einkaufen gehst.« Er kam die Treppe hinunter und legte eine Hand auf ihren Bauch – oder vielmehr auf die Polsterung. »Du siehst schön rund aus.«

Na, das war doch was, er fand sie immer noch süß, trotz der Schwellung. »Ich hatte einen Burger zum Mittagessen.«

»Und dazu wohl mehrere große Gebäude, Godzilla.«

»Ha, ha, es ist mein Kleid und meine Schuhe.« Sie hob ihre Bluse hoch und zog das Knäuel darunter hervor. »Ich habe dir doch gesagt, dass ich einkaufen war.«

Die tiefblauen Augen wanderten zu der Tüte. »Du hast was Rotes gekauft.«

»Wie du es vorgeschlagen hast. Außerdem dachte ich, du wärst im Büro, wo du offensichtlich nicht warst.«

»War ich doch.« Er nahm ihr die Tasche ab und hängte sie über das Geländer. »Wir waren gestern Abend übrigens im Fernsehen, in der Sendung *Extra.*«

Samantha sah ihm in die Augen. »Da hast du's. Und du hast geglaubt, wir würden uns einfach aus dem Flughafen schleichen, ganz still und leise, und ein paar ruhige Tage in New York verbringen.« Sie ahmte seinen britischen Akzent nach, und seine vollen Lippen fingen dabei an zu zucken.

»Na ja, tut mir leid. Halb New York hat heute angerufen, um mich zu begrüßen. Selbst die beste Sekretärin ist machtlos, wenn die halbe Welt anruft, von Trump über Giuliani und Bloomberg bis hin zu George Steinbrenner. Es wurde mir zu viel, und deswegen habe ich den Termin hierher verlegt.«

»Das ist nun mal dein Fehler, dass du so gut aussiehst und reich und berühmt bist.« Sie grinste ihn an. »Aber trau dich bloß nicht abzusagen – die Auktion oder das Abendessen.«

»Woher weißt du denn, wohin wir gehen?«

Sie schenkte ihm ein Lächeln. »Ben hat mich gefragt, wann wir die Limousine brauchen. Da hab ich es aus ihm rausgekitzelt.«

Er beugte sich zu ihr und küsste sie noch einmal, so leidenschaftlich, dass er ihren Rücken nach hinten bog. Er schob seine Hand unter ihre Bluse und ließ sie über ihren nackten Bauch gleiten.

Ihre Knie fingen an zu zittern. »Okay«, sagte sie und versuchte, sich wieder auf den Plan zu konzentrieren. »Zuerst werde ich eine Kleinigkeit essen, dann Stoney ein Fax schicken und duschen.« Sie schob seine Hand weg, löste sich aus der Umarmung, nahm ihr Kleid an sich und lief weiter die Treppe hinunter.

Ein warmes Gefühl der Befriedigung, gepaart mit schwindeliger Erregung, breitete sich in ihr aus, als sie ihm nachschaute, wie er wieder nach oben ins Büro ging. Das war nun ihr dritter Einbruch in eines seiner Häuser, und dieses Mal hatte er sie nicht dabei erwischt. Er hatte keinerlei Verdacht geschöpft.

»Samantha?«

Verdammt. Er stand oben auf der Treppe und schaute in Richtung des Fensters mit der herausgenommenen Glasscheibe. Er hatte zwar gute Augen, aber so gute wohl doch nicht. »Ja, Rick?«, sagte sie, seinen Tonfall nachahmend. *Lass dir nichts anmerken.* Das war eine der Maximen für Diebe, die ihr Vater regelmäßig heruntergebetet hatte, bis er schließlich im Gefängnis landete und vor drei Jahren dann im Grab.

»An der Garderobe sind ein Dutzend Mäntel und zwei Aktenkoffer«, sagte Rick. »Wie bist du daran vorbeigegangen, ohne drauf zu kommen, dass ich mit einigen Leuten hier bin?«

»Mit meinen Gedanken war ich wohl woanders. Ich wünsche dir noch viel Spaß mit deinen Lakaien.«

»Und warum gehst du mit einem Kleid unter deiner Bluse die Treppe hinauf?«

»Ich hatte alle Hände voll.«

»Zufällig mit dem Fensterglas, das hier oben fehlt?«

Er kam die Treppe herunter. »Du bist eingebrochen.«

»Vielleicht«, wich sie aus und bewegte sich abwärts zum ersten Stock. »Und wenn ich einfach nur meine Schlüssel vergessen habe?«

Rick stand nun neben ihr. »Dann hättest du einfach klingeln können. Wilder ist da und Vilseau auch.« Er beugte sich zu ihr, sein Blick war kalt. »Und die anderen Angestellten.« Es gefiel ihm gar nicht, wenn sie versuchte, ihn übers Ohr zu hauen, egal unter welchen Umständen.

Samantha atmete aus. Sie wusste zumindest, wann es an der Zeit war, aufzugeben. »Okay, okay. Boyden Locke hat vierzig Minuten mit meiner Oberweite geredet, während ich ihm ein neues Alarmsystem für seine Stadtvilla aufgeschwatzt habe. Und als ich dann ein Kleid kaufen wollte, da fielen mir einfach verschiedene … Dinge auf.«

»Was für Dinge?«

»Kameras, Sicherheitssysteme. Alles. Es war zum Verrücktwerden. Außerdem gehen wir heute Abend zu einer Kunstauktion, und ausgerechnet zu Sotheby's. Ich fühlte mich einfach ein bisschen … angespannt. Also beschloss ich, mich mit einem Einbruch aufzulockern. Ich habe einen sicheren Ort ausgesucht.«

»Und ich habe dich wieder erwischt.« Er griff nach ihr, wickelte eine Strähne ihres kastanienbraunen Haars um seinen Finger. »Beim letzten Mal haben wir danach einen Stuhl zerbrochen, wenn ich mich richtig erinnere.«

Genau genommen hatte er sie diesmal lange nach der Tat erwischt und nur wegen eines Riesenpatzers ihrerseits. Aber da sie spürte, wie ein Schauder der Erregung ihren Rücken hinunterlief, hatte sie nicht vor, ihm zu widersprechen. Sie legte ihre freie Hand um seinen Hals und beugte sich vor, um ihm einen innigen, zärtlichen Kuss zu geben. »Du willst also wieder eine Belohnung?«

Er schmiegte sich an ihr Ohr. »Auf jeden Fall«, flüsterte er.

Sie war kurz davor zu explodieren. »Warum schickst du deine Lakaien nicht einfach nach Hause, und ich belohne dich direkt hier und jetzt?« Sie spürte seine Muskeln.

»Bring mich nicht in Versuchung.«

»Aber ich bin in dein großes altes Haus eingebrochen. Denkst du nicht …«

Er drückte sie mit dem Rücken gegen das Mahagonigeländer, und sie beugten sich gefährlich darüber, als er ihren Mund mit einem heftigen heißen Kuss verschloss.

Ah, das tat gut. Etwas stimmte mit ihr nicht, nach fünf Monaten konnte sie immer noch nicht genug von ihm kriegen. Zu ihrem Glück hatte er das gleiche Problem mit ihr.

Ihr Verstand meldete sich und sagte: Je schneller er seine Besprechung zu Ende bringt, desto früher können wir bei Sotheby's sein. Sie begehrte Rick zwar, doch jener Ort war nun mal ein Mekka für Diebe. Und an diesem Abend würde eine ganz besondere Auktion stattfinden: Das war der Grund, warum sie eingewilligt hatte, ihre neu gegründete Sicherheitsfirma in Palm Beach im Stich zu lassen und zu ihm nach New York zu kommen, auch wenn sie das niemals laut zugeben würde.

Seine Lippen glitten über ihr Kinn, was ihre Beine weich wie Pudding werden ließ.

»Bitte lass das«, murmelte sie so leise, dass er es wahrscheinlich gar nicht hörte.

Hatte er doch. Rick trat ein paar Zentimeter zurück. »Eigentlich sollte ich der verantwortungsvolle Part sein. Nicht du, Schatz.«

»Ich weiß, aber ich bekomme Hunger.«

Rick kniff die Augen zusammen. »Auf mich, auf das Abendessen oder auf die Versteigerung?«

»Auf alles drei, Brit. Geh zurück ins Büro und sieh zu, dass du diese Typen loswirst.«

»Gib mir eine Stunde, Yankee.«

»Na gut. Wenn es länger dauert, werde ich mit deinem Butler essen gehen.«

»Das wirst du nicht tun.«

Er verschwand nach oben und schloss leise die Tür hinter sich. Samantha blieb einen langen Augenblick verstört auf der Treppe stehen. Mann, da hatte sie ganz schön Mist gebaut. Rick hatte sie zwar nicht wirklich ertappt, aber er hätte nie etwas von ihrem Einstieg durch das Fenster erfahren, wenn sie nicht so gepfuscht hätte. Sie hatte zwar keinen Schaden damit angerichtet, außer der Peinlichkeit, in Ricks Besprechung hineingeplatzt zu sein. Doch wäre sie in ihrem vorherigen Leben nichtsahnend in einem Raum voller Leute gelandet, dann läge sie jetzt wahrscheinlich mit dem Rücken auf dem Boden, um sie herum ihr mit Kreide gezeichneter Umriss.

Sie nahm sich einen Apfel aus der Küche, was ihr Vilseau,

der Koch, wahrscheinlich übel nehmen würde, und ging dann nach oben in das Zimmer neben dem Büro.

In dem großen, in Braun und Schwarz gehaltenen Schlafzimmer, das sie mit Rick teilte, ließ sich Samantha rücklings auf das Bett fallen. Ohne Zweifel wurde sie immer weicher. Die Frage war, war das schlimm?

Solange sie mit Rick zusammenblieb, konnte sie nicht in ihr altes Leben zurück. Er war viel zu prominent, dann gab es da noch die heikle Frage der Moral und außerdem die Tatsache, dass er mit viel zu vielen Leuten befreundet war, die sie bestohlen hatte.

Es war nur dieser Rausch, den sie vermisste, dieses intensive Gefühl, lebendig zu sein, das sich einstellte, wenn sie sich an Orte schlich, an denen sie nicht sein sollte, und Dinge an sich nahm, die sie nicht haben durfte. Sie behielt diese Dinge ja auch nicht für sich, aber das Geld, das sie ihr einbrachten, hatte sie in vollen Zügen genossen.

Wie aufs Stichwort klingelte ihr Telefon, mit der Melodie von *Raindrops keep falling on my Head.* »Ich hab dir doch gesagt, dass du mich hier nicht anrufen sollst!«, meldete sie sich, nachdem sie das Handy aus ihrer Tasche gefischt hatte.

»Wo bist du denn?«, ertönte die vertraute Stimme ihres Ex-Hehlers, Ersatzvaters und derzeitigen Geschäftspartners Walter »Stoney« Barstone. »Außer wenn du das stille Örtchen meinst, kann ich mich nämlich nicht erinnern, dass du so was gesagt hättest.«

»Ich habe gesagt, wenn ich im Urlaub bin.«

»Du hast noch nie in deinem Leben richtig Urlaub gemacht. Und ich wollte mich nur erkundigen, wie es mit Locke gelaufen ist.«

Sie atmete tief aus. »Es ist gut gelaufen. Der Typ ist pervers, aber stinkreich. In einer halben Stunde schicke ich dir ein Fax mit den Details, damit wir ihm eine Rechnung schicken können.«

Stoney schwieg einen Moment. »Du klingst ja wirklich begeistert.«

»Ach, ich bin hier ins Haus eingestiegen und geradewegs in eine von Ricks Besprechungen geplatzt.«

»Und warum zum Teufel hast du das getan?«

»Weil ich erst einkaufen gehen wollte und stattdessen alle Geschäfte auf der Madison Avenue ausgespäht habe, und dabei habe ich dann eine Panikattacke gekriegt.«

Er erdreistete sich, über sie zu lachen. »Dann kauf nicht mehr auf der Madison Avenue ein, Liebes. Im Metropolitan Museum gibt es sowieso bessere Sachen. Ich kenne zufällig zwei Männer, die Renoirs oder Degas angefragt haben. Und hier geht es um jeweils eine glatte halbe Million.«

»Sei doch still. Ich will nichts davon wissen.« Samantha drehte sich auf den Bauch. »Außerdem, falls du dich erinnerst, Museen sind für mich tabu.«

»Ja, ich erinnere mich. Was ist mit Sotheby's? Hast du deinen Milliardär dazu überreden können, heute mit dir da hinzugehen?«

»Es war seine Idee«, gab sie abwehrend zurück. »Und ich werde meine Hände in den Taschen lassen, mir alles nur anschauen und vielleicht Rick ein paar Ratschläge bezüglich der Kunstwerke geben.«

»Ach ja. Was du nicht sagst.«

»Sag ich doch.«

»Ist gut, Liebes. Ich wollte dir nur dabei helfen, dich von deiner Krise abzulenken.«

Samantha schnaubte verächtlich. »Wer braucht noch Feinde, wenn er Freunde wie dich hat?«

»Ich habe dich auch lieb, Sam. Und, da ich gerade dabei bin, deinen Urlaub zu unterbrechen – die Visitenkarten, die wir in Palm Beach verteilt haben, scheinen was zu bringen. Aubrey hatte drei Terminanfragen fürs Wochenende. Eine Villa, ein Atelier und eine Anwaltskanzlei.«

Wunderbar, mehr Spaß und Aufregung für sie. »Meine Güte. Dann sprich du mit ihnen.«

»Sie wollen keine Sicherheitsberatung von mir, Sam, sie wollen Rick Addisons Freundin. Die, die sich mit mordenden Erbinnen prügelt und Typen in den Schwitzkasten nimmt, die Ricks Bilder stehlen.«

»Mein Gott, Stoney, deiner Beschreibung nach klinge ich ja gemeingefährlich. Ich habe nur meine Intelligenz eingesetzt, vielen Dank.« Es hatte natürlich auch Situationen gegeben, in denen sie eine Gehirnerschütterung, einen Streifschuss oder eine Reihe von Kratzern und blauen Flecken abbekommen hatte, aber was soll's, ihr Einsatz war jedes Mal von Erfolg gekrönt gewesen.

»Dann ist es wohl das, was sie wollen. Deine Intelligenz. Und dich persönlich.«

Wenn sie darüber nachdachte, waren drei Anrufe an einem Märzwochenende in Palm Beach, Florida, gar nicht so schlecht. Die meisten der reichen Bewohner hielten sich nur im Winter dort auf und waren schon in ihre Sommerhäuser weitergezogen. Im Vergleich dazu war die Zahl der permanenten Bewohner verschwindend gering.

»Hat Aubrey ihnen gesagt, dass ich auf Geschäftsreise bin?«

»So nennst du das jetzt?« Sie konnte seinen Seufzer hören. »Ja, hat er ihnen gesagt.«

»Dann werden wir etwas arrangieren, wenn ich zurück bin, in ungefähr zehn Tagen.«

»Wie du meinst. Denk dran, dass ich diesen Laden nicht alleine am Laufen halte. Wir sind Partner, falls du das vergessen haben solltest. Außerdem habe ich den Eindruck, dass Aubrey anfängt, sich für mich zu interessieren.«

Samantha prustete. »Du bist ja auch süß. Zehn Tage, versprochen. Ich versuche hier gerade, eine bessere Hälfte zu werden.«

»Dann solltest du damit aufhören, Läden auszuchecken. Addison mag das bestimmt nicht.«

Eigentlich hatte er nicht sonderlich beunruhigt gewirkt, nicht einmal überrascht. Allein die Tatsache, dass sie ihm davon erzählt hatte, musste ja etwas bedeuten, ging es ihr durch den Kopf. »Ich lege jetzt auf, tschüs, Süßer.«

Sie gähnte, setzte sich auf, ging ins Badezimmer und drehte die Dusche auf. Als ob sie Stoney erklären müsste, dass Diebstahl nicht in ihr neues Leben passte. Verdammt, sie hatte sich fünf Monate lang zusammengerissen – und es ebenso für sich wie für Rick getan. Es war immer noch eigenartig, sich ein Leben vorzustellen, in dem sie sich an einem Ort niederließ und nicht von jeder Türklinke ihre Fingerabdrücke abwischen musste, falls die Polizei oder Interpol auf der Suche nach Beweisen hinter ihr her war.

Sie befand sich jetzt in diesem neuen Leben. Warum nur hatte sie dann immer noch das Gefühl, dass sie sich in Acht nehmen musste?

Alte Gewohnheiten wird man nicht los, daran lag es wohl. Es würde ihr schwerer fallen, sich nicht mehr ständig umzusehen, als für die Paparazzi zu lächeln.

2

Dienstag, 18.08 Uhr

Als Richard endlich seine Lakaien – wie Samantha sie nannte – an der Tür verabschiedet hatte, hätte er das auswärtige Abendessen und die Auktion bei Sotheby's am liebsten gegen einen ruhigen Abend mit Samantha eingetauscht. Doch er kannte sie gut genug, um zu wissen, dass ihr der Sinn gewiss nicht danach stand.

In der Tat hatte er den leisen Verdacht, dass ihre begeisterte Einwilligung, ihn nach New York zu begleiten, einiges mit seiner Einladung zur Versteigerung zu tun hatte – auch wenn sie vorgab, nichts davon gewusst zu haben. »Versteigerung der großen Meister«, das klang eben doch zu sehr nach ihrem Spezialgebiet. Und wenn sie schon mal bei einer dieser Auktionen gewesen war, dann bestimmt nicht, um etwas zu ersteigern.

»Samantha?«, rief er, als er die Tür zum Schlafzimmer öffnete.

In Anbetracht der Tatsache, wie wenig Zeit ihm blieb, sich den Smoking anzuziehen und sie zum Abendessen auszuführen, wenn sie es rechtzeitig zur Versteigerung schaffen wollten, war er fast erleichtert, dass sie nicht im Zimmer war. Andererseits war die letzte Stunde schwierig genug gewesen, er hatte sich hinter seinem Schreibtisch verstecken müssen, um seine Würde zu wahren. Er hatte sich gezwungen, sich die Königinmutter vorzustellen, und dabei versucht, ein Angebot für ein neues Hotel in Manhattan auszuarbeiten. Schließlich hatte er sich zu einer gehörigen Portion sexueller Frustration auch noch Kopfschmerzen eingehandelt. Wilder hatte ihm den

Smoking schon herausgelegt, und nach einer kalten Dusche, die keines der beiden Probleme behob, zog er ihn an und ging hinunter, um nach seiner Obsession zu sehen.

Sie saß im Wohnzimmer und sah über die Straße auf den Central Park hinaus. »Hoffentlich hast du das Preisschild vom Kleid entfernt«, murmelte er. Seine Kehle war bei ihrem Anblick ganz trocken geworden. »Ich finde, du solltest es auch als Nachthemd tragen.«

Samantha drehte sich zu ihm um und lächelte. »Dann hätten wir das Bettlaken voller Glitzerzeug.«

»Das würde mir nichts ausmachen.«

Das Rot des Kleides brachte den kupfernen Glanz ihres schulterlangen Haars zur Geltung, das sie zu einer eigenwilligen Frisur hochgesteckt hatte. Richard wäre am liebsten mit den Fingern durch ihr Haar gefahren.

Er ging zu ihr und reichte ihr die Hand. »Wollen wir?«

»Du bist wirklich ein Gentleman«, gab sie zurück, perfekt die gedehnte Sprechweise der Südstaaten nachahmend. Sie legte ihre Hand in seine und stand auf.

Seine Geste zielte eher darauf ab, sie zu berühren, als dass sie seiner Veranlagung zum Gentleman geschuldet wäre. »Wenn du wüsstest, was ich gerade am liebsten mit dir machen würde, würdest du mich bestimmt nicht als Gentleman bezeichnen«, gab er zurück und zog sie an sich, um ihre weichen roten Lippen zu küssen.

»Verschmier mir den Lippenstift nicht«, sagte sie und tätschelte seine Schulter.

»Später dann«, flüsterte er, trat einen Schritt zurück und ließ sie nur widerwillig los. Wie immer konnte er sich dabei des Gedankens nicht erwehren, dass er sie nie wieder zu fassen bekommen würde. »Ich habe einen Tisch im Bid reservieren lassen.«

»Ich wollte schon immer sehen, wie es jetzt so ist«, sagte sie, während sie ihm ins Foyer folgte, wo Wilder mit ihrem schwarzen Umhang in den Händen auf sie wartete.

»Was heißt jetzt? Es hat doch erst vor ein paar Monaten eröffnet?«

Samantha lächelte ihm zu, während der Butler den Umhang um ihre Schultern legte. »Als Restaurant.«

Fantastisch. Sie war also schon im Keller von Sotheby's gewesen, *bevor* er zu einem Restaurant umgebaut worden war. Wollte er mehr darüber wissen? Ja, aber er würde sie gewiss nicht in Wilders Beisein danach fragen.

In dem Moment, als sie die letzte Treppenstufe erreicht hatten, hielt die Limousine auf der Straße. Der Chauffeur sprang heraus und öffnete eilig die Tür.

»Ben«, sagte Samantha und lächelte den Fahrer an. »Hast du die … Sache gefunden, die ich erwähnt habe?«

»Was für eine Sache?«, unterbrach Richard.

Ben grinste und zog einen Schokoriegel aus der Tasche. »Schokolade und Karamell«, sagte er und gab ihn Samantha.

»Du bist einfach großartig.« Sie gab dem Chauffeur einen Kuss auf die Wange, was ihn erröten ließ, und glitt auf die Rückbank der Limousine. Einen Augenblick lang zweifelte Richard an seiner Entscheidung, Ben aus Palm Beach mit hierherzunehmen. Er hätte ebenso gut einen Fahrer in New York organisieren können, doch Ben wusste Bescheid, kannte ihre … Gewohnheiten und würde nie darüber sprechen. Er bedeutete also für beide einen zusätzlichen Sicherheitsfaktor. Das hatte Richard zumindest gedacht. Der verdammte Fahrer sollte aber für *ihn* arbeiten.

Richard setzte sich zu ihr in den Fond. »Und iss das jetzt bloß nicht.«

Sie hatte den Riegel schon aufgemacht. »Schon gut, ich teile ihn mit dir.«

»Du wirst dir deinen Appetit verderben.«

Samantha verzog das Gesicht und nahm einen Riesenbissen. »Ich werde mich auf dieses Gespräch nicht einlassen«, murmelte sie beim Kauen.

Mist, sie machte das absichtlich, das Theater mit der Schokolade war reines Ablenkungsmanöver, damit er sie nicht danach fragte, was sie über den Keller von Sotheby's wusste. Und er wäre fast auf ihr Ablenkungsmanöver reingefallen. Wieder einmal. »Dann erzähl mal von deinen Erfahrungen bei Sotheby's.«

»Nein.« Sie schluckte den Bissen hinunter, packte den Rest ein und steckte ihn in ihre Handtasche. Er fragte sich flüchtig, was sie wohl noch alles in ihrer rotbestickten Designerhandtasche hatte – wahrscheinlich Büroklammern, ein Kabel, ein Magnet und ein Stück Schnur. Damit würde sie durch jede Sicherheitskontrolle kommen und wäre mit diesen Hilfsmitteln in der Lage, innerhalb von wenigen Minuten einen Picasso zu entwenden.

»Du hast gesagt, dass du dort schon mal ein Ding gedreht hast. Vor drei Jahren, stimmt's?«

Sie sah ihn an, ihre grünen Augen waren so kühl, wie ihr Kleid heiß war. »Erstens, willst du wirklich die kriminellen Details wissen? Und zweitens, würde meine Antwort irgendwie die Pläne für heute Abend ändern?«

Er hielt ihrem Blick stand und atmete aus. »Ja und nein.«

Der Schalk zeigte sich nun in ihrem Gesicht. »Findest du nicht, dass du irgendwie unentschlossen bist?«

»Nicht, was dich betrifft, meine Liebe.« Er nahm ihre Hand und spielte mit ihren langen Fingern. »Du weißt doch, dass deine Geheimnisse bei mir gut aufgehoben sind.«

»Ich weiß.« Sie sah an ihm vorbei aus dem Fenster. »Wir albern viel herum, aber ich muss zugeben, dass es mich immer noch … irritiert, wenn ich mir vergegenwärtige, wie viel du über mich weißt. Und wie viel Schaden du damit anrichten könntest.«

»Stimmt. Die ganze Welt könnte ich wissen lassen, dass du ein großer weißer Hai in der Geschäftswelt bist, dass du keine amerikanischen Ofenkartoffeln magst und dass du im Bett eine Kanone bist. Dein Ruf wäre für immer ruiniert.«

Gott, jetzt wollte er sie küssen. Überall. »Du wechselst schon wieder das Thema.«

»Tue ich nicht.«

Er zog sie fester an sich und steckte vorsichtig eine Strähne ihrer kastanienbraunen Haare hinter ihr bloßes Ohr. Sie mochte keine Ohrringe, offenbar aus Vorsicht, weil sie im ungünstigsten Augenblick bei einem Einbruch herausfallen könnten. »Du hast mich gefragt, ob ich es wissen möchte, und ich habe die Frage bejaht. Jetzt ist es an dir. Erzähl mir davon oder lass es, Samantha, aber hör mit deinen Ausflüchten auf.«

»Klugscheißer.« Sie holte tief Luft, was ihre Brüste in dem weit ausgeschnittenen Kleid mit den Spaghettiträgern noch mehr zur Geltung brachte. »Schon sechs Mal habe ich bei Sotheby's zugeschlagen.«

Sechs Mal? Somit war das Auktionshaus für die Familie Jellicoe ja fast zu einem Supermarkt geworden. »Und warum wolltest du gerade heute wieder dort hin?«

»Denkst du etwa, dass ich vorhabe, erneut ein Ding zu drehen?«

»Nun, ich denke, dass die Gefahr besteht, dass dich jemand erkennt, und du für lange Zeit im Gefängnis landen könntest, du Dummerchen.« Er ließ ihre Hände los und fasste sie an den Ellbogen. Er musste an sich halten, um sie nicht zu schütteln. »Und untersteh dich, mir darauf eine leichtfertige Antwort zu geben.«

Genau das hatte sie wohl vorgehabt, sie öffnete ihren Mund und schloss ihn dann wieder.

»Jedes Mal war ich verkleidet, mit Perücke und getönten Kontaktlinsen. Letztes Mal bin ich als blonde Sexbombe mit großer Oberweite gegangen. Ich werde heute zum ersten Mal als ich selbst dort erscheinen.«

Wer auch immer das war. Manchmal dachte er, dass er keinen blassen Schimmer davon hatte. »Du hältst es nicht für möglich, dass nach deinen sechs Auftritten dort vielleicht jemand mit einem Phantombild von dir aufkreuzt?«

»Lässt du bitte meinen Arm los?«, sagte sie gereizt. »Vielleicht erinnerst du dich, dass ich mich nicht gerne festhalten lasse?«

Nein, das mochte sie gar nicht. Er gab auf und ließ sie los. Er wollte schließlich keinen Tritt in die Eier riskieren, der ihm den Spaß später gründlich verderben würde. »Sechs Mal. In welchen Abständen warst du dort?«, erkundigte er sich in ruhigerem Ton.

»Es war eine jährliche Übung, seit ich sechzehn bin. Aber aus bestimmten Gründen werde ich sie dieses Jahr ausfallen lassen.« Sie blickte ihn betrübt an. »Doch du hast recht, wahrscheinlich hätte ich dich warnen sollen, dass sie nach einer Frau mit meiner Statur Ausschau halten werden.«

In seiner Brust hatte sich ein kalter Klumpen gebildet, der nun zu einem riesigen Eisberg angewachsen war, der die Titanic versenkt hätte. »Warum gehen wir dann hin?«, fragte er ganz leise.

»Willst du eine ehrliche Antwort? Weil es wie ein Rausch ist.« Sie legte ihm die Hand auf den Mund, damit er nichts entgegnen konnte. »Aber niemand wird etwas wegen meiner Anwesenheit unternehmen, erstens, weil du eine schöne Einladung hast, auf der ›Richard Addison und Begleitung‹ steht, und zweitens, weil ich mit dir dort sein werde. Sie werden wohl kaum versuchen, Rick Addisons bessere Hälfte hochzunehmen.«

Er schenkte der Tatsache, dass sie sich freiwillig als seine Hälfte bezeichnet hatte, keine Beachtung. Trotz seiner ernst zu nehmenden Bedenken musste er zugeben, dass ihre Argumentation Sinn ergab. »Ich bin also deine Garantie dafür, dass du nicht ins Gefängnis wanderst«, murmelte er schließlich.

»Das kann man so sehen, Sahneprinz.«

»Wie war das mit der Oberweite der Blondine, die du letztes Jahr warst?«

»*Baywatch.* Das Material zum Ausstopfen müsste ich noch irgendwo haben.«

»Und die Perücke?«

Sie sah ihn belustigt an. »Wenn du großbusige Blondinen vorziehst, dann hättest du mit Patricia verheiratet bleiben sollen.«

»Ich bin nur neugierig.«

»Aha.« Zu seiner Überraschung drehte sie sich um und schmiegte sich an seine Schulter. »Wie lief denn dein Meeting? Irgendwelche feindlichen Übernahmen oder Manöver mit Risikokapital?«

Richard vergrub sein Gesicht in ihrem Haar, wobei er darauf achtete, ihre Frisur nicht zu zerstören. »Ich liebe dich, Samantha Jellicoe«, flüsterte er und legte den Arm um ihre Taille.

»Ich liebe dich auch, Rick.«

Es kam zwar noch zögerlich, doch immerhin konnte sie es nun überhaupt aussprechen. Wenn sie es dann sagte, was selten genug geschah, dann fühlte er sich immer wie King Kong auf dem Empire State Building, nachdem dieser alles zerschmettert hatte, was ihm im Weg war. »Hoshido will das Manhattan verkaufen«, sagte er. »Doch niemand soll erfahren, dass er es verkaufen will, da das seine Position schwächen würde.«

»Die Japaner und diese Sache mit der Ehre«, gab sie zurück und nickte, mit dem Kopf an seinem Oberkörper. »In meiner Branche hat man es mit ihnen auch nicht leicht. In meiner ehemaligen Branche, meine ich.«

Wieder drohte sich in ihm ein Gefühl der Beunruhigung auszubreiten, gegen das er ankämpfen musste. »Heute ging es erst mal darum, eine Herangehensweise zu finden, mit der beide Seiten leben können. Wir sind noch gar nicht beim Preis oder den Konditionen angelangt.«

»Ach so, die Verhandlungen befinden sich noch auf der Palaverebene.«

Er lachte in sich hinein und küsste ihr Haar. »Genau.«

»Na, du wirst ihn schon rumkriegen, Brit. Das schaffst du doch immer.«

»Habe ich auch diesmal vor.« Er konnte nicht widerstehen, seine Hand auf ihr Bein zu legen, dann ließ er sie am Schlitz im Kleid entlang nach oben gleiten. »Bist du sicher, dass du heute Abend nicht lieber etwas anderes tun würdest?«

»Ich habe vor, alles mitzunehmen, Abendessen, Sotheby's *und* die Wonnen der Liebe. In dieser Reihenfolge kann ich womöglich …«

Die Sprechanlage brummte. Mit einem Seufzer drückte Richard auf den Knopf. »Ja, Ben?«

»Wir sind gleich da, Sir. Soll ich anhalten oder noch mal um den Block fahren?«

Ben kannte seine Gewohnheiten extrem gut – Richard zog es vor, noch einmal um den Block zu fahren und erst auszusteigen, wenn er wirklich auf einen Termin vorbereitet war. Mittlerweile hatte sich der Fahrer auch an seine und Samanthas Gepflogenheiten gewöhnt – er wusste, dass er erst mal kontrollieren sollte, ob die Passagiere hinten angezogen waren.

»Wir können hier anhalten, Ben.«

Sie hielten am Straßenrand. Samantha setzte sich wieder aufrecht hin, als Ben ausstieg und ihnen die Tür aufhielt. »Na toll«, sagte sie leise und wühlte in ihrer Handtasche nach einem Spiegel, um Frisur und Lippenstift zu prüfen. Glücklicherweise hatte Rick nichts allzu Schlimmes angerichtet.

»Was ist denn los?«, fragte Rick, dem offenbar nie auffiel, dass etwas an ihr nicht stimmte. Ihr Herz machte einen Luftsprung. »Du siehst doch wunderbar aus.«

»Es geht nicht um mich. Die Paparazzi.«

Sie deutete mit dem Finger auf das gigantische Gebäude hinter ihnen. »Das war doch zu erwarten. Es ist ein wichtiges Ereignis für Sotheby's.«

»Ich weiß, ich weiß.« Sie stieg aus und griff nach Bens Hand.

»Aber denkst du nicht auch, dass es schön wäre, wenn die Leute ganz privat zu der Auktion kommen könnten?«

»Snob«, murmelte Rick und grinste. Er stieg ebenfalls aus der Limousine, und sofort waren die beiden von Blitzlichtern umgeben. Samantha setzte das höfliche Lächeln auf, das sie sich seit ihrem schrecklichen ersten öffentlichen Auftritt mit Addison antrainiert hatte. Morgen würden alle Leser der *Post* oder des *Enquirer* ihren Namen unter einem Foto von ihr sehen und genau wissen, wo sie mit wem gewesen war und was sie getan hatte. Doch das spielte nun auch keine Rolle mehr, sie war ohnehin gestern Abend mit Rick im Fernsehen zu sehen gewesen.

»Alles okay mit dir?«, fragte Rick und beugte sich zu ihr. Die Kameras blitzten wieder auf.

Du musst dich zusammenreißen, Sam, befahl sie sich. Auch wenn sie gerade Rick hinsichtlich ihres gemeinsamen Auftritts bei Sotheby's beruhigt hatte, es konnte trotzdem schiefgehen. Und wie Martin Jellicoe immer gesagt hatte, wenn etwas schiefgehen konnte, dann tat es das auch. Man musste immer einen Plan für den Notfall parat haben, um das zu verhindern. »Mir geht's gut. Ich denke nur gerade daran, wie sie mich auf deiner Fan-Website hierfür beschimpfen werden.«

Er hatte seinen Blick starr geradeaus auf den Eingang vor ihnen gerichtet und nickte. »Wenn du dich nicht als ›Sally aus Springfield‹ da einloggen würdest, dann wüsstest du gar nichts davon.«

»Irgendjemand muss ja meine Ehre verteidigen, auch wenn ich es selbst tue.« Sie bohrte ihre Finger in seinen Arm. »Und ich wusste, dass du auf die Seite gehen und die Nachrichten lesen würdest.«

»Du bist doch diejenige, dir mir überhaupt erst von der Fan-Seite erzählt hat.«

Samantha war überzeugt, eine Meisterin im Täuschen und Ablenken zu sein, doch Rick stand ihr darin in nichts nach. Es war ihm immerhin gelungen, sie ihren Unmut über die Journalistenmeute vor Sotheby's vergessen zu lassen.

Offensichtlich waren sie nicht die einzigen Besucher, die vor der Versteigerung noch im Bid's speisen wollten. Obwohl die Gäste zur reichen Oberschicht gehörten, fielen sie und Rick auf. Die meisten Gesichter erkannte Samantha von Bildern in Zeitschriften wieder, die in Ricks Büro auslagen, wie *Manager Magazin* oder *Business Week.* Es waren ein paar vereinzelte Schauspieler darunter, die meisten, die gerade in New York waren, standen wahrscheinlich um diese Zeit am Broadway auf der Bühne. Es waren viele Kritiker und Produzenten zugegen, die es wohl nicht nötig hatten, sich im Theater zu zeigen. Samantha bezweifelte, dass diese Gäste auch mitbieten würden.

Als sie das Restaurant betraten, kam Samanthas Anpassungstechnik zum Einsatz. Sie hatte die Regeln dazu sehr früh gelernt – damit sich später niemand an einen erinnerte, musste man sich genau wie die anderen verhalten. Diese Fähigkeit hatte sie seit langem perfektioniert, und auch ein Rick Addison brachte sie nicht davon ab, sie einzusetzen.

»Das ist fantastisch hier«, murmelte sie und setzte sich auf den Stuhl, den der Kellner für sie zurechtrückte.

»Dachte mir schon, dass es dir gefallen wird«, gab Rick zurück und bestellte eine Flasche Wein.

»Ich hätte nicht erwartet, dass sie es beige halten würden«, sagte sie, auch wenn ihre Aufmerksamkeit nur zum Teil auf die beigefarbenen Wände gerichtet war. Sie nahm die Kunstwerke wahr, mit denen die Wände geschmückt und die in den Ecken und Winkeln aufgestellt waren. »Da hängt ja ein echter Renoir.«

Er folgte ihrem Blick. »Die Dekoration besteht aus Kunstwerken, die später versteigert werden.« Er fasste über den Tisch nach ihrer Hand und zeigte mit ihr zur Nische in einer Ecke des Raumes. »Siehst du das?«

»Den Rodin?«

Rick lachte leise. »Du weißt mehr als ein Buch.«

Samantha grinste ihn an. »Ich kann auch viel mehr als ein Buch.«

»Als ob ich das nicht wüsste. Was hältst du davon? Ich meine den Rodin.«

Er kannte sie gut. Sie hatte gewissermaßen einen Doktor in diesem Gebiet. Sie nippte an ihrem Glas und sah dann wieder zur Statue. Rick hatte zu verstehen gegeben, dass sie ihr Interesse diskret zeigen sollte. »Ich habe die Skulptur noch nie gesehen. Sie ist aber zweifellos von ihm. Die kühnen Linien, der angedeutete Stein unten, die Stimmung dem *Denker* sehr ähnlich, meinst du nicht auch?«

»Es wurde darüber spekuliert, ob es sich dabei um ein Figurenpaar handelt. Diese hier ist seit 1883 im Besitz einer Familie in Paris. Die Geschichte dazu lautet, dass Rodin beide Figuren zusammen öffentlich aufstellen wollte, die Stadt Paris jedoch nur eine davon bezahlte.«

Sie betrachtete die Skulptur eingehend. Eine nackte Frau im Gehen, deren Körper leicht verdreht war, weil sie über ihre Schulter nach hinten sah, die hintere Hand hielt sie geschlossen und nach unten, die vordere Hand offen mit der Handfläche nach oben. Ihr hinterer Fuß schien aus dem Stein aufzusteigen, der vordere Fuß wirkte, als ob er wieder in ihn zurücksank. »Wie heißt das Werk?«

»Die flüchtige Zeit.«

Bevor ihr Blick zu auffällig wurde, wandte sie sich wieder um. »Es gefällt mir.«

»Nun, ich werde es kaufen.« Er flüsterte, da er vermeiden wollte, dass einer der anderen Gäste die Information weitergeben und damit bei anderen Käufern Interesse wecken könnte. »Es erinnert mich an dich.« Ihre Wangen wurden ganz heiß.

Na großartig, ein wenig Schmeichelei reichte aus, und schon wurde sie schwach. »Meine Hautfarbe ist gesünder.«

»Und deine Haut ist wärmer«, stimmte Rick zu, hob sein

Weinglas und stieß mit ihr an, bevor er einen Schluck nahm. »Wäre in der Galerie in Devonshire Platz dafür?«

»Auf jeden Fall. Ich habe die Skulpturengalerie im Rawley House ja so geplant, dass es genug Platz gibt. Man muss den Michelangelo nur an den Donatello quetschen und die Beleuchtung ändern.«

»Quetschen?«, wiederholte er und verzog das Gesicht. »Sprich bitte nicht weiter. Du verdirbst mir den Appetit.«

»Hm, das wollen wir ja nicht.« Samantha sah wieder zur Statue. »Erinnert sie dich wirklich an mich?«

»Ja, auf eine Weise, die ich nicht beschreiben kann.«

»Und deshalb möchtest du sie kaufen?«

Er sah ihr direkt in die Augen. »Deshalb habe ich vor, sie zu besitzen.« In Ricks Gegenwart hatte sie gelernt, dass es möglich war, sich sicher und unbehaglich zugleich zu fühlen. Bei seinen Worten hatte sich diese Mischung aus Befriedigung und Unbehagen eingestellt. Es war natürlich nur eine Metapher – er wollte sie nicht wirklich besitzen, doch gewiss wollte er ein wenig mehr Kontrolle über sie. Aber verdammt, es war für sie selbst schwierig genug, sich im Griff zu haben, eine andere Person konnte sie dabei nicht brauchen.

Der Kellner kam an ihren Tisch, und Samantha war so dankbar für die Unterbrechung, dass ihr Lächeln beim Bestellen des Perlhuhns wohl etwas zu freundlich ausfiel. Rick hatte sich für den Seebarsch entschieden. Als der Kellner gegangen war, holte Samantha tief Luft. »Ich will nicht …«

»Du hast mir gar nichts Näheres von deinem Termin mit Boyden Locke erzählt«, unterbrach er sie und bestrich dabei eine Scheibe Brot mit Butter. »Irgendetwas Interessantes?«

»Jetzt wechselst du also das Thema?«, fragte sie und zog eine Augenbraue hoch.

Ein Lächeln huschte über sein Gesicht. »Du bist zwar furchtlos, meine Liebe«, entgegnete er, »aber ich weiß, wann ich dir zu nahe getreten bin. Hat dir Locke seinen Picasso gezeigt?«

»Ja, hat er, und auch die Kabelführung und die Alarmtafel. Wenn ich noch im Geschäft wäre, dann hätte ich dort jetzt leichtes Spiel.«

»Samantha.«

»Ja, ich weiß, aber die Leute haben so viel Vertrauen.« Sie beugte sich vor und klopfte mit ihrem Buttermesser auf seine Fingerknöchel. »Wenn ich in dein Haus käme, würdest du mir etwa dein Alarmsystem zeigen, nur weil ich behaupte, Donald Trump zu kennen, und weil ich einen schönen Busen habe?«

Er lachte. »Nein, aber ich bin auch ziemlich misstrauisch. Eine Diebin hat schon einmal versucht, bei mir einzubrechen …«

»Versucht?«, wiederholte sie.

»Was ich sagen wollte, wenn du beweisen könntest, dass du Trump kennst – weil ihr beide in Zeitschriften zusammen zu sehen wart und es bekannt wäre, dass ihr zusammenlebt –, dann wäre ich geneigter, dir zu vertrauen. Locke kennt deine Geschichte. Den Teil jedenfalls, der für die Öffentlichkeit bestimmt ist.«

»Und nur danach ist er gegangen. Aha, sie ist in New York. Aha, sie kennt Rick Addison.«

»Ich bin also dein Ausweis und deine Visitenkarte. Wenn dein Geschäft dadurch besser läuft, wo liegt das Problem?«

»Es gibt keins.« Sie runzelte die Stirn. »Ich bin nur zynisch.«

»Habe ich schon bemerkt. Einige deiner Kunden rufen auch vorher bei mir an und ziehen Erkundigungen über dich ein, wenn du dich damit wohler fühlst.«

»Wer hat dich denn angerufen?«

»Ein paar von ihnen. Ich sage natürlich nur Gutes über dich.«

»Vielen Dank. Hat Locke dich angerufen?«

»Nein. Er hat offensichtlich die Aha-Methode angewandt, wie du schon vermutet hast.« Sie könnte die nächste Stunde mit Spekulationen darüber verbringen, warum ihr Rick nicht erzählt hatte, dass einige der potenziellen Kunden sie überprüft hatten, oder sie könnte sich das köstliche Perlhuhn in Pancetta munden lassen. Sie entschied sich für die zweite Option, nicht zuletzt deswegen, weil sie sich dabei im Raum umschauen konnte. Rick hatte die Dekoration treffend beschrieben: schlichte Wände, behängt mit zu versteigernden Kunstwerken. Hoffentlich spritzte niemand seine Spaghettisauce auf das Landschaftsgemälde von Constable.

Zweifellos war alles durch einen Alarm gesichert. Oder verließ sich Sotheby's etwa auf die vielen Zeugen, die voll besetzten Tische und Nischen und die im Raum verteilten Sicherheitsleute, um die Absicherung von Millionen verlockender Dollars zu gewährleisten?

»Was ist los?«, fragte Rick und riss sie aus ihren Gedanken.

Samantha blinzelte. »Was soll los sein?«

»Du wirkst ganz verzückt.«

»Bin ich nicht. Ich mache mir nur Gedanken wegen der Sicherheit. Als ich das letzte Mal bei Sotheby's war, war dies hier der Lagerkeller. Ich meine, die Diebe mal außer Acht gelassen, aber was passiert, wenn jemand auf einen Rembrandt niest?«

»Ich weiß nicht, welche Vorkehrungen getroffen wurden. Soll ich mal anfragen, ob wir mit dem Direktor sprechen können?«

Sie war sich nicht sicher, ob er sich über sie lustig machte, aber sie würde sich sicher nicht mit einem Mann zusammensetzen, dessen Geschäft sie über die Jahre ein halbes Dutzend Mal ausgeraubt hatte. »So neugierig bin ich auch wieder nicht. Wann gehen wir nach oben?«

»Die Auktion beginnt in einer Stunde. Ich denke mal, wir haben genug Zeit, um durch die Ausstellungsräume zu gehen, bevor es losgeht.«

»Gut, auf den Teil freue ich mich.«

»Hab ich mir gedacht.«

Einen Moment lang konzentrierte sich Samantha auf das Essen. »Du scheinst wirklich zu glauben, ich hätte vor, hier etwas anzustellen.«

»Du hast ja auch erst eingewilligt, mit mir nach New York zu kommen, als ich die Einladung für heute Abend bekommen habe.«

Okay, es war doch nicht unbemerkt geblieben. »Das ist nicht der einzige Grund. Aber ich muss zugeben, ich bin gespannt darauf, wie es sein wird, als legitimer Gast dabei zu sein – selbst wenn es nur als Rick Addisons Zuckerpüppchen ist.«

»Heute Abend bist du aber ein ziemlich saures Zuckerpüppchen«, stellte er fest. »Ich wünschte, du würdest mir sagen, was du wirklich hast. Irgendwie hat es mit deinem Einkauf heute zu tun, so viel ist klar, aber du bist eine echt harte Nuss.«

»Ich nehme das als Kompliment.« Mit einem tiefen Atemzug legte Samantha Messer und Gabel auf den Tisch. »Also gut, ich weiß nicht, was mich stört. Ich bin nur ganz angespannt, wie in Erwartung auf etwas, obwohl ich doch weiß, dass nichts passieren wird.«

Seine tiefblauen Augen ruhten auf ihr. »Das ergibt Sinn. Du hast ja den Großteil deines Lebens damit verbracht, in Schwierigkeiten zu geraten und dann den Folgen aus dem Weg zu gehen. Und jetzt …«

»He«, warf sie empört ein. »Das klingt nicht gerade schmeichelhaft.«

»Das ist aber eine Tatsache. Du klaust einen Monet und tust dann alles, um nicht gefasst zu werden. Und nun ist ein wenig Ruhe in dein Leben eingekehrt, und du wartest nur darauf, dass du von deiner Vergangenheit eingeholt wirst.«

»Ich hasse es wirklich, seziert zu werden.«

»Ich will dir nur helfen.«

»Gut, dann hör damit auf. Was mich auch gerade beschäftigt, ich werde mich selbst darum kümmern. Und nicht, indem ich einen Picasso schnappe und damit wegrenne, also mach dir keine Sorgen.«

»Ich mache mir Sorgen, aber nicht deswegen.« Nach diesem Austausch schien es ihr ratsam, ihre Gedanken für sich zu behalten und aufzuessen. Rick hatte offenbar eingesehen, dass bei einem weiteren Wort ein zehn Zentimeter hoher Absatz seine Wade treffen könnte, und war ebenfalls still. Vielleicht achtete sie wirklich zu sehr auf ihre Umgebung, doch daran war nichts auszusetzen. Es war womöglich nicht mehr notwendig, wenn man andererseits bedachte, dass sie in den fünf Monaten, seit sie Rick kannte, beinahe von einer Explosion zerfetzt, ihren Schädel zertrümmert bekommen und zwei Autounfälle gehabt hatte, auf sie geschossen worden war und sie mit mindestens einem der Detectives in Palm Beach per du war, dann schien es doch ratsam, auf der Hut zu sein.

»Nachtisch oder Ausstellung?«, fragte Rick schließlich und tupfte sich mit der Serviette den Mund ab, auf seine ganz eigene Art, männlich und doch zugleich sinnlich und elegant.

»Ausstellung«, entschied sie, trotz der dekadenten Schokoladenkreationen, die gerade auf einem Tablett vorbeigetragen wurden. Rick stand auf und ging um den Tisch, um ihre Stuhllehne zu halten und ihr beim Aufstehen zu helfen. »Dann lass uns mit der Show beginnen.«

»Yeah!«

3

Dienstag, 20.21 Uhr

»Vermutlich haben wir das dir zu verdanken?«, murmelte Richard, als ihm auf der anderen Seite der Sicherheitsschleuse seine Schlüssel und seine Uhr wieder ausgehändigt wurden.

Direkt hinter ihm nahm Samantha ihre rote Perlenhandtasche vom Tisch. »Wahrscheinlich«, gab sie ebenso leise zurück und hakte sich bei ihm unter. »Die Sicherheitsvorkehrungen scheinen jedes Jahr rigider zu werden. Es hat immer irgendwie Spaß gemacht, im Voraus zu überlegen, auf was sie wohl das nächste Mal kommen würden und was man tun musste, um durchzukommen.«

Als Richard vor zwei Jahren das letzte Mal bei einer Auktion von Sotheby's in London war, waren die Sicherheitsvorkehrungen angemessen bis niedrig, aus Rücksicht auf die Klientel. Hier in New York war als nächste Stufe wahrscheinlich eine Durchsuchung der Körperöffnungen vorgesehen. »Und du bist dir wirklich sicher, dass dich niemand von deinen kleinen Spaßaktionen her erkennen wird?«

Sie schmiegte sich an ihn, und sein Herz begann schneller zu schlagen. »Sie werden mich wahrscheinlich als deine Freundin wiedererkennen, oder sie werden denken, dass sie mich von irgendwoher kennen, aber niemand wird mich hier mit Kunstdiebstählen in Verbindung bringen.«

Sie hatte wirklich Selbstvertrauen – aber nach dem, was er von ihr gesehen hatte und von ihr wusste, hatte sie dazu auch allen Grund. »Also nehme ich dich beim Wort – aber ich werde trotzdem auf der Hut sein.«

Samantha strahlte ihn an. »Zugegeben, es wäre cool, dabei zu sein, wie du alle ablenkst, damit ich entkommen kann.«

»Denk nur dran, nicht ohne mich irgendwo hinzugehen.« Sie liefen an einer aberwitzigen Anzahl an Sicherheitsleuten in Uniform und in Zivil vorbei. Trotzdem hatte Rick seine Zweifel, dass diese Samantha von ihrem Vorhaben abhalten könnten, wenn sie auf Beutezug wäre.

Wer sie nicht kannte, würde glauben, dass sie sich einfach wohlfühlte und den Abend genoss. Auch wenn Rick Letzteres nicht in Zweifel zog, so entging ihm Samanthas wachsamer Blick nicht, mit dem sie jede Kamera, jeden Ausgang und jeden Menschen zwischen ihr und der Straße zur Kenntnis nahm.

Er ließ aber auch nicht außer Acht, dass es Momente gab, in denen ihr Selbstvertrauen übersteigert oder fehl am Platz sein konnte. Rick ging mit ihr in den hinteren Teil des Raumes. Sie setzten sich direkt an den Mittelgang, für Richard stand ihre Sicherheit nun an erster Stelle. Auch wenn ihn diese Aufgabe womöglich von seinen Geschäftsinteressen ablenkte, gehörte sie zugleich zu den aufregendsten Dingen, die er je getan hatte. Für einen Menschen mit seinem Hintergrund und seiner Erfahrung hatte das einiges zu bedeuten.

»Guten Abend, meine sehr verehrten Damen und Herren, mein Name ist Ian Smythe«, begrüßte der dünne, schwarz gekleidete Mann vorne am Podium die Anwesenden, »und ich werde heute Abend die Auktion leiten. Zusätzlich zu den Bietern hier im Saal sind noch zwanzig Telefone und fünf Mailverbindungen für die interessierten Parteien eingerichtet, die heute Abend nicht persönlich anwesend sein können.«

Samantha neigte sich an Ricks Ohr, ihr Atem war warm und betörend. »Oder für die, die ihre Identität vor dem Finanzamt oder vor Einbrechern, die hier im Publikum sitzen könnten, geheim halten wollen«, führte sie aus. Sie genoss das Ganze offensichtlich.

»Psst.«

»Und noch eine Ankündigung«, fuhr der Auktionator fort. »Wir freuen uns sehr, bekannt geben zu können, dass bei der Untersuchung des Gemäldes von Hogarth, welches im Auktionskatalog unter der Nummer 32501 aufgeführt wird, ein zweites Gemälde dieses Künstlers entdeckt wurde, auf demselben Rahmen unter dem ersten Bild aufgespannt. Nach Rücksprache mit den Besitzern freut sich Sotheby's, Ihnen nun mitteilen zu können, dass diese sich entschieden haben, das zweite Gemälde ebenfalls zu verkaufen. In der Pause wird das Gemälde zur Ansicht ausgestellt werden, es wird unter der Nummer 32501A geführt.«

Im ganzen Saal war aufgeregtes Flüstern zu hören, nicht nur für Richard war diese Neuigkeit eine Überraschung. Samantha riss ihm den Auktionskatalog vom Schoß und schlug die entsprechende Seite auf.

»Die Fischfangflotte«, las sie vor und betrachtete das Bild des vertrauten Hogarthgemäldes. »Das ist ja ziemlich bekannt. Weißt du, wer es eingeliefert hat?«

Richard schüttelte den Kopf. »Es hat offensichtlich schon lange nicht mehr den Besitzer gewechselt, sonst hätte man das zweite Gemälde darunter schon vorher entdeckt. Das Sujet einer Fischfangflotte ist allein schon ungewöhnlich – William Hogarth hat sich vorwiegend mit satirischen Gesellschaftsporträts befasst. Dieses Bild ist einfach ... wunderschön.«

»Das ist wirklich erstaunlich«, flüsterte sie und gab ihm den Katalog zurück. »Als ich im Norton Museum als Restauratorin gearbeitet habe ...«

»Dein legitimer Beruf«, warf er mit einem breiten Grinsen ein.

»Ja, einer davon. Jedenfalls entdeckten wir hinter einem Magritte noch eine zweite Leinwand, aber es war eine Kritzelei ohne Unterschrift, als ob sein Kind mit den Farben rumgespielt und er danach die Leinwand nicht abgenommen, sondern einfach eine neue drübergespannt hätte.«

»So was kommt in seltenen Fällen vor. Wenn ich den Hogarth eingepackt lassen würde bis zur Eröffnung unserer Galerie im Rawley House, dann wäre das eine grandiose Werbung. Er ist schließlich ein englischer Künstler.«

Samantha hob eine Augenbraue. »Bist du nicht etwas voreilig? Du musst es doch erst mal besitzen, bevor du es verwerten kannst.«

Rick nahm ihre Hand und küsste ihre Knöchel. »Wenn es mir gefällt, dann werde ich es kaufen.«

»Hm.« Sie entzog ihm recht unsanft ihre Hand. »Gib nicht so an, Brit. Ich bin hier wegen einer zufälligen gegenseitigen geistigen Verwirrung. Nicht etwa, weil ich dir gehöre.«

Verdammt. Er sollte sich endlich zu Herzen nehmen, dass sie sich nicht durch Macht und Geld beeindrucken ließ. Darauf herumzureiten war wohl eher eine sichere Methode, sie in die Flucht zu schlagen.

»Entschuldige, Samantha«, murmelte er. »Ich wollte nur zeigen, dass du nicht an meiner Entschlossenheit zweifeln solltest.«

Sie schnaubte. »Ach, daran zweifle ich nicht. Du bist schließlich ein entschlossener Typ. Dann biete, ich bin nur der Aussicht wegen hier.«

Ian Smythe ließ nun den Auktionshammer niedersausen und eröffnete die Auktion, Rick musste also nicht beteuern, dass er nie versucht hatte, mit seinem Geld auf sie einzuwirken. Samantha lehnte sich zurück und atmete durch. Rick machte ihr Leben einfach, sicher und bequem. Der Teil von ihr, der ihr ganzes Leben lang über die Schulter hatte spähen müssen, wollte einfach nur in die Daunenkissen einsinken und sich die Satindecke über den Kopf ziehen.

Zum Glück wusste der andere Teil ihrer Person – der, der bis sieben zählen konnte (nach ebenso vielen Jahren war eine

Straftat mit nichttödlichem Ausgang verjährt) –, dass sie noch sechs Jahre vor sich hatte, bevor sie sich wirklich entspannen konnte. Und eben dieser Teil hatte auch große Angst davor, dass »bequem« mit »langweilig« gleichzusetzen war. Bei ihrem Gespräch mit Boyden Locke hatte das sicher auch zugetroffen. Und auch bei den anderen Kunden, die sie in den vergangenen zwei Monaten beraten hatte. Das Geld stimmte zwar, doch verglichen damit, wie sie vorher ihr Geld verdient hatte, fühlte es sich einfach zu … leicht an.

Die Aufregung ihres alten Lebens hatte sicherlich auch Nachteile. Ein paar der älteren Sicherheitsleute hier bei Sotheby's hatten sie ziemlich eindringlich betrachtet, aber Samantha hatte recht damit behalten, dass sie in Rick Addisons Begleitung nichts zu befürchten hatte. Sie rückte ein wenig näher an ihn heran und tauchte ein in den mitreißenden Rhythmus von Geboten, Zuschlag, Applaus und Ausrufen der Zuschauer. Als sie das letzte Mal hier gewesen war, hatte ihr Herz rasend schnell geschlagen. Sie hatte darauf gewartet, dass jemand den Zuschlag auf ein besonders wertvolles Gemälde von Degas bekam und darauf, dass das Gemälde danach wieder zurück an seinen sicheren Platz im Keller geschafft wurde. Und dann hatte sie sich an die Arbeit gemacht.

Bei der Erinnerung daran umspielte ein leichtes Lächeln ihre Lippen. Sie ging nun wieder dazu über, die oberen Zehntausend New Yorks zu betrachten. Einige von ihnen waren aus alteingesessenen reichen Familien, und sie kannte auch die Namen derer, die nicht regelmäßig in den Klatschspalten auftauchten. Im Laufe ihrer Karriere hatte sie mindestens ein Dutzend von ihnen um einen oder mehrere Wertgegenstände erleichtert. Ihr Blick fiel auf die andere Seite des Raumes, wo im hinteren Bereich ein Mann im Schatten einer der zu versteigernden Skulpturen stand. Er war mittelgroß, schlank und drahtig mit hellbraunem, mit Grau durchsetztem Haar. In seinem teuer aussehenden, geschmackvollen Anzug passte er ebenso hierher wie all die anderen – nur seine Hände waren auffällig. Die langen Finger bewegten sich, sie klopften in einem Rhythmus auf seine Schenkel, der eher seine Nervosität widerspiegelte als Ian Smythes melodiöse, gewinnende Stimme und den Schlag des Auktionshammers. Der Mann schien ihren Blick zu spüren, er drehte den Kopf zu ihr und sah sie direkt an, der Blick aus seinen braunen Augen traf auf ihren, dann sah er wieder nach vorne.

Fast ihr ganzes Leben – bis auf die letzten sechs Jahre – hatte sie in diese Augen geschaut: Es war Martin Reese Jellicoe.

Samantha rutschte nach vorne und schnappte hörbar nach Luft. Ihr Herz setzte aus. Ihre Hände wurden plötzlich eiskalt, und ihre Handtasche fiel auf den Boden vor ihre Füße. Trotz der Unruhe im Saal schien dieses Geräusch unüberhörbar.

»Samantha?« Richard sah sie von der Seite an und bückte sich. Er hob ihre Handtasche auf und legte sie wieder auf ihren Schoß. »Sam? Was ist denn los?«

Reiß dich zusammen, reiß dich zusammen. Ein Gespenst stand zehn Meter von ihr entfernt, und sie verlor den Verstand, sie wollte schreien und sich übergeben und an einen ruhigen Ort rennen, um ihre Gedanken zu ordnen. Doch das bedeutete nicht, dass jemand etwas davon mitbekommen sollte. »Tut mir leid«, antwortete sie. »Die Dollarbeträge machen mich ganz schwindlig.«

Er kicherte leise. »Warte erst mal, bis ich anfange.«

Samantha hörte seine Worte nicht. Sie versuchte, langsam zu atmen. Sie wartete kurz, damit niemandem auffallen würde, dass ihre Aufmerksamkeit auf eine Person im Publikum und nicht auf die Auktion gerichtet war, und sah dann wieder zum Schatten hin. Sie rechnete beinahe damit, dass ihr Blick ins Leere gehen würde, doch er stand immer noch dort.

Ihr Vater war bei Sotheby's. Ihr toter Vater, der vor drei Jahren in einem Gefängnis in Florida gestorben war, dessen dürftige Gefängnisbeerdigung sie damals aus sicherem Abstand von fünfhundert Metern mit einem Fernglas beobachtet hatte.

Martin Jellicoe war zwar zu seiner Zeit ein Meistereinbrecher gewesen, aber selbst in seinem besten Moment hätte er seinen eigenen Tod nicht vortäuschen können. Einen Ausbruch konnte er bewerkstelligen – deswegen war er auch im Okeechobee-Gefängnis gelandet, dem dritten Hochsicherheitsgefängnis, in dem man ihn hinter Gittern zu halten versucht hatte. Sie atmete gleichmäßig, um ihren Puls unter Kontrolle zu bekommen, und griff nach dem Mobiltelefon in ihrer Handtasche. Aber wen sollte sie denn anrufen? Die Gefängnisbehörde in Florida? Die Ghostbusters? Stoney? Ob Stoney davon gewusst hatte … sie konnte sich nicht vorstellen, dass er es gewusst und ihr nichts davon erzählt hatte. Nicht nach all dem, was sie zusammen durchgemacht hatten. Andererseits, ihr Vater hatte es offensichtlich gewusst und war die letzten drei Jahre gar nicht unter der Erde gewesen. Samanthas Aufenthaltsort in den letzten fünf Monaten war öffentlich bekannt gewesen. Und wenn er sich bei ihr gemeldet hätte, dann könnte sie sich wohl auch daran erinnern. »Jetzt geht's los«, sagte Rick neben ihr.

Sie zuckte zusammen. »Was?«

»Der Rodin.« Er warf ihr einen verärgerten Blick zu. »Bitte versuche, bei der Sache zu bleiben. Ich zumindest finde die Sache spannend.«

»Ich doch auch«, entgegnete sie und gab sich einen Ruck. Es wäre um so vieles einfacher, wenn sie hinübergehen und Martin fragen könnte, wo er gewesen war und was er machte, doch ihr Instinkt sagte ihr, dass dies keine gute Idee war. »In Gedanken war ich gerade bei dem Hogarth«, flunkerte sie. »Und ich frage mich, wann genau das zweite Gemälde entdeckt wurde.«

»In der Pause werde ich mich erkundigen.« Er hob beiläufig den Katalog in die Höhe, und der Auktionator schlug noch

10 000 Dollar auf den Preis für die Statue. Eine Minute später wurden die Gebote in Schritten von fünfzig-, dann hunderttausend Dollar erhöht.

In der Pause. Vielleicht könnte es ihr dann gelingen, mit Martin zu sprechen. Während sie dasaß und versuchte, ihren Gesichtsausdruck der amüsierten, gelassenen Miene Ricks anzugleichen, bemühte sie sich, sich auf eine Frage zu konzentrieren. Was war Martin Jellicoes Motiv, hier anwesend zu sein?

Samantha war wohl kaum der Grund, denn dafür hätte er seinen Auftritt früher haben können. Die vergangenen drei Jahre ganz außer Acht gelassen, heute Mittag war sie zum Beispiel zwei Stunden alleine einkaufen gewesen und einige Stunden davor war sie im Central Park gejoggt. Sotheby's war nicht wirklich die logische Option, um seiner Tochter zu zeigen, dass man nicht tot war. Das hieß also, dass er heute Abend nicht wegen ihr hier war. Es blieb nur eine Antwort: Diebstahl. Aber hinter was war er her?

»Am Telefon bietet jemand zwölf Millionen vierhunderttausend. Höre ich zwölf fünf?« Ian Smythes Stimme holte sie aus ihren Gedanken.

Rick hob den Katalog.

»Zwölf fünf. Irgendjemand zwölf sechs?«

»Rick«, flüsterte Samantha, »kann ich mal den Katalog sehen?«

»Jetzt?«, fragte er.

»Ja.«

»Ich brauche ihn doch.«

»Ich muss mal was nachsehen.« Sie suchte nach dem Grund dafür, warum ihr Vater nach drei Jahren wieder aufgetaucht war. Rick hielt den Katalog erneut in die Höhe. »Du kannst ihn in einer Minute haben.«

Samantha nahm einen tiefen Atemzug. »Gut.« Es würde nichts bringen, sich jetzt mit ihm anzulegen. Auch wenn sie verzweifelt nach einer Antwort suchte, fünf Minuten früher oder später machten keinen Unterschied.

»Mr Addison bietet dreizehn Millionen«, sagte Smythe und drehte den Hammer in seiner Hand. »Irgendjemand dreizehn Millionen zweihundertfünfzig?«

Ein Raunen ging durch den Raum, doch niemand blinzelte, nickte oder hob die Hand. Samantha hielt ebenfalls den Atem an. Rick wollte den Rodin haben, doch er war ein gewiefter Geschäftsmann, der nicht mehr als das zahlen würde, was ein Objekt wert war. Was auch immer seine Grenze war, sicher lag sie nicht viel höher. Und doch blieb seine Miene ruhig und gelassen. Samantha war nun, trotz ihrer Situation, äußerst gespannt. Rick war wirklich unglaublich, und es war kein Wunder, dass ihm ein so beträchtliches Vermögen gehörte.

»Niemand? Dreizehn zwei vielleicht? Mrs Quay? Nein? Nun denn, zum Ersten, zum Zweiten, zum Dritten …«, er schlug mit dem Hammer auf den Tisch, »… der Rodin geht für dreizehn Millionen Dollar an Richard Addison.« Smythe lächelte. »Meine Glückwünsche, Sir. Oder sollte ich besser sagen, Lord?«

Das Publikum applaudierte laut, und Samantha klatschte etwas verzögert. Richard winkte bei der Frage ab. Er war so zurückhaltend mit allem, was seine aristokratische Herkunft betraf, dass den meisten Menschen – es sei denn, sie gehörten zu seiner Fangemeinde – wahrscheinlich nicht einmal bekannt war, dass er der Marquis von Rawley war und in seinen Adern tatsächlich blaues Blut floss.

»Du bist umwerfend«, flüsterte sie und küsste ihn auf die Lippen.

»Danke, meine Liebe.« Er ließ sich nicht anmerken, dass diese Art von Liebesbezeugungen nicht unbedingt typisch waren für Samantha. Schließlich löste er sich von ihr und reichte ihr den Katalog. »Was wolltest du denn nachsehen?«

»Nur ein paar …«

»Rick, herzlichen Glückwunsch.« Glücklicherweise wurde sie von einem der anderen Bieter unterbrochen und war so nicht gezwungen, sich etwas auszudenken, um ihren verwirrten Zustand zu überspielen.

Während sich Rick mit den Gratulanten unterhielt und ein neues Kunstwerk nach vorne gebracht wurde, blätterte Samantha im Katalog. Wenn Martin hier war, um etwas mitzunehmen, dann handelte es sich sicher um ein Gemälde – keine der Skulpturen war klein oder leicht genug, um damit entwischen zu können. Aber welches Gemälde?

Sie sah sich das Foto des Hogarth-Gemäldes genauer an. Der zweite Hogarth, den bis jetzt noch niemand gesehen hatte, war heute Abend bestimmt nicht das wertvollste Bild, doch sicherlich das spektakulärste. Wenn aber ihr Vater erst zum gleichen Zeitpunkt wie die anderen Anwesenden davon erfahren hatte, dann konnte er gar nicht hinter diesem Bild her sein. »Hast du gefunden, was du gesucht hast?« Rick beugte sich zu ihr und sah auf die aufgeschlagene Seite. »Wieder der Hogarth? Du hasst Rätsel, nicht wahr?«

»Ich mag sie, wenn sie gelöst sind«, entgegnete sie. »Wann ist denn die Pause?«

»Nach dem Manet.« Er sah ihr ins Gesicht, der Blick seiner dunkelblauen Augen voller Neugier. »Was ist los?«

»Nichts.« Sie zuckte mit den Schultern und achtete darauf, dass ihr Blick nicht zu der Gestalt im Schatten wanderte. »Nun ja, vielleicht bin ich daran gewöhnt, bei solchen Veranstaltungen mehr zu tun zu haben.«

»Möchtest du für mich für den neuen Hogarth bieten?«

Samantha blinzelte. »Um Gottes willen, nein. Aber bist du sicher, dass du mitbieten möchtest, so ganz unbesehen? Was ist, wenn dir das Bild gar nicht gefällt? Oder wenn es eine Fälschung ist?«

»Ich mag Hogarths Arbeiten. Und sei unbesorgt, ich werde mir für das andere Gemälde einen beglaubigten Provenienznachweis geben lassen, bevor ich irgendetwas unternehme.« Er nahm ihre Hand. »Möchtest du es dir auch ansehen? Du kannst Fälschungen schneller erkennen als jeder andere.«

»Ja, sicher.« Verdammt, sie würde also in der Pause nicht mit ihrem Vater sprechen können.

Rick strich mit seinem Daumen über die Innenseite ihres Handgelenks. »Entspann dich, Samantha. Das Einzige, worum du dich heute Abend kümmern musst, bin ich. Habe ich dir schon gesagt, dass ich Auktionen ziemlich erregend finde?« Er küsste ihr Ohrläppchen.

Trotz ihrer momentanen Verfassung ging ein Zittern durch ihren Körper. Es spielte keine Rolle, womit sie gerade beschäftigt war, wenn sie Rick Addison sah, wurde ihr ganz heiß. Und wenn er es dann auch noch darauf anlegte, sie aufzureizen, dann konnte sie sich nicht mehr zurückhalten. »Ich bin ganz feucht«, flüsterte sie und streckte ihm ihren Hals entgegen.

»Oh mein Gott«, murmelte er. »Vergessen wir die Hogarths und verschwinden von hier. Ich will dich spüren.«

Wie sehr sie das auch wollte, doch wenn sie jetzt gingen, dann verlöre sie Martins Spur.

Und sie brauchte eine Antwort. »Behalt deine Hosen an, Brit«, befahl sie kaum hörbar, »du kriegst mich später.«

»Habe ich auch vor. Gib mir jetzt den Katalog zurück, damit ich meinen Schoß bedecken und meine Würde wahren kann.«

Samantha prustete und reichte ihm den Katalog. »Es ist ein leichtes Spiel mit dir.«

»Nur was dich angeht.«

Der Manet ging für sieben Millionen weg. Dann kündigte Ian Smythe eine zwanzigminütige Pause an, und die Hälfte des Publikums stand auf und begab sich zu der verhängten Staffelei in einer Ecke des Raumes. Rick war nicht der Einzige, der Interesse an dem neuentdeckten Hogarth hatte. Er nahm Samanthas Hand, und sie gingen zu der Menschentraube vor dem Bild. Sam sah dabei noch einmal in Martins Richtung. Ihr Vater hatte sich nicht bewegt.

Wenn er nicht mit den Fingern geklopft hätte, hätte man ihn für ein modernes Kunstwerk halten können. Ein alter und wirkungsvoller Trick: Stell dich unbeweglich an einen unauffälligen Ort, und die Leute bemerken dich meist gar nicht. Und wenn du dann plötzlich nicht mehr dort bist, dann glauben diese Leute, dass sie sich wahrscheinlich getäuscht und dich gar nicht gesehen haben. Sie denken das zumindest, bis der Alarm ausgelöst wird und die Polizei auftaucht. Aber da bist du natürlich schon längst weg.

Samantha gab sich alle Mühe, ihren Schock und ihre Fassungslosigkeit zu überspielen. Sie konnte über das Wie und Was erst dann nachdenken, wenn sie Zeit dafür hatte. Jetzt ging es vor allem um das Warum.

»Ja«, sagte eine Gemäldeexpertin von Sotheby's, in deren professioneller Verkaufsstimme hörbar die Aufregung mitschwang. »Erst vor zwei Wochen. Vor einer Auktion überprüfen wir Echtheit und Eigentumsrechte jedes Postens, und während dieser Prüfung entdeckten wir, dass hinter der ersten Leinwand eine zweite gespannt war. Der erste Hogarth war in der Familie vererbt und wahrscheinlich seit mehr als fünfzig Jahren nicht mehr untersucht worden.«

Mit einer theatralischen Geste zog sie das Tuch von der Leinwand. Samantha sah sich das Bild mit dem gleichen Interesse an wie alle Anwesenden – mit einer Ausnahme. Sie bewunderte die sichere Pinselführung und die Pastelltöne der Meeresszene bei Sonnenaufgang, es war eine Fischfangflotte zu sehen, deren Boote die Wasseroberfläche durchwühlten. Doch Samantha registrierte außerdem die Größe und den Rahmen des Gemäldes und schätzte das Gewicht des Kunstwerks ab. Bei Sotheby's wusste man seit zwei Wochen von der Existenz des Gemäldes. Es war erst nach Fertigstellung des Katalogs entdeckt worden, weswegen die Entdeckung auch nicht öffentlich bekannt gegeben worden war, doch sie bezweifelte, dass alle Beteiligten wirklich Stillschweigen bewahrt hatten. Das Auktionshaus war schließlich auf Reklame angewiesen und erhielt bei jedem Verkauf eine Provision vom Verkaufspreis.

Zwei Wochen. Ihrer Erfahrung nach war das genug Zeit. Jemand musste davon erfahren und beschlossen haben, etwas besitzen zu wollen, das noch niemand gesehen hatte, und dann den Auftrag erteilt haben. Verdammt, bestimmt war Martin wegen des Hogarths hier.

»Es ist großartig, findest du nicht auch?«, flüsterte ihr Rick ins Ohr. »Es ist besser als das, was darüber war.«

»Mir gefällt die Ausführung«, räumte sie ein. »Sie gehören bestimmt zusammen.«

Er nickte. »Da hast du recht. Sieht so aus, als ob ich beide kaufen werde. Man sollte sie nicht trennen.«

Die Sachverständige verdeckte das Gemälde wieder. Samantha wusste, wohin es nun gebracht werden würde – zurück an seinen sicheren Lagerort, bis zur Versteigerung. Und sie wusste auch, wie sicher es dort wäre. »Entschuldigen Sie!«, rief sie mit naivstem Stimmchen. »Könnte man es noch zur Ansicht hier lassen? Ich würde es so gerne noch ein paar Minuten ansehen.«

Die anderen Betrachter pflichteten ihr bei, und nach kurzer Beratung trugen zwei Angestellte das Gemälde und die Staffelei in eine Ecke neben das Podium und stellten es dort auf. Als Samantha sich umdrehte und mit Rick zurück zu den Plätzen ging, wurde sie gewahr, dass Martin sie anstarrte. Ihre Frage war wohl beantwortet. Er war hinter dem Hogarth her, ebenso wie Rick.

Das entwickelte sich zu einem Albtraumszenario, wie sie es sich nicht hätte ausmalen können. Und sie hatte nicht viel Zeit, sich die Situation durch den Kopf gehen zu lassen. Nach den nächsten drei Gemälden war der Hogarth an der Reihe.

Nun, sie war daran gewöhnt, Situationen in kürzester Zeit einzuschätzen. Situationen, in denen es um Leben und Tod ging. Wie viele Optionen hatte sie nun – drei? Die erste war, Rick zu sagen, dass Martin nicht tot war, sondern sich in New York befand und offensichtlich darauf aus war, eines oder zwei der Gemälde zu stehlen, auf die Rick ein Auge geworfen hatte. Die zweite war, auf Martin zuzugehen, ihn zu begrüßen und ihm dann zu sagen, dass er die Finger von den Hogarths lassen solle, weil ihr Freund sie kaufen wollte. Nummer drei war, Richard dazu zu bewegen, die Gemälde zu vergessen, nach Hause zu gehen und Sex bis zum Umfallen zu haben. Nach dem Aufwachen würde sie dann feststellen, dass sie von Martin nur geträumt hatte.

Option Nummer drei schien die beste zu sein. Richard hatte ja zuvor schon vorgeschlagen zu gehen. »Rick?«, sagte sie und schmiegte sich an ihn.

»Mmm?« Er war vollkommen eingenommen vom Geschehen.

»Soeben habe ich an das gedacht, was du vorhin gesagt hast. Vor der Pause, weißt du, das war eine ziemlich gute Idee.« Sie streckte ihren Arm aus und streichelte seinen Oberschenkel.

Er sah sie an. »Entschuldige bitte?«

»Wie direkt soll ich denn werden, Süßer?«, flüsterte sie. »Die Gemälde und das viele Geld machen mich ganz scharf und …«

»Tun sie nicht«, entgegnete er und runzelte die Stirn. »Was hast du denn vor?«

»Nichts, ich habe nichts vor, außer heiß und nass und nackt mit dir zu sein.«

Er drehte sich zu ihr. »Warum willst du jetzt gehen, Samantha?«

Offensichtlich hatte sie ihren Zauber verloren, wenn Rick nun eine Erklärung dafür suchte, dass sie mit ihm schlafen wollte. Sollte sie nun verletzt sein oder weitermachen?

»Wenn du mich verhörst, dann werde ich dich nicht ranlassen, Schätzchen.«

Sein Gesichtsausdruck entspannte sich. »Dann leg dich einfach nur hin und sieh mir zu, wie ich es mir selbst besorge, dann kannst du ja entscheiden, ob du mitmachen willst.«

Ihr Mund wurde trocken. »Oh Mann, Rick, lass uns gehen.«

»Gib mir noch fünfzehn Minuten, und wir haben zwei Hogarths, die du nach Hause bringen kannst. Sie können dann zusehen.«

Okay. Option zwei war, Rick zu sagen, dass Martin aufgetaucht war. Nicht gut. Rick gefiel ihre enge Beziehung mit Stoney gar nicht, und der hatte sich immerhin auch aus dem Geschäft zurückgezogen. Wenn er herausfand, dass sich ein entflohener und offensichtlich nicht verstorbener Sträfling, der zufällig ihr Vater war, hier im Raum befand und es auf den Hogarth abgesehen hatte, dann würde er die Wände hochgehen. Er hatte schon ihre Motive für ihre Anwesenheit in New York in Frage gestellt – und damit auch nicht ganz danebengelegen. Abgesehen davon gab sie nicht gern Erklärungen ab, wenn sie die Antworten selbst noch nicht kannte. Sie musste mit Martin sprechen. Es gab eine Art Ehrenkodex für Diebe ihres Kalibers. Wenn Rick ein Gebot abgab, müsste ihr Vater anerkennen, dass sich die Gemälde in ihrem Revier befanden, ob legal oder nicht, und sich zurückziehen. Zumindest bis sie mit ihm sprechen konnte.

Das ergab Sinn. Und da sie im Moment gar nichts anderes tun konnte, außer vielleicht noch den Alarm auszulösen und »Feuer« zu schreien, musste das vorerst genügen. Sie lehnte sich wieder an Rick, der seinen Arm um ihre bloße Schultern legte.

»Willst du mich nun doch ranlassen?«

»Oh ja, unbedingt. Mach schnell.«

»Dein Wunsch ist mir Befehl, meine Liebe.«

Meine Güte, er war stur, außerdem war er der klügste Mann, den sie je getroffen hatte, und obendrein extrem sexy. Wenn sie ihn schon nicht dazu überreden konnte, nicht mitzubieten, dann musste sie darauf hoffen, dass Martin sich an diesen Ehrenkodex erinnern und sich daran halten würde. Doch sie musste sich absichern und auf jeden Fall mit ihm sprechen.

Sie suchte in ihrer Tasche nach einem Stück Papier und einem Stift, vorne begann nun die Versteigerung des ersten Hogarth-Gemäldes. Ihr schoss durch den Kopf, dass ihre erste – oder vielmehr zweite – Reaktion beim Anblick ihres vermeintlich toten Vaters die Sorge gewesen war, dass er ihr und Rick womöglich Ärger einbringen würde. Aber sie hatte auch nie behauptet, dass sie aus einer Vorzeigefamilie kam.

Sie kritzelte »M« auf den Zettel, während Ricks ganze Aufmerksamkeit auf den ansteigenden Preis für den Hogarth Nummer eins gerichtet war. »Komm t 2 / Teufel zur Balto-Statue.« Sie hatte das Bedürfnis, noch viel mehr zu schreiben, doch Zeit, Ort und eine leichte Paranoia zwangen sie dazu, es kurz und knapp zu formulieren. Keine Namen, keine Zahlen – schon das M war zu viel. Sie zweifelte nicht daran, dass er sich an ihren Code für 2 Uhr erinnern würde. Nachts war es sicherer, auch wenn sie ihn lieber bei Tageslicht getroffen hätte.

Sie erschrak, als der Hammer vorne auf das Pult schlug. Zuerst wusste sie nicht, wer das Gemälde ersteigert hatte, bis der Mann hinter ihnen auf Ricks Schulter klopfte.

»Gut gemacht, Addison.«

»Danke.«

Als sich Rick zu ihr drehte, gab ihm Samantha einen zärtlichen Kuss auf den Mund. »Du machst das besser als alle, die ich kenne«, flüsterte sie.

Er schmunzelte. »Fünf Millionen sind ein bisschen wenig. Beim zweiten geht's dann ums Ganze. Was schreibst du da?«

»Mir ist gerade etwas eingefallen, was ich Stoney sagen muss«, log sie. »Hast du …«

»Unser nächstes Lot«, kündigte Ian Smythe wie auf Kommando an, »ist 32501A. Das Eröffnungsangebot liegt bei zwei Millionen siebenhunderttausend. Irgendjemand acht?«

Ein Dutzend Hände, Finger, Kataloge, Augenbrauen und Nasen gingen nach oben. Offenbar waren nicht nur Rick und Martin hinter dem Hogarth her. Als Samantha einen der Vorstandsmitglieder von Mobil Oil mit der Hand winken sah, hoffte sie einen Augenblick, dass Rick das Gemälde nicht bekommen würde. Dann könnte Martin damit tun, was er wollte – was allerdings immer noch nicht die Frage klären würde, warum er noch am Leben war. Doch es würde immerhin bedeuten, dass er nicht mit Rick und ihr in direkten Konflikt geraten würde.

»Oh, ich sehe, wir können ein paar Klassen überspringen«, sagte Smythe, und man hörte leises Gelächter im Publikum. »Dann kommen wir zu fünf Millionen, ist da jemand dabei?« Die gleichen Bieter wie zuvor gaben ihr Zeichen, dazu vier oder fünf andere.

»Du hast ungefähr fünfzehn Mitbewerber«, murmelte Samantha, nachdem sie sich verstohlen umgesehen hatte.

Zu ihrer Überraschung ließ Rick den Katalog sinken. »Ich werde noch warten«, sagte er gelassen, »denn ich bin nicht gerne Teil der Masse.«

»Das ist eines der Dinge, die ich am besten kann.«

»Da bin ich anderer Ansicht.« Er nahm ihre Hand und drückte sie sanft. »Wer sitzt denn ungefähr zwei Reihen direkt hinter uns? Smythe schaut immer wieder dorthin, aber ich will mich nicht umdrehen.«

»Bill Crawford«, antwortete sie, ohne sich umzudrehen.

»Großartig. Der Einkäufer für Getty.«

»Genau. Hat der mehr Geld zum Mitspielen als du?«, fragte sie, während das Gebot auf sieben Millionen hochschnellte, ein Viertel der Käufer war mittlerweile ausgestiegen.

»Ich vermute mal, wir werden das herausfinden, oder?« Er

grinste, nicht das sanfte, erotische Lächeln, das normalerweise ihr galt, sondern sein dunkles, raubtierhaftes Grinsen, bei dem er beinahe die Zähne bleckte. Sam war froh, dass sie nicht Bill Crawford war. Ihr großer weißer Hai war gerade dabei, auf der Suche nach Futter loszuschwimmen.

Bei neun Millionen achthunderttausend waren nur noch drei Bieter im Spiel, und Rick stieg wieder ein. Hinter ihnen konnte sie jemanden fluchen hören, trotz des aufgeregten Geflüsters und der Kommentare der Zuschauer. Samantha war sich nicht sicher, dass es Crawford war, doch sie hätte darauf gewettet.

Sie sah in Martins Richtung. Er hatte den Blick nicht mehr aufs Podium gerichtet, sondern war halb dem Publikum zugewandt. Bestimmt wollte er herausfinden, wer den Sieg davontragen und was diese Person mit dem Gemälde tun würde. Die meisten Bieter, auch die persönlich anwesenden, würden es von Sotheby's transportieren lassen, was bedeutete, dass es noch ein paar Stunden nach der Auktion irgendwo im Gebäude greifbar wäre. Oder während der Auktion.

Rick wollte die Kunstwerke in sein Anwesen nach England bringen lassen. Das könnte ein Problem darstellen. Der Preis lag mittlerweile bei 10,6 Millionen, und es waren nur noch Rick, ein Bieter am Telefon und Crawford übrig. Falls Rick frustriert darüber war, dass er keinem seiner Kontrahenten in die Augen sehen konnte, so zeigte er das jedenfalls nicht. Tatsächlich wirkte er extrem ruhig für jemanden, der wohl um die dreißig Millionen Dollar an diesem Abend ausgeben würde. Er strahlte eine Gelassenheit aus, als ob er gerade ein paar Groschen an einem Geldautomaten in Las Vegas verspielen würde.

Samantha zog ihren Lippenstift und den Spiegel aus der Tasche und sah dabei zu Rick. Wenn er nicht wollte, dass sie einen Blick nach hinten warf, würde er ihr das zu verstehen geben. Stattdessen stand ihm die Neugier ins Gesicht geschrieben.

»Welchen Eindruck macht Crawford jetzt?«, murmelte er.

Sie warf einen Blick in den Spiegel, zog sich die Lippen nach und nahm den Spiegel dann wieder herunter. »Ich gebe ihm noch eine Viertelmillion, dann wird er sich entweder übergeben oder ohnmächtig werden. Du hast ihn in der Tasche.«

»Was du nicht sagst, Herzchen.«

Sie kicherte und setzte unter ihr Schreiben noch ein PS: »Hände weg von Mike.« Mike war eine Abkürzung für Michelangelo, ihr allgemeines Codewort für Kunstwerke. Gemälde waren eigentlich Vincent – für van Gogh –, aber Rick hatte schließlich auch eine Statue erstanden. Der Diebeskodex besagte, dass Martin ihr Ricks Käufe überlassen sollte, da sie die engere Verbindung hatte, doch ihr Vater hatte eigentlich nie nach den Regeln gespielt, wenn er sie hatte umgehen können. Und Martin war zweifelsohne auf der Jagd.

Ob Rick nun den zweiten Hogarth erstehen würde oder nicht, sie wollte mit Martin sprechen, ohne dass einer von ihnen dabei eine Verhaftung riskieren musste. Sie hatte eine Menge Fragen an ihn – auch an sich selbst, wenn sie nur ein paar Minuten für sich hätte und zum Nachdenken käme. Zum Teufel, ihr Vater war am Leben. Das war eine sehr beunruhigende Neuigkeit. Sie zwang sich, den Gedanken zu verdrängen und sich später darum zu kümmern.

»Zehn Millionen achthunderttausend. Irgendjemand zehn Millionen neun?« Samantha rutschte auf ihrem Sitz hin und her. Für einen Augenblick wünschte sie sich, eine der Frauen zu sein, deren einzige Sorge darin bestand, ihre frisch manikürten Nägel nicht in Gefahr zu bringen. Das wäre zwar langweilig, aber abgesehen von der Gefahr scharfer Kanten auch sehr sicher.

»Wirst du ungeduldig?«, flüsterte Rick.

»Ich freue mich nur auf die Siegesfeier«, gab sie zurück und rieb ihren Oberschenkel an seinem.

»Geht mir genauso. Wir sollten deine Theorie über Crawford überprüfen, ja?« Er hob den Katalog in die Höhe. »Elf Millionen«, sagte er laut. Man hörte anerkennende Ausrufe aus dem Publikum. Ihr Geliebter war tatsächlich bereit, eine halbe Million extra springen zu lassen, um mehr Zeit mit ihr im Bett zu haben.

»Mr Addison bietet elf Millionen.«

Sie hielt den Spiegel wieder vor ihr Gesicht. »Crawford schüttelt gerade den Kopf. Weichei.«

»Sei still«, gab ihr Rick zu verstehen. »Man sollte seinen Rivalen nicht so reizen.«

»Mr Crawford«, sagte Smythe, »Sie können auch fünfzigtausend mehr bieten, wenn Sie nicht auf hundert gehen wollen. Nein? Nun gut. Was ist mit unserem Telefonbieter, Jenny?«

»Elf Millionen zwei«, sagte die kleine Frau zu dem Auktionator.

Smythe gab es laut an Rick weiter. »Wir haben elf Millionen …«

»Zwölf Millionen«, unterbrach ihn Rick, den Blick auf Jenny gerichtet. Die Arme wirkte ganz durcheinander, als sie den Betrag weitergab. Samantha hatte vollstes Verständnis, Rick konnte ziemlich respekteinflößend sein. Einen Moment später schüttelte die Dame am Telefon den Kopf, sie war sichtlich erleichtert. Das Spiel war aus.

»Keine weiteren Gebote? Dann …«, der Hammer landete auf dem Tisch, »… geht das Gemälde für zwölf Millionen Dollar an Mr Addison. Nochmals Glückwünsche, Sir.«

Die Zuschauer brachen in Applaus aus. Samantha klatschte mit, bis Rick aufstand, sie nach oben zog und auf den Mund küsste, ganz im Stil des Victory Day. Obwohl es ihr eigentlich nicht behagte, so zur Schau gestellt zu werden, warf sie ihm die Arme um den Hals.

»War das die Siegesfeier?«, fragte sie, nachdem sie sich wieder hingesetzt hatte und zu Atem gekommen war.

»Wohl kaum«, gab er zur Antwort, nahm ihre Hand und küsste sie noch einmal. »Lass uns von hier verschwinden, ja?«

Nicht, bevor sie dafür gesorgt hatte, dass seine Einkäufe in Sicherheit waren. »Was ist mit unseren Kunstwerken?«, fragte sie und widerstand seiner Anziehungskraft.

»Ich werde sie nach England liefern lassen.«

Das war ein ganz schlechter Plan. »Können wir sie nicht in unser Haus in der Stadt bringen? Das war doch sowieso dein Vorschlag.«

Er runzelte die Stirn. »Nicht den Rodin. Er wiegt eine halbe Tonne.«

»Aber die Hogarths?«, fuhr sie fort und wünschte, ihre Vergangenheit würde ihr nicht immer überall auflauern. »Ach bitte, Rick. Ich habe früher Gemälde gestohlen, die für den Transport mit dem Schiff bereitgestellt waren. Es macht mich nervös, sie hierzulassen.«

»Wirklich?«

»Wirklich.«

»Nun gut«, sagte er nach einem Moment. »Ich werde mit Talmadge sprechen.«

»Danke.« Ron Talmadge war Verkaufsleiter für Sotheby's, und Samantha fragte sich, wie er seinen Job über neun Jahre hatte behalten können, nachdem sie alleine Gemälde im Wert von achtzig Millionen entwendet hatte. Sie fragte sich, ob Rick eine Vorstellung davon hatte, dass sie mit ihren Besuchen hier fast fünfzehn Millionen verdient hatte. Verdient traf nicht wirklich zu, da Diebe immer eine Menge Leute bezahlen mussten, wenn sie nicht ins Gefängnis wandern wollten. Unerkannt zu bleiben konnte verdammt teuer werden. Trotzdem war Samantha Mitglied im Club der Millionäre, Rick allerdings befand sich schon auf der nächsten Stufe.

Sobald Rick aufgestanden und zu Talmadge gegangen war, nahm Samantha den gefalteten Zettel in die Hand und machte sich auf in Richtung Toiletten. Als sie an ihrem Vater vorbeikam, steckte sie ihm den Zettel in die Jackentasche. Sie streifte mit der Hand den Stoff seiner Jacke und lief dann zitternd an ihren Zufluchtsort. Sie hatte ihn berührt, und er hatte sich nicht in Luft aufgelöst. Er war aus Fleisch und Blut, Martin Jellicoe war leibhaftig am Leben. Und sie war in vier Stunden mit ihm verabredet. Das Leben nahm wirklich die sonderbarsten Wendungen.

4

Dienstag, 22.53 Uhr

Mit einem Gefühl tiefer Befriedigung wartete Richard in der Eingangshalle auf Samantha. Er besaß nun den Rodin, ein klassisches Gemälde und einen Hogarth, den zuvor noch niemand gesehen hatte. Für den Rest des Abends blieb ihm nichts mehr zu tun, als seiner Leidenschaft, seiner Obsession für Samantha Jellicoe zu frönen.

Sie erschien einen Moment später, mit ihren leuchtend grünen Augen, ihrem seidig glänzenden kastanienbraunen Haar und ihrem eleganten roten Kleid. Was auch immer sie während der Versteigerung bedrückt hatte, es schien sich nun verflüchtigt zu haben. Sam strahlte ihn an, und er bekam weiche Knie.

Er wünschte sich, große Taten vollbringen zu können, die einer so einzigartigen und außergewöhnlichen Frau wie ihr gebührten.

Er nahm ihre Hand. Auch nach fünf Monaten musste er sie so oft wie möglich berühren, um sich zu vergewissern, dass sie nicht plötzlich verschwunden war. »Ich habe Ben angerufen«, sagte er und zog sie an sich. »Er wartet draußen.«

»Und die Hogarths?«

»Sind verpackt und bereit zur Abholung.«

Sie nickte. »Gut.«

Sie kamen zum Ausgang, und Richard hielt die Tür für Samantha und einige Sotheby's-Angestellte auf. Zwei von ihnen trugen die Gemälde, die anderen bildeten die Eskorte. Ben hatte bereits die Türen der Limousine geöffnet, und die

Hogarths wurden auf dem Rücksitz auf der Fahrerseite verstaut. Der Kofferraum schien ein unwürdiger Ort für diese Schätze.

»Vielen Dank, meine Herren«, sagte Richard und nahm weitere Glückwünsche entgegen, ignorierte die herbeischwärmenden Paparazzi und half Samantha in den Wagen. Sie war dazu durchaus alleine fähig, aber es gefiel ihm eben, den edlen Ritter zu spielen, wie sie es immer nannte. Offenbar steckte es ihm im Blut.

»Bist du zufrieden?«, fragte Samantha, als Ben die Tür geschlossen und sich auf der Rückbank niedergelassen hatte.

»Ich habe bekommen, was ich wollte. Fast.« Rick beugte sich zu ihr, streichelte ihre Wange und küsste sie, langsam und ausgiebig. Sie war berauschender als Champagner.

Sie erwiderte seine Küsse und betätigte den Knopf hinter sich, um die Trennwand zum Chauffeur hochzufahren. »Ein Vermögen in Kunst reicht dir also nicht?«

Er zog einen der Träger ihres Kleides langsam über ihre Schulter und bedeckte ihre Haut mit Küssen. »Nicht, wenn es dich gibt.«

»Sachte«, flüsterte sie mit zitternder Stimme. »Willst du nicht warten, bis wir zu Hause sind?«

»Ich kann nicht«, gab er zurück und ließ seine Hand unter ihren Seidenunterrock gleiten. Mit der anderen Hand drückte er den Knopf der Sprechanlage an seiner Tür. »Ben, nimm den langen Weg«, sagte er.

»Ja, S…« Rick hatte die Anlage bereits ausgeschaltet.

»Großartig. Nun weiß Ben also, was wir tun.«

»Glaubst du etwa, er hätte es sonst nicht gewusst?« Mit einem Ruck zog Richard ihr Kleid bis zur Taille herunter. Sie trug keinen BH, er musste also keine Zeit damit verschwenden. Er senkte den Kopf, küsste ihre weichen Brüste, seine Zunge ließ ihre Brustwarzen hart werden. Ihr ganzer Körper bebte, und seine Hose wurde immer enger.

»Was ist, wenn uns ein Fotograf mit einer Infrarotkamera gefolgt ist?«, stieß sie hervor und schob sich ihm entgegen.

»Deine Paranoia macht wirklich vor nichts halt, Sam«, sagte er und presste sie mit dem Rücken an den Ledersitz.

»Hiervor zum Beispiel?«, fragte Samantha und umfasste mit einer Hand zärtlich sein Geschlecht, wobei sie ihn mit ihren grünen Augen ansah, mit einer Unschuld, auf die er manchmal immer noch hereinfiel. »Mmm, da fühlt sich aber jemand gut.«

»Haarscharf erkannt, meine Liebe.« Er schob ihren Rock nach oben und raffte das Kleid an ihrer Taille zusammen. »Oh mein Gott«, murmelte er, als er an ihr herabsah. »Ein roter Tanga.«

Sie lächelte und hauchte: »Das dachte ich mir schon, dass er dir gefallen würde. Ich probiere einen neuen Stil aus.«

»Noch besser gefällt er mir aber ausgezogen.«

Sie hob ihre Hüften an, und er zog ihren Tanga herunter und über ihre roten Pumps aus. Samantha trug keine Strumpfhosen, außer sie gehörten zur Kleiderordnung. Und das war gut so.

»Willst du mir nicht sagen, was dich im Auktionshaus so beschäftigt hat?«, fragte er und warf ihre Unterwäsche über die Schulter zu den Hogarths.

»Nichts, es war einfach nur … ungewohnt, auf der legalen Seite zu sein. Willst du jetzt einfach weiter da knien oder zur Sache kommen?«

»Oh, mir fällt schon etwas ein.« Er richtete sich auf, öffnete seine Hose, zog sie mit den Boxershorts herunter und beugte sich über sie. Sie umklammerte mit ihren Beinen seine Hüften, und er drang langsam in sie ein. Sie war eng und heiß.

»Und wie fühlt sich das an?« Er hielt seine Arme an ihr Gesicht gepresst. Sie schauderte, und er konnte sie bis in sein Innerstes spüren.

Samantha zog sein Gesicht zu sich und küsste ihn. Sie krallte sich in seinem Haar fest und hielt ihn eng umschlungen. Er bewegte sich mit heftigen, schnellen Stößen in ihr. Seine guten Manieren mussten warten, bis sie angezogen aus dem Auto ausgestiegen waren.

Er fühlte, wie sie kam, wie sich ihre Schenkel und ihr ganzer Körper auf einmal um ihn zusammenzogen. Es war unerklärlich, dass er sich dabei mächtiger fühlte als beim Abschluss eines Millionen-Dollar-Geschäfts, doch es war wirklich so. Er wurde langsamer, damit sie das Gefühl auskosten konnten. Doch jede Faser in ihm drängte nach Beschleunigung, er wollte sie mit jedem Stoß in Besitz nehmen. Sie gehörte ihm schon, auch wenn sie es nur widerwillig zugab und er sie nur ungern dazu zwang.

»Rick«, stöhnte sie und legte ihre Hände auf seinen Hintern. Er ließ seinen Kopf neben ihren sinken und gab seinen Widerstand auf, seine Stöße wurden wieder schneller, bis er heftig erzitterte und mit einem lauten Stöhnen zum Höhepunkt kam.

»Deine Krawattennadel sticht mir in den Bauch«, keuchte Samantha mit rauer Stimme.

»Entschuldigung.« Er wollte seine Position verändern, doch seine Knie trafen ins Leere. »Da …« Sie landeten mit einem dumpfen Geräusch auf dem geräumigen Boden der Limousine.

Samantha lag nun wie eine Katze quer über seinem Oberkörper und schüttelte sich vor Lachen. »Du bist ja so geschickt«, kicherte sie.

»Sei still.«

Die Sprechanlage brummte. »Sir? Miss Sam? Ist alles in Ordnung?«

Richard hob ein Bein und traf mit dem Absatz die Armstütze. »Ja, uns geht's gut, fahr nur weiter.«

»Ich bin froh, dass du nicht den Knopf zum Öffnen des Fensters oder der Tür getroffen hast«, sagte Samantha und richtete sich auf, um sich das Kleid hochzuziehen.

»Und ich, dass keiner von uns den Ellbogen in eines der Gemälde gerammt hat«, gab er zurück und zog sich kichernd die Hosen über die Hüften.

»Wo ist denn meine blöde Unterwäsche?« Samantha krabbelte nach vorne.

Er hatte seine Hose zugeknöpft. »Ich habe nicht gesehen, wo sie gelandet ist.« Dann erspähte er den roten Fetzen, der an einer Ecke der eingepackten Gemälde hängen geblieben war. Richard beugte sich nach vorne und griff danach. »Hier hast du's.«

»Danke. Jetzt muss ich diese Woche nur sechs Ersatzteile kaufen.«

»Du hast noch keinen verloren, seit wir in New York angekommen sind.«

»Das war erst gestern, Brit.«

Richard schaute ihr zu, wie sie sich im Sitzen den Tanga anzog und dann mit der Hand ihr Kleid glatt strich. »Samantha?«

»Ja?«

»Ich liebe dich.«

Sie kroch zu ihm zurück und küsste ihn auf die Mundwinkel. »Ich liebe dich auch.«

Er lächelte, dagegen konnte er nichts tun. Sie hatte es in den letzten zwei Monaten zwar schon einige Male ausgesprochen, aber es fühlte sich immer noch so zerbrechlich, neu und wertvoll an. Noch besser würde er sich allerdings fühlen, wenn sie es als Erste sagen würde, aber immer mit der Ruhe. »Und da ist wirklich nichts, was dich beschäftigt? Du hast keinen alten Kollegen gesehen, der den Laden ausgecheckt hat oder so?«

Samantha prustete los. »Den Laden auscheckte? Du scheinst den Ganovenslang manchmal besser draufzuhaben als deine Muttersprache.«

»Ja, manchmal setze ich noch einen drauf.«

»Was tust du?«

»Wachse ich über mich hinaus. Ich spreche jedenfalls besser Englisch als du.«

»Darüber lässt sich streiten.« Sie lehnte sich wieder zurück, griff nach seiner Hand und zog ihn an sich. »Es ist nichts geschehen, weswegen ich mir Sorgen mache. Aber jetzt bin ich neugierig – was hast du denn deinen Lakaien gesagt, als ich heute Nachmittag in meiner Schwangerschaftskleidung in deinem Büro aufgetaucht bin? Sind sie ausgeflippt?«

Er hatte zwar bei seiner Rückkehr ins Büro die Blicke bemerkt, doch er hatte keine Erklärungen zu Samantha abgegeben. Eigentlich hatte es ihn amüsiert. »Ich habe beinahe einen Herzinfarkt bekommen, aber ich glaube nicht, dass die anderen allzu betroffen waren.«

»Habe ich dir Angst gemacht?«, fragte sie, während sie in ihrer Handtasche nach dem Spiegel wühlte. »Mein Anblick oder der Gedanke daran, mit mir Kinder zu haben? Oder überhaupt Kinder zu haben?«

Richard betrachtete sie eingehend. Im Allgemeinen konnte er zumindest ihre Stimmung einschätzen, aber heute Abend war sie vollkommen anders als sonst. »Ich verweigere die Antwort auf diese Frage, da mir jede Antwort dabei im Weg stehen könnte, heute Abend noch mehr Sex mit dir zu haben.«

»Ach, komm schon. Du hast noch nie darüber gesprochen, und ich weiß, dass du darüber nachgedacht hast. Braucht der Marquis von Rawley etwa keinen Erben?«

»Natürlich habe ich darüber nachgedacht.« Er zog sie auf seinen Schoß und küsste sie. »Und ich werde heute Abend nicht darauf antworten«, sagte er und küsste sie wieder, bevor sie etwas dazu sagen konnte. Das war ein ziemlich plumpes Manöver, doch er hatte nicht vor, ihr heute zu sagen, dass er Kinder wollte, und zwar mit ihr. Sie wäre dann vor Sonnenaufgang spurlos verschwunden.

»Feigling.«

»Du kannst mich nennen, wie du möchtest, Samantha«,

sagte er und hielt ihre Taille umschlungen, »aber du darfst nicht glauben, dass ich nicht genau weiß, was du tust.«

»Meinst du, wie ich auf deinem Schoß hin und her rutsche und versuche, dich wieder hart zu machen?«

»Bestenfalls versuchst du mich davon abzulenken, dich weiter zu deinem merkwürdigen Verhalten während der Auktion zu befragen, und schlimmstenfalls bist du dabei, einen Streit vom Zaun zu brechen, damit du heute Nacht irgendwohin verschwinden kannst, ohne eine Erklärung liefern zu müssen.«

Sie erstarrte nur für einen Moment, doch es genügte. Er spürte, wie sich der eiskalte Klumpen in seiner Brust wieder bildete. Verdammt.

»Okay«, sagte sie schließlich und sank wieder auf ihn. »Ich glaube, ich habe jemand gesehen und wiedererkannt.«

»Wen?«

»Das musst du nicht wissen. Aber ich dachte, dass er womöglich hinter dem Hogarth her sei, und deshalb wollte ich, dass wir das Gemälde mitnehmen. Das Problem ist also gelöst, diesmal musste keiner erschossen oder in die Luft gejagt werden, und nun sind wir zusammen und vögeln in einer Limousine. Das ist doch ein ziemlich gutes Ende für den Abend, wenn du mich fragst.«

»Du hättest es mir auch sagen können, weißt du«, sagte er und verschränkte seine Finger mit ihren. Er freute sich, dass sie endlich damit rausgerückt war, und musste auch zugeben, dass er einen gewissen Triumph verspürte, sie durchschaut zu haben. Es geschah nicht allzu oft. »Ich habe schon versprochen, dass ich nicht zur Polizei gehen werde wegen deiner ehemaligen Kollegen – solange mir nichts abhandenkommt.«

Das galt auch für sie, doch wenn er darauf hinwies, bekäme er bestimmt ihren Ellbogen in seinen Eingeweiden zu spüren. Er hatte erst herausfinden müssen, welch enormen Wert sie auf ihre Unabhängigkeit legte, und dabei schon einige blaue Flecke eingesteckt.

»Deswegen erzähle ich dir jetzt davon«, sagte sie. »Ich arbeite daran, mich zu bessern. Es ist nicht so leicht, wie du glaubst.«

»Noch habe ich nichts dazu gesagt.« Richard grinste.

»Lass uns nach Hause fahren, ja?« Samantha beugte sich nach vorne und drückte auf den Knopf der Sprechanlage. »Nach Hause bitte, Ben«, sagte sie.

»Wir sind in zwei Minuten da, Miss Sam.«

Richard setzte eine gespielt verärgerte Miene auf. »Hat er uns wirklich so gut eingeschätzt, oder fährt er nur im Kreis?«

Samantha prustete und gab ihm einen Kuss. »Er ist wahrscheinlich im Kreis um die Tankstelle gefahren und hat gehofft, dass ihm nicht vor dir der Sprit ausgeht.«

Richard spürte ein Ziehen in seinen unteren Regionen, ließ seine Hand in ihren Ausschnitt gleiten und dann auf ihrer rechten Brust liegen. »Mein Sprit ist noch nicht aus, Liebes.«

Sie lachte etwas atemlos und presste ihren Körper gegen seine Hand. »Ich glaube langsam, dass du mit Sonnenlicht betrieben wirst.«

»In diesem Fall wohl eher Mondlicht.« Doch eigentlich reichte der Anblick, der Geruch oder die Berührung von Samantha Elisabeth Jellicoe aus, um ihn zu erregen. Er würde jederzeit ein paar Hogarths dafür eintauschen.

Als sie später im Bett lagen, ging Samantha durch den Kopf, dass mit ihnen wirklich etwas nicht stimmte. Nach den fünf Monaten ihres Zusammenseins, in denen sie nicht einmal eine Woche voneinander getrennt gewesen waren, sollten sie das Stadium der Erregung auf den ersten Blick eigentlich überwunden haben. Samantha hatte einige Artikel in den Zeitschriften, die sie für ihr Büro aboniert hatte, gelesen, und »Wie bringen wir Würze in unsere Bettroutine?« oder »Wie überwinden wir den Neunzig-Tage-Tiefpunkt« hatten ihr suggeriert, dass sie und Rick eigentlich Probleme haben müssten.

Samantha spürte Ricks Atem auf ihrem Gesicht und drehte sich zur Seite. Sie hatten ihre Schwierigkeiten, doch ihr Sexleben gehörte sicher nicht dazu. Sam hatte bis jetzt noch nie eine Beziehung gehabt, die länger als ein paar Wochen gedauert hatte, doch sie war sich im Klaren darüber, dass dies außergewöhnlich war. Jedes Mal, wenn sie Rick erblickte, wollte sie sich auf ihn stürzen, Arme und Beine um ihn schlingen und den Kopf an seine starke Schulter schmiegen, wo sie sich warm, geliebt und sicher fühlte. Es war also bestimmt nicht ratsam, ihn anzulügen und sich mitten in der Nacht aus dem Haus zu stehlen. Aber bis sie herausgefunden hatte, was es mit Martin auf sich hatte – falls es Martin gewesen war und kein Doppelgänger, den die Notiz in der Tasche sicher sehr verwirrt hätte –, würde sie mit niemand darüber sprechen.

Langsam und vorsichtig befreite sie sich von Ricks rechtem Arm und kletterte aus dem Bett. Eine ihrer Gewohnheiten war, immer eine Jeans, ein Hemd und ein Paar gute Laufschuhe unter dem Nachttisch oder unter dem Bett aufzubewahren. Sie trug die Sachen ins Badezimmer und zog sich im Dunkeln an. Früher hatte sie erst jemanden hintergangen, wenn sie am Tatort angekommen war, mittlerweile begann die Täuschung schon zu Hause. Wirklich eine grandiose Verbesserung, Sam.

Als sie nach unten kam, schaltete sie die Alarmanlage aus und dann wieder an, so blieben ihr dreißig Sekunden, um aus dem Haus zu kommen – in der Welt der Diebe eine Ewigkeit. Sie lief die schmalen Eingangsstufen hinunter und dann die Straße entlang zur Fifth Avenue. Hier fuhren auch um fast zwei Uhr morgens noch Taxis vorbei, die nach Nachtschwärmern Ausschau hielten, die zu betrunken waren, um selbst zu fahren, oder um diese Uhrzeit nicht gerne mit öffentlichen Verkehrsmitteln unterwegs waren. Sie winkte, auf der anderen Straßenseite wendete ein Taxi und hielt dann neben ihr. »Gegenüber Central Park, Höhe East siebenundsechzigste Straße«, sagte sie zum Fahrer. Es war nur ein paar Straßenecken weiter, und sie hätte auch zu Fuß gehen können. Doch das Risiko, gesehen zu werden, wäre dann größer. Sie zweifelte daran, dass sie ihre Instinkte jemals ablegen könnte.

Der Taxifahrer drehte sich um und starrte sie durch die Plexiglasscheibe hindurch an. »Ich hoffe, Sie geben mir gutes Trinkgeld bei so kurzer Fahrt, Lady«, sagte er unwirsch mit starkem ukrainischem Akzent.

»Kommt darauf an, wie höflich Sie sind«, konterte Samantha und ließ ihren Akzent nach Manhattan klingen. Sie wusste, wie der Umgang sein musste: nicht zu freundlich, nicht zu launisch – genug Konversation, damit man sich nicht an sie erinnern würde.

»Okay. Ist mir ein Vergnügen, gnädige Hoheit«, sagte er, drehte sich nach vorn und warf ihr im Rückspiegel noch einen verärgerten Blick zu.

»So ist es schon besser«, bemerkte sie.

Es herrschte wenig Verkehr, soweit man das in Manhattan jemals sagen konnte, und unheimliche Gestalten, die das Tageslicht scheuten, streunten durch die Stadt. New York gefiel ihr bei Nacht noch besser als tagsüber. Um diese Uhrzeit waren nicht mehr viele respektable Bürger unterwegs, und wenn diese nicht betrunken oder high waren, dann waren sie so darauf bedacht, heil an ihr Ziel zu kommen, dass sie außerhalb ihres engen Blickfelds nichts wahrnahmen. Die übrigen Nachtschwärmer waren mit ihren eigenen Problemen beschäftigt, ob diese real waren oder nicht. Sie kümmerten sich nicht um die der anderen, außer wenn sie davon profitieren konnten. Samantha ließ immer durchblicken, dass es für niemanden ratsam sei, sich ihr zu nähern.

Drei Minuten später hielt das Taxi am Central Park an. »Ist es hier gut, meine Hoheit?« Die Anzeige zeigte $ 3,50 an, sie gab dem Fahrer einen Fünf-Dollar-Schein und noch einen einzelnen Dollar.

»Hier ist es perfekt.«

Er grinste, erfreut über das Trinkgeld. »Soll ich warten?«

»Nein, es wird dauern.«

Der Fahrer salutierte und fuhr davon. Samantha blieb noch eine Minute auf dem Bürgersteig stehen. Entlang der Hauptwege gab es zwar einige Laternen, doch der Central Park war um diese Zeit ein großer, dunkler Fleck. Ein dunkler Fleck mit ihrem Vater in der Mitte.

Samantha hatte, seit sie aus dem Bett geklettert war, noch nicht wirklich darüber nachgedacht, warum sie mitten in der Nacht durch den Central Park spazieren wollte. Sie hatte zwar keine Angst, doch ihre Nerven waren bis zum Zerreißen gespannt. Es war ein geeigneter Ort für eine Begegnung mit Gespenstern, womöglich wäre unter den gegebenen Umständen ein gut besuchter Ort eine bessere Wahl für ein Stelldichein gewesen. Sie wartete, bis die Ampel auf Grün schaltete, und überquerte dann die Fifth Avenue.

Reiß dich zusammen, Sam, sagte sie sich immer wieder – so lautete ihr neues Mantra. Sie sah sich noch einmal in beide Richtungen um, straffte ihre Schultern und betrat den Park.

Sie hatte die Bronzestatue des berühmten Schlittenhundes Balto schon einige Male gesehen, mit seinen von unzähligen Kinderhänden blank geriebenen Flanken. Auch in der Dunkelheit hatte sie das Standbild in weniger als fünfzehn Minuten erreicht. Südlich der Lichtung suchte sie sich einen Platz im Gebüsch. Sie musste nicht auf die Uhr sehen, sie wusste, dass sie ungefähr zehn Minuten zu früh war. Sie lehnte sich an einen Baum und wartete.

Wäre nicht aus der Ferne der Verkehr zu hören gewesen, dann hätte sie auch in den Wäldern New Englands sein können. Sie zog jedoch den urbanen Dschungel vor, wo man auf der Flucht einen Hamburger essen konnte, ohne ihn zuerst jagen und erlegen zu müssen. Ein paar Männer gingen auf dem Weg an ihr vorbei, so nah, dass sie dem einen mit ausgestrecktem Arm in die Jackentasche hätte greifen können. Die Ausbuchtung an seiner Hüfte legte nahe, dass sie auch eine Pistole erbeutet hätte, doch das war nicht ihr Stil.

Sie fragte sich, ob es sich um einen Polizisten in Zivil handelte, der den Park patrouillierte. Wie auch immer, sie würde nicht riskieren, seine Aufmerksamkeit auf sich zu ziehen.

Ihr Vater hatte sie oft als Snob bezeichnet, da sie nur Aufträge annahm, wenn sie auch an dem Diebesgut interessiert war – wertvolle Gemälde, Antiquitäten und Grabungsfunde aus der Antike.

Doch selbst Martin hatte seine Standards gehabt und niemals eine Pistole getragen. Pistolen waren für Gangster, die es nicht schafften, ungesehen rein und raus zu kommen, das hatte er immer gesagt.

Irgendwo läuteten Kirchenglocken, deutlich konnte sie zwei Glockenschläge hören. Der Zeitpunkt war gekommen.

Ein paar Kaninchen hoppelten vorbei, ihre Schnauzen und Ohren zuckten, als sie ihre Kügelchen auf dem Boden verteilten und dabei den Himmel nach Eulen absuchten. Schließlich wurden sie von einem rasenden Radfahrer in die Flucht geschlagen. Samantha blieb reglos im dunklen Schatten des Baumes stehen.

Vierzig Minuten später hatte sie ein weiteres Dutzend Menschen, einen abgemagerten Hund und eine an Balto vorbeihuschende Katze oder Ratte gesichtet, jedoch keinen Martin Jellicoe. Früher hätte sie nach dem verabredeten Zeitpunkt noch zehn Minuten gewartet und wäre dann abgehauen, im Glauben, das Treffen wäre wohl zu heiß geworden. Doch sie hatte ihren Vater seit sechs Jahren nicht gesehen. Auch wenn er nicht pünktlich auftauchte, brachte sie es nicht fertig, einfach zu gehen. Vielleicht zauderte er ebenso wie sie.

Sie atmete aus und konnte ihren Atem in der kühlen, feuchten Luft sehen. »Wo zum Teufel steckst du, Martin?«, murmelte sie und verlagerte ihr Gewicht. Verflucht, er hatte sie sechs Jahre nicht gesehen, und sie war sein einziges Kind.

Samantha runzelte die Stirn. Wenn er vor drei Jahren nicht gestorben war, dann hätte er sie doch sicher schon viel früher finden können. Warum hatte er das nicht getan? Wo war er gewesen, und was hatte er gemacht? Als sie sich noch in der Unterwelt bewegt hatte, war ihr beinahe jeder ungewöhnliche Einbruch zu Ohren gekommen, und keiner hatte nach Martin Jellicoe geklungen. Andererseits hatte sie nichts dergleichen erwartet und gar nicht versucht, seine Handschrift bei irgendeiner Aktion zu entdecken.

Sie hörte Schritte auf dem Weg und erstarrte wieder. Ihr Herz klopfte, auch wenn sie mittlerweile nicht mehr wusste, ob sie nervös oder nur wütend war. Doch der Mann, der den Weg entlangkam, war einen halben Kopf größer als ihr Vater. Er trug einen viel zu weiten, abgenutzten Mantel, und sie konnte sogar von der anderen Seite der Lichtung aus die Alkoholfahne riechen. Als er an ihr vorbeiging, nuschelte er irgendetwas von Batman.

Es war kurz vor drei, als sie schließlich aufgab und auf die Uhr sah. »Verdammt«, murmelte sie vor sich hin und kroch aus dem Gestrüpp hervor. Entweder es war gar nicht Martin gewesen, oder aber irgendetwas war geschehen. Und ihrer Erfahrung nach bedeutete »irgendetwas« nie Gutes.

5

Mittwoch, 3.01 Uhr

Ein lautes Hupen war zu hören. Richard blinzelte und ließ sich nur widerwillig aus einem Traum reißen, in dem er im Meer getaucht und Samantha als barbusige Meerjungfrau erschienen war. Wieder hupte es, und er drehte sich um. »Diese verdammten Amis«, murmelte er. Keine Reaktion.

Er öffnete die Augen und ließ seinen Blick über das breite Bett zum Nachttisch gleiten. Über das breite, leere Bett. »Samantha?«, rief er, setzte sich auf und sah zur Badezimmertür. Er war nun hellwach, rollte sich aus dem Bett und warf sich seinen blauen Morgenmantel über.

Samantha war ein Nachtmensch, aber ihre nächtlichen Ausflüge schienen sich dann zu häufen, wenn sie über etwas beunruhigt war. Ungeachtet dessen, was sie am Abend der Auktion gesagt oder was er zu ignorieren versucht hatte, irgendetwas machte seiner ehemaligen Einbrecherin zu schaffen.

Er verknotete den Gürtel des Morgenmantels und suchte zuerst im Büro und dann im Wohnzimmer gegenüber nach Samantha. Seine nächste Vermutung war eine mögliche nächtliche Hungerattacke, und er ging barfuß die Treppen hinunter ins Erdgeschoss. Die Küche war ebenso dunkel und still wie der Rest des Hauses.

Samantha gab sich normalerweise keine Mühe, in ihrem eigenen Haus nicht bemerkt zu werden, sie musste also einen Grund dafür haben, herumzuschleichen. Er runzelte die Stirn, sein Herz schlug schneller, obwohl er sich vorgenommen hatte, keine schnellen Schlüsse zu ziehen. Er ging ins Wohnzimmer im Erdgeschoss. Dort war nichts zu sehen außer den neuen Hogarths, an die Rückwand der …

Ein Paket war an die Couch gelehnt. Ein eiskalter Schauder lief seinen Rücken hinunter. Er sah sich noch einmal im Raum um – da stand nur ein einziges Gemälde. Plötzlich war Samanthas Verschwinden nicht nur etwas besorgniserregend. Sam war weg, das Gemälde war weg. Einen kurzen Moment konnte er sich eines Verdachts nicht erwehren, doch er verwarf den Gedanken ebenso schnell wieder. Die zwei Ereignisse standen womöglich in Zusammenhang, aber sie hatte den Hogarth sicher nicht gestohlen. Seine Logik und sein Gefühl schlossen das aus.

Richard fluchte und rannte nach oben, um sich etwas anzuziehen. Als er den Kleiderschrank öffnete, fiel sein Blick auf den Spiegel an der Tür. Darin war das zerwühlte Bett gespiegelt, und man konnte auch unter das Bett sehen – der ordentlich zusammengelegte Stapel mit Samanthas Kleidung für den Notfall war nicht mehr da.

Er hüpfte mit halb angezogenen Jeans ins Badezimmer. Dort war nichts zu sehen, aber da sie keinen Pyjama getragen hatte, wusste er gar nicht, wonach er suchen sollte, außer vielleicht nach einer ihrer seltenen, an den Spiegel geklebten Notizen. Auf dem Spiegel, der bis an die Decke reichte, war jedoch nichts zu sehen.

»Verdammte Scheiße.«

Zum ersten Mal in seinem Leben hatte er keine Ahnung, was er tun sollte. Jemand hatte ihn bestohlen, er musste also die Polizei rufen. Doch er konnte die Polizei nicht rufen, bevor er nicht wusste, wo Samantha war und was sie mit dem Diebstahl zu tun hatte.

In diesem Moment fiel ihm auf, dass das bereits geschehen war. Am Telefon auf seinem Nachttisch blinkte das kleine rote Licht, der Alarm war also schon ausgelöst worden. Da er sich selten in diesem Haus aufhielt, würde die Sicherheitsfirma nun Wilder anrufen. Verflixt und zugenäht.

Er lief gerade die Treppe hinunter, als die Sirenen laut zu heulen begannen und er durch das Fenster sehen konnte, wie die roten und blauen Lichter draußen immer heller blinkten. »Herrje!«

»Sir!« Der Butler stand im Foyer, mit zerzaustem Haar, einem karierten Bademantel über einer schwarzen Schlafanzughose und dazu passenden Hausschuhen. »Der Außenalarm wurde ausgelöst, und ich habe am Telefon bestätigt, dass die Polizei kommen soll.«

Für einen kurzen Augenblick verspürte Rick Erleichterung. Sam hatte wahrscheinlich noch nie in ihrem Leben einen Alarm ausgelöst, jedenfalls nicht unabsichtlich. »Wo ist er denn ausgelöst worden?«

»Am Fenster oben am Ende des Flurs.«

Mist. »Machen Sie die Tür auf«, befahl er und rannte die Treppe hoch. Verdammt, wo war sie nur?

Während Wilder die Polizisten ins Haus ließ, zog sich Richard in Windeseile aus und warf sich wieder den Morgenmantel über. Währenddessen stellte er Berechnungen an – wie viel wusste er, wie viel musste die Polizei erfahren, sollte er sie über das Verschwinden des Gemäldes informieren oder sollte er das Risiko eingehen, dass später herauskam, dass er gelogen hatte. Und die wichtigste Frage war, was sollte er sagen, wenn sie ihn danach fragten, wer noch im Haus lebte und wo diese Person denn bitte um drei Uhr morgens sei?

Als er schwere Schritte die Treppe hinaufkommen hörte, riss er die Tür des Schlafzimmers auf. »Was zum Teufel ist hier los?«, fragte er.

»Ihr Alarm wurde ausgelöst, Mr Addison«, sagte einer der Beamten freundlich, als er oben angekommen war. »Bleiben Sie, wo Sie sind, und wir werden sicherstellen, dass niemand im Haus ist.« Mit gezogener Waffe sahen die Polizisten hinter jede Tür und in jedem Raum nach, bis sie zum Fenster am Ende des Flurs kamen. Wenn sie nichts fanden, konnte er sie wieder wegschicken und dann das Verschwinden des Gemäldes entdecken, sobald er Samantha gefunden hatte. Das Problem war nur, falls jemand das Gemälde gestohlen hatte, dann wollte er es so schnell wie möglich wieder zurückhaben.

»Schau dir das mal an«, sagte einer der Polizisten. »Die Scheibe ist herausgedrückt worden, und auf dem Glas sind Kratzer.« Es war die Glasscheibe, die Samantha am Nachmittag entfernt hatte. Sie hatte sie jedoch wieder eingesetzt, Rick hatte es gesehen. Er warf Wilder einen Blick zu. Dem Butler war die Beunruhigung anzumerken, doch er wusste, dass er keine Angaben machen sollte.

»Sie haben gar nichts gehört?«, fragte der Polizist, an dessen Hemd ein Schild mit dem Namen Spanolli angebracht war. Er zog einen Notizblock aus der Tasche.

»Nur den Alarm«, antwortete Richard.

»Ich muss Sie bitten, rasch Ihre Wertgegenstände durchzugehen, um zu sehen, ob etwas fehlt«, sagte Spanolli mit einem Kopfnicken.

»Wie das hier aussieht, wird das eine Weile dauern«, sagte einer der Polizisten, und die anderen murmelten zustimmend.

»Also gut, ich werde mich mal umsehen.« Richard begann im Büro. Je länger er die Entdeckung des verschwundenen Gemäldes hinauszögern konnte, desto mehr Zeit blieb ihm, eine Strategie auszuarbeiten.

»Wohnt hier noch jemand bei Ihnen?«

Er holte tief Luft. Falls sie Boulevardfernsehen schauten, wussten sie die Antwort auf diese Frage bereits. »Ja.«

»Und wer ist das?«

Hier hatte er wieder ein Problem, wenn auch nicht sonderlich gravierend im Vergleich mit den anderen. Wie sollte er Samantha bezeichnen? Freundin schien ein wenig pubertär für einen Mann Mitte dreißig, und Geliebte klang nichtssagend. Meine Herzensdame traf es schon eher, doch der Ausdruck gehörte in eine andere Epoche. »Samantha Jellicoe«, gab er widerwillig preis, er hatte sich für die ungenaueste und zugleich präziseste Angabe entschieden. »Sie wohnt bei mir.«

Die Polizeibeamten raunten sich etwas zu. Sie wussten entweder, dass Sam in der Sicherheitsbranche tätig war, oder dass die Branche ihres Vaters Diebstahl gewesen war. »Wo ist sie denn jetzt, Mr Addison?«

Je mehr Informationen er nun lieferte, desto mehr würde er später nachweisen müssen. Er entschied sich, möglichst vage zu antworten. »Sie macht eine Tour durch die Stadt.«

»Um drei Uhr nachts?«

»Sie wollte sich Manhattan bei Nacht ansehen, und ich habe früh am Morgen einen Termin.« Er zuckte mit den Schultern und lächelte. »Sie ist manchmal etwas ungeduldig.« Er machte rasch eine visuelle Bestandsaufnahme des Büros und sah dann wieder zu Spanolli. »Hier ist nichts entwendet worden, soweit ich das abschätzen kann.«

»Sie waren im Schlafzimmer, ist das richtig?«

»Ja.«

»Dann lassen Sie uns weiter gehen. Und lassen Sie sich Zeit, Mr Addison. Ihr Fenster ist auf jeden Fall aufgebrochen worden. Es waren sicher Einbrecher hier.« Na großartig. Mehr Fragen, die er nicht beantworten wollte, und andere, die er nicht beantworten konnte. Er musste Tom Donner, seinen Anwalt, anrufen. Da es aber nach drei Uhr morgens war, dieser einige Staaten entfernt lebte und außerdem einige Vorbehalte gegenüber Samantha hatte, musste er mit etwas Gehaltvollerem aufwarten als »Ich kann sie nicht finden«, gefolgt von »Ein Gemälde ist gestohlen worden«. Tom würde keine zwei Minuten brauchen, um diese beiden Informationen zu verbinden. Noch vor drei oder vier Monaten wäre Richard womöglich zum gleichen Schluss gekommen. Abgesehen von der unumstößlichen Tatsache, dass er ihr vertraute, hätte Samantha, wenn sie sich entschieden hätte, ihn nun doch auszunehmen und abzuhauen, bestimmt nicht das Hogarth-Gemälde gewählt. In Palm Beach hatte er einen Picasso, zwei Rembrandts und einen Gainsborough und über zwei Dutzend andere Kunstschätze. Und der Großteil seiner Sammlung befand sich in Devonshire in England. Der Hogarth war zwar eine Neuentdeckung, aber sicherlich nicht das wertvollste Stück seiner Sammlung. Außerdem hätte er es ihr doch geschenkt.

»Mr Addison?«

Er zuckte zusammen. »Ja, gehen wir ins Wohnzimmer.« Es kam nicht oft vor, dass er nicht wusste, wie er vorgehen sollte. Es war auch nicht sein Stil, mit Absicht etwas hinauszuzögern, doch im Moment lief es wohl darauf hinaus. Wenn sie nach unten kamen, dann musste ihm auffallen, dass das Gemälde nicht mehr da war.

Ein weiterer Mann in einem dunklen, überraschend eleganten Anzug und mit Krawatte kam die Treppe hoch. Mit seinem modisch geschnittenen dunklen Haar und seinen schicken Schuhen schien er einer Krimiserie entsprungen. »Sie sind Addison?«, fragte er, zwischen seinen Lippen steckte ein abgekauter Zahnstocher.

»Der bin ich. Und Sie?«

»Detective Gorstein. Raubdezernat. Sie haben also geschlafen, als hier eingebrochen wurde?« Der Detective betrachtete anerkennend Ricks Morgenmantel.

»Bis ich den Alarm gehört habe«, log Richard beiläufig.

Gorstein nickte. »Haben Sie schon einen Diebstahl festgestellt?«

Spanolli trat zu ihnen. »Bis jetzt noch nicht. Wir haben das Büro durchsucht und eines der Wohnzimmer. Sie sind hier reingekommen«, erklärte der Beamte und zeigte mit seinem Kugelschreiber auf das Fenster hinter ihnen. »Eine der Fensterscheiben fehlt, und das Fenster ist aufgebrochen worden.«

Gorstein nickte, ging an ihnen vorbei und sah ins Schlafzimmer. »Wo ist denn Ihre Freundin?«

Richard unterdrückte seinen Ärger. Er hatte zwar immer

noch alles unter Kontrolle, doch er musste nun sein Vorgehen ändern und sehr vorsichtig sein. Dieser Gorstein las offensichtlich die Boulevardblätter. »Sie ist draußen und schaut sich die Stadt an.«

»Okay.« Der Detective beugte sich zu einem der Polizisten und flüsterte ihm etwas zu, worauf dieser nach unten ging. »Die Spurensicherung ist unten. Spanolli, sagen Sie Tina, dass sie auf der Fensterbank die Fingerabdrücke sichern soll. Und Taylor soll sich um den Notausstieg kümmern. Wer auch immer hier eingebrochen ist, Spiderman war es nicht.«

»Jawohl, Sir.« Spanolli schlug beinahe die Hacken zusammen und verschwand dann nach unten.

»Sie haben ein ganzes Spurensicherungsteam dabei?«, fragte Richard. »Es handelt sich doch nicht um einen Mord.«

»Nein, um Diebstahl. Vielleicht. Aber Sie sind Rick Addison, und Sie zahlen eine Menge Steuern.« Gorstein schob den Zahnstocher in den anderen Mundwinkel. »Sie waren doch heute Abend bei der Auktion bei Sotheby's, oder?«

»Woher wissen Sie das?« Es wäre wahrscheinlich geschickter gewesen, das nicht zu fragen, doch er musste wissen, wer dieser Typ war und wie viel Ärger er Samantha – und ihm – bereiten konnte.

»Sie kamen in den Nachrichten, gleich nach dem Sport. Sie haben eine große Statue und ein paar Gemälde gekauft.«

Verdammt. »Ja, das habe ich.«

»Sind die Sachen hier?«

»Die Gemälde sind unten im Salon.«

»Haben Sie da nachgesehen, als unsere Leute gekommen sind?«

»Nein, wir haben hier oben angefangen.«

»Das war irgendwie dumm, oder?«, entgegnete Gorstein und ging zur Treppe. »Ich meine, wenn ich gerade ein paar Millionen ausgegeben hätte, dann würde ich doch wissen wollen, ob die Sachen in Sicherheit sind.«

Richards Augen verengten sich zu Schlitzen. »Ich würde jemand, der eine Menge Steuern zahlt, nicht als dumm bezeichnen«, gab er zurück. Gorstein sollte im Hinterkopf behalten, wo er sich befand und mit wem er es zu tun hatte. Und ebenso, wer hier das Sagen hatte.

»Stimmt. Entschuldigen Sie.« Der Detective hielt auf der Treppe inne und sah zu ihm nach oben.

»Wir sollten also nach den Gemälden sehen, oder, Mr Addison?«

»Sicher.« Gorstein war offensichtlich ein anderes Kaliber als die Männer, die Richard zahm gefolgt waren. Und er hatte bereits das Misstrauen des Detective geweckt. Rick wusste noch nicht, in welchem Maße, doch das galt es herauszufinden, und zwar schnell.

Richard atmete tief durch und ging hinter Gorstein die Treppe hinunter. In Florida war es Samantha gelungen, den Respekt und das Vertrauen eines Polizeibeamten von Palm Beach zu gewinnen. Hier in Manhattan war der Polizei nur der Name und der Ruf ihres Vaters bekannt. Und womöglich einige der Einbrüche, die noch nicht aufgeklärt waren. Doch es war Martin Jellicoe gewesen, der verhaftet, des Diebstahls unzähliger wertvoller Kunstwerke für schuldig befunden worden und dann im Gefängnis gestorben war. Man konnte zwar über Samantha spekulieren, sie hatte jedoch seines Wissens niemals Spuren hinterlassen. Er hatte zahlreiche Stunden damit verbracht, Nachforschungen über sie anzustellen, um sicherzugehen, dass ihr niemand mit einem Haftbefehl auflauern würde.

Sie hatte sich schließlich für ihn ins Licht der Öffentlichkeit begeben, und er würde ihr das nicht vergessen. »Bitte berühren Sie nichts, Mr Addison«, warnte ihn der Detective, als sie den Salon im Erdgeschoss betraten.

»Ich wohne hier«, gab Richard trocken zurück. »Sie können davon ausgehen, dass man meine Fingerabdrücke finden wird, sowie die von Samantha und Wilder und von den beiden Hausmädchen. Von allen, die hier im Haus leben und arbeiten.«

»Ich möchte nur nicht, dass Sie die Fingerabdrücke einer anderen Person verwischen. Gut, wo sind die Gemälde?«

»Da drüben.« Sie gingen hinüber zum Sofa, an das ein gut gepolstertes und in Packpapier verpacktes Gemälde lehnte. Der Anblick überraschte ihn erneut, er war sich nicht sicher, warum. Vielleicht hatte er gedacht, dass Sam wieder auftauchen und das Gemälde an seinen Platz stellen würde.

»Wie viele Gemälde haben Sie denn hierher gebracht?«, fragte Gorstein und winkte einen der Beamten heran, der im Türrahmen stehen geblieben war.

»Zwei.«

»Ich sehe nur eins.«

Richard sah Gorstein an. »Mir ist nun klar, warum man Sie bei der Polizei genommen hat.«

»Ja, ich bin ein guter Beobachter. Wie viel war es denn wert?«

»Das kommt darauf an, welches gestohlen wurde. Zwischen fünf und zwölf Millionen Dollar.«

»Amerikanische Dollar?«

»Ja.«

Gorstein räusperte sich. »Okay. Ich brauche Fotos vom Zimmer und ich will, dass überall Fingerabdrücke gesichert werden. Dann werden wir nachsehen, welches der Gemälde gestohlen wurde.« Er bedeutete Richard mit einer Geste, vor ihm aus dem Zimmer zu gehen. »Und mit Ihnen muss ich noch einiges besprechen.«

»Ich möchte das nicht an die große Glocke hängen«, sagte Richard, als er mit dem Detective durch den Flur in die Küche ging. »Auf keinen Fall möchte ich, dass die Presse über den Diebstahl berichtet.«

Der Detective lehnte sich an einen Küchenhocker. »Entschuldigen Sie, aber Sie wirken nicht sonderlich überrascht, Mr Addison.«

»Hätte ich in Ohnmacht fallen sollen?«, gab Richard kühl zur Antwort. »Hier wurde eingebrochen, und ein Dutzend Polizisten rennen durch mein Haus. Etwas ist gestohlen worden. Nein, ich bin nicht überrascht, und ich glaube nicht, dass Sie der Einzige sind, der heute in den Nachrichten davon erfahren hat, dass ich einiges bei Sotheby's ersteigert habe.«

»Hm, ganz Manhattan steht also unter Verdacht. Was ist mit Ihrer Freundin?«

Das hatte nicht lange gedauert. »Seien Sie nicht albern.«

»Sie ist nicht hier, das Gemälde ist weg, und sie ist eine Jellicoe.«

»Sie wird zurückkommen, und sie ist nicht ihr Vater, außerdem hätte ich ihr das Gemälde geschenkt, wenn sie es gewollt hätte.«

Gorstein nahm den Zahnstocher aus dem Mund, besah sich das ausgefranste Ende und steckte ihn sich wieder zwischen die Zähne. »Ich freue mich, dass Sie sich so sicher sind, aber mit Ihrer Meinung kann ich meine Ermittlungsakten nicht füllen. Und wir haben bei uns auf der Polizeistation eine Art Wettbewerb, wir sammeln nämlich Punkte für das Finden von Verbrechern.«

»Ich weiß Ihre Ironie zu schätzen«, sagte Richard, »aber mir wäre es lieber, wenn Sie den wahren Verbrecher finden würden, statt nach jemandem zu fragen, von dessen Unschuld ich überzeugt bin.«

»Betrachten Sie es doch mal aus meiner Perspektive«, gab der Detective zurück. »Ich sehe in den Nachrichten, dass Sie gerade fast dreißig Millionen ausgegeben haben. Dann bekomme ich einen Anruf, dass bei Ihnen eingebrochen wurde. Danach erfahre ich, dass Ihre Freundin, die Tochter eines berüchtigten Einbrechers, verschwunden ist. Und ich denke mir: ›Oh, sie verschwindet in der Nacht, in der diese Hobart-Bilder …‹«

»Hogarth«, verbesserte Richard und biss die Zähne zusammen.

»›… die Hogarth-Bilder ankamen. Das kann nichts Gutes bedeuten!‹ Aber Sie, und Sie sind kein Dummkopf, haben nicht einmal nachgesehen, ob die Bilder da sind. Ich musste Sie förmlich dazu zwingen. Das macht wirklich keinen guten Eindruck, Mr Addison. Als ob Sie gewusst hätten, dass das Bild weg ist und auch warum. Und ich wette, Sie waren versichert.«

»Ich verstehe. Dann lassen Sie uns dieses Gespräch jetzt beenden, und ich werde meinen Anwalt anrufen. Schließlich möchte ich nicht, dass Sie das Ganze noch ein zweites Mal ausführen müssen.«

»Das ist wohl eine gute Idee.« Gorstein richtete sich auf. »Nehmen Sie das Telefon hier. Und gehen Sie bitte nirgendwo hin, bis wir hier im Haus fertig sind.«

Richard sah dem Detective nach, der aus der Küche ging. Er war erleichtert, endlich einen Moment alleine zum Nachdenken zu haben, doch schon kam ein anderer Polizist herein und setzte sich an den Küchentisch. Offensichtlich war er geschickt worden, um das Gespräch mitzuhören und ihn zu observieren. Ginge es nicht um Samantha, dann hätte er ihn wie ein Insekt verscheucht.

Das war das vermaledeite Problem. Bevor er nicht wusste, wo Samantha war und auf welche Weise sie darin verwickelt war, waren ihm die Hände gebunden. Und wenn er nicht mit größter Vorsicht vorging, dann würden sie beide in Handschellen enden.

Samantha stieg eine Straßenecke von ihrem Haus entfernt aus dem Taxi und sah auf ihre Armbanduhr. Drei Uhr zwanzig. Na großartig, Rick war Frühaufsteher, er würde also bereits in einer oder zwei Stunden aufstehen. Es machte ihr nicht so viel aus, nicht zum Schlafen zu kommen, doch als Anlass war ihr Sex oder ein erfolgreicher Einbruch lieber. Und nicht eine Stunde im Gebüsch des Central Park.

Sie könnte nun sowieso nicht einschlafen, selbst wenn sie die Zeit hätte. Sie wusste, dass sie sich Martin nicht eingebildet hatte. Er war bei Sotheby's gewesen, und obwohl er wusste, dass sie ihn gesehen hatte, war er nicht zu dem Treffen gekommen. Sie musste Stoney anrufen. Und sie musste sich darüber klar werden, wie viel – oder ob überhaupt etwas – sie Rick davon erzählen sollte. Es wäre schon hilfreich, wenn sie selbst etwas wüsste. Mit einer unerklärlichen Erscheinung und einem schlechten Gefühl konnte kein vernünftiger Mensch etwas anfangen. Trotzdem, wenn …

»Bleiben Sie sofort stehen!«

Sie erstarrte. Ein Mann kam im Laufschritt auf sie zu. Mit einem Typ konnte sie fertig werden, selbst wenn das dunkle Objekt in seiner Hand eine Pistole sein sollte. Aber was zum Teufel war mit ihr los, wie konnte sie nur so unaufmerksam sein, dass sie den Mann erst bemerkt hatte, als er förmlich auf ihr lag? Ihr Herz klopfte heftig, das schmerzlich vermisste Adrenalin wurde in ihrem Körper ausgeschüttet.

Samantha ließ den Träger ihrer Handtasche von der Schulter gleiten und griff mit der Hand danach. Die Tasche war zwar nicht wirklich eine Waffe, doch ihr Angreifer war bestimmt nicht darauf vorbereitet, dass sie sich wehren würde. »Warum machen Sie nicht ein wenig langsamer?«, sagte sie mit affektierter Stimme. »Sie erschrecken mich ja fast zu Tode, wenn Sie so heranstürmen.«

»Gehen Sie in die Knie, und legen Sie die Arme hinter Ihren Kopf.« Das hatte sie in allen Episoden von COPS gehört, die sie gesehen hatte. Ihr Herzschlag setzte aus, als sie seine Polizeimarke bemerkte.

»Ich wohne hier um die Ecke«, sagte sie und bewegte sich in Richtung Straße. »In Nummer zwölf. Im Haus von Rick Addison.«

»In die Knie!« Verdammt, jeder Muskel, alle Instinkte in ihr drängten zur Flucht. Doch sie kämpfte dagegen an und kniete nieder. Sie hatte nichts Unrechtes getan. Sich eine Stunde im Central Park zu verstecken war vielleicht verrückt, aber nicht illegal. Davon ging sie zumindest aus.

»Hände über den Kopf. Verschränken Sie Ihre Finger«, wiederholte er.

»Okay, beruhigen Sie sich. Es ist spät und ich bin müde.«

Der Bulle klopfte auf das Mikrofon an seiner Schulter und murmelte: »Ich hab sie«, trat dann hinter sie und griff nach ihren Armen. Wer auch immer am anderen Ende der Leitung war, wusste offensichtlich, wer »sie« war, man hatte also speziell nach ihr Ausschau gehalten. Das war ein äußerst schlechtes Zeichen.

Eine Handschelle schloss sich um ihr linkes Handgelenk, kalt, hart und eng. »Um Himmels willen«, murmelte sie und versuchte ihre Panik im Zaum zu halten, »können Sie mir nicht wenigstens sagen, worum es geht? Ist alles in Ordnung mit Rick?« Der Bulle riss ihren rechten Arm nach hinten, und innerhalb einer Sekunde hatte sie beide Hände in Handschellen.

»Stehen Sie auf.« Zumindest war er immer noch einigermaßen höflich. Samantha verlagerte ihr Gewicht, streckte ihre Beine durch und stand auf. Der Polizist hielt sie mit einer Hand an den Handschellen fest, mit der anderen tastete er ihre Arme und Beine, ihren Hals und ihre Taille ab. Erfreulicherweise entging ihm die Büroklammer in ihrer linken Hosentasche. Mit der Klammer könnte sie sich der Handschellen entledigen, bevor er auch nur »MacGyver« sagen konnte.

Im Moment war aber viel beunruhigender, dass der Polizist ihre Frage nicht beantwortet hatte. »Bitte sagen Sie mir, was passiert ist«, bat sie. Sie beugte sich nach vorne, als er ihr einen leichten Stoß zwischen die Schulterblätter gab. »Ist mit Rick alles okay?«

»Sie können mit Detective Gorstein darüber sprechen.«

»Von der Mordkommission?«, fragte sie und hoffte inständig, dass sie falsch lag.

»Raubdezernat.« Gott sei Dank. Rick war nicht tot. Niemand war gestorben, das war schon eine Beruhigung, verglichen mit den Überraschungen, die sonst auf sie warten mochten. Der Polizist schob sie weiter. Er war wohl eher an die Festnahme von Gaunern und Betrunkenen gewöhnt; wenn sie gewollt hätte, hätte sie ihm mit dem Absatz in die Eier treten können und wäre längst auf und davon.

Als sie um die Ecke kamen, wurden sie vom Widerschein der blinkenden roten und blauen Lichter in den Bäumen und auf den Häusern begrüßt. Wäre sie nur ein paar Meter weiter mit dem Taxi gefahren, dann hätte sie gleich bemerkt, dass etwas nicht in Ordnung war, hätte abhauen können oder wäre durch den Hintereingang ins Haus geschlichen.

Sie zählte fünf Polizeiautos, einen Transporter und ein Privatauto mit einem Blinklicht im Rückfenster. Kein Krankenwagen und keine Feuerwehr, doch zweifellos war etwas geschehen, und zwar in ihrem – Ricks – Haus.

Ein gut aussehender Mann in dunklem Anzug kam die Eingangstreppe hinunter und auf sie zu. »Sie sind bestimmt Gorstein«, empfing sie ihn.

»Und Sie sind vermutlich Miss Jellicoe«, gab er zurück, zwischen seinen Lippen steckte ein verbogener Zahnstocher. Wahrscheinlich war er ein ehemaliger Raucher, der nur entspannt war, wenn er etwas im Mund hatte. Gut gekleidet für einen Bullen. Sie wog kurz ab, ob sie sich freundlich oder angriffslustig zeigen sollte. Angesichts der Handschellen und der Überzahl der Gegner war freundlich wohl zweckmäßiger.

»Ich bin Sam Jellicoe. Ich würde Ihnen die Hand geben, aber die ist gerade nicht abkömmlich.«

Er grinste. »Vor acht Jahren leitete ich die Ermittlungen bei einem der Einbrüche Ihres Vaters. Ein Andy Warhol, der nicht mehr aufzufinden war. Ich könnte wetten, dass Sie noch raffinierter sind als er.«

Auch das noch. Der Andy Warhol ging gar nicht auf Martins Kappe, sie hatte ihn gestohlen. Der Gedanke daran brachte sie aus dem Konzept. »Ich bin nicht mein Vater«, sagte sie, »und ich würde gerne erfahren, was hier eigentlich vor sich geht.«

»Zuerst möchte ich Ihnen ein paar Fragen stellen.«

»Nein.« Samantha schüttelte heftig den Kopf. »Erst müssen Sie mir sagen, ob Rick wohlauf ist.«

»Addison geht's gut. Er sitzt in der Küche und telefoniert wahrscheinlich gerade mit seinem Anwalt.«

Großartig. Tom Donner, dieser Pfadfinder, war genau die Person, die sie hier dabeihaben wollte. Plötzlich dämmerte ihr, was Gorstein gerade gesagt hatte. »Warum braucht Rick denn einen Anwalt?«

»Das müssen Sie ihn fragen. Also, wo waren Sie zwischen Mitternacht und jetzt?«

»Das sieht nicht gut aus. Bin ich verhaftet?«

Er sah sie an. »Ja.«

»Dann möchte ich, dass Sie mich über meine Rechte belehren. Und ich möchte Rick Addison sehen.«

»Nein. Ruiz, lesen Sie der Dame ihre Rechte vor.«

Der Polizist, der ihr die Handschellen angelegt hatte, zog eine kleine Karte aus seiner Brusttasche. Währenddessen sah Samantha zu den Fenstern der umliegenden Häuser hoch, an denen Nachbarn standen. Zwei von ihnen hatten sogar Fotoapparate. Das wurde ja immer besser.

Sie atmete tief durch.

»Sie haben das Recht, die Aussage zu verweigern. Wenn Sie von diesem Recht …«

»RICK!«

Gorstein zerbiss seinen Zahnstocher. »Bringen Sie sie ins Auto. Wir machen auf der Wache weiter.« Samantha ging im Gänsemarsch, Ruiz schob sie in Richtung des Polizeiautos.

»Sagen Sie mir zumindest, warum ich verhaftet wurde.«

Gorstein betrachtete wehmütig die zwei Hälften seines Zahnstochers und warf sie auf den Gehsteig. »Schwerer Diebstahl.«

»Von was denn?«

Plötzlich wurde der Polizist, der vor der Haustür stand, beiseitegeschoben. Rick schoss barfuß und im Morgenmantel die Treppe herunter und rannte zu ihr. »Samantha!«

»Bringen Sie sie in das verdammte Auto«, knurrte Gorstein, fasste sie am Arm und zog sie zum Wagen. Ein anderer Polizist hielt bereits die Hintertür auf. »Ich will nicht, dass sie miteinander sprechen.«

Rick war auch verdächtig? »Was zum Teufel geht hier vor?«, schrie sie.

»Einer der Hogarths ist verschwunden«, rief Rick zurück.

Gorstein ließ Samantha los, lief zu Rick und versuchte, ihn zurück ins Haus zu scheuchen.

»Ich habe ihnen gesagt, dass du los bist, um dir die Stadt anzuschauen«, rief er noch, »aber offensichtlich kapieren sie nicht, welchen Fehler sie machen!«

Ruiz stieß sie auf den Rücksitz. Man sah Samantha an, was in ihr vorging, und Rick sagte leise etwas zu Gorstein.

Der Detective trat daraufhin rasch zur Seite. »Eine Minute«, sagte er dann.

»Samantha«, flüsterte Rick und beugte sich zu ihr ins Auto, »tu bitte nichts Unüberlegtes. Ich werde zur Polizeiwache hinterherfahren, und sie werden dich noch vor dem Frühstück rauslassen.«

»Versprochen?« Sie rang nach Luft. Ihr war bewusst, wie kindisch sie geklungen hatte, doch sie hatte seine Beruhigung bitter nötig.

Er sah ihr in die Augen. »Ich verspreche es dir, bitte hau nicht ab, Sam.« Offenbar kannte er ihre Fähigkeiten besser als die Polizei.

»Okay«, murmelte sie.

Sie hätte abhauen können, sie wäre abgehauen – doch etwas hielt sie davon ab. Denn das würde bedeuten, dass sie Rick nie wiedersehen könnte. Um das zu verhindern, würde sie sich sogar die Fingerabdrücke abnehmen lassen. Ihr Vater hätte sich im Grab umgedreht – nur war Martin gar nicht tot. Sie selbst fühlte sich allerdings wie auf dem Weg zum Friedhof.

6

Mittwoch, 3.32 Uhr

Sobald die Polizisten Samantha in das Polizeiauto verfrachtet hatten und mit ihr weggefahren waren, hielt Richard sich nicht mehr zurück.

»Ich habe nicht einmal eine Straftat gemeldet«, schnauzte Rick Gorstein an und versperrte ihm den Weg zurück ins Haus. »Ich will, dass Sie Ihre Leute aus meinem Haus abziehen, dass Samantha Jellicoe die Handschellen abgenommen werden, dass man sich bei ihr entschuldigt und sie unverzüglich hierher zurückbringt. Und dann werde ich entscheiden, ob ich Ihre Abteilung wegen unrechtmäßiger Festnahme und Schikane verklage.«

»Schauen Sie, Mr Addison, Ihr Butler hat einen Einbruch bestätigt, und Ihre Sicherheitsfirma hat uns zu Ihnen gerufen. Sie haben bereits eingeräumt, dass ein Gemälde gestohlen wurde.«

»Ich habe mich geirrt. Gehen Sie.«

»Ich kann nicht. Sobald wir feststellen, dass etwas abhandengekommen ist, müssen wir ermitteln. Und wenn die Gemälde versichert sind, dann geht es mir nicht um Ihr Interesse, sondern darum, die Wahrheit herauszufinden.«

»Wie edel. Ich hoffe, dass Sie bei Ihrer nächsten Beschäftigung als Tellerwäscher oder Taxifahrer immer noch so denken werden.«

»Wie wäre es, wenn wir das jetzt so schnell und schmerzlos wie möglich hinter uns brächten?«, entgegnete der Detective, zog einen neuen Zahnstocher aus seiner Jacke und klemmte ihn sich zwischen die Zähne. »Wenn Sie zurück in die Küche gehen, dann sind wir bestimmt bald fertig.«

»Bald reicht nicht. Wir sind jetzt fertig.«

»Okay, dann werde ich mir die Antworten wohl von Miss Jellicoe holen müssen.«

Diese Drohung hatte nicht die erwünschte Wirkung. »Das sollten Sie mal versuchen«, sagte Richard mit leiser, gepresster Stimme. »Viel Glück.«

Gorstein verzog das Gesicht. »Es wäre besser, wenn Sie kooperieren.«

»Das wäre mir leichter gefallen, wenn Sie Samantha nicht festgenommen hätten.«

»Ich hätte Sie festnehmen können. Bringen Sie mich nicht dazu, meine Meinung zu ändern.«

Richard lächelte, keineswegs amüsiert. »Ich wünschte, Sie würden sie ändern.« Schweigen. »Nein? Dann noch einen schönen Tag. Ich gebe Ihnen zwei Minuten, die Leute von meinem Grundstück abzuziehen. Kommen Sie mit einem Durchsuchungsbefehl zurück. Wenn jemand wissen will, warum ich Sie verjagt habe, dann können Sie gerne sagen, weil Sie Samantha gleich verhaftet haben.« Richard drehte sich um und ging ins Haus. Er nahm sein Handy aus der Basisstation und drückte auf eine Kurzwahltaste. Es klingelte mehrere Male, und schließlich wurde der Hörer abgenommen.

»Hallo«, meldete sich eine heisere Stimme.

»Tom. Es tut mir leid, dass ich dich aufwecke, aber ich brauche deine Hilfe«, sagte Richard und ging dabei die Treppe hoch ins Schlafzimmer.

»Rick?« Die Stimme klang sofort wach. »Was ist los?«

»Bei uns wurde eingebrochen und eines meiner neuen Gemälde gestohlen.« Er knallte die Schlafzimmertür hinter sich zu, zog den Morgenmantel aus und suchte seine Kleidung zusammen.

»Ist mit dir alles in Ordnung?«

»Ich bin dabei nicht aufgewacht.« Er zog sich seine Jeans an.

»Ein Gemälde wurde also gestohlen – und wo ist Jellicoe?«

»Auf dem Weg zur Polizeiwache, in Handschellen.« Richard klang wütend. Wie auch immer sie in die Sache verwickelt sein mochte, Samantha gehörte zu ihm. Niemand durfte sie gegen ihren Willen wegbringen.

»Und hat sie …«

»Wage es bloß nicht, mich das zu fragen. Ich gehe jetzt zur Polizei. Du musst Phil Ripton anrufen, er soll seine Kollegen aus dem Bett klingeln und alle Richter in Manhattan, wenn das nötig sein sollte, um sie bis Sonnenaufgang rauszuholen.«

»Rick, es ist vier Uhr morgens …«

»Kriegst du das hin?«, unterbrach ihn Richard. »Ich bitte dich darum, weil du Samanthas Vorgeschichte kennst und weil ich dir vertraue.«

Tom atmete hörbar ein. »Ich bin dabei.«

»Danke dir. Ruf mich auf dem Handy an, sobald du irgendwelche Neuigkeiten hast.« Richard klappte das Telefon zu, warf es aufs Bett und zog sich ein Hemd und eine leichte Jacke über. Er überlegte kurz, ob er Ben und die Limousine holen sollte, doch eine Limousine an der Polizeistation würde zu viel Aufmerksamkeit erregen. Das konnten er und Samantha gar nicht brauchen. Er steckte sein Portemonnaie und sein Handy in die Hosentasche und ging wieder nach unten.

»Wilder«, sagte er und ertappte seinen Butler dabei, wie er den Polizisten vor dem Haus Kaffee servierte. »Ich geh weg. Ich habe mein Handy dabei, wenn du mich brauchst. Lass sie nicht wieder rein ohne einen Durchsuchungsbefehl.«

Rick war danach, die Kaffeeausgabe zu unterbinden, doch Wilder tat wahrscheinlich das Richtige. Es war keine gute Idee, sich die gesamte New Yorker Polizei zum Feind zu machen, insbesondere nicht, solange Samantha auf dem Revier war. Rick hatte ja nur etwas gegen Detective Gorstein.

»Ich werde alles im Auge behalten, Sir.«

Spanolli stand draußen, trank Kaffee und unterhielt sich mit den andern Polizisten.

»Ich gehe davon aus, dass Detective Gorstein nicht mehr hier ist?«, fragte Richard.

»Er ist zurück zur Wache gefahren. Brauchen Sie ...«

»Ich werde ihn dann dort antreffen.«

»Mr Addison, Sie sollten nicht von hier weg, bis wir alles erledigt haben.«

»Ich fahre zur Wache«, gab Richard zurück und wünschte sich fast, die Polizei würde versuchen, ihn daran zu hindern. »Wenn Sie ein Problem damit haben, dann sagen Sie es.«

»Äh, nein, Sir.«

Richard hatte zwar eine tiefe Abneigung gegen Störungen seiner Privatsphäre, doch vermutlich hatte die Ansammlung von Schaulustigen und Paparazzi auf der Straße sein Gutes. Die Polizei würde vor all diesen Zuschauern gewiss nichts Heikles unternehmen. Er ignorierte die Kameras und winkte eines der Taxis heran, die wegen des Menschenauflaufs langsamer fuhren.

»Wohin soll es gehen?«

Er las die Adresse der Polizeiwache von Gorsteins Visitenkarte ab und lehnte sich zurück. Das Taxi roch nach etwas Undefinierbarem. Doch er war auf das konzentriert, was er Samantha nach ihrer Freilassung sagen würde. Er musste sie davon abbringen, an einen sicheren Ort verschwinden zu wollen – denn das würde bedeuten, dass sie dann niemand, nicht einmal er, finden könnte.

Wenn sie das Gemälde genommen hätte, dann hätte sie nicht nach ihm gerufen. Er war sich dessen vollkommen sicher. Demnach war eine andere Person in sein Haus eingebrochen und hatte etwas gestohlen, was ihm gehörte und zwölf Millionen Dollar wert war. Wahrscheinlich wusste Sam jedoch etwas darüber. Sie war verschwunden und erst dann wieder aufgetaucht, als das Haus voller Polizisten war. Unter diesen Umständen brauchte er Antworten von ihr, sie schuldete sie ihm. Richard fluchte leise. Vor fünf Monaten hatte er mit Samanthas Hilfe entdeckt, dass eine seiner Vertrauenspersonen seine Gemälde entwendet und durch Fälschungen ersetzt hatte. Drei Leute waren im Gefängnis gelandet, und drei weitere waren dabei ums Leben gekommen. Und diesmal begann die Sache noch unglückverheißender. Seine Sammlung war zwar versichert, und er wusste, worauf Gorstein angespielt hatte – dass er sich die Versicherungssumme von zwölf Millionen auszahlen lassen und zugleich das Gemälde für sein Privatvergnügen an einem geheimen Ort aufbewahren könnte. Doch der Detective ließ dabei außer Acht, dass Rick gewiss nicht den Ruf riskiert hätte, ein leichtes Opfer abzugeben, besonders wenn er selbst den Diebstahl arrangiert hätte. Dabei ging es nicht um das Geld, sondern um die Tatsache, dass ihn jemand bestohlen hatte. Und sobald er Samantha aus diesem Schlamassel herausgeholt hatte, würde er dahinterkommen, wer dafür verantwortlich war.

Sein Handy klingelte. »Addison«, sagte er.

»Rick«, vernahm er Toms Stimme, »ich habe Phil angerufen, und er wird alles in Bewegung setzen, um Samantha freizukriegen. Er will, dass du ihn anrufst, damit der Schaden begrenzt werden kann.«

»Der Schaden begrenzt?«

»Die Morgennachrichten werden gerade gesendet, und du bist der Aufmacher. Sie haben schon Kamerateams vor der Polizeiwache.«

Richard fluchte. »Ich bin doch noch nicht mal bei der Polizei.«

»Ruf Phil an, bevor du da ankommst, ja? Er hat ein paar Ideen. Nicht nur wegen Jellicoe, Rick. Das könnte auch deinem Ruf schaden.«

»Das ist mir auch klar.«

»Okay, ich weiß, dass du äußerst wütend bist. Ich versuche nur, deine Stimme der Vernunft zu sein.«

Heute Morgen sollte er wohl auf sie hören. Es war nicht wirklich ein kluger Plan, das Gefängnis zu stürmen und Samantha zu retten, außerdem hatte er sich Gorstein nicht wirklich zum Freund gemacht. »Gib mir Riptons Nummer«, sagte er, denn ihm war gerade aufgefallen, dass er seinen Organizer auf dem Nachttisch hatte liegen lassen.

Er legte auf und wählte dann die Nummer des Rechtsanwalts. »Phil? Hier ist Rick.«

»Rick, es ist nicht angenehm, so geweckt zu werden, was? So etwas kann nur in New York passieren.«

»Was hat dir Tom erzählt?«

»Dass deine Flamme verhaftet wurde und ihr Vater für derartige Einbrüche bekannt war. Ist nicht gerade günstig.«

»Günstig oder nicht, sie wird gerade auf der Polizeiwache vernommen. Das ist unerhört.«

»Wo bist du jetzt?«

»Im Taxi, ungefähr fünf Minuten von der Wache entfernt.«

Er hörte am anderen Ende der Leitung gedämpfte Stimmen. »Rick, einen Häuserblock südlich der Wache gibt es ein Starbucks Café. Warte da auf mich.«

»Ich werde in die Wache gehen und Samantha da rausholen.«

»Wenn du da alleine reingehst, werden sie dich Spießruten laufen lassen und dich nur ärgern. Sie haben ihren Spaß daran, von reichen Leuten bedroht zu werden, besonders wenn diese nichts in der Hand haben und die Presse draußen herumlungert. Dann lassen sie erst recht nicht locker.«

»Ich bin ja kein Idiot«, entgegnete Richard. Er musste allerdings zugeben, dass er sehr gereizt war und auch schon Drohungen ausgesprochen hatte. »Ich werde Samantha keine Sekunde länger da drin lassen, als ich muss.«

»Ich bin schon auf dem Weg zu Penoza, dem Richter. Gib mir dreißig Minuten, dann komme ich zum Starbucks. Wir werden zusammen mit einer richterlichen Verfügung reinmarschieren, und dann werden wir sie rausholen, ohne von Pontius zu Pilatus rennen zu müssen.«

Das war wohl ein akzeptabler Plan, und wenn sie gut vorbereitet waren, hatten sie sicherlich bessere Chancen. Richard brauchte nicht lange, um Phil Riptons Logik gegen seine ritterlichen Anwandlungen, wie Samantha es nannte, abzuwägen.

»Dreißig Minuten, Phil. Danach werde ich den Gouverneur anrufen und notfalls mit der Nationalgarde anrücken.«

»Okay. Ich verstehe deine Gefühle, Rick, aber warte auf mich.«

Er würde warten. Genau dreißig Minuten und keine Sekunde länger.

Detective Gorstein ging um den grauen Metalltisch herum und ließ unvermittelt seine Handfläche auf die zerkratzte Oberfläche niedersausen. Samantha gab vor zu gähnen und sah zu ihm auf. »Sind Sie eigentlich der böse oder der gute Bulle?«

»Ich bin einfach nur der, der Sie gehen lassen würde, wenn Sie mir sagen, wo Sie letzte Nacht gewesen sind.«

Seit sie ihr die Handschellen abgenommen hatten und sie ihre anfängliche Panik überwunden hatte, wurde dies … nun, nicht wirklich unterhaltsam, doch sie wusste, wie sie mit den Leuten spielen konnte, und hatte sich vorgenommen, mit diesem Typ ihren Spaß zu haben. Ohne Handschellen musste sie nicht mehr nett zu ihm sein, und sie wussten beide, dass Rick alles tun würde, um sie hier rauszuholen. Das einzig wirklich Besorgniserregende an der Sache war, dass man ihr die Fingerabdrücke abgenommen und sie fotografiert hatte. Aber sie konnte später herausfinden, wie man sie wieder aus dem System löschen konnte.

»Ich würde Ihnen Ihre Aufrichtigkeit eher abnehmen«, sagte

sie langsam, »wenn Sie mir eine Cola light besorgten und mich telefonieren ließen.«

Er griff nach dem Telefon und knallte es vor sie auf den Tisch. »Ich halte Sie nicht davon ab.«

»Und Sie werden vermutlich auch nicht den Raum verlassen?«

»Ich werde rausgehen.«

»Und sich auf die andere Seite des Spiegels stellen, stimmt's?«

Sein Zahnstocher zuckte. »Ja.«

Sie seufzte. »Gut.« Wenn er ihr eine Minute allein verschafft hätte, dann hätte sie Stoney angerufen. Sie wusste ja, dass Rick dabei war, sie hier rauszuholen, und sie brauchte jemanden, der ihr bei ihrem Problem mit Martin helfen konnte. Besonders, nachdem das Hogarth-Gemälde zu dem Zeitpunkt verschwunden war, an dem sie mit ihrem Vater verabredet gewesen war. Es entging ihr nicht, dass sie von Gorstein beobachtet wurde, und sie wählte Ricks Nummer.

Er nahm bereits nach einem Klingelton ab. »Addison.«

Beim Klang seiner Stimme fiel alles Gewicht von ihr ab. »Hallo, Sahneprinz.«

»Samantha, wie geht es dir?«

»Sie scheinen mir mit einer Lampe ins Gesicht, und ich muss mir Manilow anhören«, berichtete sie ihm.

Stille. »Schön, dass du deinen Spaß hast«, sagte er schließlich, »besonders, da ich kurz vor einem Herzinfarkt stehe.«

»Erzähle Mama nichts davon«, sagte sie leichthin.

»Hören sie mit?«, fragte er sofort mit aufgebrachter Stimme.

»Da kannst du drauf wetten.«

»Gib mir zehn Minuten, Schatz. Und benimm dich.«

»Nichts leichter als das. Wie …«

»Okay«, unterbrach Gorstein. »Die Zeit ist um.«

Samantha legte seufzend auf. Sie hatte geahnt, dass Rick auf dem Weg zu ihr war, aber nun, da sie es aus seinem Mund gehört hatte, fühlte sie sich fast schwerelos vor Erleichterung.

»Sie halten dies anscheinend für lustig«, sagte der Detective und beugte sich über den Tisch, »aber ich versuche, ein Gemälde im Wert von zwölf Millionen zu finden.«

»Dann sollten Sie Ihre Zeit nicht damit vergeuden, sich auf mich einzuschießen. Denn wenn das Ihre Art der Ermittlung sein soll, dann werde ich das Gemälde schneller als Sie finden.«

»Warum sagen Sie mir dann nicht, wo ich suchen soll?«

In der Tat hatte sie da so eine Ahnung, wenn nicht wo, dann doch zumindest bei wem. »Bei meiner Arbeit geht es darum, Wertsachen von Menschen zu schützen und nicht, sie zu stehlen.«

»Dann haben Sie keine besonders gute Arbeit geleistet, wenn ich das richtig sehe.«

»Touché.« Ja, sie hatte ihre Arbeit nicht gut gemacht. Ihre Abwesenheit hatte es dem Dieb – Martin – erst ermöglicht einzubrechen. Verdammt, wie sie es hasste, manipuliert zu werden. Besonders, wenn sie es hätte besser wissen sollen.

»Da habe ich einen wunden Punkt getroffen, oder?«

Sie sah ihm ins Gesicht. »Und was schließen Sie daraus?«

»Dass Sie entweder die Wahrheit sagen oder so raffiniert sind, wie ich vermutet habe. Mit anderen Worten, es sagt mir gar nichts.«

»Nun, da ich auf einen Anwalt und mein Getränk warte, müssen Sie sich vorerst damit zufriedengeben.«

Gorstein kaute auf seinem Zahnstocher herum. Er trug bestimmt eine ganze Packung bei sich. »Wenn ich Sie nicht festgenommen hätte, wäre diese Unterhaltung dann anders abgelaufen?«

Samantha war versucht, ihm darauf eine ehrliche Antwort zu geben. Der Typ war ziemlich clever, und sie sollte das im Hinterkopf behalten. »Wahrscheinlich nicht«, sann sie laut nach, »außer Sie hätten mir Informationen gegeben und mir mein Getränk gebracht, dann hätten wir alles gemeinsam besprechen können.«

»Sie würden mir also helfen?«

Sie lächelte. »Wenn Sie mich nicht festgenommen hätten. So etwas kann eine Beziehung erheblich belasten.«

»Sie sind eine Jellicoe. Meiner Ansicht nach kann man damit einiges begründen.«

»Ihre Ansicht ist unerheblich. Und wo ist mein Getränk?«

Gorstein sah zu dem Ganzkörperspiegel. »Bringen Sie ihr was zu trinken.«

»Eine kalte Cola light«, sagte sie in die gleiche Richtung.

»Sie halten sich vielleicht für schlau«, er war wieder aufgestanden und ging um sie herum, »aber ich lasse Sie gerade überprüfen. Wenn wir auch nur einen einzigen unbezahlten Strafzettel finden, dann werde ich Sie nicht gehen lassen.«

Das war sehr unwahrscheinlich, da sie ihren Führerschein erst seit drei Wochen hatte. Und soweit sie wusste, hatte sie zuvor nie Spuren hinterlassen. Dies hier stellte wohl den ultimativen Test dafür dar. »Wenn Sie schon dabei sind, warum rufen Sie nicht Frank Castillo in Palm Beach an? Er ist bei der Mordkommission, aber seien Sie nicht neidisch. Ich helfe ihm manchmal.«

Er plusterte sich regelrecht auf und wirkte plötzlich größer. »Hören Sie, Jellicoe, ich bin nicht …«

»Da habe ich wohl einen wunden Punkt getroffen?«

Gorsteins Augen verengten sich zu Schlitzen. »Sie reden nicht gerade wie jemand von der East Side.«

»Ich kann auch hochnäsig werden, wenn Sie das wollen, aber ich habe das Gemälde nicht gestohlen.«

»Wie wäre es mit einem Alibi? Können Sie mir wenigstens eines liefern?«

Wahrscheinlich könnte sie das, sie hatte um 1.35 Uhr und um 3.10 Uhr jeweils ein Taxi genommen. Das Balto-Monument war jedoch nicht weit genug entfernt, um die Taxis ins Spiel zu bringen, sie hätte ohne Probleme hinfahren, zurücklaufen, den Hogarth stehlen, zurück zum Park laufen und sich dann nach Hause fahren lassen können.

»Wie wäre es, wenn Sie nach Leuten suchen, die Gemälde stehlen, statt sich mit jemandem aufzuhalten, der praktisch in einer Kunstgalerie lebt?«

Er grummelte vor sich hin und rückte mit lautem Geräusch einen Stuhl zurecht. »Wenn Sie ehrlich zu mir wären und mal eine Frage beantworten würden, dann könnte ich das vielleicht tun.«

Samantha sah ihn schräg von unten an. »Es tut mir sehr leid, Detective, möchten Sie damit sagen, dass Sie nicht glauben, dass ich es war? Ich bin ganz verwirrt. Soll ich Ihnen nun helfen, den Dieb zu finden, oder bin ich der Dieb?«

»Sie sind …« Die Tür wurde geöffnet, und ein älterer Mann mit wild abstehenden weißen Haaren kam herein.

»Lassen Sie sie gehen, Detective.«

Gorstein richtete sich auf. »Wie bitte?«

»Dieses Gespräch ist beendet«, fuhr ihn ein großer, glatzköpfiger Mann in einem Armanianzug an, der sich an dem Wirrkopf vorbeigedrängt hatte. »Außer, Sie möchten es auf eine Anklage wegen unrechtmäßiger Inhaftierung anlegen.«

Samantha gab sich keine Mühe, ihr Grinsen zu verbergen, als sie Rick hinter den beiden entdeckte. »Sir Galahad«, sagte sie leise und stand auf. Er trug Jeans und ein schwarzes T-Shirt mit einem Flanellhemd darüber. Dennoch spürte man, dass er der mächtigste Mann im Raum war.

»Geht es dir gut?« Er schloss sie in die Arme.

»Ja, einigermaßen«, sagte sie und wurde sich erst jetzt bewusst, unter welcher Anspannung sie während der letzten beiden Stunden gestanden hatte. Sie würde das jedoch niemals vor den Polizisten zugeben, das wussten sie beide. »Du hast es bis zum Frühstück geschafft.«

»Wie ich es gesagt habe.«

»Das ist doch lächerlich«, knurrte Gorstein. »Sie hat kein Alibi, und ihr Vater war …«

»Wenn Sie ihr wieder einmal nachstellen«, sagte der Typ im teuren Anzug, »dann sollten Sie mehr gegen sie in der Hand haben als den Beruf ihres Vaters. Einen schönen Tag noch.«

Rick legte den Arm um ihre Schultern, und sie marschierten aus dem Verhörzimmer. Samantha konnte es sich nicht verkneifen, sich noch einmal umzudrehen und dem finster dreinblickenden Detective ins Gesicht zu sehen. »Sie schulden mir noch eine Cola light, Gorstein.«

Der Gang war voller Polizisten, und keiner wirkte glücklich darüber, sie gehen zu sehen. Daran war nichts zu ändern, sie war hier auch nicht auf der Suche nach Freunden. Sie wollte hier nur so schnell wie möglich weg.

Der Typ im Armanianzug hielt an und reichte ihr eine Papiertüte mit ihrer Handtasche und ihrem Handy. »Sorgen Sie dafür, dass Ihre Limousine da ist, Rick«, sagte er und rückte seine Brille zurecht. »Es wäre besser, wenn wir nicht da draußen warten müssen.«

Rick nickte und holte sein Handy aus der Tasche. »Samantha, das ist Phil Ripton«, sagte er beim Wählen. »Phil, das ist meine Samantha.«

Ripton streckte seine Hand aus, und Samantha schüttelte sie. Es war ein warmer, fester Handschlag – er schwitzte nicht, zögerte nicht, kein machohaftes Gehabe. Noch so ein anständiger Anwalt. Bevor sie Tom Donner kennenlernte, hatte sie nicht gewusst, dass diese Spezies überhaupt existierte.

»Unter diesen Umständen«, sagte sie mit einem Lächeln, »freue ich mich sehr, Sie kennenzulernen.«

Er nickte. »Wir konnten noch nicht alles klären, aber Rick bestand darauf, Sie unverzüglich hier rauszuholen.«

Rick klappte das Telefon zu. »Er wartet auf uns. Schnell raus hier.«

»Halleluja«, rief Samantha euphorisch und nahm seine Hand.

Rick runzelte die Stirn und drehte ihre Handfläche nach oben. »Sie haben deine Fingerabdrücke abgenommen«, sagte er, seine meerblauen Augen blickten sie voller Sorge an. Er wusste ebenso gut wie sie, was das bedeuten konnte.

»Ja«, flüsterte sie und begann zu zittern, ihre verspätete Reaktion setzte nun ein.

»Gibt es eine Möglichkeit, ihre Fingerabdrücke löschen zu lassen?«, fragte Rick, dem Ripton bedeutet hatte voranzugehen. Rick war nun also auf Ratschläge von anderen angewiesen. Verdammt, sie hatte das zu verantworten, weil sie eine Jellicoe war, ob sie nun verdient hatte, ins Gefängnis zu kommen, oder nicht. Sie war der Grund dafür, dass sich Rick gezwungen sah, die Kontrolle an andere Menschen zu übergeben. Und sie selbst hatte nichts mehr im Griff und brauchte unbedingt einige Antworten.

»Ich werde einen Antrag stellen, sobald ich wieder im Büro bin.«

Samantha war durch den Hintereingang in die Polizeistation gebracht worden, dem Eingang für Ganoven und Polizisten. Nun kamen sie durch den Vordereingang heraus, und als Rick die Tür aufstieß, wurde ihr klar, warum Ben hier warten sollte.

»Meine Güte«, murmelte sie und drängte sich näher an Rick. »Sind die etwa alle wegen mir hier?«

»Wir waren in den Morgennachrichten«, flüsterte er ihr zu und setzte seine undurchdringliche Miene auf.

Ungefähr hundert Journalisten, Kameraleute, Tontechniker, Fotografen und Groupies standen dicht gedrängt auf dem Gehsteig. Sobald Samantha mit Rick herauskam, drängten sich alle nach vorne.

»Mr Addison, können Sie uns sagen, was genau aus Ihrem Haus gestohlen wurde?«

»Sind Sie wegen Diebstahls beschuldigt worden, Miss Jellicoe?«

»Wie viele …«

»Was sind die …«

Sie erspähte Ben und lief zur Limousine am Straßenrand. Wenn Rick keine Fragen beantwortete, dann würde sie bestimmt auch nichts sagen. Was auch immer Ripton über ihre Vergangenheit wusste, auch der Anwalt sprach mit niemandem. Nicht einmal ein »Kein Kommentar« kam über seine Lippen. So hatten die Reporter wirklich Futter für die Nachrichten.

Die Stille in der Limousine war beinahe unheimlich. Samantha griff in den Kühlschrank unter dem Sitz und holte eine Cola light heraus. »Die kriegt man im Knast nicht«, sagte sie und nahm einen großen Schluck.

»So, und wo warst du letzte Nacht?«, fragte Rick leise und sah sie an.

Verflixt. »Mir die Stadt anschauen«, antwortete sie.

»Lüg mich verdammt noch mal nicht an, Sam. Als ich aufgewacht bin …«

»Kann das irgendjemand bestätigen?« Ripton unterbrach ihn von seinem Sitz gegenüber. »Haben Sie Zeugen oder ein Alibi?«

Samantha löste ihren Blick nur ungern von Rick. Die Lösung für Problem Nummer eins bestand darin, den Ärger mit der Polizei zu bereinigen. »Nein. Niemand, der das liefern könnte.«

»Sag mir doch bitte, dass du nicht einfach um zwei Uhr morgens durch Manhattan spaziert bist, Sam.«

»Okay, ich habe ein Taxi genommen. Mehrere Taxis. Aber zwischendrin bin ich so viel gelaufen, dass die Fahrten nicht wirklich als Alibi taugen.« Sie musterte ihn. »Du denkst doch nicht, dass ich etwas damit zu tun habe, oder?«

»Natürlich nicht. Aber meine Versicherung wird keine

zwölf Millionen Dollar ausbezahlen, ohne vorher eine Untersuchung anzustellen. Und ich bin augenscheinlich ebenso verdächtig wie du.«

»Nein«, entfuhr es ihr. »Das ist doch absurd! Du besitzt ein Vermögen von zehn Milliarden Dollar. Warum solltest du …«

»Gerüchte können ebenso schädlich sein wie eine Verurteilung«, unterbrach er sie. »Ich will wissen, wer das getan hat.« Er wandte sich an Ripton. »In Anbetracht dessen, wie die Polizei mit Samantha umgesprungen ist, denkst du, dass du irgendwie an Kopien der Ermittlungsakten herankommen könntest?«

Ripton schob sich die Brille wieder auf die Nase. »Ich denke, man sollte sich nicht in die Polizeiarbeit einmischen. Sie sind ohnehin nicht gut auf dich zu sprechen.«

»Ich möchte, dass Samantha sich ansieht, was sie herausbekommen haben. Sie ist eine Sicherheitsexpertin und kennt sich mit Einbrüchen besser aus als die meisten Einbrecher. Sie sieht womöglich etwas, was der Polizei entgangen ist.«

Weil sie ein Profi war. »Wenn es möglich ist, würde ich mir das gerne ansehen«, willigte sie ein. »Ich habe es nicht getan, aber vielleicht kann ich dabei helfen, herauszufinden, wer es war.« Nur, dass sie schon eine ziemlich klare Vorstellung davon hatte. Wenn es Martin gewesen war, dann würde Rick ihr niemals wieder vertrauen. Er würde nicht glauben, dass sie nicht gewusst hatte, dass ihr Vater am Leben war. Und er würde nicht glauben, dass sie nicht dabei mitgeholfen hatte, den Einbruch vorzubereiten, bewusst oder unbewusst. Er würde nicht einmal falsch damit liegen. Sie steckte wirklich ganz tief in der Tinte.

7

Mittwoch, 11.15 Uhr

Richard schloss die Tür zum Salon. Samantha sah zu ihm hinüber und schaltete den Fernseher an. »Wo ist Phil?«

»Er erledigt einige Telefonate im Büro.«

»Du überlässt ihm alles?«

Rick presste die Lippen aufeinander. »Es handelt sich auch um eine juristische Angelegenheit. Ich will das zuerst erledigt haben.«

»Was ist mit dem Hotel? Du hattest doch ein Meeting heute Morgen?«

»Das ist im Moment nicht wichtig. Ich habe umdisponiert.« Er nahm ein Kissen, legte es auf den Boden und setzte sich neben Samantha aufs Sofa. »Ich denke mittlerweile, dass ich einen Assistenten brauche.«

»Du hast doch einen.«

»Sarah ist in London. Ich verbringe nicht mehr so viel Zeit dort wie früher.«

Samantha drehte sich zu ihm, zog ihr rechtes Bein zu sich heran und setzte sich auf den Fuß, gelenkig wie eine Katze. »Du bist so wütend, dass du kaum mehr klar denken kannst, stimmt's?«

»Mir wurde wieder etwas gestohlen. Ja, ich bin sehr wütend.«

»Aber du bist auf mich sauer.«

»Glaube nur nicht, dass du weißt, was ich denke.«

Sie starrte ihn an, der Fernseher spielte die Titelmelodie eines der allgegenwärtigen Godzilla-Filme. Sie hatte einen

Radar für diese Filme, sie schien immer zu spüren, wenn wieder einer lief.

»Komm schon, Rick. Du kannst es ruhig sagen. Ich war weg, und du weißt nicht, wo ich war – deswegen bist du wütend.«

»Gestern Abend bei Sotheby's«, begann er langsam und bemühte sich, sein Temperament zu zügeln, nicht aus Angst, sie zu verletzen, sondern weil er nicht wusste, wie sie reagieren würde, »da bist du unruhig geworden. Etwas hat dich beschäftigt, und du wolltest mich davon abbringen, die Gemälde zu kaufen. Und dann, fünf Stunden später, ist eines davon verschwunden.«

»Ich werde dir nicht noch einmal erklären, dass ich es nicht war«, entgegnete sie.

»Du hast gesagt, dass du jemanden erkannt hast. Wer war das?«

»Ich bin also eine Komplizin? Warum entscheidest du dich nicht, ob ich nun schuldig bin oder nicht, und wir machen da weiter?« Sie verschränkte ihre Arme vor ihren kessen Brüsten. »Was ist?«

Richard biss sich auf die Lippe. »Ich will jetzt nicht darüber sprechen«, knurrte er und stand auf. »Schau dir den Film an und bleib zuhause, bis wir den Papierkram erledigt und eine Pressemitteilung geschrieben haben.«

Er war schon fast an der Tür, als ein Kissen zwischen seinen Schulterblättern landete. Richard erstarrte.

»Warst du das eben?«, fragte er, immer noch reglos.

»Das nächste Objekt, das ich werfe, wird wehtun.«

Er drehte sich um. »Wie alt bist du? Fünf?«

»Vielleicht. Du bist doch derjenige, der mich eben auf mein Zimmer geschickt hat.« Samantha stand auf. »Du bist also wütend? Ich konnte früher überall hingehen, wohin ich wollte, alles tun, ich konnte sein, wer ich wollte. Und es gab keine Bullen, die an der Tür auf mich warteten, da niemand wusste, wo ich wohnte! Inzwischen wissen alle, wer ich bin und wo ich bin.«

Du meine Güte! Normalerweise gefiel ihm ihre Unberechenbarkeit.

»Sie wissen es wegen mir, das meinst du doch.«

Ihr Kinn klappte herunter. »Das habe ich nicht gesagt.«

»Doch, hast du.«

Samantha drehte ihm den Rücken zu, schritt zum Fernseher und schaltete ihn aus. »Sei still, bitte«, sagte sie leise. »Ich habe gerade einen Anfall. Sie haben mir Handschellen angelegt, Rick.«

»Ich weiß.«

»Als ich all die Bullen gesehen habe, dachte ich zuerst, dass dir vielleicht etwas passiert sei. Ich war besorgt um dich. Ich war in Handschellen, und ich hatte Angst um dich. Was für ein Profi bin ich denn?«

»Ein Profi im Ruhestand«, sagte er und ging zu ihr. »Und nicht nur du warst besorgt. Natürlich wusste ich, dass du das Gemälde nicht gestohlen hast, aber ich wusste nicht, wo du warst. Der Alarm wurde ausgelöst, und die Polizei kam, und ich wusste nicht mal, was ich ihnen sagen sollte. Und wie du vielleicht schon bemerkt hast, ich weiß sonst immer, was ich sagen soll.«

Samantha seufzte. »Ich werde mal duschen.« Sie drängte sich an ihm vorbei und öffnete die Tür.

»Wir sind noch nicht fertig.«

»Ich bin aber fertig.« Sie ging über den Flur ins Schlafzimmer, er folgte ihr und hielt kurz vor der Tür zum Büro.

»Wir sind in fünfzehn Minuten so weit, Phil.« Der Anwalt sah vom Telefon auf und nickte.

Samantha hatte sich schon ausgezogen, als er die Badezimmertür aufstieß. »Du bist nicht eingeladen«, fuhr sie ihn an und stieg in die Duschkabine.

»Ich bin auch gar nicht in Stimmung«, gab er zurück und verschränkte seine Arme. »Warum zum Teufel sagst du mir nicht einfach, wo du warst? Ich dachte, du vertraust mir.«

»Und ich dachte, du vertraust mir.«

»Ich bin nicht verschwunden, als eingebrochen wurde.«

Die Tür zur Duschkabine öffnete sich einen Spaltbreit, und Samanthas Kopf war zu sehen. »Du bist ein Mistkerl«, sagte sie und schloss die Tür wieder.

»Und du weichst mir immer noch aus. Zuerst der Film und jetzt die Dusche. Ich werde hier stehen bleiben, bis du mir endlich sagst, was du weißt. Oder mir zumindest erklärst, warum du nichts sagst.« Eine Weile war nur das Rauschen des Wassers zu hören. Er ahnte, dass sie sich nicht so schnell geschlagen geben würde, außerdem mussten sie wegen der Pressemitteilung zu Ripton. Doch verdammt, er würde sich nicht entschuldigen oder klein beigeben. Er hatte nichts falsch gemacht.

»Es tut mir leid, dass du wegen meiner Anwesenheit hier Ärger hattest«, sagte sie schließlich.

»Mir aber nicht«, erwiderte er. »Ich will nur eine Erklärung, keine Entschuldigung.« Er sah auf seine Armbanduhr. »Wir müssen in zehn Minuten zu Ripton ins Büro, damit er die Presseerklärung lesen kann.«

Das Wasser wurde abgestellt und die Tür zur Dusche wieder geöffnet. »Ich werde bei keinem Frage-und-Antwort-Spiel mit der Presse mitmachen«, tat sie kund, stieg aus der Dusche und griff nach einem Handtuch.

»Keiner von uns wird da mitmachen. Wir werden eine geschlossene Front zeigen. Unabhängig davon, wie sich das privat darstellt.«

»Eine geschlossene Front gegen was?«

»Gegen was?«, wiederholte er ungläubig. »Du bist festgenommen worden. Wenn die Polizei keine brauchbaren Spuren in eine andere Richtung finden kann, dann können sie mich gleich wegen Versicherungsbetrug anklagen.«

Sie rieb sich mit dem Handtuch das Haar trocken. »Als ob du wegen zwölf Millionen riskieren würdest, ins Gefängnis zu kommen.«

»Leute machen dumme Sachen aus dummen Gründen.«

»Vielleicht sind die Gründe nicht so dumm, vielleicht verstehst du sie einfach nicht.«

Rick schwankte zwischen Unglaube und Wut und riss ihr das Handtuch aus der Hand. »Willst du mir irgendetwas damit sagen? Nun sag es endlich!«

Samantha stemmte die Hände in ihre nackten Hüften. »Also gut, ich habe es getan. Ich habe den Hogarth genommen und ihn in der Union Station in ein Schließfach gelegt. Patricia ist meine Komplizin. Ja, genau, deine Exfrau und ich arbeiten zusammen.«

»Du …«

»Was soll ich dir denn sagen? Wer auch immer es war, ich war einmal einer von ihnen. Und vor einem Jahr hätte ich es selbst sein können. Also entschuldige mich, wenn ich mich nicht an solchen Spekulationen beteilige. Offensichtlich wollte jemand den Hogarth, und jemand hat ihn aus eben diesem Grund gestohlen. Wenn du denkst, dass ich Spaß daran hatte, in Handschellen abgeführt und in ein Polizeiauto verfrachtet zu werden, dann kannst du mich mal.« Sie griff sich das Handtuch wieder und stürmte an ihm vorbei ins Schlafzimmer.

Richard betrachtete einen Moment lang ihren wiegenden Hintern und folgte ihr. Am ersten Tag ihrer ungewöhnlichen Verbindung hatte Detective Castillo versucht, ihr Handschellen anzulegen. Er erinnerte sich noch gut an die nackte Panik in ihrem Blick, als sie glaubte, gefasst worden zu sein. Heute Morgen war sie im Polizeiauto und im Verhörraum sitzen geblieben, weil er gesagt hatte, dass er sie freibekommen würde. Sie wussten beide, dass sie hätte fliehen können, wenn sie gewollt hätte. Doch sie hatte ausgeharrt.

»Samantha«, sagte er, fasste sie zärtlich am Kinn und drehte ihr Gesicht zu sich. »Es tut mir leid. Ich denke, man kann festhalten, dass wir nicht mehr weiterwissen. Komm mit zu Ripton ins Büro, und danach können wir beim Chinesen was zu essen holen.« Richard tat alles, damit sein Blick nicht von ihrem Gesicht abglitt. Er war sich bewusst, dass sie nackt war und er ihren ganzen Körper berühren wollte. »Waffenstillstand?«

»Denkst du denn, selbst wenn ich das Bild gestohlen hätte, würde ich zulassen, dass man dich beschuldigt?«, fragte sie, und ihre grünen Augen verengten sich.

Hätte er das Bild gestohlen, sie hätte sicher einen Weg gefunden, um seine Unschuld zu beweisen. »Nein, das denke ich nicht.«

»Dann hör doch auf mit deinem zornigen Gehabe. Du kannst mir glauben, ich bin viel wütender als du. Denn derjenige, der wusste, dass der Hogarth hier ist, der wusste auch, dass ich mit dir hier lebe. Das war ein Schlag gegen mich, und ich werde zurückschlagen.«

»Wenn du auch nur einen Schritt machst, der irgendwie gegen dich verwendet werden kann, dann wird sich Gorstein darauf stürzen, Samantha.«

Sie entzog sich ihm und streifte sich einen Slip über. »Nur wenn er davon erfährt. Du kaufst das Hotel, und ich werde mich um das Gemälde kümmern.«

»Entschuldige bitte, aber das beruhigt mich überhaupt nicht.« Er ging hinüber zum Schrank und suchte nach einem frischen Hemd und einer imposanten Krawatte. »Was auch immer du dem Detective gesagt hast, es scheint ihm nicht sonderlich gefallen zu haben. Er wartet nur darauf, dass du in Aktion trittst, Schatz.«

»Soll er ruhig warten. Ich werde mit dem Anwalt dastehen und zuhören, wie unschuldig ich bin, und dann werde ich chinesisch essen.«

Da sie wieder zueinander gefunden hatten, beließ er es dabei. Trotz allem entging ihm nicht, dass sie ihm immer noch nicht gesagt hatte, wo sie in der vergangenen Nacht gewesen war.

»Oh Mann, wir sind vielleicht ein trauriges Verliererpaar, oder?«, sagte sie und zog sich ein hübsches ärmelloses Seidenkleid mit orangefarbenen und braunen diagonalen Streifen über.

»Mhm, ich bezweifle, dass aus uns jemals etwas wird.« Er griff nach ihrem Handgelenk. Als sie sich nicht sträubte, zog er sie an sich. Samantha schlang ihre Arme um seine Taille und umarmte ihn fest. »Wir werden herausfinden, was passiert ist«, sagte er und küsste ihr Haar, »und wir werden herausfinden, wer mein verdammtes Gemälde hat. Und dann werde ich eine Entschuldigung von Gorstein verlangen und an dem Dieb ein Exempel statuieren. Denn du warst vielleicht mal einer, aber jetzt bist du keiner mehr.«

Daran musste er immer denken, wenn jemand festgenommen wurde. Dieser Dieb hätte Samantha sein können. Abrupt wand sie sich aus seiner Umarmung. »Gut, lass uns das hinter uns bringen, bevor ich noch meine Meinung ändere.« Ein Lächeln huschte über sein Gesicht.

»Wirst du nicht.«

Er konnte nicht anders, er fasste ihr Gesicht mit beiden Händen und küsste sie. Gerade als sie ihre Arme um seine Schultern legen wollte, klingelte das Handy in seiner Tasche. Er ließ sie widerwillig los und klappte es auf. »Verdammt«, murmelte er.

Sie schob seine Hand vom Display, um den Namen zu lesen. »Na großartig, Patricia. Ich hätte ihren Namen nicht aussprechen dürfen.«

Er drückte auf die Taste. »Addison.«

»Richard, ich habe gerade erfahren, was geschehen ist«, antwortete Patricia Addison-Wallis mit ihrem kultivierten Londoner Tonfall. »Wenn ich irgendetwas für dich tun kann, bitte …«

»Uns geht es gut, Patricia. Ich bin aber gerade ziemlich beschäftigt. Also auf …«

»Du hättest mir wenigstens sagen können, dass du nach New York kommst. Ich lebe doch jetzt hier, wie du weißt.«

»Das weiß ich. Schließlich habe ich das Apartment für dich gefunden. Und bezahlt.«

»Du hättest mich zumindest anrufen können, damit wir mal essen gehen können. Wirklich, Richard.«

Der Tonfall seiner Exfrau klang beleidigt und triumphierend zugleich. Was nicht verwunderlich war – er hatte sie ignoriert, und Samantha war verhaftet worden.

»Ich bin hier gerade bei etwas Geschäftlichem. Wir sprechen später.«

»Du hast Jellicoe wegen etwas Geschäftlichem hierher gebracht? Ihr Geschäft oder deines?«

»Schreibst du inzwischen für den *Enquirer*, Patricia?«

»Ach, hör doch auf. Das ist eine ganz logische Frage.«

»Hi, Patty«, schaltete sich Samantha mit lauter Stimme ein, »kannst du später noch mal anrufen? Wir haben hier gerade Sex.«

Patricia schnappte nach Luft. »Diese Frau ist die …«

Richard legte auf. »Du solltest sie wirklich nicht so vor den Kopf stoßen«, sagte er dann ruhig und beugte sich zu ihr, um den Kuss zu Ende zu führen.

»Sie hat damit angefangen. Und ich weiß immer noch nicht, warum sie mich so hasst. Du hast dich doch schon zwei Jahre, bevor wir uns kennengelernt haben, von ihr scheiden lassen.«

»Sie hasst dich, weil ich dich liebe.«

Samantha spitzte spöttisch ihre vollen Lippen. »Wenn du nicht der große Zampano bist!«

»Sieht ganz so aus. In fünf Minuten also.«

»Ich bin dann fertig.«

Er verließ das Zimmer und ging ins Büro nebenan. Wenn Patricia einen positiven Effekt hatte, dann war es der, dass sie Samantha auf seine Seite brachte. Andererseits wusste Patricia Addison-Wallis nun, dass er mit Samantha in Manhattan war. Ihr Apartment war nur drei Kilometer von seiner Villa entfernt, und das verhieß nichts Gutes.

Nach Richards Kuss blieb Samantha atemlos zurück. Sie war erregt und immer noch aufgebracht.

Sie wusste, was Martin über sie dachte – dass sie Richard ausnahm, dass sie mit seinem beträchtlichen Vermögen und seiner Macht im Hintergrund tat, was sie wollte. Wenn es nur so einfach wäre.

Sobald Richard die Tür hinter sich geschlossen hatte, warf sie sich aufs Bett und griff nach dem Telefon. Zuerst wählte sie die Nummer ihres Büros in Palm Beach und wartete. Nach dreimaligem Klingeln wurde abgehoben.

»Jellicoe Security«, meldete sich eine warme, männliche Stimme. »Was kann ich für Sie tun?«

»Hi, Aubrey«, antwortete sie und schlüpfte dabei in ihre hellbraunen Sandalen. »Du solltest noch erwähnen, dass wir für das richtige Honorar Hilfe anbieten.«

»Miss Samantha, erst ködern wir sie, und dann nennen wir den Preis.«

»Sehr schön. Ist Stoney zufällig da?«

»Ist er, bleib dran, Schätzchen.« In der Warteschleife wurde sanfter Dixieland-Jazz gespielt, Aubrey hatte also gewonnen, denn Stoneys musikalischer Favorit war Enya gewesen.

Nach einer Minute kam Stoney ans Telefon. »Hast du meine E-Mail bekommen, Liebes?«, fragte er. »Ich wollte, dass du noch mal die Zahlen durchgehst, bevor ich das Angebot an Locke schicke. Die …«

»Kannst du im Moment sprechen?«, unterbrach sie ihn. Sie konnte förmlich vor sich sehen, wie er seine Augenbrauen nach oben zog.

»Warte mal. Ich mach die Tür zu.« Stille. »Okay, was gibt's?«

»Du musst ins Flugzeug steigen und hierher nach Manhattan kommen«, sagte sie mit leiser Stimme, die Tür war zwar geschlossen, doch das Büro war gleich nebenan.

»Warum? Falls du gerade mit Richard im Clinch liegst, dann habe ich …«

»Gestern Abend habe ich Martin gesehen.«

Dazu fiel ihm erst mal nichts ein, am anderen Ende der Leitung blieb es mucksmäuschenstill. »Schatz«, sagte er schließlich in einem Ton, der normalerweise Geisteskranken galt. »Martin ist tot, du weißt das doch ebenso gut wie ich.«

»Er war bei Sotheby's und hat sich umgesehen«, beharrte sie, wobei sie nicht nur Stoney von dieser Tatsache überzeugen musste, sondern auch sich selbst. »Er war sehr an einem Hogarth-Gemälde interessiert, das Rick dann gekauft hat. Ich habe ihm eine Notiz zugesteckt und wollte mich mit ihm treffen. Als ich dann letzte Nacht zu unserem Rendezvous unterwegs war, ist jemand bei uns eingebrochen und hat das Gemälde mitgehen lassen.«

»Aber …«

»Ich weiß, Stoney, es klingt absolut verrückt. Aber er ist hier. Und ich denke, er hat mich benutzt, um an das Gemälde zu kommen.« Samantha hielt nun die Hand vor den Telefonhörer. »Du bist der Einzige, der mir helfen kann. Ich habe sonst niemand, an dem ich mich wenden kann, das weißt du doch.«

Wieder Stille. »Weiß Richard irgendetwas davon?«

»Nein, er weiß lediglich, dass ich letzte Nacht unterwegs war, und dann haben mich die Bullen wegen Diebstahls festgenommen. Ich habe eine schreckliche Stunde in Handschellen verbracht. Und ich bin nicht …«

Ihre Stimme versagte, und es dauerte eine Weile, bis sie sich wieder gefasst hatte. Sie würde sich von dieser Sache nicht fertigmachen lassen. »Ich werde nicht zulassen, dass das noch mal passiert. Und ich werde mein oder Ricks Leben nicht weiter vermasseln, ich will wissen, was los ist.«

»Ich komme mit dem nächsten Flugzeug«, sagte er.

»Rick soll keinesfall davon erfahren. Noch nicht.«

»Okay, ich werde Delroy anrufen. Bei ihm kann ich unterkommen. Sobald ich angekommen bin, rufe ich dich an.«

»Danke, Stoney. Ich wusste nicht, was ich sonst tun könnte.«

»Aber Schatz, dafür sind Freunde doch da. Geister auffliegen lassen und solches Zeug.«

Sie wischte sich eine Träne der Dankbarkeit aus dem Gesicht, die sie überraschte. »Was wirst du Aubrey sagen?«

»Unserer Tucke? Ich werde ihm einfach sagen, dass ich ein verlängertes Wochenende nötig habe und er mich telefonisch erreichen kann.«

Samantha lächelte. »Rick behauptet übrigens, dass Aubrey nicht schwul sei, weißt du das?«

»Der Milliardär ist ja nur neidisch, weil Aubrey ihn nicht angemacht hat. Ich renne jetzt nach Hause, um zu packen, und dann mache ich mich auf den Weg. Du musst noch ein wenig ausharren.«

»Okay, danke noch mal.«

Ein einfaches Dankeschön war nicht wirklich angemessen, denn Walter Barstone war der einzige Mensch auf der Welt, auf den sie nun zählen konnte. Er würde bestätigen können, dass der Mann, den sie gesehen hatte, tatsächlich Martin Jellicoe war, ohne ihm gleich die Bullen auf den Hals zu hetzen. Wer auch immer den Hogarth mitgenommen hatte, ob Martin oder nicht, sie musste alles daransetzen, um das Gemälde zurückzubekommen.

Nachdem sie aufgelegt hatte, fühlte sie sich wie eine Verräterin. Rick war nebenan und las wahrscheinlich gerade die Presseerklärung, in der ihre Unschuld beteuert wurde. Während sie eine ziemlich genaue Vorstellung davon hatte, auf wessen Karte der Einbruch ging, und gerade dabei war, sich hinter Ricks Rücken Verstärkung zu holen.

Sie sagte sich, dass sie ihn ja einweihen würde, sobald sie

irgendetwas mit Sicherheit wusste, doch das entsprach nicht unbedingt der Wahrheit. Sie wusste nicht, wie sie davon berichten konnte, falls ihr Vater noch einmal auf der Bildfläche erscheinen würde, ohne dabei Gefahr zu laufen, Rick zu verlieren. Auch wenn er ihr vertraute, mit Martins Wiederauftauchen hatte sich alles geändert. Sie hatte sich zwar aus dem Geschäft zurückgezogen, doch Martin augenscheinlich nicht. Mit all seinem Reichtum konnte sich Rick Addison keinen Ganoven in der Familie leisten.

Plötzlich klingelte das Telefon, das sie noch immer in der Hand hielt. Sie zuckte vor Schreck zusammen, und es fiel ihr beinahe aus der Hand. Nach einem Moment gewann sie ihre Fassung wieder, und sie nahm das Gespräch entgegen.

»Hallo«, sagte sie.

»Hallo«, antwortete eine klare männliche Stimme mit britischem Akzent. »Hier ist John Stillwell, ich möchte mit Richard, Lord Rawley sprechen.«

»Einen Moment bitte.« Sie ging mit dem Telefon zur Bürotür und klopfte.

»Komm rein.«

Sie stieß die Tür auf und verbeugte sich. »Lord Rawley, ein John Stillwell ist am Apparat und möchte mit Ihnen sprechen, Königliche Hoheit.«

Rick schnitt eine Grimasse. »Verdammte Briten«, brummte er und fing das Telefon auf, das sie ihm zuwarf. »Ich habe ihm wohl versehentlich meine Festnetznummer gegeben. Entschuldigung.«

Wenn Rick seine Privatnummer statt seiner Büronummer herausgab, dann musste er wirklich sehr durcheinander sein. Das war ihre Schuld. »Kein Problem«, sagte sie laut und schluckte ihren Ärger hinunter, zumindest für den Augenblick. »Er hört sich ziemlich steif an.«

Sie ging hinaus und schloss die Tür hinter sich. Sie hatte nun eine Minute für sich und ging zum Fenster am Ende des

Flurs. Sicherlich war Ricks Verdacht dadurch geweckt worden, dass der Einbrecher auf dem gleichen Weg ins Haus gekommen war wie sie ein paar Stunden zuvor. Doch jeder gewiefte Einbrecher hätte sich für diese Option entschieden. Gott sei Dank hatte sie zumindest die Umsicht besessen, Handschuhe zu tragen. Sonst wäre sie bestimmt immer noch mit Detective Gorstein im Verhörzimmer.

Samantha schob das niedrige Tischchen beiseite, wobei sie darauf achtete, ihr Kleid nicht zu zerknittern. Das frische Silikon, mit dem sie und Wilder den Fensterrahmen repariert hatten, lag noch in feuchten Brocken auf dem Boden. Auf der Fensterbank waren Kratzspuren zu sehen, wo an den Kabeln der Alarmanlage herumgebastelt worden war. Der Einbrecher hatte auf jeden Fall ein Werkzeug benutzt, das länger war als ihre Nagelfeile – die Form der Kratzer sah nach einem alten Maßband aus Kupfer aus. Diese Dinger waren großartig.

Das Werkzeug an sich war jedoch nicht so aussagekräftig wie die Tatsache, dass der Einbrecher beim Einstieg den Alarm entschärft hatte. Das hieß, dass der Alarm beim Verlassen des Hauses ausgelöst worden war. Was nun die Frage aufwarf, ob das absichtlich geschehen war oder nicht. Wenn ihr Vater, wie sie vermutete, der Einbrecher gewesen war, dann konnte man ausschließen, dass er diesen handelsüblichen Alarm aus Versehen ausgelöst hatte. Und wenn er es mit Absicht getan hatte, dann war das Problem, vor dem sie stand, noch unlösbarer.

»Sei vorsichtig mit Fingerabdrücken«, sagte Rick hinter ihr; er war auf dem Weg ins Schlafzimmer, um das Telefon zurückzustellen. »Die Polizei hat sie zwar schon gesichert, oder wie sie das nennen, aber sie kommen vielleicht noch mal.«

»Keine Sorge, ich fasse nichts an«, sagte sie vor dem Fenster kniend. »Ich schaue es mir nur an.«

»Siehst du etwas Interessantes?«

»Eine ganze Menge. Wer auch immer es war, er ist auf die gleiche Weise hier reingekommen wie ich.«

»Aber du hast den Alarm nicht ausgelöst.«

»Nicht beim Hereinkommen.«

Er blieb auf dem Flur stehen. »Er wurde also beim Rausgehen ausgelöst. Mit Absicht?«

Samantha stand auf und klopfte sich den Staub von den Händen, wohl eher um Zeit zu gewinnen, sie hatte ja nichts angefasst. »Der oder die Täter kamen also rein, haben den Alarm ausgeschaltet, sind über den Flur und dann die Treppe hinuntergegangen, haben das richtige Gemälde gefunden – da ich vermute, dass sie den neuen Hogarth wollten –, sind wieder nach oben gegangen und dann raus. Ich wette, dass der Alarm ausgelöst wurde, war kein Zufall.«

»Das heißt, ich habe den Täter um höchstens eine Minute verfehlt.«

Sie fühlte, wie sich auf ihrer Stirn Schweißperlen bildeten. Martin und Rick, was sie wohl voneinander halten würden, wenn sie sich jemals treffen sollten? Vermutlich nicht allzu viel, und sie hoffte inständig, dass es dazu nicht kommen würde. »Ich werde ein paar Anrufe erledigen, damit das Haus wieder gesichert wird«, sagte sie und ging an ihm vorbei.

Rick legte eine Hand auf ihre Schulter. »Warum haben sie nicht beide Gemälde genommen?«

Sie zuckte mit den Schultern. »Ich hätte es getan. Wenn schon, denn schon, war doch alles verpackt. Vielleicht hatten sie nur für eines einen Abnehmer und wollten das andere nicht irgendwo aufbewahren. Oder sie hatten keinen geeigneten Ort dafür.«

»Ich denke mal, dass man bei einem Erlös von fünf Millionen Dollar irgendwo ein Schließfach mieten kann.«

Samantha sah ihn schräg von der Seite an. »Ich dachte, der Plan war, aus mir eine anständige Bürgerin zu machen und nicht aus dir einen Einbrecher.«

Mit einem Lächeln griff er sie fester an der Schulter und drehte sie zu sich, damit sie ihm ins Gesicht sah. »Wie du schon gesagt hast, manchmal sind unsere Welten gar nicht so unterschiedlich.«

Sie blieben einen langen Augenblick stehen, ein Meter lag zwischen ihnen, sie waren nur durch seine Hand verbunden. An jedem anderen Tag hätte Rick sie jetzt geküsst. Doch er ließ sie los, als Ripton aus dem Büro kam.

»Seid ihr bereit?«, fragte der Anwalt.

Samantha atmete tief durch, ergriff Ricks Hand und ging mit ihm hinunter zur Eingangstür. Sie würde sich da unten hinstellen und Phil ein Statement vorlesen lassen, von dem sie wusste, dass es nicht der Wahrheit entsprach. Denn sie wusste mehr über den Einbruch, und ihre Zusammenarbeit mit der Polizei ließ durchaus zu wünschen übrig.

Früher wäre daran nichts falsch gewesen, nach den Regeln ihres Vaters, die er ihr seit ihrer Kindheit eingebläut hatte. Schütze dich, gib nur Informationen preis, die schon jemand herausgefunden hat, und kümmere dich zuerst um dich selbst. Mit Rick wurde ihr allmählich klar, dass sie manche der Regeln nicht nur außer Acht lassen konnte, sondern dass einige von ihnen dumm und egoistisch waren und außerhalb der Unterwelt keinen Platz hatten. Die Schatten schienen sie wieder einzufangen, doch im Moment konnte sie damit umgehen. Und der Grund dafür hielt gerade ihre Hand, obwohl sie nicht ehrlich zu ihm war.

Rick wusste genug über sie, um sie für eine lange Zeit hinter Gitter verschwinden zu lassen. Er war der Grund, warum sie sich nicht sicher war, ob sie in ihr altes Leben zurückkehren könnte, wenn sie sich zur Flucht gezwungen sah. Durch ihn hatte sie entdeckt, was sie an sich selbst mochte. Bevor sie Rick getroffen hatte, hatte sie sich nur in den seltensten Momenten als die wirkliche, echte Samantha Elisabeth Jellicoe zeigen können. Sie wusste, dass sie immer noch wie eine Einbrecherin dachte. Aber nicht immer.

Sie fühlte, wie sich ihr Leben … erweitert hatte. Sie verbrachte weniger Zeit damit, sich immer wieder umzudrehen, und sah öfter nach vorn. Es war noch ein neues Gefühl, kostbar und zerbrechlich. Ob Martin plante, sie zurück in ihr altes Leben zu zwingen? Wenn man in Betracht zog, dass sie ihn bis am Abend zuvor für tot gehalten hatte, waren seine Methoden wirklich unfair. Doch Martin war immer schon ein machtbesessener Typ gewesen. Für ihn rechtfertigte der Nutzen immer die Methoden.

Samantha holte tief Luft. Im Moment war sie überzeugt, dass dies ein schlechtes Ende nehmen musste. Schlecht für ihre Freiheit, für ihre Gesundheit und schlecht für ihr Herz.

8

Mittwoch, 21.18 Uhr

»Das war ja ziemlich schwach«, sagte Samantha und schob sich die Stäbchen mit chinesischen Nudeln in den Mund. Sie zeigte auf den Fernseher. »Sie haben nicht mal gezeigt, wie Ripton gesagt hat, dass wir das Gemälde zurückhaben wollen.«

Rick saß neben ihr auf dem Sofa und stibitzte sich ein Stück Hühnchen von ihrem Teller. Normalerweise hätte sie ihn gefragt, warum er denn Broccoli Beef bestellt hatte und dann nur ihr Essen aß, doch im Moment war es einfach nur beruhigend, dass sie wieder etwas miteinander teilten.

»Es ist ein Boulevardmagazin«, merkte er an und gestikulierte mit seinen Stäbchen.

»Für sie spielt es keine Rolle, wer es war, solange nur weiter darüber gesprochen wird.«

»Aber wir haben nicht darüber gesprochen.«

»Aber wir haben uns gezeigt, das reicht vorerst.«

»Warum haben wir uns dann gezeigt?«

»Die Nachrichtensendung ist nebensächlich. Wir wollten einen guten Eindruck bei der Polizei machen.«

»Wenn das nicht ein neuer Tiefpunkt ist.«

»Aber nicht zu umgehen.«

Sie sah auf die Standuhr in der Ecke, es war bereits nach 21 Uhr. Stoney war bestimmt schon in New York angekommen und hatte es sich bereits auf Delroys Couch bequem gemacht. Es war wohl nicht sehr klug, sich ein zweites Mal aus dem Haus zu schleichen, aber sie musste ihn sehen.

»Ich bin überrascht, dass dich Walter nicht angerufen hat«,

sagte Rick unvermittelt, und Samantha fragte sich, ob er Gedanken lesen konnte. »Das ist doch auch in Palm Beach ausgestrahlt worden.«

»Er sieht nur *Jeopardy!* und *Glücksrad.*«

»Du hast ihn also nicht angerufen?«

»Doch, als du mit Ripton geredet hast. Er sagte, ich sei eine Idiotin und solle nach Paris abhauen.«

»Ach, wirklich?« Rick beugte sich vor und schaufelte sich noch etwas von ihrem Chow Mein auf seinen Teller. »Und was hast du geantwortet …?«

»Dass der Frühling in Paris alleine keinen Spaß macht.« Sie grinste. »Ob all das deinem Hotelkauf irgendwie schadet?«

Er zuckte mit den Schultern. »Jemand hat mich bestohlen. Das wirkt sich auf die öffentliche Wahrnehmung aus. Es vermittelt den Eindruck, dass man mich ausnehmen kann. Ich denke mal, dass Matsuo Hoshido sich gerade ins Fäustchen lacht, eine Million oder zwei auf den Preis aufschlägt und sich ein paar Bedingungen ausdenkt, die für mich nicht gerade von Vorteil sein werden.«

Samantha schnaubte verächtlich. »Ich kenne ein paar Leute hier in der Stadt«, sagte sie langsam. »Vielleicht sollte ich mich mal umhören.« Sie würde noch durchdrehen, wenn sie nur herumsaß, sie brauchte eine Ausrede, um aus dem Haus zu kommen. Und es wäre nicht einmal eine Lüge.

»Ja klar. Das ist eine großartige Idee. Du lässt dich mit Kunstdieben und Hehlern sehen.«

»Wer sagt denn, dass ich mich sehen lassen werde, Schlauberger?« Sie stellte den Teller auf den Couchtisch. »Ich bin der Meinung, dass du das Gemälde zurückbekommen musst. Ich muss es wiederbeschaffen. Wie wir das erreichen, ist zweitrangig.«

»Ich weiß nicht, wie ich dir das noch nahebringen könnte, Samantha, aber Gorstein war weder von dir beeindruckt, noch ist er deinem Charme erlegen. Das …«

»Ich bin mir da nicht so sicher.«

»Das lässt ihn gefährlich werden«, fuhr Rick fort, als ob sie nichts gesagt hätte. »Er wird nicht wegschauen wie Frank Castillo. Und ich werde eher eine Gerichtsverhandlung riskieren, die nur auf Spekulationen und Gerüchten aufbaut, als eine mit Fotos von dir im Gespräch mit Kriminellen.«

Alleine bei dem Wort *Verhandlung* traten ihr Schweißperlen auf die Stirn. Sie starrte auf Ricks Profil, der weiteraß und dabei eine Episode von *Law & Order* im Fernsehen verfolgte. Er wusste, wie er bei ihr ansetzen musste, und sie wusste, dass er ihr Angst einjagen wollte, damit sie zuhause blieb.

»Frank schaut nicht weg. Er hat verstanden, dass ich meine eigene Art habe, Dinge zu tun.«

»Er versteht, dass du ihm dabei geholfen hast, zwei Mörder zu finden«, entgegnete Rick.

»Ich hätte Gorstein um den Finger wickeln können, wenn ich gewollt hätte. Es schien aber unter den Umständen nicht sinnvoll.«

»Mmm.«

»Was soll das heißen?«

Rick sah sie an und zog sich dabei eine Nudel in den Mund. »Was soll was heißen?«

»Dich habe ich auch um den Finger gewickelt, Freundchen. Ich kann jeden bezirzen.«

Samantha stapelte die leeren Schachteln aufeinander. Wilder würde das Chaos beseitigen, doch sie fühlte sich immer noch nicht wohl dabei, dass andere Leute hinter ihr herräumten. Haushälterinnen und Butler waren ja gut und schön, doch es gefiel ihr nicht, Beweisspuren ihres Treibens zu hinterlassen, die dann jemand beseitigen musste.

Nachdem sie alles so weit zusammengeräumt hatte, stand sie auf. »Ich gehe ins Bett. Und morgen, wenn du deine Besprechung im Büro wegen des Hotels hast, werde ich wieder einkaufen gehen. Deine sozialen Verpflichtungen haben meine Garderobe ziemlich ausgedünnt.«

Da sie keinen Streit beenden konnte, ohne zu wissen, woran sie war, hielt sie noch einmal an der Tür inne. »Falls wir immer noch ein gesellschaftliches Leben führen. Zusammen, meine ich.«

Ricks Teller landete auf dem Tischchen. Behände sprang er auf und durchquerte das Zimmer. Bevor sie irgendetwas sagen konnte, griff er ihre Arme und riss sie an sich. Sie spürte seinen Mund auf ihrem, heiß und drängend, er schmeckte leicht nach Wan Tans. Wie immer raubte er ihr die Sinne, gleichgültig wie erschöpft sie war und ungeachtet dessen, was sie über menschliche Bedürfnisse wusste, oder darüber, was Menschen taten, um ihre eigenen Interessen zu schützen.

Anscheinend betrachtete er sie als sein eigenes Interesse. Sie stöhnte, fuhr mit den Fingern durch sein schwarzes, welliges Haar, während er seine Hände auf ihren Hintern legte und sie fest an seine Hüften zog. Wie sollte sie das aufgeben können?

»Wir sind noch nicht fertig«, murmelte er zwischen den Küssen. »Und was auch immer ich für das Beste halte, ich weiß, dass du Antworten willst. Versprich mir nur bitte, so diskret wie möglich zu sein und nichts zu tun, was Gorstein als Munition dienen könnte.«

Mit ein wenig Glück würde Gorstein nichts von dem erfahren, was sie vorhatte. »Ich verspreche es dir, Rick.«

Er ließ seine Hände unter ihr T-Shirt gleiten. »Dann lass uns oben weitermachen, ja?«

»Oh ja!«

Sie hoffte, dass er später verstehen würde, warum sie sich nicht einfach zurücklehnen und untätig bleiben konnte. Sie fürchtete, von ihrem alten Leben überschwemmt zu werden und darin zu ertrinken, wenn sie nichts dagegen unternahm. Sie musste etwas tun, für sie beide. Rick vertraute ihr, doch er misstraute ihrem alten Leben, und im Moment hatte er allen Grund dazu.

Am nächsten Morgen wachte sie erst kurz vor neun auf. Die Stunden im Knast hatten sie offensichtlich erschöpft. Rick war bereits verschwunden, er stand fast immer vor ihr auf. Sein Arbeitstag begann meist früh, während sie in ihrem alten Leben normalerweise erst lange nach Sonnenuntergang losgezogen war. Sie reckte sich, stand auf und ging ins Badezimmer. Am Spiegel klebte ein Post-it, sie musste lächeln, als sie es las. »Bin weg, Hotel kaufen. Ruf mich wegen Mittagessen an! Liebe dich, Rick.«

So war er, und so liebte sie ihn. So sehr, dass sie es manchmal mit der Angst zu tun bekam. Sie hätte für keinen anderen Menschen ihre Freiheit und ihre Zukunft in dem Maße gefährdet, wie sie es tat, indem sie ihre Tage mit Rick verbrachte. Es gab aber auch Momente, in denen sie ihn ohrfeigen und ihm sagen wollte, dass er aufhören solle, ihr Gewissen zu spielen. Sie war schließlich nicht der Einzige in diesem Haus, der es nicht so genau mit den Gesetzen genommen hatte, auch wenn ihre Verstöße leichter zu erkennen und zu verfolgen gewesen waren als seine. Gut, sie würde mit ihm zu Mittag essen, besonders, wenn sie dadurch sein Misstrauen zerstreuen konnte.

Der erste Telefonanruf an diesem Morgen galt jedoch nicht ihm. Nachdem sie sich angezogen und für den bevorstehenden Einkaufsbummel zurechtgemacht hatte, nahm sie das Handy und wählte Stoneys Nummer. Zum Glück hatte sie ihn vor kurzem endlich dazu überreden können, sich ein Handy zuzulegen. Nachdem sie nicht verhaftet worden war, als ihr Rick eines gekauft hatte, hatte Stoney wohl entschieden, dass es sicher genug war.

»*Hola*«, meldete er sich.

»*Hola,* Großer. *Cómo estás?*«

»Mein Rücken fühlt sich an, als ob ich auf Steinen geschlafen hätte, dabei war es nur Delroys grässliches Sofa«, antwortete er. »Ich gehe ins Hotel.«

»Aber nicht ins Manhattan«, entgegnete sie. Das wäre absurd – Stoney in dem Hotel, das Rick kaufen wollte.

»Abgemacht. Wann sehen wir uns?«

Sie sah auf die Uhr. »Wie wär's in einer halben Stunde am Trump Tower Eingang Amsterdam Avenue?«

»Verstanden. Soll ich als Tourist oder Geschäftsmann kommen?«

Sie dachte einen Moment nach. »Ich bin für einen Einkaufsbummel auf der Madison Avenue angezogen, du solltest also als Tourist kommen. Und wir benutzen die alten Zeichen.«

»Martin kennt die Codes«, entgegnete er, diesmal in ernsthafterem Ton.

»Aber die Bullen nicht. Da sie mich nicht gerade gerne haben laufen lassen, beobachten sie mich sicher. Der Detective hat früher mal versucht, Martin hochzunehmen. Ich will nicht, dass es noch mehr Komplikationen gibt.«

Er lachte. »Ja, dein üblicher Ärger reicht aus.«

Sie schnaubte verächtlich, und er sagte: »He, und ich habe noch nicht mal darauf hingewiesen, dass du diese Art von Ärger nicht hattest, bevor du deinen Lebenswandel geändert hast.«

»Beim letzten Job schon. Erinnerst du dich, wie der Sicherheitsmann in die Luft gejagt wurde und ich das Leben des Hausbesitzers retten musste?«

»Wenn wir gerade dabei sind, wie geht's Addison?«

»Er weiß immer noch nichts davon. Und ich werde es dabei belassen, so lange es geht. Es wird ihn umhauen, Stoney, falls Martin am Leben ist.«

»Falls. Und es wäre nicht deine Schuld.«

»Hier geht es nicht um Schuld, sondern darum, wie er mit mir zusammen sein kann, während Martin sein Umwesen treibt.«

»Sam, ich meine es ernst – Verbrechen ist einfacher.«

»Ja, aber so gefällt es mir besser.«

»Wir sehen uns um zehn, Liebes.«

All ihre Sachen – Schlüssel, Taschenspiegel, Klebeband, Büroklammern, Lippenstift, Bargeld, die Kreditkarten, die sie mit der Zeit gesammelt hatte – waren in der schwarzen Handtasche, die sie zwei Abende zuvor benutzt hatte. Sie zog eine andere Tasche aus dem Schrank. Sie betrachtete jedes Objekt, bevor sie es in die neue Tasche steckte, und warf die schwarze Tasche in den Papierkorb. Womöglich war sie paranoid, doch nach der vorletzten Nacht wollte sie nichts bei sich tragen, wodurch ihr jemand auf die Spur kommen konnte. Sie hatte nicht geahnt, dass es kostspieliger sein würde, sich innerhalb der Gesellschaft zu bewegen, als außerhalb. Doch sie hatte auch nicht damit gerechnet, dass sie mit einem Typ zusammenleben würde, der zum Vergnügen Hotels kaufte. Die schwarze Tasche hatte sie erst vor zwei Monaten bei einer Wohltätigkeitsveranstaltung in Palm Beach für 400 Dollar gekauft.

»Welch ein Jammer«, murmelte sie.

Das Taxi, das Wilder für sie gerufen hatte, fuhr an. Sie holte den Spiegel aus ihrer neuen Handtasche und machte sich an ihrer Frisur zu schaffen. Oder tat zumindest so. Nach ein paar Sekunden bogen sie um die Ecke, und ein brauner Ford Taurus hinter ihnen nahm die gleiche Abzweigung. Es war wahrscheinlich ein Zufall, doch sie wollte den Wagen auf jeden Fall im Auge behalten.

Als sie auf die 59th Street fuhren, war der Taurus immer noch hinter ihnen. Verdammt. Sie beugte sich vor und klopfte an die Plastikscheibe. »Biegen Sie die nächste Einbahnstraße nach links und lassen Sie mich dann auf der Straße aussteigen«, wies sie ihn an. »Fahren Sie nicht an den Bordstein, halten Sie einfach an.«

»*Qué?*«, sagte er und drehte sich zu ihr um.

Sie wiederholte ihre Aufforderung auf Spanisch, und der Fahrer nickte.

»Okay, Señorita.«

»*Bueno.*« Sie nahm zwanzig Dollar aus ihrer Tasche und reichte ihm den Geldschein. Er befolgte ihre Anweisung, und zwei Minuten später sprang sie aus dem Taxi und lief die Straße wieder zurück. Beinahe hätte sie gewunken, als der Taurus an ihr vorbeifuhr und beschleunigte. Sie würden sicher Verstärkung rufen, daher hielt sie an der Ecke an und winkte ein Taxi heran, das in die Richtung des Wagens mit den Polizisten fuhr.

»Trump Tower«, sagte sie zum Fahrer, der einen Turban auf dem Kopf trug.

»Trump Tower, okay.«

Die Polizisten sollten mal in New York versuchen, ein Taxi zu finden, das sie aus den Augen verloren hatten. Sie hatte also recht gehabt, Gorstein ließ sie beschatten. Das machte die Sache nicht einfacher.

Bevor sie vor drei Jahren nach Palm Beach gezogen war und ihre Diebstähle auf gelegentliche Schnäppchen beschränkt hatte, hatte sie allein in New York ein Dutzend hochkarätige Operationen durchgeführt, die Diebstähle bei Sotheby's und Christie's nicht mitgezählt. Sie war sich nicht sicher, ob das glückliche Erinnerungen waren, aber sie waren sicherlich aufregend. Und sie hatte das für Rick aufgegeben – nicht nur für ihn, auch für ihre Zukunft und dafür, sich nicht ständig umschauen zu müssen und Angst davor zu haben, geschnappt zu werden –, aber es schien sich trotzdem nicht allzu viel geändert zu haben, um sie herum wurden weiter Verbrechen begangen. Mit dem Unterschied, dass sie nicht mehr selbst davon profitierte, wenn Gesetze gebrochen wurden.

Stoney hielt einen Stadtplan und einen Fotoapparat in der Hand und hatte eine Sonnenbrille aufgesetzt. Das Ensemble wurde von einer Baseballmütze der Detroit Tigers komplettiert, die seinen schwarzen, haarlosen Schädel bedeckte.

»Entschuldigung«, sprach er sie an, als sie an ihm vorbeiging. »Ich suche den Trump Tower. Können Sie mir helfen?«

»Wenn es sein muss«, entgegnete sie, hakte sich bei ihm unter und zog ihn zur Bordsteinkante.

»He, ich dachte, wir verwenden Codes«, brummte er, schob seine Sonnenbrille nach unten und sah sie über die Ränder hinweg an.

»Zufällig habe ich mitbekommen, dass ich verfolgt wurde, und habe sie abgehängt. Lass uns von hier verschwinden.«

»Wohin?«, fragte Stoney und streckte die Hand mit dem Stadtplan aus, um ein Taxi anzuhalten.

»Wo würdest du beginnen, wenn du auf der Suche nach Martin wärst?« Sie ließ sich auf den abgenutzten Sitz des Taxis gleiten und rutschte auf die andere Seite, um Stoney Platz zu machen.

»Es war immer er, der mich gefunden hat. Angenommen, du hast keine verdorbenen Meeresfrüchte gegessen und er ist tatsächlich am Leben, dann glaube ich nicht, dass er auf irgendwelche kodierten Zeitungsannoncen antworten würde.«

»Selbst wenn ich etwas Falsches gegessen hätte, würde das nicht erklären, wer den Hogarth entwendet hat. Ich stimme dir zu, unter den gegebenen Umständen würde er sich bestimmt nicht freuen, wenn man ihn finden würde. Bevor wir damals getrennte Wege gingen, habe ich viel Zeit mit meinem Vater in New York verbracht. Er hat mich zu einigen seiner Lieblingsorte mitgenommen, aber nicht zu allen.«

Stoney seufzte. »Er hätte dich überallhin mitgenommen, wenn ich es zugelassen hätte. Ein zehnjähriges Mädchen im Hannigan's, das Trinkgelder einsammelt.«

»Hannigan's Bar«, sagte Samantha zum Fahrer. »An der Waterfront.«

Die Abneigung in Stoneys Stimme hatte sie überrascht. Sie wusste, dass sie als Kind wahrscheinlich mehr Zeit bei Stoney als bei Martin verbracht hatte, doch ihr war nie in den Sinn gekommen, dass es dafür andere Gründe als Bequemlichkeit gegeben hatte. »Ich habe ziemlich gut damit verdient, im Hannigan's Drinks zu verteilen.«

»Du hast die anderen Ganoven abgelenkt, damit sie tranken und Martin von den Diebstählen erzählten, für die sie Aufträge angenommen hatten.«

Samantha zog eine Augenbraue hoch. »Er hat die Jobs seiner Freunde unterboten?«

»Wenn er dachte, niemand würde es mitbekommen.«

»So hast du noch nie über Martin gesprochen«, merkte sie an.

»Er wurde geschnappt, als du achtzehn warst, und ist drei Jahre später gestorben. Ich habe angenommen, dass du deine eigenen Wege gehst und es dir nicht guttun würde, von dem Mist zu erfahren, den er gebaut hat.«

»Ich wusste einiges davon. Aber ehrlich gesagt, alles, was ich über Diebstahl weiß, habe ich von ihm.«

»Er hat dir die Technik gezeigt. Du hast dem Ganzen ein Gewissen gegeben und einen ziemlich hohen Standard.« Stoney sah lange aus dem Fenster, räusperte sich dann und sah sie an. »Ich meine, ich habe …«, er warf einen Blick auf den Fahrer, »… für ein Dutzend Einbrecher die Ware verteilt. Du bist die Einzige, die sich geweigert hat, in Museen etwas mitzunehmen.«

Samantha schnitt eine Grimasse. »Ich weiß, dass es nicht einfach mit mir war.«

»Du musst dich nicht entschuldigen, Schätzchen. Ich war …« Er räusperte sich erneut. »Ich war stolz auf dich. Und obwohl eine Sicherheitsfirma und die Gesellschaft eines aufdringlichen Milliardärs kein Vergnügen sind, bin ich immer noch stolz.«

Samantha kämpfte mit den Tränen. Sie würde anfangen zu heulen, wenn sie jetzt sprechen würde, also beugte sie sich zu Stoney und gab ihm einen Kuss auf die Wange. »Danke«, flüsterte sie.

»Ja, und ich wäre ebenso stolz, wenn du dich entschließen würdest, deinen Rückzug zu überdenken und einige der Aufträge in Europa übernähmst, für die ich immer wieder Anfragen bekomme.«

»Frag mich in einer Woche noch mal«, gab Samantha zurück. Frei und unbekümmert in Cannes oder verfolgt und verhaftet in New York, die Entscheidung fiel nicht schwer, wäre da nicht Rick.

Stoney ging voraus ins Hannigan's. Nach vierzehn Jahren erschien es kleiner, heruntergekommener und übelriechender als in Samanthas Erinnerung, doch einige Gesichter kamen ihr bekannt vor, selbst um elf Uhr morgens.

»Wenn das nicht Stoney und Baby Jellicoe sind«, sagte der Barmann laut. Die Reaktion einiger Gäste auf diese Ankündigung war, durch die Hintertür zu verschwinden, doch Martin war nicht darunter. Einige ihrer alten Kumpel wollten also nichts mit ihr zu tun haben. Es war merkwürdig, aber nicht wirklich überraschend. Sie hatte mittlerweile engen Kontakt mit Anwälten und Polizisten.

»Wir suchen nach einem alten Freund«, sagte Stoney und ließ sich auf einen Barhocker fallen.

»Wer könnte das sein?«, fragte der Barmann.

»Er wird es wissen, wenn er davon erfährt, und du wirst es wissen, wenn du ihn siehst«, erklärte Samantha. »Und wenn du ihn sehen solltest, ruf mich an.« Sie reichte ihm eine Visitenkarte, auf deren Rückseite ihre Handynummer stand.

»Jellicoe Security. Ich glaub es nicht. Ist das ein Trick, oder bist du jetzt tatsächlich auf der Seite der Anständigen, Baby Jellicoe?«

»Ich habe mich noch nicht entschieden. Aber wenn du mir die Information lieferst, dann habe ich ein schönes Päckchen mit Geldscheinen für dich.«

»Das glaube ich dir gerne. Gestern Morgen habe ich dich in den Nachrichten gesehen, in Handschellen. Ich habe gelacht.«

Samantha lehnte sich über die Theke. »Ach ja, Louie?«, wisperte sie. »Und hast du irgendwas gesehen, woraus du schließt, dass ich dich nicht fertigmachen könnte?«

Sie hatte unter diesen Menschen gelebt, nur wenige hatten Beute in ihrer Größenordnung gemacht. Die meisten von ihnen waren nicht gerade nette Menschen. Sich wieder auf diesen pöbelhaften Umgangston einzulassen war wie ein altes, bequemes Hemd überzuziehen.

Der Barmann hörte auf zu kichern … »Ach komm, du musst zugeben, dass man selten einen Jellicoe in Handschellen sieht. Nicht, seit sie deinen Vater eingefahren haben.«

Aha. »Und was war daran komisch?«

»Er hat immer gesagt, dass sie ihn niemals erwischen werden. Niemand war schlauer als Martin. Und am Ende stirbt er im Knast. Das ist komisch, diese Ironie.«

Aha, also doch nicht lustig … »Ruf mich an, wenn du ihn siehst.«

Im hinteren Bereich des Raums, in dem die Dunkelheit offenbar Teil des Designs war, wurde ein Stuhl mit lautem Geräusch zurückgeschoben.

»He, Stoney, dein Fotoapparat gefällt mir. Ist das jetzt deine Nummer, Paparazzo für die berühmte Baby Jellicoe?«

»Willits«, entgegnete Stoney gereizt und drehte sich in die Richtung, aus der die Stimme kam. »Warum kommst du nicht her und lächelst mal, dann können wir dein Foto in den Postämtern bewundern?«

»Lass uns hier abhauen«, raunte ihm Samantha zu. »Die wissen doch nichts.«

»Okay«, gab Stoney zurück und ging hinter ihr zur Tür. Er gab ihr vorsichtshalber Rückendeckung. »Als Nächstes sollten wir zu Doffler.«

Samantha nickte und seufzte. »Ich hasse den Typ.«

9

Donnerstag, 12.25 Uhr

Richard stand mit einer Tasse Tee in seinem Büro in der 50. Etage und sah aus dem Fenster. Hinter ihm diskutierten ein halbes Dutzend seiner Leute mit ebenso vielen Leuten von Hoshido über die Übergabe der Mietverträge und Vergünstigungen bei der Grundstückssteuer. Wie er schon befürchtet hatte, lief die Sache heute nicht so glatt – seine Gegner betrachteten den Diebstahl des Hogarth-Gemäldes als seinen Schwachpunkt.

»Wissen Sie, von hier aus sehen die Edison-Türme auf der Siebenundvierzigsten Ecke Broadway richtig einladend aus«, bemerkte er. »Kyle, ruf mal beim Management dort an und vereinbare ein Gespräch mit dem Besitzer.«

»Mach ich, Sir.« Kyle griff nach einem Telefon im Konferenzraum.

»Bitte entschuldigen Sie«, sagte einer der Anwälte Hoshidos, »aber wäre es nicht sinnvoller, wenn Sie Ihre Verhandlungen mit uns abschließen würden, bevor Sie sich ein anderes Hotel ansehen? Außerdem sind das Edison und das Manhattan wegen ihrer Lage Konkurrenten.«

Rick lächelte ihn an. »Ja, das sind sie wohl. Und wenn Sie mir weiterhin idiotische Bedingungen unterbreiten, dann können Sie nach Hause gehen, und Hoshido kann mit mir in den Edison-Türmen konkurrieren.«

»Dies hier sind Verhandlungen, Mr Addison«, gab der Anwalt verkrampft zurück. »Es ist noch nichts festgelegt.«

»Hm. Ich frage mich langsam, ob Sie hier Mr Hoshidos oder Ihre eigenen Interessen verfolgen, Mr Railsmith.«

»Sir …« Das Telefon am Kopfende des Tisches läutete.

»Entschuldigen Sie mich.« Rick ging zum Tisch und nahm ab. »Addison.«

»Sir, hier ist Sarah.« Eine sanfte britische Stimme war zu hören. »Die Gewinnanalysen für Kingdom Fittings sind heute reingekommen, aber Omninet und Afra sind spät dran. Soll ich Ihnen schicken, was mir vorliegt, oder soll ich warten, bis die beiden Sachen auch da sind?«

»Haben Sie denen gesagt, dass ich die Analysen unbedingt haben möchte?«, fragte er.

»Mehrmals«, gab sie zurück. Auch am Telefon war ihr Ärger deutlich zu hören. »Offensichtlich muss es ihnen jemand anderes klarmachen als Ihre Sekretärin.«

Sie wollten es wohl von ihm hören. Das richtige Maß an Schmeichelei und Schulterklopfen – er war ein Meister darin, zu bekommen, was er wollte. In letzter Zeit war er aber nicht mehr so beharrlich gewesen, und das begann sich langsam bemerkbar zu machen.

»Ich werde mich darum kümmern«, sagte er, »warten Sie mit der Analyse von Kingdom bis morgen. Und können Sie John Stillwell noch mal im Büro von Sunrise kontaktieren und ihn bitten, mich hier anzurufen?«

»Mach ich sofort, Sir.«

Bis jetzt hatte er noch alles unter Kontrolle, doch wenn sein Leben mit Samantha so weitergehen sollte, dann würde er einigen unangenehmen Dingen ins Auge sehen müssen. Er war nicht mehr immer dann zur Stelle, wenn in einer seiner Firmen Antrieb, Feinabstimmung oder einfach nur Unterstützung vonnöten war, sein Privatleben nahm immer mehr Raum ein. Er hatte seine Unabhängigkeit zuvor sehr genossen, doch jetzt war er keine Einmannshow mehr, wie schon Tom Donner gesagt hatte.

Wenn er vor drei Jahren schon so empfunden hätte wie jetzt, dann wäre er womöglich immer noch mit Patricia verheiratet.

Patricia war jedoch eher ein Accessoire für seine Geschäfte gewesen – die Frau an seiner Seite bei gesellschaftlichen Anlässen und als Gastgeberin. Sie konnte nichts dafür, doch er hatte sich nie nach ihr verzehrt, sie hatte ihm nie den Kopf verdreht oder ihn zum Schmelzen gebracht. Dafür hatte erst Samantha kommen müssen.

Da er nicht bereit war, sie aufzugeben, aber auch seinen geschäftlichen Aktionsradius nicht einschränken wollte, musste er sich unbedingt um Unterstützung kümmern. Sein Telefon klingelte erneut.

»Addison.«

»Sir«, sagte die Empfangsdame, »da ist ein John Stillwell für Sie am Apparat.«

»Sehr gut. Er soll einen Moment dranbleiben, bis ich ein leeres Büro finde.«

»Karin Tyson ist heute nicht im Hause, Sir.«

»Gut, stellen Sie das Gespräch in zwei Minuten dorthin durch.«

Er legte auf und wandte sich an die Anwälte, die sich am anderen Ende des Raumes stritten. »Meine Damen und Herren, bestellen Sie sich etwas zum Mittagessen und beruhigen Sie sich ein wenig. Das Geschäft wird zum Abschluss kommen, am Ende werden wir alle damit zufrieden sein.«

Rick verließ den Raum und ging über den Flur in das Büro der Personalmanagerin Karin Tyson. Sobald er den Raum betreten hatte, klingelte das Telefon. »John?«, fragte er.

»Lord Rawley«, antwortete eine forsche Stimme. »Ich wollte sagen, Rick. Guten Tag.«

»John, ich brauche überfällige Gewinnanalysen zweier Londoner Firmen. Falls Sie sie mir bis Sonntag besorgen können, werde ich Sie zu meinem persönlichen Assistenten machen. Und damit meine ich nicht jemanden, der mir Tee kocht. Ihr Aufgabenbereich wäre Ihrem jetzigen ähnlich, doch mit … deutlicherer Präsenz. Außerdem müssten Sie mehr reisen und über die Details meiner persönlichen Geschäfte auf dem Laufenden sein. Sie wären dann so was wie mein Generalstabschef.«

»Ich … ich weiß nicht, was ich sagen soll.«

»Ihre Arbeitserfolge bei Sunrise habe ich aufmerksam verfolgt, und Matumbe lobt Sie in den höchsten Tönen. Anfangs würde ich Ihnen zweihunderttausend Pfund jährlich bezahlen, zuzüglich der Lebenshaltungskosten. Sie haben doch ein gültiges Visum?«

»Ja, habe ich.«

»Wenn Sie daran interessiert sind, dann hoffe ich, Sie am Sonntag in New York zu sehen.«

»Danke, L… äh, Rick. Ich werde da …«

»Einen Moment noch, John«, unterbrach Richard. »Sind Sie verheiratet?«

»Nein, Sir.«

»Sind Sie in einer Beziehung?«

»Im Moment nicht.«

»Und werden Sie ein Problem damit haben, die meiste Zeit auf Reisen, die meist nur kurzfristig planbar sind, zu verbringen?« Er wollte schließlich Unterstützung für seine Geschäfte, damit er sein Privatleben regeln konnte. Es wäre nicht fair zu erwarten, dass jemand im Gegenzug sein eigenes aufgeben würde. Es war Samantha zu verdanken, dass er überhaupt solche Gedankengänge hatte. »Seien Sie bitte ganz ehrlich, John. Sagen Sie nichts, nur weil Sie glauben, dass ich es hören möchte.«

»Ich habe kein Problem damit, unterwegs zu sein. Wenn ich das sagen darf, es wäre genau das, was ich mir erhofft habe, seit ich bei Ihnen angefangen habe.«

Ein Lächeln huschte über Richards Lippen. »Speichelleckerei bitte nur, wenn ich es ausdrücklich verlange. Sarah im Londoner Büro hat alle Informationen, die Sie brauchen.«

»Ich werde mich drum kümmern, Rick.«

»Das hoffe ich.«

Damit war eine Sache erledigt. Oder eigentlich drei auf einmal. Nun musste er nur noch die Anwälte im Nebenraum davon abbringen, Hindernisse aufzustellen, damit er endlich mit der Arbeit anfangen konnte. Sein Magen knurrte, und er sah auf die Uhr auf dem Schreibtisch. Verdammt. Er nahm sein Handy aus der Tasche und drückte einen Kurzwahlknopf.

»*Hola.*«

»Bist du sehr hungrig?«

»Ich habe hier schon eine Pizzeria im Auge«, war Samanthas weiche, samtige Stimme zu hören. »Wie lange brauchst du noch?«

»Zu lange. Ich glaube, ich werde was kommen lassen.«

»Vergiss nicht, deinen Lakaien auch was zu essen zu geben.«

Er lächelte. »Ja, Schatz, ich habe ihnen schon gesagt, dass sie Krümel suchen sollen. Wir sehen uns dann in ein paar Stunden.« So war seine Sam, Berufsdiebin mit einem Herz für überarbeitete Angestellte.

»Okay.« Sie zögerte. »Wie läuft es denn heute?«

»Ganz gut. Soeben habe ich damit gedroht, das Manhattan fallen zu lassen und ein anderes Hotel zu kaufen.«

Sie kicherte. »Ich werde bestimmt nie mit dir Monopoly spielen. Also bis heute Abend.«

Diesmal wartete er einen Augenblick. Als sie nichts weiter sagte, biss er sich kurz auf die Lippen. »Ich liebe dich.«

»Ich liebe dich auch, Sahneprinz.«

Geduld, Rick, sagte er sich. Irgendwann würde sie sich überwinden, es als Erste zu sagen, ohne dass man sie dazu auffordern musste. Das Leben hatte sich für beide grundlegend verändert, seit sie sich kannten. Sie waren immer noch dabei herauszufinden, wie sie Partner füreinander sein konnten. Wenn es nach ihm ginge, und dafür würde er sorgen, dann hatten sie noch viel Zeit vor sich, um das herauszufinden.

Samantha faltete ein Stück Pizza zusammen und schob es sich in den Mund. Stoney saß ihr gegenüber am Tisch und aß seinen italienischen Salat in winzigen Häppchen. Sie gaben sicher ein seltsames Paar ab.

»Mir ist aufgefallen, dass du Addison nichts davon erzählt hast, dass du Doffler eine reingehauen hast«, sagte ihr ehemaliger Hehler nach einer Weile.

»Ich bin gerade beim Shopping und nicht dabei, Gauner zu jagen.« Sie sah sich in der halbvollen Pizzeria um. »Außerdem hätte Doffler nicht sagen sollen, dass ich meinen Biss verloren habe.«

»Um was geht es dir hier – Martin zu finden oder deinen Ruf zu wahren? Neulich hast du mir gesagt, dass du dich aus dem Geschäft zurückgezogen hast. Der Mann, mit dem du gerade telefoniert hast, glaubt das zumindest.«

»Nun, ich habe mich zwar zurückgezogen, doch ich entwerfe Sicherheitssysteme. Ich will nicht, dass die Diebe und Einbrecher denken, ich hätte nachgelassen und sie könnten an den Orten abräumen, die ich gesichert habe.«

»Es geht also ums Geschäft, nicht um dein Ego.«

»Iss deinen blöden Salat.«

»Hab ich mir gedacht.«

Samantha ignorierte seine Selbstgefälligkeit und holte einen Zettel aus ihrer Handtasche. »Nadia Kolsky oder Merrado habe ich nicht mal angefasst.« Ihr war sicherlich danach gewesen, wenn auch nur aus Frust. Irgendjemand musste doch eine Ahnung haben, wo Martin steckte. Stoneys Ansicht zufolge gab es bestimmt nicht allzu viele alte Bekannte, die Martin einen Gefallen schuldeten und ihn verstecken würden.

»Nur weil Merrado größer als King Kong ist.«

»Okay, was ist mit den Hehlern?«, fragte sie und notierte etwas auf einen Zettel. »Martin hat meistens mit dir zusammengearbeitet, aber einiges, was er geklaut hat, war doch eher Billigware.«

»Diese Typen bleiben nicht lange im Geschäft. Nach dem Essen werde ich ein paar Anrufe tätigen und sehen, ob einige von ihnen auffindbar sind.«

Samantha biss von ihrer Pizza ab und überlegte. »Kann ich dir eine Frage stellen?«

»Wenn es nichts mit dir und Addison zu tun hat.«

»Warum bin ich so anders geworden als Martin?«

Stoney verschluckte sich. »Wenn ich das wüsste, Schatz, dann hätte ich nicht so mit deinem Vater gestritten. Martin schob es immer auf deine Mutter.«

Samantha hörte auf zu kauen. »Warum?«

»Sie war eine kluge Frau. Er hat sie irgendwie ausgetrickst, damit sie ihn heiratet. Als er nicht mehr aus dir schlau wurde, machte er sie dafür verantwortlich. Er war übrigens nicht immer ein fieser Einbrecher.«

»Das weiß ich. Er war der beste Fassadenkletterer der Branche …«

»Er wurde älter.« Samantha erstarrte, als sie die leise Stimme von links hörte. Ihr Herz setzte aus. Stoneys dunkles Gesicht hatte plötzlich einen grauen Stich bekommen. Sie starrte geradeaus, wollte nicht zum Nachbartisch sehen. Warum hatte sie es nicht gemerkt? Warum hatte sie nicht gespürt, wie er durch die Tür hereingekommen und sich neben sie gesetzt hatte?

»Hat es dir die Sprache verschlagen, Sam?«

Reiß dich zusammen. Sie nahm einen tiefen Atemzug und drehte ihren Kopf nach links. »Hallo, Martin.«

Er saß da und sah genauso aus wie das letzte Mal, als sie ihm gegenübergesessen hatte. Nein, nicht genauso. Sein hellbraunes Haar war mit grauen Strähnen durchzogen, auf seiner Stirn und um seinen Mund verliefen tiefe Furchen. Er war dünner geworden. Doch der Mann am weißen Plastiktisch neben ihnen war zweifelsohne Martin Jellicoe.

»Was …«, brachte Stoney mit zitternder Stimme heraus. »Wie …«

Martins braune Augen wanderten in Richtung des Hehlers und dann wieder zurück zu Samantha. Sein gewinnendes Lächeln strahlte Selbstbewusstsein aus, wie gut sie sich daran erinnerte. »Überraschung!«

»Was zum Teufel geht hier eigentlich vor?«, stammelte Stoney leise, seine Stimme war ganz unterdrückte Emotion.

»Zu dir komme ich gleich, Stoney«, erwiderte Martin. »Erst mal möchte ich wissen, was du sagen wolltest, Sam. Dass Martin zu alt wurde, um Top-Jobs zu machen? Dass er zu einem schnöden Handtaschendieb abstieg?« Er beugte sich zu ihr und senkte seine Stimme. »Aber ich bin wohl immer noch so gut, dass ich aus dem Totenreich zurückkommen kann, was?«

»Das verstehe ich nicht«, flüsterte Samantha schließlich mit brüchiger Stimme.

Er klopfte mit der Hand auf die Tischplatte. »Ich hoffe, du bist nicht immer so langsam«, sagte er und lachte in sich hinein. »Was ist das Wesentliche? Ich lebe. Willst du wirklich Zeit mit dem Wie und Warum vergeuden?«

»Ja, will ich. Du hattest offensichtlich etwas mehr Zeit als ich, um deine Wiederauferstehung zu verarbeiten.« Samantha schluckte. Er hatte auf gewisse Weise recht. In Anbetracht des Umstands, dass er hier und das Gemälde gestohlen war, musste sie schnell aufholen. »Ich war bei deinem Begräbnis dabei, Martin.«

»Das hast du gedacht. Und genau das war dein Fehler. Ich hatte dich doch angewiesen, dich von mir fernzuhalten, falls sie mich kriegen sollten. Du warst immer zu weich, Sam. Dachte ich zumindest. Wie viel quetschst du aus deinem Engländer pro Monat? Eine Million? Mehr? Ich habe mitbekommen, dass du bei ihm eingezogen bist, und dachte mir: ›Das ist mein Mädchen.‹ Vielleicht ist doch etwas von dem hängen geblieben, was ich dir beigebracht habe.«

»Darüber will ich nicht sprechen«, entgegnete Samantha,

und der anfängliche Schock wich nun dem Ärger darüber, dass er Rick ins Spiel brachte. »Und wenn du mich hier schon belehren willst, dann ist das Warum doch wichtig. Du bist nicht im Gefängnis gestorben, aber alleine bist du auch nicht rausgekommen. Sonst hätte man von deinem Ausbruch gehört. Und dann gibt es noch das kleine Problem, wo du die vergangenen drei Jahre verbracht hast. Nicht mal eine Postkarte hast du geschickt!«

»Überall und nirgends war ich. Viel zu tun. Und apropos Unterricht, wenn es eine Regel gibt, die wir nie gebrochen haben, dann war es die, sich aus den Geschäften des anderen rauszuhalten. Und du drängst dich gerade ziemlich in meines.«

»Weißt du eigentlich, was du da sagst?«, entfuhr es Stoney. »Hast du eine Ahnung, was das Mädchen durchgemacht hat? Wie zum Teufel …«

»Vergesst den Hogarth einfach. Und sucht nicht nach mir. Dein englischer Freund hat keinen Verlust gemacht, die Versicherung wird schon zahlen.«

»Du hast mich benutzt.« Samantha stand auf und stemmte ihre geballten Fäuste auf den Tisch. Am liebsten hätte sie auf Martin eingeschlagen – nicht nur, weil er Rick bestohlen hatte, sondern weil er die vergangenen drei Jahre gelebt und seiner eigenen Tochter nichts davon gesagt hatte. »Ich wollte mich mit dir treffen, und du hast die Gelegenheit nur genutzt, um mich reinzulegen.«

»Sei froh, dass ich es war, den du da treffen wolltest. Du solltest immer an deinen Flankenschutz denken, Sam. Du hast deine goldene Gans einfach zum Angriff freigegeben, weil du neugierig warst. Wie viele Male habe ich dich wegen so etwas gewarnt?«

»Bist du wiedergekommen, um mir Unterricht in Diebstahl zu geben? Wie wäre es damit, einfach mal kurz mein Vater zu sein?« Denn genauso war es gewesen, Martin hatte sich ihr gegenüber immer als überlegener Lehrmeister aufgespielt. Seine sechsjährige Abwesenheit hatte daran offenbar nichts geändert. In ihrem Kopf drehte sich alles. Und wenn es jemanden gab, der diesen Zustand ausnutzen würde, dann war es dieser raffinierte Martin, für den das Ziel alle Mittel heiligte.

Er kicherte. »Du bist doch nur sauer, weil ich dich ausgetrickst habe. Komm schon. Du wirst doch deinem alten Paps das kleine Ei aus diesem goldenen Nest nicht missgönnen.«

»Wenn die Polizei mich deswegen beschuldigt, dann werde ich das wohl.« Und nun hatten sie plötzlich Streit wegen der Arbeit, ganz so, als ob sie vor sechs Tagen und nicht vor sechs Jahren das letzte Mal miteinander gesprochen hatten. »Weil sie mich im Verdacht haben, wird die Versicherung nicht bezahlen. Wenn ich wieder festgenommen werde, dann können sie sogar Rick Versicherungsbetrug vorwerfen.«

»Dann musst du wohl einen anderen Goldesel finden. Du bist jetzt seit sechs Monaten mit ihm zusammen, oder? Du hast …«

»Fünf«, korrigierte sie ihn.

»Wie auch immer. Du hast ihm wahrscheinlich schon alles abgeknöpft, was geht. Er wird dann irgendwann merken, dass die Möbel nicht mehr da sind.«

Sie unternahm keinen Versuch, ihre Beziehung zu Rick zu klären. Martin würde sie sowieso nicht verstehen. Was auch immer er hier am Laufen hatte, sie war nicht bereit, ihren Kopf hinzuhalten. Sie wusste, wie er tickte. Manches verändert sich nie, auch nicht in sechs Jahren. Martin ging es immer nur um sich selbst, und seine Einstellung war, dass man sich zuerst um sich selbst kümmern musste. Das war seine erste Lektion gewesen, und er hatte sich immer daran gehalten. Sie war gezwungen, danach zu handeln – nur, dass das in ihrer neuen Welt Rick mit einschloss.

»Wer hat den Hogarth bei dir in Auftrag gegeben?«, fragte sie.

»Das geht dich gar nichts an. Geh du nur weiter Shoppen und auf Partys, und ich ziehe mein Ding weiter durch.«

»Bis du dann beschließt, mitten in meiner Welt wieder aufzutauchen? So bestimmt nicht, Martin.« Sie zwang sich, ihre Muskeln zu entspannen, und setzte sich wieder. »Du hättest das Gemälde doch bei Sotheby's mitgehen lassen können. Du wolltest es aus meinem Haus stehlen und hast gewartet, bis ich weg war. Also sag mir endlich, was los ist, Dad. Und du behauptest, ich sei dir irgendwie zu nahe gekommen, dabei bist du derjenige, der bei mir reingetrampelt ist. Und das gefällt mir überhaupt nicht.«

Martin wirkte nun nicht mehr so souverän. »Pass auf, was du da sagst, Sam. Ich muss dir gar nichts erklären.«

»Ich finde, es ist eine faire Frage, Martin«, mischte sich Stoney nun ein. »Sie könnte immerhin im Gefängnis landen.«

»Dazu wird es nicht kommen«, sagte Martin geringschätzig und griff nach einem Pizzastück auf Samanthas Teller. Er war wieder der Meister der Kontrolle. »Wenn du das wirklich glauben würdest, dann wärst du doch auf dem Weg nach Mailand oder Paris.«

Nicht, wenn das bedeuten würde, Rick im Stich zu lassen – und besonders wenn ihre Flucht die Sache für ihn noch schlimmer machen würde.

»Es muss einen Grund dafür geben«, sagte sie langsam, »dass du spurlos verschwunden bist und dann beschlossen hast, wieder aufzutauchen, während Stoney und ich keine Ahnung davon hatten, dass du noch lebst, und auch nicht, dass du noch im Geschäft bist.« Schmeichelei wirkte bei ihren Opfern manchmal Wunder, warum sollte es nicht auch bei Martin funktionieren?

»Einigen wir uns drauf, dass ein paar Leute dachten, dass ich draußen von größerem Vorteil sein könnte, als wenn sie versuchten, mich im Gefängnis zu behalten.«

Soweit Samantha wusste, war er aus mindestens zwei Strafanstalten ausgebrochen. Für wen konnte es von Vorteil sein, wenn er draußen herumspazierte, statt in einem sichereren, teureren Gefängnis eingesperrt zu sein? Jemand, der für ihn bezahlen musste.

»Arbeitest du für die Regierung?«, flüsterte sie und sah sich im Restaurant um.

»Immer noch so schlau, Sam? Aber nicht direkt für die Regierung. Ich habe mit Interpol zusammengearbeitet.« Er grinste sein übermütiges Ich-bin-der-Schlaueste-Grinsen, das er immer dann aufsetzte, wenn er einen komplizierten Job mit Erfolg erledigt hatte.

»Entschuldigung«, schaltete sich Stoney wieder ein, in seiner tiefen Stimme schwang Skepsis mit, »aber was hat Interpol denn von einem Einbruch bei Rick Addison?«

»Erinnert ihr euch an die Sache im Louvre letztes Jahr?« Martin biss ein großes Stück von Samanthas Peperoni-Pizza ab.

»Das warst du aber nicht«, sagte sie tonlos. »In den Nachrichten hieß es, dass mindestens vier Leute daran beteiligt waren. Sie haben dabei einen Sicherheitsbeamten erschossen.«

»Genau. Das brachte Interpol auf den Plan, und die machten einen Deal mit mir. Bald hatte ich herausgefunden, wer diese Jungs im Louvre waren, und habe mich in die Truppe eingeschleust. Dann musste ich nur noch einen schnellen Treffer landen, der ein paar Millionen wert war, und schwups!, gehöre ich zum Team.«

»Du wolltest also, dass ich dich bei der Auktion sehe, hast dann gewartet, dass ich mich mit dir treffen möchte, und bist dann in mein Haus eingestiegen, während ich weg war? Und all das nur, um ein paar Gangstern zu imponieren?«

»Dein Haus?«, wiederholte er mit einem breiten Grinsen. »Und das sind auch keine Gangster. Es sind recht begabte Jungs – deswegen braucht mich Interpol schließlich. Nun vertraut mir die Bande, und ich muss nur ihren nächsten Plan verpfeifen, danach kann ich mich frohgemut unter einem neuen Namen in einem warmen Land zur Ruhe setzen. Ich denke da an Monaco, so wie John Robie.«

John Robie. Cary Grants Rolle in *Über den Dächern von Nizza.* Martin hatte sich immer mit diesem Mann identifiziert, auch wenn seine Realität weit von der Fiktion entfernt gewesen war.

»Ich will den Hogarth zurückhaben, Martin. Verdien dir deine Sporen auf Kosten anderer. Nicht auf meine.«

»Zu spät. Das Gemälde hab ich auch gar nicht mitgenommen. Ich habe nur alles vorbereitet.«

Samantha lief ein kalter Schauer den Rücken hinunter. »Du hast die Typen, die einen Sicherheitsmann erschossen haben, zu Rick ins Haus geschickt?«, fuhr sie ihn an. Die Vorstellung, dass es Martin gewesen war, war schon unangenehm genug, doch zumindest trug er nie eine Waffe, ebenso wenig wie sie. Aber ein Trupp von Killern …

»Oh mein Gott, Martin.«

»Bitte sprich leise, Sam. Und lass es einfach auf sich ruhen. Wenn Interpol die Truppe geschnappt hat, bekommst du das Kunstwerk sicher zurück.«

»Als ob sie das so lange aufbewahren würden«, merkte Stoney leise an. »Niemand behält dermaßen heiße Ware länger bei sich als unbedingt nötig. Glaub mir, so mache ich meine besten Geschäfte.« Sein Blick fiel auf Samantha. »So habe ich meine besten Geschäfte gemacht«, verbesserte er sich. »Ich habe mich ja zur Ruhe gesetzt.«

»Es wird nicht so lange dauern. Belasst es einfach dabei, lasst mich in Ruhe, und ich werde euch vielleicht zu meiner Party einladen, wenn ich in den Ruhestand gehe. Wenn ihr aber weiter nach dem Hogarth sucht, dann werden sie wissen, dass ich geredet habe, und du kannst dann auch zu meiner nächsten Beerdigung kommen, Sam. Dieses Mal wird sie echt sein.« Mit diesen Worten stand er auf und verließ die Pizzeria.

Eine Weile saßen Stoney und Samantha schweigend da und starrten vor sich hin. »Was zum Teufel soll ich jetzt tun?«, brachte Samantha hervor und stieß mit der Faust gegen den Tisch. »Er taucht einfach auf, und ich bin plötzlich wieder zwölf Jahre alt und er ist der Großmeister der Einbrecher? Hat er sich jemals in seinem Leben anständig verhalten?«

»Nicht dass ich wüsste. Ich denke jetzt doch an Hongkong, Liebes«, entgegnete Stoney, »mit einem langsamen Schiff.«

Sie seufzte. »Einem Ruderboot.«

Ihr Handy meldete sich mit der James-Bond-Melodie. Rick. Sie klappte es mit pochendem Herzen auf. Nicht, dass er sie im Gespräch mit ihrem vermeintlich toten Vater hätte sehen können. »Hallo, Schatz«, sagte sie und ließ ihre Stimme entspannt und sicher klingen. »Hast du deine Meinung wegen des Mittagessens geändert?«

»Nein. Ich tue gerade so, als würde ich geschäftlich mit Trump telefonieren. Du solltest mal die Leute von Hoshido sehen. Sie haben schon die oberen acht Etagen des Manhattan aufgegeben.«

Sie lächelte. »Du bist wohl nicht in Hochform.«

»Offensichtlich. Wie geht's mit dem Shoppen?«

Verflixt. »Ich sehe mich eigentlich nur um.« Sie hielt inne. Was konnte sie ihm sagen, ohne etwas vorwegzunehmen, was sie später vor ihm geheim halten musste? Irgendetwas musste sie ihm erzählen. Im Leben von Sam Jellicoe gab es nur selten ereignislose Tage. »Es wird dich freuen zu erfahren, dass meinem Taxi vorhin Zivilpolizisten gefolgt sind.«

»Ach ja?« Seine Stimme klang nun grimmig. Sie sah im Geiste vor sich, wie er sich hinsetzte und sich an seinem Schreibtisch nach vorne beugte. »Und?«

»Ich hab sie abgehängt, mir ein anderes Taxi genommen und einen Schnauzer angeklebt.«

»Samantha, ich bin froh, dass dich das Ganze amüsiert, aber …«

»Tut es gar nicht. Eigentlich habe ich keine Ahnung, wie ich auf all das reagieren soll. Ich war noch nie in einer solchen Situation.«

»Das weiß ich doch. Hör mal, ich habe ein Geschenk für dich besorgt. Etwas für nach dem Essen.«

»Ach, du bist ungezogen.« Stoney rollte mit den Augen, und sie streckte ihm die Zunge raus. »Gib mir einen Tipp.«

»Nein. Um sechs bin ich zuhause.«

»Dann bin ich auch zurück.«

»Ich liebe dich, Yank.«

»Ich dich auch, Brit.« Sie legte auf.

»Was wirst du ihm erzählen, Sam?« Endlich gab Stoney auf, so zu tun, als ob er den Salat aß, und schob ihn zur Seite. »Was auch immer Martin vorhat, es ist bestimmt nicht gut, wenn Addison da irgendwie mit reingezogen wird.«

»Tatsächlich?« Sie atmete tief durch. »Ich weiß nicht, was ich ihm sagen werde. ›Sorry, mein Vater ist wieder im Geschäft, und er will alles von dir, das nicht niet- und nagelfest ist.‹ Das klingt nicht gerade beruhigend. Darüber muss ich nachdenken. Kannst du eine Weile hierbleiben?«

»Vorerst gehe ich nirgendwohin, Schatz. Sei vorsichtig, sonst bleibe ich am Ende als Einziger übrig.«

»Ich weiß«, murmelte sie, nahm den Rest ihrer Pizza und warf ihn in den Abfalleimer. »Jetzt muss ich irgendwas Schönes kaufen, damit Rick nicht auf den Gedanken kommt, ich hätte was Schlimmes angestellt.«

»Ich übernehme das schon, Wilder«, sagte Richard und verscheuchte den Butler von der Eingangstür.

»Ist gut, Sir. Vilseau meint, das Abendessen sei in zwanzig Minuten fertig.« Wilder verschwand in die Küche.

Richard sah aus dem Fenster auf die Straße. Samantha reichte dem Taxifahrer gerade einige Geldscheine durch die Öffnung in der Trennscheibe, nahm ihre Bloomingdale-Tasche, stieg aus und ging zur Eingangstür. Sein Herz klopfte beim Anblick dieser Frau, dieser ehemaligen Diebin, gegenwärtig eines Diebstahls verdächtig, ebenso schnell wie vor fünf Monaten. Damals war sie durch die Decke gefallen und hatte ihm eine Geschäftspartnerschaft vorgeschlagen. Er öffnete die Tür.

»Guten Abend.«

»Was hast du für mich?«, fragte sie, zog seinen Kopf zu sich und küsste ihn leidenschaftlich. Er hatte seinen Mund noch nicht von ihrem gelöst, als ihm einfiel, dass die Tür noch offen stand. Er schloss sie ab, auch wenn er mittlerweile nicht mehr daran glaubte, dass Schlösser allzu viel bewirkten. Er presste sie gegen die Tür, nahm ihr die Einkaufstasche aus der Hand und ließ sie zu Boden fallen. Ihre nun freie Hand machte sich sogleich an seinem Gürtel zu schaffen, und mit Hilfe der anderen Hand öffnete sie den Reißverschluss seiner Hose.

»Was ist denn jetzt los?«, murmelte er und stöhnte, sie hatte ihre Hand in seiner Jeans, streichelte und knetete ihn.

»Ich will dich.« Sie stolperten in den Salon, Samantha nahm die Hand nicht aus seiner Hose. Richard stieß mit einem Fuß noch die Tür zu, bevor sie über das Sofa fielen und schließlich auf dem Boden landeten.

»Mach langsam, Süße«, sagte er, als sie ihm die Hose herunterzog und ihn auf den Rücken drehte. »Ich renne nicht weg.«

»Ich will es nicht langsam.« Sie befreite sich von ihrer Hose und dann von ihrem niedlichen blauen Slip. Mit einem atemlosen Stöhnen sank sie auf ihn.

Richard hob den Kopf und sah dabei zu, wie sein Schwanz in ihr verschwand, Zentimeter für Zentimeter rutschte er in ihre heiße, enge Spalte. Was auch immer hier vor sich ging, er würde sich nicht wehren. Sie bewegte sich auf und ab, schnell und heftig. In einem Versuch, die Situation ein wenig zu kontrollieren, ließ Richard seine Hand unter ihre Bluse gleiten und streichelte ihre prallen Brüste, während sie auf ihm ritt. Er überließ sich ganz ihrem Rhythmus, und als er spürte, wie sie kam, ließ er sich zurückfallen, schob ihr seine Hüften entgegen und ergoss sich schließlich mit einem lauten Stöhnen in ihr.

Samantha ließ sich auf seine Brust fallen und küsste ihn. »Das war nicht gerade würdevoll, oder?«, keuchte sie, schob ihre Arme unter seinen Rücken und umarmte ihn.

»Würdevoll nicht, aber genussvoll«, erwiderte er und hielt sie fest. Eigentlich war sie doch gar nicht für enge Umarmungen zu haben, und ihre offensichtliche und nachdrückliche Zuneigung erschreckte ihn. Sie hielt ihn umklammert und hatte ihre Wange an seine Brust gelegt, sie schien seinem Herzschlag zu lauschen. »Nicht, dass mir irgendetwas hieran missfallen würde.« Nur ungern wollte er die Intimität stören, doch er musste einfach fragen. »Macht dir irgendetwas Sorgen, Sam?«

Ihr Atem setzte aus. Er spürte an seiner Brust, wie sie langsam nickte. Es war also etwas Schwerwiegendes. Er konnte nicht einschätzen, wie sie reagieren würde oder wie sehr er sie drängen sollte, doch er beschloss, sie mit einer erprobten Strategie zum Reden zu bringen. »Du bist doch nicht krank, oder?«

»Nein«, sagte sie, ihre Stimme drang durch sein Hemd gedämpft zu ihm.

So weit, so gut. »Ich bin doch nicht krank, oder?«

»Nein.«

»Es ist niemand gestorben?«

»Nein, niemand.«

Das war doch schon ein Fortschritt, beinahe vollständige Sätze. Er stellte weiter seine übertriebenen, arglosen Fragen, seine Stimme war sanft und ruhig. »Du hast doch nichts gestohlen und musst nicht das Land verlassen?«

»Ich habe nichts gestohlen.«

»Stoney ist nicht wieder festgenommen worden?«

»Nein.«

»Niemand, den du kennst, hat etwas gestohlen und muss nun das Land verlassen?«

Sie setzte sich auf und sah durch ihren Vorhang aus kastanienbraunem Haar auf ihn herab. Sie hatte es etwas länger wachsen lassen, was sie noch anziehender machte.

»Ich muss erst über einiges nachdenken«, sagte sie langsam.

»Kannst du darüber sprechen?«

»Nicht jetzt.«

»Später?«

»Das überlege ich gerade. Zwing mich nicht, okay?«

Er dachte einen Moment darüber nach, was sich nicht einfach gestaltete, da er immer noch in ihr war. Sie hatte soeben zugegeben, dass etwas im Argen lag. Wenn er sich darauf einließ, keine weiteren Fragen zu stellen, gab er ihr dann die Erlaubnis dazu, damit, was immer es war, weiterzumachen?

»Kannst du mir versprechen, dass das, worüber du nachdenkst, dein Leben nicht in Gefahr bringt?«

Samantha nickte. »Ja, das kann ich.«

»Dann werde ich dir ein wenig Zeit lassen, Sam, aber nicht unendlich. Denn wir sind zusammen, und alles, was dich betrifft, betrifft auch mich. Und du sollst wissen, dass du mir alles sagen kannst. Alles.«

»Darüber solltest du noch mal nachdenken«, gab sie zurück. »Es gibt womöglich Dinge, die du nicht wirklich wissen willst.«

Richard hielt ihrem Blick eine ganze Weile stand. Er kannte sie zwar inzwischen recht gut, doch es gab Momente, in denen er überhaupt nicht aus ihr schlau wurde. Und dies war augenscheinlich einer dieser Momente. Gab es etwas, weswegen er sich von ihr distanzieren würde, wenn er davon wüsste? Aus ihren vorangegangenen Antworten hatte er keinen Hinweis darauf bekommen, was das sein könnte. Doch ihr Leben schien aus unberechenbaren Ereignissen zu bestehen, selbst wenn sie den Tag mit Einkaufen bei Bloomingdale's verbrachte.

»Du kannst mir trotzdem alles sagen.«

»Gib mir einen oder zwei Tage.«

»Abgemacht.« Und keine Minute länger.

Sie beugte sich langsam zu ihm und küsste ihn noch einmal. »Vielen Dank.« Dann richtete sie sich auf. »Also, wo ist mein Geschenk?«

Trotz seiner Besorgnis musste er lachen. Sie hielt ihn wirklich auf Trab, selbst wenn er auf dem Rücken lag. »Es liegt auf dem Tisch im Esszimmer.«

Sie stand auf, und er erhob sich ebenfalls. Er konnte nichts tun, nur auf den nächsten Schlag warten und sich so gut es ging dagegen wappnen.

10

Donnerstag, 20.40 Uhr

»Und wer ist das jetzt?«, fragte Richard und zeigte auf den Plasmafernseher.

»Das ist doch Rodan. Wir kennen ihn schon.«

»Er sieht anders aus.«

»Du hast recht, tut er wirklich.« Samantha beugte sich vor. »Oh, cool, sie haben ihn auf den neuesten Stand gebracht. Sein Hals bewegt sich sogar.«

»Dich kann man ja leicht beeindrucken.«

»Stimmt gar nicht. Und hör auf, mich abzulenken. Rodan zerstört soeben New York.« Sie hüpfte aufgeregt auf den Kissen auf und ab. »Oh, schau mal! Das ist die amerikanische Version von Godzilla, wie er Sydney angreift. Das ist er wirklich! Der mit Matthew Broderick.«

»Als ob ich dich irgendwie ablenken könnte. Bei Godzilla ziehe ich immer den Kürzeren.«

Richard setzte sich neben sie aufs Sofa. Sein Puls beschleunigte sich, als sich Samantha an ihn schmiegte, und er legte den Arm um ihre Schultern. Er nutzte jede Gelegenheit, sie zu berühren, und heute Abend war er im siebten Himmel. Sie hielt seine Hand und spielte geistesabwesend mit seinen Fingern. Er tat alles, was in seiner Macht stand, damit sie sich entspannen konnte – er hielt sie fest und schaute sich Godzilla mit ihr an –, auch wenn sie ihm nicht sagte, was vorgefallen war.

»Danke noch mal für die DVD«, sagte sie nach einer Weile. »Woher wusstest du, dass ich den noch nie gesehen habe?«

»Weil ich nachgefragt habe. Er ist erst vor ein paar Monaten rausgekommen und wurde noch nie im amerikanischen Fernsehen gezeigt.« Der Verkäufer im Videoladen hatte ihn erkannt und ihn offensichtlich für verrückt gehalten, als er nach den Monsterfilmen gefragt hatte. »Godzilla – Final Wars« war eindeutig die richtige Wahl gewesen.

Im Büro klingelte das Telefon, doch Rick ignorierte es. Es gab ja den Anrufbeantworter, und er hatte nicht vor, von Samanthas Seite zu weichen. Nicht heute Abend, nicht gerade dann, wenn sie vorhatte, ihn in ihr Geheimnis einzuweihen.

»Was ist, wenn das der Typ mit dem Hotel ist?«, fragte sie und verdrehte dabei ihren Hals, um ihn anzusehen.

»Dann kann er bis morgen warten.«

Dreißig Sekunden später klingelte sein Handy. »Vielleicht will er doch seine acht Etagen zurück«, riet sie und grinste.

»Besserwisser.« Er holte das Telefon heraus. »Addison.«

»Wo zum Teufel bist du?«, schnauzte John Donner.

»In der Oper«, entgegnete Rick trocken.

»Unsinn. Das … einen Moment mal. Ich höre Godzilla. Du schaust dir gerade mit Jellicoe einen Film an.«

Richard wechselte die Seite und hielt sich das Telefon ans rechte Ohr. »Ich wusste nicht, dass du ein Fan bist.«

»Ich habe einen vierzehnjährigen Sohn, erinnerst du dich? Mike hat alle Videospiele. Kannst du sprechen, Rick?«

»Kurz.«

»Okay, ich habe bei Jellicoes Büro vorbeigeschaut, so wie du es mir aufgetragen hast. Aubrey hat alles im Griff. Würde es Jellicoe eigentlich etwas ausmachen, wenn ich versuchen würde, ihn abzuwerben?«

»Wahrscheinlich schon …«

»Beiläufig habe ich nach Walter gefragt, da er nicht da war.« Es folgte eine dramatische Pause, Richard sollte also schon irgendetwas vorausahnen.

»Und?«, hakte er nach.

»Barstone hat die Stadt verlassen. Hat Aubrey etwas von

einem verlängerten Wochenende erzählt und einen Flug irgendwohin gebucht. Und nicht, dass du denkst, ich würde nur spekulieren, er ist ganz eilig los, ungefähr zwei Stunden, nachdem du Jellicoe aus dem Gefängnis rausgeholt hast.«

Um Himmels willen, er hatte schon gemutmaßt, dass Samantha begonnen hatte, nach dem vermissten Hogarth zu suchen. Walters Verschwinden aus Florida war zwar kein Beweis dafür, doch es war zumindest ein sehr beunruhigender Zufall.

»Na großartig, ich schicke dir dann die Forderungen, sobald sie reinkommen. Grüß Kate von mir.«

»Donner?«, fragte Samantha, nachdem er aufgelegt hatte.

Richard nickte. »Er hatte ein paar Fragen bezüglich einer meiner Mails.« Walter war wahrscheinlich irgendwo in New York, und einer von beiden hatte etwas herausgefunden. Etwas so Ernstes, dass die sonst so unabhängige Samantha wie eine Klette an ihm hing und kein Wort darüber verlor. Er brauchte Antworten; es war nicht seine Art, im Dunkeln zu tappen und darauf zu warten, bis alles über ihm zusammenstürzte.

Samantha setzte sich auf und glitt vorsichtig von der Bettkante, während Rick neben ihr leise schnarchte. Es war drei Uhr morgens, früher war sie um diese Zeit losgezogen. Die Nachteulen waren im Bett und die frühen Vögel noch nicht auf. Die beste Zeit für einen Einbrecher, irgendwo einzusteigen und den Wurm zu fangen.

Die braunen Schlafzimmervorhänge schluckten das Licht von der Straße, doch auf ihrer Seite drang ein wenig Licht durch einen Spalt. Sie schlich zu der Öffnung und sah hinaus.

Ungefähr ein Dutzend Autos waren in ihrem Blickfeld auf der Straßenseite des Hauses geparkt. Da man auf der anderen Seite nicht parken durfte, stand wohl einer dieser Wagen zur Überwachung da, oder sie wurde aus dem Schutz der Bäume beobachtet, die an der niedrigen Mauer zum Central Park standen. Sie ging davon aus, dass das Haus bewacht wurde, nachdem Gorstein so wütend gewesen war und sie am Morgen Verfolger hatte abschütteln müssen. Wenn die Polizei klug vorging und sie die Mittel dazu hatten, dann hatten sie auch jemanden am Weg hinter dem Haus postiert.

Nach einer Minute entdeckte sie etwas – eine kurz sichtbare, runde Lichtreflexion im Rückfenster eines Hondas. Das musste ein Fernglas sein. Gorstein hatte sich wirklich ernsthaft vorgenommen, die Bösen zu kriegen. Mit einem Lächeln auf den Lippen schlich sie sich aus dem Schlafzimmer.

Sie hatten die Scheibe im Flurfenster wieder eingesetzt, und es sah nicht so aus, als ob sich jemand wieder daran zu schaffen gemacht hatte. Sie stellte sich an die Wand am Fenster, und wenn sie sich vorbeugte, hatte sie einen ziemlich guten Blick auf den Weg unten.

Die zwei Obdachlosen mit ihren Kaffeebechern und den Wülsten unter ihren Hemden sahen schon mal vielversprechend aus. Gut. Das war das erste Mal, dass sie sich über eine Observierung freute. Sie bekam jetzt noch eine Gänsehaut beim Gedanken daran, dass Martin die brutale Louvre-Gang hier reingeschleust hatte, wohl wissend, dass sie nicht hier sein würde. Ihr Vater hatte wahrscheinlich geglaubt, dass er sie so aus der Gefahrenzone hielt, doch Rick war hier gewesen. Wilder, Ben und Vilseau schliefen unten, doch wenn es Ärger gegeben hätte, dann wäre Rick mittendrin gewesen.

Ihr Rick – das war er zumindest noch, bis er herausfinden würde, dass ihr eigener Vater den Diebstahl organisiert hatte. Was danach kommen würde, wusste sie nicht.

Sie hörte, wie sich die Schlafzimmertür hinter ihr öffnete, und drehte sich um. Er konnte sie in der Ecke am Fenster nicht sehen. Instinktiv verharrte sie regungslos und drängte sich weiter in die Dunkelheit, doch schließlich sagte sie leise: »Hier drüben.«

Er drehte sich zu ihr und nahm zugleich seinen Arm herunter. Großer Gott, er hatte eine Pistole. Sie wusste, dass er ein paar Waffen besaß, doch sie hatte nicht geahnt, dass er eine mit nach New York genommen hatte. Sie fragte sich, ob er sie auch mitgenommen hätte, wenn sie nicht bei ihm wohnen würde. Doch er war wohl selbst auch schon ein paar finsteren Gesellen begegnet.

»Was ist denn los?«, fragte er und bewegte sich an der Wand entlang, damit er durchs Fenster nicht gesehen werden konnte. Er hatte sich sehr schnell einige ihrer Fertigkeiten angeeignet.

»Ich sehe nur nach den Polizisten«, gab sie zurück. »Wir sind umstellt.«

»Ist das mitten in der Nacht ein Problem für dich?«

Na großartig, er war schon wieder schlecht gelaunt. »Sie haben mich gestern beschattet, Rick, und das ist ein Problem. Ich wollte sehen, ob sie immer noch da sind. Interessiert dich das nicht?«

Er seufzte. »Ja, denn wenn sie hier sind, dann sind sie nicht auf der Suche nach meinem Gemälde und dem, der es gestohlen hat.«

Diesen Zusammenhang hatte sie noch nicht hergestellt. Wäre Martin tot, er hätte sich im Grab umgedreht. Sie war in der Tat froh darüber gewesen, dass die Polizei hier war, und ihr war nicht in den Sinn gekommen, dass das bedeutete, dass sie immer noch die Hauptverdächtige war.

Wenn sie Rick davon erzählen würde, dass sie wusste, wer das Gemälde gestohlen hatte – auch ohne Namen zu nennen –, würde er von ihr verlangen, mit dieser Information zu Gorstein zu gehen. Sie könnte zwar darum herumkommen, Martin zu erwähnen, doch wenn aufgrund ihrer Information die Polizei die Louvre-Gang wegen eines Gemäldes statt wegen einer geplanten Großaktion hochnehmen würde, dann könnte der Deal ihres Vaters mit Interpol platzen. Außerdem war diese Gang bereit zu töten. Sam brächte womöglich Martins Leben in Gefahr. Auch wenn die Beziehung zu ihrem Vater kompliziert war, sie wollte gewiss keiner zweiten Beerdigung beiwohnen.

Wortlos strich Rick ihr Haar nach vorne und küsste sie zärtlich auf den Nacken. »Morgen werde ich Gorstein anrufen und ihn bitten, die Sache auf sich beruhen zu lassen.«

»Du wirst doch wohl niemand davonkommen lassen, der dich bestohlen hat.«

»Es gibt andere Arten, damit umzugehen. Ein Privatdetektiv könnte unter diesen Umständen mehr erreichen.«

Unter diesen Umständen bezog sich wohl darauf, dass die Bullen sie nicht in Ruhe lassen würden. »Rick, du wirst …«

»Komm zurück ins Bett, Yank« unterbrach er sie, »es ist kalt da drin ohne dich.«

Sie nahm seine ausgestreckte Hand, und er zog sie an sich. Es musste einfach einen Weg geben, ihre Unschuld zu beteuern, das Gemälde zurückzubekommen und Martin nicht zu kompromittieren – und diesen Mann nicht zu verlieren. Ganz sicher gab es einen.

»Erklär mir doch noch mal, warum wir uns hier treffen«, wollte Stoney wissen und drehte sich in der riesigen leeren Eingangshalle um.

»Ich wärme mich am Glanz der Kunst.« Samantha warf einen Blick zum Sicherheits- und Informationsschalter. Drei Männer bewachten den Eingang des Metropolitan Museum of Art. Sie hätte sie in einer Minute ausgetrickst. Mit den Kameras hätte sie nicht so leichtes Spiel, aber …

»Und der wahre Grund?«

Sie wurde aus ihren Gedanken gerissen. Wieder einmal war sie dabei gewesen, einen Ort auszukundschaften. »Nun ja, mein gemütliches Zuhause ist von Polizisten umstellt. Ich musste raus.«

Es war ein gutes Gefühl gewesen, ihre Beschatter auf dem Weg zum Museum wieder abzuhängen. Sie wussten zwar, wo sie nachts schlief, doch tagsüber wussten sie nicht, was sie tat.

»Bist du dir sicher, dass sie dir nicht gefolgt sind?« Der Ex-Hehler sah sich zum hundertsten Mal um.

Sie schnitt eine Grimasse. »Lass mich damit in Ruhe. Gehen wir zu den französischen Impressionisten.«

»Von mir aus gerne.« Er lief im Gleichschritt mit ihr mit. »Ich habe nachgedacht. Wenn Martin die Wahrheit sagt, dann wird Interpol das Gemälde wiederbeschaffen und es deinem Freund zurückgeben. Dann muss Addison gar nichts davon erfahren, und du hast keinen Ärger mehr mit den Bullen; das wäre doch ein schönes Ende.«

»Als ob dir der Hogarth am Herzen läge. Du suchst nur nach etwas, das mich davon abhält, Rick von Martin zu erzählen.«

»Und du willst dich gerade davon überzeugen, dass es richtig ist, ihn einzuweihen. Ein großer Fehler, Schatz. Vertrau mir, ein Riesenfehler.«

»Er kann mich nicht dafür verantwortlich machen, dass Martin am Leben ist. Ich wusste nichts davon.« Sie legte den Arm um Stoney und sprach ganz leise. »Wenn Martin nur den Diebstahl eines Kunstwerks organisieren musste, um in die Bande reinzukommen, dann hätte er nicht den Hogarth wählen müssen. Ich muss einfach davon ausgehen, dass er das Gemälde wegen mir ausgesucht hat. Zumindest ließ er sich von mir nicht davon abhalten. Und deswegen wird Rick sehr beunruhigt sein – dass die Raubfische kommen, nur weil ich da bin, ungeachtet dessen, ob ich noch mit dabei bin oder nicht. Und er hätte nicht einmal unrecht.«

»Ich sage dir, erfinde eine Lüge, Sam.«

Sie blieb vor einem Monet stehen. Das war die logische Variante – sie hatte immer gelogen, darüber, wer sie war, warum sie bei jener Party oder an jenem Ort auftauchte. Aber sie log Rick nicht an. Vielleicht aus einem Schuldgefühl heraus, oder weil sie Angst hatte, dass er später die Wahrheit herausfinden würde, aber sie glaubte nicht, dass das die Motive waren. Rick war eine neue Erfahrung, mit ihm führte sie ein neues Leben. Und sie wollte es nicht zerstören.

»Rick verdanke ich zu viel, als dass ich das könnte.«

»Du bist glücklich mit Addison, aber wenn du ihm all das erzählst, dann wird er nicht mehr glücklich mit dir sein. Und dann werde ich nicht glücklich sein. Tu es also nicht.«

Sie schüttelte den Kopf. »Hier geht es um Loyalität. Bis Martin aufgetaucht ist, wusste ich, dass ich für dich und für Rick alles tun würde. Also frage ich mich jetzt, warum ... Was schulde ich ihm denn? Martin, meine ich?«

»Martin ist dein Vater, Schätzchen. Du solltest nicht so reden. Er ist zwar kein Angestellter oder Pilot oder etwas in der Art, aber er hat dich so aufgezogen, wie er es vermocht hat. Und du bist die beste Einbrecherin, die mir jemals untergekommen ist.«

»Danke, Stoney.« Sie packte ihn fest am Arm. »Aber ich bin nicht so sicher ... ob mit dem, was ich an mir mag, was Rick an mir mag, Martin irgendetwas zu tun hat.« Sie räusperte sich. »Du rätst mir also, einfach nichts zu unternehmen? Meinst du wirklich, dass ich Rick belügen soll?«

»Herrje«, murmelte er und starrte eine Weile in die andere Richtung. »Ich weiß es nicht.«

Sie wussten wirklich nicht mehr weiter. Wie hatte es dazu nur kommen können? »Ich werde es ihm sagen«, erwiderte sie entschlossen und stellte fest, dass sie diese Entscheidung wohl schon in dem Moment getroffen hatte, als Martin in der Pizzeria aufgetaucht war. »Es kann aber sein, dass ich dann zurück zu dir nach Palm Beach ziehen muss.«

»Du kannst das Gästezimmer haben. Außer, du möchtest mit mir nach Paris ziehen. Wir könnten dort einen Haufen Geld machen.«

Samantha schüttelte den Kopf und lächelte. »Wir haben

schon einen Haufen Geld. Und du solltest nicht mitten in einem Museum über Diebstahl sprechen.«

»Du hast recht.« Er atmete tief durch. »Was möchtest du also an deinem letzten Tag im Rampenlicht anstellen?«

Sie konnte auf das Rampenlicht verzichten. Aber nicht auf den, auf den es gerichtet war. »Lass uns zu den italienischen Meistern gehen.«

»Eines möchte ich hier klarstellen, Detective«, sagte Richard und ging in seinem Büro auf und ab. Seine Stimme klang sehr wütend, was, wie Samantha meinte, seinen britischen Akzent noch verstärkte. Er selbst hielt das für unmöglich, da er ja bereits hundert Prozent britisch war. »Samantha Jellicoe hat mein Gemälde nicht gestohlen, und ich habe das Gemälde nicht. Und Sie wissen das auch, sonst hätten Sie sich einen Durchsuchungsbefehl besorgt und mein Haus noch mal auf den Kopf gestellt.«

»Ich werde Ihnen nicht erzählen, wo ich mit meinen Ermittlungen …«

»Wenn ich bedenke, dass Sie absolut keine Anhaltspunkte haben außer der Vermutung, dass Samantha irgendwie darin verwickelt sein muss, weil ihr Vater ein Dieb war, dann ziehe ich ernsthaft in Erwägung, Sie wegen Vernachlässigung Ihrer Dienstpflichten anzuzeigen.«

»Sie hat kein Alibi, Mr …«

»Und Sie haben kein Verbrechen mehr. Meine Versicherung habe ich bereits benachrichtigt, dass sie den Hogarth aus der Police nehmen soll. Und ich werde keine Strafanzeige erstatten. Wenn Sie gerne Ihre Zeit verschwenden, dann kann ich Ihnen entgegenkommen und Sie und Ihre Abteilung wegen Belästigung anzeigen. Mir ist vollkommen egal, ob ich gewinne. Wichtig ist mir, dass Sie sich dann für den Rest Ihres Lebens dafür verantworten müssen, dass Sie Ihre Arbeit nicht gemacht haben. Denken Sie darüber nach.«

Er knallte den Hörer auf die Gabel. Er hatte also zwölf Millionen Dollar verloren und die Polizei hoffentlich davon abgebracht, Samantha zu beschatten, aber das hielt ihn nicht davon ab, das selbst zu tun. Er hatte eine Ahnung und einige Hinweise, doch er wollte Fakten. Bei seinen Investments präsentierte man ihm immer Fakten, so wie Renditen, Kosten, Standort, Wirtschaftlichkeit, und auf dieser Grundlage entwickelte er normalerweise eine Strategie und traf Entscheidungen.

Jetzt gab es zwar keinen offiziellen Kriminalfall mehr, doch er wollte trotzdem sein Gemälde zurück. Was wusste er sicher? Samantha war wegen irgendetwas äußerst beunruhigt. Walter Barstone hatte nach Samanthas Freilassung Florida mit dem ersten Flugzeug verlassen. Derjenige, der den Hogarth gestohlen hatte, war auf die gleiche Weise eingebrochen wie Samantha zwölf Stunden zuvor. Trotz all der Kunstwerke und Antiquitäten im Haus war nur der Hogarth entwendet worden. Man hatte es also speziell darauf abgesehen. Und Samantha hatte ihn dazu überreden wollen, das Gemälde nicht zu kaufen.

Richard verlangsamte seine Schritte. Er hatte vergessen, wie sie ihn hatte dazu bringen wollen, die Versteigerung früher zu verlassen. Und dass sie geglaubt hatte, jemanden erkannt zu haben.

Seine Sprechanlage auf dem Schreibtisch brummte. »Mr Addison? Sam Jellicoe ist im Empfangszimmer und möchte Sie sehen, und Mr Hoshido ist am Telefon.«

Wenn man an den Teufel denkt. »Schicken Sie bitte Samantha zu mir und stellen Sie Matsuo durch.«

Das Telefon klingelte. »Richard? Meine Leute kriegen wegen dir noch einen Herzinfarkt«, sagte Matsuo Hoshido leise, sein japanischer Akzent unüberhörbar.

Richard hatte gerade nach dem Hörer gegriffen, als sich die Tür öffnete. »Du bist doch derjenige, der ständig den Preis und die Bedingungen ändert«, sagte er und winkte Samantha heran. »Ich kaufe ein Gebäude in einem alten, gutsituierten Stadtteil und kein Öl.«

»Ah, aber wenn sich die Umstände ändern, ändern sich auch die Preise.«

»Umstände? Lass mich das mal ins rechte Licht rücken, Matsuo-san. Ich bin gerade dabei, ein gestohlenes Gemälde wiederzufinden. Sein Wert beträgt weniger als ein Prozent meines Nettovermögens. Wenn du denkst, ich sei durch den Diebstahl geschwächt oder angeschlagen, dann täuschst du dich. Wenn du glaubst, ich sei deswegen bereit, mehr als den vereinbarten Preis zu zahlen, dann bist du töricht. Und ich weiß, dass du kein Narr bist.«

»Dann werden die Verhandlungen also weitergeführt. Ich wünsche noch einen schönen Tag.«

»Dir auch, Matsuo-san.« Richard legte auf. »Hallo«, sagte er und sah zu, wie Samantha an der Fensterfront des Raumes entlangging. Sie trug eine enge schwarze Jeans und ein niedliches grünes T-Shirt mit einem glitzernden Herz auf der Brust. New Yorker Freizeitlook, damit passte man überall hin.

»Hi, das war doch der Typ mit dem Hotel, stimmt's?«

»Ja, Matsuo Hoshido.«

»Du warst ziemlich streng mit ihm.«

Sie hatte ihm bis jetzt noch nicht in die Augen gesehen. Er spürte, wie er sich innerlich anspannte. »Ist wohl wahr. Irgendwelche Abenteuer mit der Polizei heute Morgen?«

»Es ist kein wirkliches Abenteuer mehr, sie geben so schnell auf.«

»Kann ich ihnen nicht verübeln, du bist ja auch ziemlich gut darin.«

»Danke.« Er wartete, bis sie ihn schließlich ansah, wobei sie nervös ihre langen, schmalen Finger miteinander verschränkte. »Ich werde dir etwas erzählen.«

»Geht es um die Sache, über die du gestern Abend nachgedacht hast?«

Samantha nickte. »Es war weder von mir geplant, noch habe ich davon gewusst, doch jetzt weiß ich es. Und du musst davon erfahren, weil … es um uns beide geht.«

Richard schluckte, vor seinen Augen verschwamm alles. Schnell griff er nach dem Stuhl hinter sich. »Bist du … schwanger?«, fragte er mit unsicherer Stimme. Freude, Panik – er bemühte sich, seine Gefühle zurückzuhalten. Er hatte gedacht, diese Unterhaltung würde sich um das Gemälde drehen, aber das könnte ihre Verstörtheit in den letzten Tagen erklären. Fakten. Er wollte Fakten.

»Was? Warum …« Sie errötete. »Nein, um Himmels willen.« Ihr Blick verdüsterte sich. »Es klang wohl so?«

»Irgendwie, ja.« Ein eigenartiges Gefühl bemächtigte sich seiner, ob es Enttäuschung war? Er würde sich später damit befassen. »Sprich weiter.«

»Okay. Und ich möchte mich schon im Voraus entschuldigen, denn wir werden vermutlich nicht mehr miteinander sprechen, nachdem ich fertig bin.«

Das klang gar nicht gut. »Wie ich schon gesagt habe, du kannst mit mir über alles sprechen.«

»Pass auf, was du da sagst.«

Walter Barstone ging im Empfangszimmer des New Yorker Addisco-Büros auf und ab. Er konnte nicht fassen, dass er in diesem Gebäude gelandet war. Er behielt die Tür des Zimmers im Auge, in dem Sam verschwunden war, es war die dritte Tür links. Es war dumm von ihr, eine gute Sache wegen einem so austauschbaren Element wie der Wahrheit zu gefährden. Doch auf ihre eigene Art war sie wohl schon immer ein ehrlicher Typ gewesen. Sie hatte zweifellos ihre eigenen Regeln.

Die Stimmen hinter der Tür wurden lauter. Als Nächstes würde etwas zu Bruch gehen, und dann würde wahrscheinlich jemand aus dem Fenster geworfen werden. Was nicht gut gehen konnte, sie befanden sich in der fünfzigsten Etage. Man konnte hören, wie drinnen etwas zerschellte. Walter machte sich bereit. Es war wohl an der Zeit, einzugreifen. Er ging in Richtung der Tür.

Die Empfangsdame stand auf. »Es tut mir leid, aber Sie müssen hier warten. Sie können da nicht reingehen!«

»Das geht schon in Ordnung, ich gehöre zur Familie«, sagte er und öffnete die Tür. Er hörte, wie sie nach den Sicherheitsleuten rief, ignorierte es und zog die Tür hinter sich zu. »Nicht schlecht, schönes Büro, Addison«, sagte er und machte einen Bogen um die Glasscherben auf dem Boden.

Rick drehte sich um. »Walter. Du warst also bei dem Familientreffen dabei.«

»Vor zwei Tagen wurde ich ebenso von der Nachricht überrascht wie du. Keiner hat darum gebeten.«

Addisons Augen waren eiskalt. »Anscheinend habe ich darum gebeten. Und die gesamte verdammte Familie Jellicoe hat wohl Einladungskarten bekommen, mich zu bestehlen. Du kannst dir vorstellen, wie es mich freut zu erfahren, dass ich so unglaublich dumm war.« Sein Ton war beherrscht und angriffslustig.

Sam hatte wirklich ein gutes Händchen. Sie stand am anderen Ende des Raums und starrte Addison an, ihre Schultern hoben und senkten sich, ihr Gesichtsausdruck war verletzt und wütend. Großartig, da war er nun zwischen zwei Vulkanausbrüchen gelandet.

»Da ich den Anfang der Party verpasst habe«, sagte er, »werde ich alles noch mal für mich zusammenfassen.«

»Warum tust du das nicht woanders?«, schlug Addison vor, sein britischer Akzent war überdeutlich. »Dies ist ein privates Gespräch.«

»Nein, ich glaube, ich bleibe kurz hier. Du hast ihm also gesagt, dass Martin aufgetaucht ist und gesagt hat, dass er seine lebenslange Haftstrafe gegen einen Auftrag für Interpol eingetauscht hat?«

»Bemühe dich nicht, Stoney«, sagte Sam trotzig, ihre ganze Aufmerksamkeit war auf Addison gerichtet. »Ich habe ausgepackt, und der Herr und Meister hier ist ausgeflippt. Lass uns abhauen.«

»Nein«, stieß Addison hervor, bevor Walter etwas sagen konnte. »Ich würde gerne wissen, welche Objekte das Fräulein hier, das so gerne alles mitnimmt, was nicht niet- und nagelfest ist, ihren Freunden noch angeboten hat.«

»Welchen Freunden? Wie könnte ich denn Freunde haben, wenn ich mit dir zusammen bin?«

»Du …«

»Kinder, hört auf damit«, sagte Stoney laut. »Verstehst du denn nicht, Addison? Wenn sie das Gemälde zurückholt, dann weiß die Gang, dass Martin sie verpfiffen hat, und er ist ein toter Mann. Und Sam muss dann auch dran glauben. Wenn sie …«

Die Tür wurde aufgestoßen, und zwei bewaffnete Sicherheitsleute stürmten herein und stellten sich neben der Tür auf. »Keine Bewegung!«

Addison trat auf sie zu. »Alles in Ordnung. Es ist nur ein Familienzwist. Danke, Jungs.«

Sie verstauten ihre Waffen wieder und gingen hinaus. »Okay, Mr Addison, entschuldigen Sie bitte.«

»Du hast deine Chance verpasst, mich wieder in Handschellen abführen zu lassen, Rick«, stichelte Sam.

»Sei still, ja?« Addison wandte sich wieder Walter zu. »Was hast du gesagt?«

»Also, wenn Sam zur Polizei geht, dann kann Interpol nicht zuschlagen, und Martin wandert wieder ins Gefängnis. Ich habe ihr geraten, dir gar nichts zu sagen und zu warten, bis alles vorüber ist. Sam hat aber diese Schwäche, dass sie dich nicht belügen will.«

Sam und Addison starrten sich über eine Minute an und maßen ihre Kräfte. Doch zumindest hatte Stoney sie erst mal zum Schweigen gebracht.

»Schon einmal wurde ich Opfer eines Diebstahls«, sagte der Engländer schließlich in ruhigerem Ton. »Ich konnte das nicht tolerieren. Wenn ich es jetzt zulasse, dann kann ich gleich ein Schild mit ›Nehmt mich nur aus‹ raushängen. Keiner eurer ehemaligen Kumpane wird sich dafür interessieren, dass es diesmal besondere Umstände waren.«

»Du denkst, dass sie den Umstand, dass ich bei dir lebe, als Einladung auffassen«, bemerkte Sam. »Nach dieser Geschichte wird es auf jeden Fall so sein. Das ist mir klar.«

»Du kannst das Haus besser sichern, Schatz«, gab Stoney zu bedenken.

»Nein, Rick hat recht«, entgegnete sie, ihre Stimme war nun ganz leise. »Schon als ich Martin sah, wusste ich, dass das passieren würde. Ich biete wirklich großartigen Schutz.« Sie senkte den Kopf. »Verdammt.«

»Dein Job ist es nicht, meine Sachen zu beschützen.«

»Aber auch nicht, sie stehlen zu lassen.«

Addison schloss die Augen. »Sam, entschuldigst du uns bitte einen Moment?«

Sie sah auf. »Ich drehe eine Runde. Ihr beide könnt tun, was ihr möchtet.« Sie löste sich von der Wand und ging zur Tür.

»Geh, wenn du nur wiederkommst.« Addison bewegte sich in ihre Richtung.

»Kommandier mich nicht herum, Addsion«, entfuhr es ihr.

»Sei nicht gleich eingeschnappt, Jellicoe. Ich treffe dich dann in einer halben Stunde im Café unten.«

»Du zahlst aber, für Stoney auch. Er hat auf einem Sofa geschlafen.« Sie ging hinaus und schloss die Tür.

Richard wandte sich an den ehemaligen Hehler. »Was genau machst du eigentlich in New York?«

»Sie rief mich an, erzählte mir, dass sie ein Gespenst gesehen hat. Sie wollte, dass ich herkomme, um herauszufinden, ob sie verrückt ist oder nicht.«

»Wenn du nicht gekommen wärst, hätte sie sich vielleicht mir anvertraut. Ist dir dieser Gedanke schon mal gekommen?« Richard war immer noch dabei, das Gespräch der vergangenen zwanzig Minuten zu verarbeiten, doch jetzt hatte er große Lust, Barstone richtig zu vermöbeln. Von Samantha zu erfahren, dass ihr Vater noch lebte und im Geschäft war, hatte ihn vollkommen unvorbereitet getroffen.

»Nein, überhaupt nicht. Sie hat mich angerufen, ich bin gekommen. Wir sind eine Familie.«

»Und was bin ich dann?«

Barstone verzog das Gesicht. »Du willst nicht wirklich, dass ich das beantworte.«

»Natürlich will ich das.« Walter war schwerer als er selbst, aber sie waren gleich groß. Außerdem war Rick zwanzig Jahre jünger und gut in Form, also hatte er wohl die besseren Chancen. »Sei nachsichtig mit mir, Walter.«

»Gut. Du bist ein reicher Typ, der an etwas Neuem Gefallen gefunden hat, bis es sich auf deine Geschäfte auswirkt – wie jetzt. Deswegen bist du so wütend, stimmt's? Weil ihre Anwesenheit nun eine Beeinträchtigung ist.«

»Unsinn«, fuhr ihn Richard an und ging zum Fenster. »Ich bin wütend, weil sie geglaubt hat, ich würde mich von ihr abwenden, sobald ihre Vergangenheit an die Tür klopft. Sie hat mir nichts erzählt, sondern ist einfach davon ausgegangen. Und du hast ihr gesagt, sie solle mich raushalten. Du hast ihr gesagt, dass sie mich anlügen soll. Das ist nicht mein Fehler, eher deiner.«

»Meiner? Was habe ich jetzt damit zu tun?«

»Sie kann zurückkehren, solange du da bist«, sagte er tonlos. »Du bietest einen Ausweg, der nicht nach vorne geht.«

»Nein, ich gebe ihr eine Wahl. Du bist schon okay, doch wenn sie bei dir bleiben will, dann kann sie das nur auf eine einzige Weise. Der Unterschied zwischen uns ist, ich unterstütze sie, egal wie sie sich entscheidet. Wenn du sie glücklich machst, dann ziehe ich mich aus dem Geschäft zurück, damit sie sich keine Sorgen um mich machen muss. Wenn du sie aber in die Ecke drängst und sie dir etwas beweisen muss, dann kannst du Gift drauf nehmen, dass ich mich einschalten werde, um ihr Sicherheit zu bieten.«

Richard atmete tief durch und schluckte seine Antwort hinunter. Er hatte zwar schreckliche Angst davor, dass Samantha in ihr altes Leben zurückkehren würde, aber noch größere Angst davor, dass sie dann auf sich allein gestellt wäre. »Glaubst du, dass sie ihre Finger davon lassen wird?«, fragte er schließlich.

»Nein, das glaube ich nicht. Du hast klargestellt, dass du dich nicht gerne benutzen lässt. Sie auch nicht.« Er schüttelte den Kopf. »Weißt du, das ist typisch Martin. Verschwindet für drei Jahre, lässt seine Tochter im Glauben, er sei tot, und taucht dann wieder auf, nur um sie in sein mieses Spiel zu verwickeln und ihr dann noch zu sagen, sie könne aus der Erfahrung etwas lernen.« Walter schnaubte ungehalten. »Er muss immer der Lehrmeister sein. Einige seiner ›Lektionen‹ sind zwar lebensrettend, aber er ist doch eher ein Schlitzohr als ein wohlmeinender Vater.«

»Zweifellos«, sagte Richard langsam und ging auf Barstone zu. »Ich habe dich falsch eingeschätzt.«

»Freut mich zu hören.«

»Ich möchte nur, dass Samantha glücklich und wohlauf ist. Du glaubst mir vielleicht nicht, doch ich liebe sie. Sehr sogar. Und ich möchte sie nicht verlieren.«

»Vielleicht glaube ich dir ja.«

»Damit wäre das erst mal geklärt.« Richard streckte seine Hand aus. »Wie wär's mit einem Waffenstillstand, zumindest, bis wir einen Ausweg gefunden haben?«

Nach einem kurzen Zögern ergriff Walters große schwarze Hand die seine.

»Waffenruhe.«

11

Freitag, 12.12 Uhr

Samantha wünschte, sie hätte am Morgen statt der eleganten Sandalen ihre Joggingschuhe angezogen. Die niedrigen Absätze waren zwar bequem, doch sie wollte davonrennen, so weit wie möglich. Vielleicht hatte sie die Neuigkeiten Rick nicht sehr geschickt beigebracht, hätte sich nicht schon zu Anfang entschuldigen und anbieten sollen, aus seinem Leben zu verschwinden. Sie konnte ja nichts dafür, dass sie Martins Tochter war, und wenn sie bisher in seine Fußstapfen getreten war, jetzt tat sie das nicht mehr. Sie versuchte es zumindest.

Direkt vor ihr kam eine Frau mit zwei kleinen Töchtern aus einem Geschäft heraus. Das jüngere Mädchen erinnerte sie irgendwie an Tom Donners Tochter Olivia. Kinder waren faszinierend, sie konnte sich nicht daran erinnern, selbst eines gewesen zu sein, trotz ihres beinahe fotografischen Gedächtnisses.

Sie hatte ganz klare Erinnerungen an ihre ersten Taschendiebstähle, daran, wie sie begeistert Martins Beute inspiziert hatte, die dann an Stoney weitergegeben wurde. Es hatte ihr gefallen, so aufzuwachsen – keine Regeln, keine Schule, außer wenn sie sich für ein paar Monate irgendwo niederließen. Dann hatte sie immer in kürzester Zeit Informationen in sich aufgenommen und Sprachen gelernt. Sie konnte noch die Erregung spüren bei der Erinnerung an ihren ersten Diebstahl, an ihren ersten Rembrandt, an die Altertümer aus Ägypten, die römische Fruchtbarkeitsstatue, die mit ihren üppigen Kurven nicht in ihre Tasche gepasst hatte … Sie kicherte.

Was zum Teufel tat sie eigentlich mit Rick Addison? Sie war nicht nur mit ihm zusammen, sondern sie lebte mit ihm, teilte sein Leben, war in ihn verliebt. Andererseits, wie sollte sie anders handeln können, mit den Erfahrungen, die sie gemacht hatte?

»Sam Jellicoe.«

Sie hörte ihren Namen und spürte gleichzeitig eine Hand auf ihrem Rücken. Sie erstarrte und spannte ihre Muskeln an, bevor sie sich umdrehte. Ein dünner bleicher Mann in Ricks Alter sah auf sie herab, seine Hand war ungefähr auf Brusthöhe. Sein helles, beinahe farbloses Haar trug er in einem militärischen Kurzhaarschnitt. Seine Augen waren ebenfalls blass, man konnte gerade noch einen blauen Schimmer ausmachen.

»Nicholas Veittsreig«, sagte sie und trat einen Schritt zurück.

»Du erinnerst dich an mich«, erwiderte er, beim Lächeln entblößte er perfekte weiße Zähne. Sein deutscher Akzent war kaum wahrnehmbar, wenn sie nicht davon gewusst hätte, hätte sie ihn nicht bemerkt. Nun ja, sie hätte ihn schon wahrgenommen, aber die meisten anderen Menschen nicht.

»An Stümper erinnere ich mich immer.« Seine Anwesenheit in New York war entweder der größte Zufall in der Geschichte der Zufälle, oder sie war gerade auf einen Teil des Puzzles gestoßen.

»Ach, Sam, du bist wirklich niederträchtig, immer denkst du, du wärst besser als die anderen. Du verletzt mich.«

»Ich bin aber besser als ihr.«

»Es hat aber nicht danach ausgesehen, als man dir Handschellen anlegte. Oder gestern im Gespräch mit deinem Vater.«

Na wunderbar, jetzt waren ihr also die Guten und die Bösen auf den Fersen. »Willst du etwas von mir, oder bist du einfach nur zugedröhnt? Martin ist tot, du erinnerst dich doch?«

»Dein Freund sah sehr friedlich aus, als er da auf dem blauen Seidenlaken lag. Ich hatte gehofft, dass du auch zuhause wärst, aber vermutlich hat Martin dich gewarnt. Willst du dieses Ratespiel weiterspielen?«

Samantha konnte sich gerade noch zurückhalten, ihn zu ohrfeigen. Er war in ihrem Schlafzimmer gewesen, während Rick dort geschlafen hatte.

»Ich weiß, Addison sieht gut aus«, stimmte sie zu und ließ ihre Stimme ruhig und unbeteiligt klingen, »aber ich wusste gar nicht, dass du auf dem anderen Ufer gelandet bist, Nicholas. Man lernt wohl nie ...«

»Lass den Quatsch, Sam. Ich bin hier, um dir einen Gefallen zu tun.«

»Was denn für einen Gefallen? Eigentlich bin ich nicht sonderlich gut auf dich zu sprechen.«

»Siehst du? Darauf will ich hinaus. Ich weiß, warum du wütend bist – die Bullen haben dich wegen etwas festgenommen, das ich getan habe. Also schulde ich dir einen Gefallen. Martin weiß alles über Brüche, aber du kennst dich besser mit Alarmanlagen aus. Warum machst du nicht bei unserer nächsten Sache mit?«

»Ich glaube kaum, Fritzy.«

»Ach, bestimmt kann ich dich überreden. Ich weiß, dass dein Vater mit dir gesprochen hat. Denkst du nicht, dass sich alle sicherer fühlen würden, wenn du mit dabei wärst? Ich gebe dir sogar einen Anteil.«

Er musterte sie von oben bis unten. »Danach können wir vielleicht sogar Partner werden, wer weiß? Mit deinem Freund und deinem neuen Job hast du ja Zugang zu all den exklusiven Orten der Reichen.«

»Denkst du, mir wäre das nicht aufgefallen?« Sie ließ sich auf das Spiel ein, um herauszufinden, worauf er abzielte. »Aber Fassadenkletterer arbeiten allein.«

»Nicht die cleveren. Wenn du letztes Jahr in Paris dabei gewesen wärst, dann hättest du drei Millionen Dollar mehr in deiner Rentenkasse.«

Samantha musterte ihn nun ihrerseits und überlegte dabei fieberhaft. Es war nicht das erste Mal, dass ihr eine Partnerschaft angeboten wurde, aber noch nie war es jemand in Veittsreigs Liga gewesen. Wäre es ein ganz normaler Vorschlag ohne Haken und Ösen und lägen die Umstände anders, dann hätte sie ihm klar zu verstehen gegeben, dass sie nicht mit Waffen arbeitete – und bestimmt nicht mit Mördern. Dieser Typ war jedoch im Besitz von Ricks Gemälde, und wenn sie das Falsche sagte, würde sie damit möglicherweise Martin gefährden.

»Sagst du mir, was ihr vorhabt?«

»Bestimmt nicht, bevor ich sicher bin, dass du mitmachst und nicht zur Polizei gehst, damit sie die Anklage gegen dich fallen lässt.«

»Ich bezweifle, dass mir die Polizei irgendetwas abnehmen würde«, sagte sie wahrheitsgemäß und hoffte, dass Gorstein und seine Leute sie nicht wieder aufgespürt hatten und dieses Treffen beobachteten.

»Also, Martin hatte seine Initiation vor ein paar Wochen in München – eine sehr schöne Canova-Statue, die ungefähr eine Million wert ist. Und dann hat er ein paar Bonuspunkte für den Hogarth bekommen.«

Samantha atmete langsam aus. »Du willst also, dass ich eine Initiation durchmache?«, fragte sie. »Als ob ich noch nie ein Ding gedreht hätte?«

»Nur um sicherzugehen, dass du noch immer dabei bist und ebenso viel dabei zu verlieren hast wie wir anderen, wenn die Bullen auftauchen. Du hast Sean O'Hannon ausgeschaltet. Manch einer behauptet, du hättest ihn töten lassen.«

»Sein Tod war die Folge seiner Dummheit und seiner Zusammenarbeit mit den falschen Leuten«, entgegnete sie. Die Geschichte mit Ricks gestohlenen Kunstwerken hatte sie mit jenem Mann zusammengebracht und war dann der Anlass für ihren Rückzug aus dem Geschäft gewesen. »Du bist doch zu mir gekommen, Nicholas. Was willst du?«

Sein Lächeln ließ ihn eher bedrohlich als charmant erscheinen. »Ich will nur ein Geschenk. Etwas Kleines und Glänzendes, das mindestens eine halbe Million wert ist. Mit dem Wert gehe ich etwas runter, da es so kurzfristig ist. Sonst müsstest du mit deinem Vater gleichziehen.«

»Und wann willst du das Geschenk?«

»Heute ist Freitag, Samstag wäre gut, und ich möchte, dass der Diebstahl in den Nachrichten erwähnt wird. Also nicht einfach etwas kaufen und mich an der Nase herumführen.«

»Meine Güte, du bist nicht irgendwie paranoid? Und wenn ich Nein zu der ganzen Sache sage?«

»Das ist keine Alternative. Denk dran, dass ich weiß, dass dir Martin etwas erzählt hat. Ich weiß nicht was, aber du hängst jetzt mit drin. Oder du bist tot. Also beweise mir, dass ich dir vertrauen kann, oder ich jage dir gleich eine Kugel in den Kopf.«

»Und was ist, wenn ich zufällig dort einbreche, wo ihr euer großes Ding nur mit geladenen Gästen drehen wollt?«

»Wirst du schon nicht. Ist das eine Abmachung?«

»Ein echt beschissener Deal, Fritzy.« Sie spitzte ihre Lippen und setzte einen nachdenklichen Gesichtsausdruck auf. Sie ließ sich nicht anmerken, dass sich ihre Gedanken überschlugen und ihr Herz am Zerspringen war. »Schwörst du, dass ich, wenn es klappt, Rick nicht verlassen muss? Er ist immerhin meine Eintrittskarte. Irgendeinen positiven Anreiz muss es für mich auch geben.«

»Wenn alles nach Plan läuft, dann wird keiner wissen, was geschehen ist. Ich gebe dir diese Chance aus rein professioneller Höflichkeit. Und aus Respekt für Martin. Bist du dabei – oder tot?«

Sie nickte und kreuzte dabei innerlich die Finger. »Es wird

Spaß machen, wieder mit Martin zusammenzuarbeiten. Ich bin dabei.«

Veittsreig grinste breit. »Wusste ich doch, dass du nicht wirklich auf dem Weg der Läuterung bist. Gib mir eine Nummer, unter der ich dich erreichen kann.«

Sie gab ihm ihre Handynummer. »Ich sollte eigentlich nur noch eine Woche in New York sein. Wenn es länger dauern sollte, dann lass es mich wissen, damit ich mir eine Erklärung ausdenken kann.«

»Du wirst rechtzeitig wieder in deinem gemütlichen Palm Beach sein.« Er umfasste mit seiner schmalen Hand ihr Kinn und zog ihr Gesicht zu sich nach oben. »Und niemand wird eingeweiht, Sam. Wenn mir irgendetwas zu Ohren kommt, dann werde ich Fotos von unserem Treffen an die Polizei schicken. Und unterschätze mich nicht – irgendein faules Spiel, und ich werde Martin umlegen, dann deinen reichen Freund und schließlich dich. Habe ich mich klar ausgedrückt?«

Samantha rührte sich nicht. »Ich habe verstanden. Aber wenn du mich austrickst oder hängen lässt, dann sollst du wissen, dass du nirgends hingehen kannst, wo ich nicht auch hinkomme.«

Er ließ sie los. »Gut. Wir sind uns also einig. Ich sehe dich am Samstag. Wenn du bestehst, werde ich dich über die Einzelheiten informieren und dir sagen, wie viel Prozent dir zustehen.«

»Solange es nicht weniger als zehn Prozent sind, werden wir keine Probleme miteinander kriegen.«

Mit einem Kopfnicken und einem verschwörerischen Lächeln ging Veittsreig davon.

Samantha atmete auf. Und sie hatte geglaubt, dass die Auseinandersetzung mit Rick heute das Schlimmste war, das sie durchstehen musste. Offenbar stand noch eine weitere Runde mit Rick und Stoney bevor. Denn ganz gleich, was sie Veittsreig versprochen hatte, sie würde nichts tun, ohne die beiden darauf vorzubereiten.

Sie lief zur nächsten Straßenecke und sah dann ostentativ auf ihre Armbanduhr. Nicholas war niemand, der bluffte, und sie nahm ihm ab, dass Fotos von ihrem Treffen gemacht worden waren. Sie war also beobachtet worden, und wahrscheinlich wurde sie immer noch observiert.

Jetzt wusste sie, mit wem Martin zusammenarbeitete und hinter wem Interpol her war. Nicholas hatte ein Kunstwerk aus Ricks Haus entwendet. Die Frage war nun, für wen arbeitete er? Und wen sollte sie bestehlen, um sich Zugang zu der Bande zu verschaffen? Sie saß ganz tief in der Tinte.

Doch zugleich begann das vertraute Adrenalin durch ihre Adern zu fließen. Sie schien süchtig nach Gefahr. Was auch sonst noch geschehen war, sie hatte gerade zugestimmt, bei einem Einbruch mitzumachen, der schwerwiegend genug sein sollte, um die Aufmerksamkeit von Interpol auf sich zu ziehen, und eine kleine Missetat zu verüben, die sie ganz alleine ausführen würde. Wenn sie festgenommen werden sollte, dann würde sie auf dem Weg ins Gefängnis sicher in Gorsteins kleinem Vernehmungszimmer landen. Es kam ihr in den Sinn, dass sie noch vor ein paar Tagen gedacht hatte, ein Ausflug nach New York als gesetzestreue Bürgerin würde langweilig werden.

Beim Anblick der beiden Männer im Café hielt Samantha inne. Im hinteren Bereich des weitläufigen Raumes saß Rick an einem Tisch über Eck mit Stoney. Sie hatten ihre Köpfe über einem Blatt Papier zusammengesteckt, es sah aus, als spielten sie entweder Schiffeversenken oder planten einen Mord, wahrscheinlich an ihr. »Hi, Jungs«, rief sie und näherte sich zögernd dem Tisch. Der Streit mit Rick hatte ihr ziemlich zugesetzt, und jetzt, nach dem Gespräch mit Veittsreig, war sie mit den Nerven am Ende. Wenn die beiden nicht vorsichtig mit ihr umgingen, dann hätten sie nichts zu lachen.

Rick stand auf, wie immer, wenn sie den Raum betrat. »Hast

du dich etwas beruhigt?«, fragte er leise und rückte ihr den Stuhl Stoney gegenüber zurecht.

»Ja und nein. Was macht ihr denn?« Sie deutete mit ihrem Kinn auf das Blatt.

»Es ist ein Zwölf-Schritte-Programm, um dich aus New York rauszubringen«, sagte Stoney.

»Das passt ja. Ihr habt wohl endlich zueinander gefunden, und jetzt könnt ihr mich loswerden.«

»Ich mag ihn aber immer noch nicht«, entgegnete Rick, beugte sich vor und streichelte ihren Handrücken. »Wir haben nur ein gemeinsames Ziel.«

»Aha.« Sie war immer noch aufgeregt und halbwegs amüsiert. Verstohlen sah sie sich im Café um. Es befand sich in der Lobby von Ricks Bürogebäude, die meisten Gäste arbeiteten für ihn und hielten respektvolle Distanz zu seinem Tisch. Wahrscheinlich behielten ihn alle im Auge, aber sie glaubte nicht, dass jemand zuhören konnte. Das war auf jeden Fall ein Vorteil, denn so konnte keiner von Veittsreigs Bande näher kommen, ohne aufzufallen.

Rick bestellte bei einer herbeieilenden Kellnerin eine Runde Cola light. »Vorerst gehen wir davon aus, dass sie dich nicht wegen irgendetwas beschuldigen.«

»Noch nicht«, merkte sie an.

»Und ich glaube nicht, dass es dazu kommen wird, zumindest bis nach diesem großen Coup, von dem dein Vater gesprochen hat. Bis dahin kann uns keiner davon abhalten, das Land zu verlassen. Wenn wir erst einmal in England sind, wird es ein Leichtes sein, in ein Land zu fliegen, mit dem es kein Auslieferungs…«

Samantha zog ihn an seinem Jackenaufschlag zu sich und gab ihm einen Kuss. »Du bist schon in Ordnung, Brit.«

»Finde ich auch.«

Sie sah ihm in die Augen. »Es gibt jedoch noch etwas, was du wissen musst.«

Die Kellnerin brachte die Getränke, und Samantha nahm einen Schluck, während Rick ein Schinkensandwich und Stoney einen Salat bestellte. Sie hatte eigentlich keinen Appetit, doch sie orderte eine Portion Nachos.

Als die Kellnerin ihren Tisch verlassen hatte, lehnte sich Samantha mit einem schelmischen Grinsen zurück. »Nicht ernst schauen«, sagte sie, »und kein verschwörerisches Geflüster, während ich rede. Wir werden vielleicht beobachtet.«

»Von wem denn?«, murmelte Rick und griff mit einem Lächeln nach ihrer Hand. Er war zwar ein Geschäftsmann, doch er hatte wirklich das Zeug zu einem Gangster.

»Stoney, hast du jemals Geschäfte mit Nicholas Veittsreig gemacht?«

»Ein paar. Er stand normalerweise direkt mit den Käufern in Kontakt. Er ist bekannt für große, protzige Aufträge.«

»Rat mal, wen Martin für Interpol drankriegen möchte.«

»Heiliger Strohsack.«

»Das ist viel zu schwach«, gab sie zurück. »Lächle weiter, Stoney.«

»Kann mich mal jemand einweihen?«, fragte Rick und zog eine Augenbraue hoch. Stoney nuckelte an seiner Cola, sie musste das wohl übernehmen.

»Er arbeitet gewöhnlich mit einer Gang von fünf oder sechs Männern zusammen, meist Europäern. Wie Stoney bereits sagte, sie übernehmen gerne große Sachen. Sie sind diejenigen, die letztes Jahr im Louvre zugeschlagen haben und kurz davor waren, die Mona Lisa mitzunehmen. Sie haben dabei einen Sicherheitsbeamten erschossen.«

»Und haben Kunstwerke im Wert von fünfzig Millionen Dollar erbeutet«, sagte Rick und nickte. »Interpol hat damals bei mir angefragt, ob mir etwas davon angeboten worden war. Mir war aber nichts zu Ohren gekommen.«

»Wahrscheinlich befindet sich alles im Hinterzimmer eines reichen Geschäftsmannes in Hongkong«, sagte Samantha zynisch. »Wie auch immer, der Punkt ist, Veittsreigs Gang ist in New York. Und sie haben sich mit Martin zusammengetan, damit er ihnen bei einem Einbruch hilft.«

»Hast du Martin etwa noch mal getroffen?«, fragte Stoney. »Woher weißt du das denn alles?«

»Nicholas hat mich vor ein paar Minuten auf der Straße angesprochen.« Rick wollte aufspringen, doch Samantha grub ihre Fingernägel in seine Handfläche. »Vergiss nicht, wir organisieren gerade eine Party …«

»Ja. Habe ich nicht vergessen.« Er entspannte sich wieder. »Sprich weiter.«

»Gut. Er sagte mir, er wüsste von meinem Gespräch mit Martin. Was ihn angeht, bin ich somit eine Komplizin oder eine Gefahr. Aufgrund meines Rufes hat er mir angeboten, dass ich beim nächsten Job seines Teams mitmachen kann.«

»Und du hast abgelehnt«, sagte Rick ganz leise, in seinen Augen war kein Fünkchen Humor zu entdecken.

»Nun ja, er hat mir ein Angebot gemacht, das ich nicht ausschlagen konnte.« Das Essen wurde an den Tisch gebracht, und sie dachte dabei, dass es doch sein Gutes hatte, schlechte Nachrichten in der Öffentlichkeit zu überbringen – Rick würde sicherlich nicht in die Luft gehen, wenn die Presse oder Paparazzi dabei waren. Das musste sie sich merken.

»Was für ein Angebot?«, fragte Stoney mit schneidender Stimme, offensichtlich war er auch nicht gerade erfreut.

»Wie ich schon sagte, er hat klargestellt, dass ich entweder mitmachen muss oder tot bin, da ich zu viel weiß. Und er hat ebenfalls mit Martins Tod gedroht. Also habe ich gesagt, dass ich bei einer anständigen Beteiligung mitmachen würde.«

»Samantha, damit gehen wir zur Polizei.«

Rick hatte ihre Hand so fest gepackt, dass sie bestimmt blaue Flecken davontragen würde. Aber an seinem Gesichtsausdruck konnte man nichts ablesen, er hätte ebenso über die Ergebnisse beim Kricket sprechen können.

»Nein, werden wir nicht. Interpol ist schon an der Sache dran, und ich habe mit denen keine Abmachung. Außerdem kommt alles noch schlimmer.«

»Oh mein Gott. Was kann denn noch schlimmer sein?«

»Trotz meines Ansehens ist Veittsreig nicht davon überzeugt, dass ich immer noch auf der richtigen Seite stehe. Er fordert ein Geschenk als Beweis dafür, dass ich wirklich mit von der Partie bin.«

»Was für ein …«

»Lass mich bitte ausreden«, wies sie ihn zurecht. Es war schon schwer genug, alles darzulegen, ohne dass Rick jeden Satz mit einer Frage unterbrach. »Er möchte irgendwas mit Diamanten im Wert von einer halben Million, und es muss aus einem Diebstahl stammen. Wenn die Sache nicht in den Nachrichten erwähnt wird, dann wird er mich erschießen. Wenn ich es durchziehe, bin ich bei dem großen Coup dabei.«

»Nein, auf keinen Fall.«

»Was für ein großer Coup?«, fragte Stoney.

Rick funkelte ihn wütend an. »Kommt jetzt wieder der Hehler in dir durch? Hast du das etwa gemeint, als du sagtest, du würdest sie bei allem unterstützen?«

»Addison, das war eine berechtigte Frage. Wir müssen alle Faktoren der Gleichung kennen, bevor wir entscheiden, was zu tun ist.«

»Ruhig Blut«, murmelte Samantha und biss sich auf die Lippen. »Keine Ahnung, was der Coup ist. Er ist für irgendwann nächste Woche geplant. Nicholas habe ich meine Handynummer gegeben, und er hat gesagt, er würde mich am Samstag wegen der Übergabe des Geschenks anrufen. Wenn er zufrieden ist, werde ich Näheres erfahren.«

»Du wirst kein Ding drehen. Es ist schon schwierig genug, für deine Sicherheit zu sorgen, wenn du nichts getan hast …«

»Zuerst einmal«, unterbrach ihn Samantha, »habe ich dich

nie gebeten, für meine Sicherheit zu sorgen. Das war nie Teil unserer Geschichte … wie auch immer die ist. Danke, dass du mich aus dem Gefängnis geholt hast, aber ich wäre auch alleine rausgekommen. Du kannst auch mal zugeben, dass du deine Rolle als rettender Ritter ebenso für dich selbst wie für mich spielst.«

»Das habe ich nie bestritten.«

Damit nahm er ihr den Wind aus den Segeln. »Zweitens«, sagte sie naserümpfend, »habe ich keine Wahl. Ich habe zugestimmt, um Zeit zu gewinnen.«

»Zeit? Wofür denn, wenn ich fragen darf? Hast du etwa schon ein Opfer für deinen Juwelenraub im Sinn?«

»Hör endlich auf mit diesem Unsinn.« Sie schaute an ihm vorbei. »Stoney, kannst du herausfinden, worum es bei dem Coup geht?«

Der Ex-Hehler zuckte die Achseln. »Vielleicht. Zunächst werde ich es mal mit Merrado versuchen. Die meisten denken ja, dass ich noch Geschäfte mache, und werden womöglich reden.«

»Okay.« Sie schob sich ein käsetriefendes Nacho in den Mund. »Es wäre gut, wenn uns Martin mehr Informationen gegeben hätte. Oder zumindest eine Möglichkeit, mit ihm in Kontakt zu treten.«

Die drei aßen eine Weile schweigend. Rick schäumte vor Wut, und Sam war überrascht, dass er überhaupt sitzen geblieben war. Er schien es wirklich ernst zu meinen, wenn er sagte, dass er sie liebte. Sie war ein wenig irritiert, dass sie seine negativen Seiten immer noch nicht gefunden hatte, doch sie glaubte langsam, dass er wirklich keine hatte.

Martin hatte ihr beigebracht, dass jeder seine Hintergedanken hatte und immer ein Ziel verfolgte. Er selbst hatte zur Genüge bewiesen, dass das bei ihm zutraf. Der verdammte Hogarth war nebensächlich gewesen, ein Auftrag, den Nicholas wahrscheinlich nur angenommen hatte, um zu zeigen, dass er in New York war. Martin hatte das Ziel geliefert, und nun sollte sie beim großen Coup dabei sein. Was sie wieder zurück zu der Frage brachte, warum der Hogarth – und warum sie.

»Stoney«, setzte sie an, sie zitterte nun leicht, »bevor Martin hochgenommen wurde, hat er mich gebeten, bei einigen seiner Aufträge als Partnerin mitzumachen.«

»Ich erinnere mich. Du hast beim ersten mitgemacht und dann gesagt, dass du solo weitermachen willst.«

»Martin hatte den Zeitpunkt eines Sicherheitsdurchgangs falsch berechnet, und wir sind beinahe beide geschnappt worden. Ich habe zu ihm gesagt, dass ich nicht mehr mit ihm arbeiten wollte, und dass er in den Ruhestand gehen sollte, da er nachlässig und unbrauchbar geworden wäre.«

Stoney pfiff leise durch die Zähne. »Dass er sauer war, wusste ich, aber ich hatte keine Ahnung, was du zu ihm gesagt hast, Samantha.«

»Damals bin ich ziemlich ausgeflippt.«

Während ihr alter Freund noch mit dem beschäftigt war, was sie gerade erzählt hatte, war Rick schon bei den Schlussfolgerungen angelangt. »Du glaubst also, dein Vater hat Veittsreig dazu gebracht, dich für den Coup dazuzuholen.«

»Oder dass er den Diebstahl des Hogarth-Gemäldes arrangiert hat, um Nicholas in diese Richtung zu lotsen.«

»Das ist ein wenig dürftig, Sam.«

Sie nickte Stoney zu. »Zugegeben, aber ich kann es nicht ausschließen. Vielleicht möchte er mir beweisen, dass er immer noch ein guter Partner ist. Oder er lässt mich in die Falle tappen, weil er sechs Monate, nachdem ich ihn im Stich gelassen habe, aufgeflogen ist.«

»Wenn eine dieser beiden Theorien zutreffen sollte, dann sieht es jedenfalls so aus, als ob er definitiv versucht, dich wieder mit reinzuziehen.« Rick sah sich unauffällig im Raum um, fast alle Gäste blickten in seine Richtung. Es war unmöglich, eine verdächtige Person ausfindig zu machen.

»Ja, mich und Al Pacino«, bemerkte sie trocken. »Als Erstes muss ich ein paar Details herausfinden, dann brauchen wir einen Plan.« Sie musste innerhalb von achtundzwanzig Stunden einen Diebstahl planen.

Rick atmete tief durch. »Ein Fluchtweg wäre auch nicht schlecht.«

12

Freitag, 19.44 Uhr

»Das ist doch wirklich grotesk«, murmelte Sam, als sie aus der Limousine stieg. »Ich will da nicht hin.« Sie musste einen Diebstahl vorbereiten, während er seinen gesellschaftlichen Verpflichtungen nachkommen wollte.

Rick stieg nach ihr aus dem Wagen. »Es ist eine freundliche Geste, außerdem sind wir schon da.«

Hand in Hand gingen sie den Bürgersteig entlang. »Es ist keine Geste. Er hat uns nur eingeladen, damit uns alle anstarren und tuscheln können.«

»Ich bin es gewohnt, dass man über mich redet.«

»Wie schön für dich. Du bist auch nicht Anfang der Woche festgenommen worden. Was könnten sie schon über dich sagen? ›Oh, leibhaftig sieht er ja noch besser aus‹ oder: ›Du, Marge, glaubst du wirklich, dass er so reich ist, wie behauptet wird?‹«

»›Marge‹«, wiederholte er amüsiert.

»Du kannst ja hingehen. Ben soll mich nach Hause bringen.«

»Sicher, ich werde mich auf einer Party herumtreiben, während du überlegst, wessen Diamanten du stehlen kannst.«

Ihr Puls beschleunigte sich, als er das aussprach. Sie und Stoney hatten über solche Dinge nie in der Öffentlichkeit gesprochen. »Ich warte auf Gegenvorschläge, die Veittsreigs Bedingungen erfüllen und mich nicht zwingen, das Land zu verlassen. Fällt dir etwa was ein?«

Er kniff die Augen zusammen. »Ich arbeite daran.«

»Ich auch. Lass uns nach Hause gehen und etwas ausarbeiten.«

»Wir haben der Einladung schon zugesagt.«

Er schien es einfach nicht zu kapieren. »Seit wann gehst du gerne auf Partys, bei denen sich die Leute gegenseitig bauchpinseln? Wahrscheinlich haben die Jongleure abgesagt, und wir wurden als Ersatz eingeladen, damit wir für Unterhaltung sorgen. Ich muss mich heute Abend um meinen eigenen Kram kümmern, vielen Dank.«

»Samantha«, sagte er und ging hinter ihr die Stufen hoch, »manchmal geht es nicht um das Motiv, sondern die Geste zählt. Ist es etwa besser, wenn diese Leute noch dein Bild vor Augen haben, wie sie dich im Fernsehen mit Handschellen gesehen haben, oder sollen sie sich daran erinnern, wie du hier in Boyden Lockes Haus die Gäste bezaubert hast? Das sind deine potenziellen Kunden.«

Kunden. Und auch wieder Opfer.

»Es ist also okay, wenn getuschelt wird, solange sie merken, dass ich zum Ball geladen wurde.«

»Genauso ist es, Aschenputtel. Ob dich Locke persönlich für schuldig oder unschuldig hält, ist unerheblich, die Tatsache, dass er dich eingeladen hat, deutet jedoch darauf hin, dass er dich unterstützen will.«

Ricks Hand glitt ihren Arm entlang und blieb auf ihrer Schulter liegen. Sie wusste, dass er recht hatte. Doch das ließ die Aussicht, sich einen ganzen Abend begaffen zu lassen, auch nicht verlockender erscheinen. »Ich hätte ein besseres Gefühl, wenn ich hier jemand anders sein könnte«, grummelte sie. »Vielleicht eine Blondine. Du stehst doch auf Blondinen.«

»Ich stehe auf dich.«

Sie war nur deswegen mitgekommen, weil sie die Hoffnung hatte, dass Nicholas' und Martins Auftraggeber unter den Gästen sein würde, auch wenn die Chancen verschwindend gering waren. Dies war ihre einzige Gelegenheit, sich dort umzusehen, ohne einzubrechen. Wer auch immer der Auftraggeber war, er musste stinkreich sein. Einbrecher musste man bezahlen können. Und wie Rick gesagt hatte, die Leute, die sich einen neuen Hogarth, oder was sonst gerade auf dem Wunschzettel stand, leisten konnten, waren auch diejenigen, die ihre Dienstleistung in Anspruch nehmen würden.

Richard stand hinter Sam an der Tür, griff um sie herum und klopfte. Als die Tür geöffnet wurde, empfing sie ein Schwall von Lärm und Licht.

»Ab ins Getümmel …«, murmelte er und schritt mit Samantha durch die Eingangshalle.

»Ein Königreich für eine Flasche Schnaps«, entgegnete sie und ging dann mit einem warmen, strahlenden Lächeln auf den Gastgeber zu, um ihn zu begrüßen. »Boyden, ich hielt Ihre Einladung zum Kaffee schon für großzügig. Das hier ist einfach umwerfend«, sagte sie und ergriff Boydens Hände.

»Nicht so umwerfend wie Sie. Sie haben wirklich Glück, Addison.«

Richard schüttelte Lockes Hand. »Dessen bin ich mir durchaus bewusst.«

Er trat zurück und sah zu, wie Locke mit Samantha die Runde machte, wie er sie den wohlhabendsten und einflussreichsten Leuten in Manhattan vorstellte. Die Gäste waren alle sichtlich von ihr eingenommen, Sam amüsierte sie mit selbstironischen, humorvollen Bemerkungen über ihren Kunst- und Juwelengeschmack. Plötzlich kam ihm der Gedanke, dass sie wahrscheinlich dabei überlegte, wen sie bestehlen sollte, und er überlegte fieberhaft, was zum Teufel er dagegen unternehmen könnte.

»Ist sie nicht was ganz Besonderes?«, vernahm er hinter sich eine weibliche Stimme mit vornehm britischem Akzent. Er wappnete sich innerlich gegen die Begegnung und drehte sich um.

»Hallo, Patricia, ich hatte schon so eine Ahnung, dass du heute Abend hier sein würdest.«

Ihre rubinroten Lippen lächelten, und sie berührte ihre kunstvolle Spirale aus blondem Haar. »Bist du deswegen gekommen?«

»Deswegen wäre ich beinahe nicht gekommen. Wer ist denn dein Begleiter?«

»Momentan bin ich solo. Ich muss zugeben, dass ich mit Ausnahme meines ersten Ehemanns mit Männern bisher eher Pech gehabt habe.«

Einer Frau hing ein gewisser Ruf an, wenn sowohl der zweite Ehemann wie auch der darauffolgende Freund des Mordes für schuldig befunden worden waren. Doch man musste Patricia nicht daran erinnern, er hatte jedenfalls nicht vor, dies in der Öffentlichkeit zu tun. Stattdessen nahm er ihre Hand und streifte ihre Fingerknöchel mit seinen Lippen. »Du siehst sehr hübsch aus heute Abend.«

Überrascht riss sie ihre blauen Augen auf. »Danke, Richard. Du auch.«

Wie in einem schlechten Film kam in diesem Moment Matsuo Hoshido auf sie zu, am Arm eine attraktive zierliche Japanerin.

»Sieh an, Richard«, sagte er und verbeugte sich. »Das ist die entzückende Samantha, ja?«

Patricia Addison-Wallis räusperte sich, doch bevor sie antworten konnte, hatte Richard schon den Kopf geschüttelt.

»Das ist die entzückende Patricia Wallis«, sagte er und schüttelte Hoshidos Hand. »Samantha ist …« Er hielt inne, denn er spürte einen nackten Arm, warm und vertraut, an seinem. »Hier ist sie«, fuhr er fort und drehte sich zu ihr um.

Samanthas Blick war auf Patricia gerichtet. »Hallo, Patty. Ich glaube, Boyden sucht nach dir.«

Patricias Mundwinkel zuckte. »Danke. Entschuldigt mich bitte.«

Samantha ignorierte Patricias Abgang und streckte Hoshido mit einer Verbeugung ihre Hand entgegen. »Sie müssen Mr

Hoshido sein. Rick hat schon des Öfteren Ihren exzellenten Geschäftssinn verflucht.«

Hoshido schüttelte kichernd ihre Hand. »Sie sind so charmant, wie Richard Sie beschrieben hat. Samantha, Richard, das ist meine Frau Miazaki, ich fürchte, ihr Englisch ist ein wenig …«

»*Bonsowa-ru*«, schaltete sich Samantha ein und reichte Mrs Hoshido die Hand. »Guten Abend.«

»*Bonsowa-ru.* Sprechen Sie Japanisch?«

»*Hai. Wazuka.*«

»Wie schön!«, rief Mrs Hoshido aus. »Ich spreche auch ein wenig Englisch.«

Samantha grinste. »Dann werden wir uns bestimmt gut verstehen.«

Während die zwei Frauen anfingen zu plaudern und zu kichern, bedeutete Hoshido Rick, sich mit ihm ein wenig abseits zu stellen. Rick drückte Samanthas Hand und folgte dem Japaner.

»Deine Samantha ist ziemlich erstaunlich«, sagte Matsuo und lächelte seiner Frau zu.

»Ja, das ist sie wirklich.«

Der Hotelbesitzer betrachtete ihn neugierig. »Du hast gar nicht gewusst, dass sie Japanisch kann.«

Rick lachte. »Ich hatte keine Ahnung.«

»Es ist außerdem sehr mutig von ihr hierherzukommen, obwohl alle über ihre Verhaftung Bescheid wissen.«

Das lief ja wunderbar. »Ja, ist sie. Die Vergangenheit ihres Vaters ist nicht gerade makellos, und die Polizei war etwas übereifrig. Es war ein unglückliches Versehen.«

»Aber du hast heute Morgen zugegeben, dass dir ein sehr kostbares Gemälde gestohlen wurde.«

»Ja«, räumte Richard ein und bemühte sich, seine Stimme entspannt klingen zu lassen. »Ein misslicher Fehler von Seiten des Diebes.«

»Du denkst also wirklich, dass du das Gemälde zurückbekommen wirst?«

»Ich weiß, dass ich es wiederkriegen werde.«

»Aha, ein ziemlich gewagtes Statement.«

»Ich bin ja auch ein wagemutiger Mensch.« Der es niemandem erlauben würde, ihn zu bestehlen und damit davonzukommen.

»Nun, ich möchte einen Vorschlag machen.«

»Und der wäre?«, fragte Richard.

»Wir sollten morgen gemeinsam zu Abend essen. Keine Anwälte, keine Ehefrauen. Nur wir beide. Vielleicht können wir uns schneller einigen, wenn uns niemand dazwischenfunkt.«

»Das ist eine großartige Idee, Matsuo. Wie wäre es um sieben bei Daniel's an der Sechsundfünfzigsten Straße?«

»Ich werde da sein.«

Sie gingen zurück zu den Damen, die inzwischen von einem Kreis von Menschen, alle Mitglieder der New Yorker Elite, umgeben waren. Wenn man Samantha so sah, würde man nicht nur davon ausgehen, dass sie in diesen Kreis hineingeboren wäre, sondern sie auch für dessen Königin halten. Sie war offensichtlich eine Zauberkünstlerin, auch wenn sie nicht zum Jonglieren eingeladen worden war.

Mit einem Lächeln holte er sein Handy aus der Tasche und wählte eine Nummer. »Maria, kannst du bitte einen Tisch für zwei für morgen im Daniel's reservieren? In der Skybox des Kochs, wenn möglich.«

»Mache ich sofort, Mr Addison.«

Damit wäre schon mal ein Hindernis aus dem Weg geräumt. Ricks Gedanken kreisten jedoch gerade eher um Samanthas mögliche Aktivität später am Abend.

Im Verlauf der nächsten beiden Stunden erstellte Samantha eine Liste mit ungefähr einem Dutzend potenzieller Käufer des Hogarth-Gemäldes, außerdem mit doppelt so vielen möglichen Opfern für ihren anstehenden Einbruch. Was den möglichen Boss von Veittsreig anging, so waren zwei Menschen anwesend, von denen sie wusste, dass ihr Geschäft darin bestand, »verlagerte« Objekte zu erstehen. Doch einer der beiden war auf ägyptische Antiquitäten spezialisiert, und der andere war eher für moderne Kunst als für englische Meister zuständig. Es blieben noch vier andere übrig, doch bei keinem war es mehr als eine Vermutung.

In vielerlei Hinsicht war es schwieriger, eine Ansammlung von Menschen für sich einzunehmen, als durch ein Fenster im zweiten Stock einzusteigen und eine Schatulle mit Diamanten mitzunehmen. Direkte Arbeit, das Opfer von Angesicht zu Angesicht einschätzen, einen Ort auskundschaften, bevor sie den Job erledigte – das hatte sie unzählige Male getan, doch es war nie von Bedeutung gewesen, was man über sie dachte. Früher war immer sie verkleidet gewesen, im tatsächlichen oder übertragenen Sinn. Ihr Auftreten war stets von ihrem Vorhaben bestimmt gewesen. Heute Abend war sie als Samantha Jellicoe gekommen, die bessere Hälfte von Rick Addison. Sie würde die Party auch als diese Person verlassen und morgen weiter eben diese Person sein.

»Bist du nicht einfach die Schönste auf dem Ball?« Patricias kühle Stimme drang vom Treppenabsatz zu ihr. Samantha hatte aus den Augenwinkeln beobachtet, wie Rick seine Exfrau begrüßt hatte. Sie würde sich nach ihm richten und ihre persönlichen Gefühle hintanstellen. Er war ja seinerzeit der Geschädigte gewesen. Sie hatte ihn damals noch nicht gekannt, nur als Gesicht auf der Titelseite von Illustrierten, und als Legende für Einbrecher, da der Mann bis dahin noch nie bestohlen worden war.

»Hi, Patty«, sagte sie.

»Ein letztes Mal möchte ich erwähnen, dass ich es hasse, Patty genannt zu werden«, murmelte die Exfrau und kam mit perfekt frisiertem blondemHaar und in ihrem schwarz-goldenen Donna-Karan-Kleid, das garantiert nicht von der Stange war, auf sie zu.

»Ich warte darauf, dass du einen Waffenstillstand ausrufst, bevor ich meine Waffen niederlege«, entgegnete Samantha. »Rick sagte, dass du heute allein hier bist.«

»Ja und? Denkst du, ich hätte keinen Begleiter finden können? Ich wollte …«

»Das ist doch großartig«, unterbrach sie Samantha, »die neue Patricia, kommt und geht, wie sie will, und alles ohne Mann.«

»Ja, so ist es wohl.«

Sam trat einen Schritt auf sie zu, auch wenn sie dabei riskierte, ein Glas Wein ins Gesicht geschüttet zu bekommen. »Nur damit du Bescheid weißt, Boyden Locke hat dich den ganzen Abend beobachtet. Vor sieben Jahren hatte er eine unangenehme Scheidung, und er hat auch keine Begleitung heute Abend, obwohl es seine Party ist.«

»Findest du ihn nicht etwas zu alt für mich?«

»Er ist achtundvierzig. Ich will dich ja gar nicht unter die Haube bringen, ich gebe nur ein paar Informationen weiter.«

Patricia sah sie einen Moment an. »Noch rufe ich keinen Waffenstillstand aus«, sagte sie, »aber vermutlich ist dies ein Anfang – solange du nicht versuchst, dich über mich lustig zu machen.«

»Nein, bestimmt nicht.« Locke, großspurig und aufgeblasen, war überhaupt nicht Samanthas Typ, doch er hatte Geld und war somit Pattys Typ.

Am anderen Ende des Raumes löste sich Rick aus dem Dreieck der Mächtigen, das er mit Trump und Locke gebildet hatte, und kam auf sie zu. Reich wie Krösus, in einem langen, altmodischen Frack, schulterlangem schwarzem Haar und diesen ach so blauen Augen – kein Wunder, dass ihn keine der anwesenden Frauen aus den Augen ließ. Sam auch nicht, doch sie hatte ihre Gründe dafür. Ja, er sah gut aus, hatte eine sehr sinnliche Ausstrahlung und war wahrscheinlich der intelligenteste Mann, den sie kannte – außerdem war er unglaublich komisch, und er grillte gerne.

»Ich möchte zu Protokoll geben«, sagte Rick mit seinem unwiderstehlichen britischen Akzent, »dass ich immer noch in Panik gerate, wenn ich euch beide zusammen sehe.«

»Solltest du auch«, gab Samantha zurück.

Patricia räusperte sich. »Entschuldigt mich«, sagte sie. »Ich muss zu einem Mann wegen … eines Mannes.«

Rick sah ihr hinterher. »Sollte das etwa ein Witz sein?«, murmelte er.

»Von Patricia?«

»Eigenartig, was?« Er legte den Arm um Samanthas Taille. »Sollen wir gehen?«

»Ja, unbedingt.« Er nahm das Handy aus der Tasche und drückte auf eine Kurzwahltaste. »Ben? Wir sind so weit.«

»Was hattest du denn mit Trump zu besprechen?«, fragte sie, während sie an den wenigen verbliebenen Gästen vorbei zur Tür gingen.

»Die rote Krawatte, die er immer trägt. Ich habe ihm gesagt, er könnte auch ein kariertes Halstuch tragen, und die Leute hätten immer noch eine Heidenangst vor ihm.«

»Und?«

»Er hat wohl beschlossen, seine Krawattensammlung zu erweitern.« Er hielt ihr die Tür auf. »Worüber hast du denn mit Patricia gesprochen?«

»Über den süßen Leberfleck auf deinem Hintern.«

»Aha, mal im Ernst.«

Sie prustete. »Nun ja, ich habe ihr nur gesagt, dass Boyden offensichtlich von ihr angetan ist und dass er heute Abend alleine ist.«

»Du verkuppelst meine Exfrau?«

»Ich habe ihr nur ein paar Hinweise gegeben. Weiter nichts.«

Ben stand am Straßenrand und öffnete die Tür der Limousine. Zuerst glitt Sam hinein und Rick nach ihr.

»Nach Hause, Sir?«, fragte der Fahrer.

»Ja.«

Samantha befürchtete, dass Rick sie nun danach fragen wollte, was sie zu tun gedachte, um Veittsreigs Forderung zu erfüllen. Doch nach einem Abend, an dem sie zu etlichen Menschen charmant sein und ihnen hatte Geheimnisse entlocken müssen, wollte sie einfach nur in seiner Nähe sein und erst einmal gar nicht sprechen. Samantha lehnte sich an Rick, er legte den Arm um sie und küsste ihr Haar. Gut, er hatte wohl verstanden. Wie immer.

»Du hast Hoshido schwer beeindruckt«, wisperte er in ihr Haar.

»Ich habe ein paar Monate in Japan gelebt. Seine Frau ist ziemlich lustig, er also wahrscheinlich auch.«

»Ist er, wenn er nicht gerade der knallharte Hotelbesitzer ist, der mir hundert Millionen Dollar aus der Tasche ziehen will.«

»Ach komm schon«, sagte sie kichernd. »Heute Abend habe ich bestimmt zehn Millionen für dich rausgeschlagen.«

»Wahrscheinlich. Weißt du, da glaubt man jemanden zu kennen und findet erst nach fünf Monaten heraus, dass derjenige japanisch spricht.«

Sam beugte sich nach vorn und zog ihre Pumps aus. Sie ließ ihre Zehen kreisen, damit sie besser durchblutet wurden, und tätschelte dabei sein Knie. »Wahrscheinlich ist dein Japanisch besser als meins, Brit, also tu nicht so, als ob du neidisch wärst.«

»Woher weißt du, dass ich Japanisch kann?«

»Hast du mein fotografisches Gedächtnis vergessen?«, gab sie zurück und klopfte sich an die Stirn. »*Newsweek*, 17. Mai 2001. ›Neben seinem Geschäftssinn ist Addisons größter Trumpf bei Verhandlungen mit den zahlreichen japanischen

Managern internationaler Firmen in Kalifornien wohl seine erstaunliche Kenntnis der japanischen Sprache.‹« Sie räusperte sich. »Soll ich fortfahren?«

Rick saß eine Weile schweigend da. »Du bist wirklich erstaunlich, Samantha Elisabeth Jellicoe.«

»Danke. Ich habe dir ja schon erzählt, dass ich mich über dich kundig gemacht habe, bevor ich zum zweiten Mal bei dir reingeschneit bin.« Das war in der Nacht vor fünf Monaten gewesen, als ihr klar geworden war, dass sie sich mit Richard Addison noch viel Ärger einhandeln würde. Sie hatte recht behalten.

Wilder öffnete die Haustür, als sie die Stufen hochstolperten. Samantha rannte mit ihren Schuhen in der Hand an ihm vorbei nach oben. Sie wollte Stoney anrufen – er kannte mehr Käufer als sie, und er hatte womöglich etwas herausgefunden, das ihren Verdacht erhärten würde. Natürlich war es möglich, dass der Verdacht nur aus dem Wunsch entstanden war, das Böse leicht greifbar und in der Nähe zu wissen.

Samantha zog ihr Kleid aus, das Bett war bereits vom Hausmädchen aufgedeckt worden. Als sie sich darauf setzte, spürte sie an ihrem Oberschenkel einen harten Gegenstand. Sie stand auf und griff mit einer Hand unter das seidene Bettlaken. Zwischen Bettlaken und Matratze ertastete sie ein kleines, viereckiges Objekt.

»Was machst du denn da?«, fragte Rick, der gerade hereingekommen war und die Tür hinter sich schloss.

Sie kniete auf dem Boden und zog das Laken hoch. »Ich weiß nicht.« Es war ein Briefumschlag. Sie nahm den Umschlag in die Hand und steckte das Bettlaken wieder fest.

»Was ist das denn?« Rick warf seinen Frack über einen Stuhl und lockerte seine Krawatte. »Und woher weißt du, dass es für dich ist?«

»Glaubst du, er ist von einer deiner Exfreundinnen?«, entgegnete sie und versuchte, ihre aufkommende Panik zu verbergen. Ihr war klar geworden, wer ihn dort versteckt haben musste. »Er lag auf meiner Seite des Bettes.«

Samantha öffnete ihn. »Er ist von Nicholas«, sagte sie und überspielte ihre Bestürzung darüber, dass Veittsreig wieder in ihrem Schlafzimmer gewesen war. Er wusste, auf welcher Seite sie schlief, denn er hatte Rick bereits schlafend in diesem Bett gesehen. Verdammt, sie hätte sich gleich nach ihrer Ankunft darum kümmern müssen, das Alarmsystem auf Vordermann zu bringen.

Die meisten Diebe waren zwar nicht so geschickt wie sie, Martin oder Nicholas, doch es konnte trotzdem etwas passieren. Vielmehr war schon etwas passiert, und sie würde dafür sorgen, dass es sich nicht wiederholen würde.

Rick entriss ihr das Blatt, und als sie wieder danach griff, schlug er ihre Hand weg. »›Ich hoffe, dir hat die Party heute Abend gefallen‹«, las er mit emotionsloser Stimme vor. »›Schwarz steht dir wirklich gut. Ich wollte dich nur daran erinnern, dass du dich an die Arbeit machen musst und dass ich dich und deinen englischen Freund jederzeit kriegen kann.‹« Er sah sie an. »Das ist ziemlich deutlich.«

»Was erwartest du denn? Todes- und Verstümmelungsdrohungen sind für mich eben Berufsjargon.«

»Sie waren dein Berufsjargon. Wir müssen Gorstein Bescheid geben.«

»Nein, auf keinen Fall.« Erstens drohte Nicholas nicht nur ihr mit dem Tod. Wenn sie die Sache verpatzte, war Rick ebenfalls in Gefahr. »Du weißt von nichts. Ich habe dir nichts davon erzählt, vergiss das nicht.« Sie nahm ihm den Brief aus der Hand. »Für mich ist es nicht einmal überraschend. Von seinem Standpunkt aus.«

»Bitte erklär mir das.«

»Okay, also ich lebe mit einem reichen Mann zusammen. Momentan bin ich in einer glücklichen Lage, und er will mich dazu bringen, etwas zu tun, was mir ziemliche Schwierigkeiten bereiten könnte. Er muss mir drohen, denn was wäre sonst der Anreiz?«

»Schön, dass du so verständnisvoll bist«, sagte er mürrisch und zog seine Weste und sein Hemd aus.

Sie wollte ihm nur die Situation erklären, damit er nicht die Wände hochging. »Nichts hat sich geändert. Wir halten uns an den Plan, bis wir herausgefunden haben, was sie wollen.«

Er setzte sich neben sie auf die Bettkante. »Und was ist dein Plan für heute Nacht?«

»Ein kleiner Einbruch. Was hältst du davon?«

Er packte sie am Ellenbogen. »Du wirst niemanden bestehlen.«

»Du bist nicht mein Boss.«

»Ich meine das vollkommen ernst, Samantha. Ich habe dir das schon mal gesagt, du wirst mein Haus nicht als sicheren Ort nutzen, von dem aus du Leute ausraubst. Das kommt nicht in Frage.«

Lange sah sie ihm ins Gesicht. Sie war schon hundert Mal alle Möglichkeiten im Kopf durchgegangen und hatte sich diesen Teil einfacher vorgestellt. »Okay«, sagte sie leise.

»Was, okay?«

»Okay, ich werde dein Haus nicht als Ausgangsbasis benutzen.«

Richard schloss die Augen. »Scheiße«, murmelte er und öffnete sie wieder. »Du gehst, einfach so?«

»Du bist derjenige, der mir ein Ultimatum stellt. Was soll ich denn tun? Sie Martin töten lassen? Dich töten lassen? Ganz zu schweigen von mir selbst. Und sag nicht wieder, dass ich zu den Bullen gehen soll, du weißt doch, was dann passieren würde. Sobald ich etwas in der Hand habe, abgesehen von irgendwelchen Andeutungen von Typen, die ihre eigene Mutter belügen würden, können wir noch mal darüber sprechen. Aber um da hinzukommen, wo ich mit Nicholas und seiner Gang sein will, muss ich eben durch seine Reifen springen.«

»So, und wen willst du bestehlen?«

»Ich dachte an das nette ältere Paar mit dem gut gehüteten Keksrezept. Die Hodges. Sie wohnen auf der Sechsundsechzigsten West Höhe Columbus. Und sie haben einen Pekinesen mit Namen Puffy.«

»Du hast eine halbe Stunde mit den Besitzern von *Mrs Hodges' Famous Cookies* geplaudert, und jetzt willst du bei ihnen einbrechen. Wie kannst du so etwas nur tun?«

»Weil ich eine Diebin bin. Und dies eines der besten Motive ist, das ich je für einen Einbruch hatte. Vergiss nicht, sonst habe ich das immer nur fürs Geld getan.«

Er starrte sie an und sagte nichts, zog sein Ultimatum nicht zurück.

Samantha wollte nicht, dass er sah, wie sie am ganzen Körper vor lauter Anspannung und Sorge zitterte. Daher stand sie auf und zog ihre Kleider unter dem Nachttischchen hervor. Sie legte sie aufs Bett, ging zum Schrank und holte ihren Rucksack hervor. Diesen verknitterten, unauffälligen grauen Beutel nahm sie immer überall mit hin, darin war alles, was zum Überleben nötig war. Sie war auf niemanden angewiesen.

Die Sachen, die sie für den einfachen Einbruch brauchte, würde sie in Delroys Wohnung finden. Sie schlang den Rucksack über ihre Schulter, griff nach den Kleidern und ging zum Badezimmer. Sie würde sich unten umziehen, dort konnte sie seinem wütenden, unbarmherzigen Blick entgehen. Sie musste sich an die Arbeit machen, wenn es gut laufen sollte, und sich voll und ganz darauf konzentrieren.

Sie hörte, wie Richard aufstand, als sie die Tür öffnete. Wenn sie sich jetzt umdrehte, würden ihr die Tränen kommen, und das sollte er nicht sehen. Nein, sie war Sam Jellicoe, die Einbrecherin. Sollte er doch von ihr halten, was er wollte. Schließlich tat sie das ebenso zu seinem Schutz wie zu ihrem eigenen und Martins. Plötzlich wurde ihr Rucksack mit einer solchen Wucht von ihrer Schulter gerissen, dass sie stolperte.

»He!«, rief sie aus und drehte sich blitzschnell um.

Rick stand direkt vor ihr, die Augen schmale Schlitze. Die Hand, die ihren Rucksack hielt, zitterte ein wenig, und seine Fingerknöchel waren weiß vor Anspannung. Einen Moment blieb er reglos stehen. Dann warf er den Rucksack wieder in den Schrank.

»Ich komme mit«, zischte er wütend. »Und denk nicht daran … denk nicht daran, mich davon abzuhalten.«

Samantha wog das, was sie tun musste, gegen das ab, was sie wollte. Sie hatte erwartet, dass ihr die Entscheidung schwerer fallen würde.

»Okay.«

13

Samstag, 1.09 Uhr

Wie nicht anders zu erwarten, ergaben sich durch Ricks Anwesenheit bei Samanthas Unternehmung einige Schwierigkeiten. Richard stand neben ihr am Empfang des Hotels Manhattan und reichte dem Portier seine Kreditkarte.

»Ja, das beste Zimmer, das Sie haben.«

»Das wäre die Skyline Suite im fünfunddreißigsten Stock, für elfhundert Dollar pro Nacht«, sagte der Angestellte. Entweder wusste er nicht, wen er da vor sich hatte, oder er wusste gar nicht, dass das Hotel zum Verkauf stand.

Richard nickte. »Ausgezeichnet. Wir sind müde und würden gerne gleich hochgehen.«

»Ja, Mr … Addison.« Als der Mann den Namen auf der Kreditkarte las, gefror sein Gesichtsausdruck. »Oh. Die Küche ist geschlossen, aber wenn Sie noch irgendetwas brauchen, werden wir gerne …«

»Wir möchten nicht gestört werden. Keine Telefonanrufe oder sonstigen Belästigungen«, unterbrach ihn Richard. »Und wir tragen unser Gepäck selbst.«

»Ja, selbstverständlich.« Die Hand des Rezeptionisten zitterte, als er ihnen die Schlüsselkarte übergab. »Das Frühstück wird ab sieben im Park Café serviert. Die …«

»Wir werden die Broschüre lesen«, schaltete sich Samantha ein und griff nach ihrer Overnight-Tasche.

Sie sprachen beide kein Wort, als sie mit dem Aufzug in den fünfunddreißigsten Stock hinauffuhren. Er war sich bewusst, dass sie das Ganze lieber alleine durchgezogen hätte, und er wusste auch, dass er keinerlei Kontrolle mehr über die Situation hatte. Ihm blieb nichts anders übrig, als mitzukommen, wenn er über die Geschehnisse im Bilde bleiben wollte.

Samantha steckte die Karte in die Tür zur Suite und stieß sie auf. »Lass die Tür offen«, murmelte sie, nahm ihm die Tasche ab und warf sie mit ihrer aufs Bett. Sie ging zurück zur Tür und hängte das »Bitte nicht stören«-Schild von außen an die Türklinke. »Gehen wir.«

»Warum soll die Tür denn offen bleiben?«, fragte er sie auf dem Weg zum Servicefahrstuhl.

»Weil einige Hotels aufzeichnen, wie oft die Türen der Suiten geöffnet werden. Soweit sie wissen, sind wir jetzt drinnen.«

»Was ist mit Kameras?«

»Nur in den Fahrstühlen. Nicht im Servicefahrstuhl. Die Gäste auf diesen Etagen schätzen ihre Privatsphäre.«

»Du hast das also schon einmal gemacht.«

»Nicht mit Begleitung«, antwortete sie brüsk, betrat den Fahrstuhl und drückte den Knopf in den Keller.

Unten angekommen, gingen sie durch den Personalausgang auf die Straße. An der nächsten Straßenecke winkten sie ein Taxi heran. Wäre Samantha allein gewesen, hätte sie sich all dieser Tricks nicht bedienen müssen, dann wäre sie einfach aus dem Fenster ihres Hauses geklettert und verschwunden. Nun wollte sie zumindest Rick ein wasserdichtes Alibi verschaffen, deswegen waren sie ins Hotel gefahren. Sie hatten sich dabei gefühlt wie im ersten Wagen bei einer Parade, bestimmt waren ihnen die Polizei und Veittsreigs Leute gefolgt.

Delroy wohnte in der Nähe der Hundertdreiunddreißigsten Straße in einem Apartmentgebäude, das schon bessere Tage gesehen hatte. Als sie aus dem Taxi stiegen, hielt sich Richard dicht an Samanthas Seite. Er war zwar verärgert wegen der ganzen Unternehmung, doch er wollte nicht, dass ihr etwas zustieß.

»Rück mir nicht so auf die Pelle«, murmelte sie, als sie das Erdgeschoss des Hauses betraten. Samantha ging zur hintersten Tür, die links vom Hausflur abging. Sie klopfte drei Mal, wartete und klopfte dann noch zwei Mal. Die Tür wurde geöffnet, und Walter starrte sie an.

»Sam, du bist verrückt«, stöhnte er und trat beiseite, um sie hereinzulassen. »Du kannst doch keinen Grünschnabel zu einem Belegten mitnehmen.«

»Was heißt Belegter?«, fragte Richard und blieb stehen, als ein zweiter, riesiger schwarzer Mann das kleine Wohnzimmer betrat.

»Das ist ein Einbruch, bei dem die Leute zu Hause sind«, erklärte Samantha und ging an ihm vorbei auf den Riesen zu. »Hi, Delroy«, sagte sie und umarmte ihn. »Du hast nicht zufällig diese köstlichen Schokomuffins da?«

Der korpulente Mann grinste. »Wenn ich gewusst hätte, dass du kommst, hätte ich welche besorgt.«

Walter warf ihm einen strengen Blick zu. »Die Dinger bringen dich noch ins Grab.«

»So, das ist also dein Macker?«, fuhr Delroy fort und bedachte Richard mit einem abschätzenden Blick.

Rick hatte das eigenartige Gefühl, penibel taxiert zu werden. Er bemühte sich um einen gelassenen Gesichtsausdruck. »Rick«, sagte er und streckte seine Hand Delroy entgegen.

»Bitte entschuldigt«, schaltete sich Samantha ein. »Das ist Delroy Barstone, Rick Addison. Rick, Stoneys kleiner Bruder, Delroy.«

Sie gaben sich die Hand, und Walter verschwand in ein anderes Zimmer. Einen Augenblick später kam er mit zwei schwarzen Rucksäcken zurück. »Ich wusste nicht, was du genau brauchst, ich habe die Standardsachen eingepackt und die Dinge, um die du mich am Telefon gebeten hast.«

Samantha nickte, nahm die beiden Rucksäcke, wog sie ab und warf Richard dann einen davon zu. »Danke, Stoney«, sagte sie. »Wir werden in vierzig Minuten wieder hier sein, falls alles nach Plan läuft.«

Walter runzelte die Stirn. »Habt ihr beide Streit miteinander? Das macht sich gar nicht gut, wenn man …«

»Halt dich da raus«, unterbrach ihn Samantha. »Wir hatten lediglich einen philosophischen Disput. Es ist schon wieder vorbei.«

Walter hob seine Hände. »Schon gut, geht mich ja nichts an. Bis später.«

Richard folgte Sam ins Treppenhaus und auf die Straße, wo sie erneut ein Taxi heranwinkte.

»Samantha, die …«

»Nenn bitte keine Namen«, sagte sie leise und trat ein paar Schritte zurück, als er die Taxitür für sie öffnete. »Wenn jemand mithört …«

»Hab schon verstanden«, gab er zurück und bemühte sich, seinen Akzent nicht durchklingen zu lassen.

»Gut.«

Sie stiegen zwei Straßenecken vor ihrem eigentlichen Ziel aus dem Taxi. Beide waren sie nun seit zweiundzwanzig Stunden auf den Beinen, doch als er ihr angespanntes Profil betrachtete, erschien es ihm noch länger. Man merkte Samantha an, dass sie immer noch wütend war, doch auch er hatte seit gestern Morgen eine Menge einstecken müssen. Sie hätte ihn verlassen.

Sie hatte entschieden, dass es für sie wichtiger war, ihre kleine Familie zu beschützen, als mit ihm zusammen zu sein. Die Tatsache, dass er selbst Teil dieser Familie war, tröstete ihn nicht wirklich. Er war sehr erbittert über ihre Entscheidung, doch noch wütender war er darüber, dass er ihr keine Alternative gelassen hatte. Er mochte ein noch so gewiefter Geschäftsmann sein, hier war er dabei, einen verhängnisvollen Fehler zu begehen. Veittsreig hatte Samantha vor die Wahl gestellt: Entweder sie arbeitete mit ihm zusammen, oder er würde sie und alle, die ihr nahestanden, umlegen.

Statt einen Ausweg aus diesem Dilemma zu finden, hatte

Rick lediglich seine Muskeln spielen lassen und ihr im Grunde genommen befohlen, ihn selbst und ihren wiederauferstandenen Vater in Lebensgefahr zu bringen. »Idiot«, murmelte er und setzte den geliehenen Rucksack auf.

»Bitte behalte deine Kommentare für dich«, sagte Samantha, zog sich ihre Baseballkappe tiefer in die Stirn und sah zu einer Reihe dunkler Fenster am Haus auf. Sie gingen weiter, Samantha hatte wohl vor, von dem kleinen Weg hinter dem Gebäude aus ins Haus zu gelangen, damit sie nicht von den Autofahrern auf der Sechsundsechzigsten Straße gesehen wurden.

»Ich habe mich selbst gemeint«, sagte er.

»Du wolltest doch mit. Geh ins Hotel zurück, wenn du das nicht mitmachen kannst.«

»Das ist es nicht …« Richard atmete tief durch. Er musste sich sammeln, sich auf die Sache hier konzentrieren, sonst würden sie erwischt oder getötet werden. »Du bist sicher, dass alle denken, wir wären noch im Manhattan?«

»Bin ich.«

Ihre Geschäftsmäßigkeit war heute Nacht wohl zweckmäßig. Ein Waffenstillstand würde es ihr leichter machen. Doch warum sollte es an ihm liegen? Wäre sie keine Einbrecherin gewesen, wären sie nie mit dieser Situation konfrontiert worden.

Sie hielten vor dem Durchgang zu dem Weg an und taten so, als ob sie darauf warteten, die Straße zu überqueren. Als der Verkehr nachließ, drehte sich Samantha um und ging in die dunkle Gasse voran.

»Woher weißt du, welche Wohnung es ist?«

»Pst«, flüsterte sie. »Ich zähle gerade die Fenster.«

Natürlich. Ihre ganze Aufmerksamkeit war auf das Gebäude gerichtet, während er den Weg im Auge behielt. Am anderen Ende konnte er ein paar Gestalten ausmachen, die um einen Abfallkorb herumstanden. Entweder nahmen sie Drogen, oder sie hatten, den leisen Geräuschen nach zu urteilen, gerade Sex.

Was immer sie taten, sie schienen sich zumindest nicht um das zu kümmern, was sich um sie herum abspielte.

»Okay.« Sam hielt an und öffnete ihren Rucksack. »Kommst du mit rein, oder wartest du draußen?«

»Selbstverständlich komme ich mit.«

»Zieh dir deine Handschuhe an.« Sie sah ihm nun zum ersten Mal seit über einer Stunde direkt ins Gesicht.

»Ich bin doch schon mal mit dir mitgekommen«, sagte er und kämpfte gegen seinen Unwillen an, Befehle annehmen zu müssen. Er nahm die Handschuhe aus seinem Rucksack.

»Ja, aber die Leute sind zuhause, und sie sind unschuldig. Wir tun hier etwas Böses.« Sie wickelte das Seil auf, das ihr Walter mitgegeben hatte, und befestigte an einem Ende einen schweren Hundeknochen aus Gummi.

»Werden sie ihre Wertgegenstände zurückbekommen, wenn wir mit dieser Sache fertig sind?«

»Meinem Plan zufolge ja. Ich weiß aber nicht, was meine Freunde vorhaben.«

»Okay, ich werde es mit meinem Gewissen später abklären.« Er sah ihr eine Weile zu. »Wozu das Hundespielzeug?«

»Es ist aus Gummi und macht nicht so einen Lärm, wenn es auf der Feuerleiter aufschlägt.« Samantha warf ihm einen Blick zu. »Du kannst hier nicht halb mitmachen. Du musst jetzt voll dabei sein.«

»Ich bin ganz bei dir.« Sie trat zu ihm und gab ihm einen schnellen Kuss auf den Mund. »Ich werde das wiedergutmachen. Bei allen.«

Da ging sie nun, seine Sam, auf der die Sünden aller lasteten. Er hatte vorschnell gedacht, dass sie sich zu leichtfertig für den Diebstahl entschieden hatte, zu schnell einen Plan zur Hand gehabt hatte, um das tun zu können, was sie gerne tat. In Wirklichkeit hatte sie viel weiter gedacht – und er musste aufholen, wenn er nicht zurückbleiben wollte – für immer.

Samantha schwang das Seil und warf es nach oben zum

untersten Treppenabsatz. Der Hundeknochen landete mit einem dumpfen Geräusch auf dem Metallboden. Dann bewegte sie das Seil und manövrierte den Hundeknochen so, dass er schließlich durch die nächste Strebe des Geländers fiel. Nun gab Samantha langsam mehr Seil, bis Rick den Hundeknochen greifen konnte und das Seil an einem Abfallkorb festband, der im Boden verankert war. Er richtete sich auf und nickte Samantha zu. Mit einem Sprung bekam sie das freie Ende des Seils zu fassen und hangelte sich zum Treppenabsatz hoch. Die metallene Feuerleiter ächzte und knirschte, doch die Geräusche gingen im Motorenlärm und Gehupe des nächtlichen Verkehrs unter.

Oben angekommen, kauerte sie sich hin, verharrte in dieser Position und bedeutete Rick, zu ihr zu klettern. Er schickte noch ein Stoßgebet los, dass er sich nicht lächerlich machen oder sie beide in Gefahr bringen würde, und kletterte dann am Seil nach oben. Er bewunderte sie nun umso mehr für ihre Sportlichkeit und begriff auch, welches Risiko sie damit eingegangen war, ihn mitzunehmen. Er war gewiss nicht unsportlich, doch sie bewegte sich mit einem unglaublichen Selbstvertrauen, mit einer Geschicklichkeit und Anmut – in ihrer Welt war sie sicherlich so unübertroffen wie er in der seinen.

»Okay?«, formte sie mit den Lippen und half ihm über das Geländer.

Richard nickte und widerstand dem Bedürfnis, die brennenden Muskeln seiner Oberarme zu reiben. Sie ging auf der Feuerleiter voran zur nächsten Etage. Zu seiner Überraschung stand das Fenster einige Zentimeter offen. Samantha griff hinein und zog den Vorhang beiseite. Sie sah kurz in den dunklen Hausflur und trat dann einen Schritt zurück.

Ein selbstvergessenes Lächeln umspielte ihre Lippen. Auch er musste sich Mühe geben, nicht zu grinsen. Obwohl er wusste, dass sie kurz davorstanden, zwei ältere, unschuldige Menschen zu bestehlen, konnte er nun den Reiz des Ganzen nachvollziehen. Trotz seines Ärgers spürte er das Adrenalin in seinem Körper. Er freute sich regelrecht auf die Nervenprobe.

»Worauf wartest du?«, flüsterte er.

Mit einem leichten Stirnrunzeln deutete sie zum oberen Teil des Fensters. Er konnte erkennen, dass ein hölzerner Balken zwischen den verstellbaren Teil des Fensters und die Fensterbank geschoben war.

»Billig, aber effektiv«, flüsterte sie ihm ins Ohr, und er spürte ihren warmen Atem an seiner Wange. Sie griff in ihren Rucksack und nahm einen Glasschneider und Klebeband heraus. Sie fixierte einen kleinen Kreis auf dem Fensterglas und bedeutete ihm dann, die Saugglocke aus seinem Rucksack zu nehmen.

»Halt sie fest«, wies sie ihn an. »Drück sie nicht rein, sonst sind wir erledigt.«

Auch wenn sie ihm eine leichte Aufgabe gegeben hatte, damit er sich nicht ausgeschlossen fühlte, hatte er nicht vor zu versagen. Er setzte die Saugglocke in der Mitte des Kreises an und hielt sie fest. Samantha stützte sich an der Wand ab und begann, den handgroßen Kreis durch das Klebeband hindurch auszuschneiden. Außer einem dumpfen, kratzenden Geräusch war nichts zu hören. Als sie den Kreis fertig ausgeschnitten hatte, spürte er, wie das Glas nachgab. Das Glas festzuhalten war schwieriger, als er gedacht hatte, doch er biss die Zähne zusammen und hielt. Rick Addison würde nicht zulassen, dass man ihn auf einer Feuerleiter festnehmen würde.

Sam spähte durch die Vorhänge und richtete sich dann auf. »Zieh jetzt langsam und gerade.« Richard schluckte seinen Unmut darüber, wie ein Lehrling behandelt zu werden, hinunter und zog vorsichtig an der Saugglocke. Als sich das Glas gelöst hatte, fasste Samantha durch das Loch und griff nach dem Balken. Mit der anderen Hand schob sie das Fenster ein wenig nach unten. Der Balken löste sich, und sie drehte ihr Handgelenk und zog ihn durch die Öffnung heraus.

»Sehr schön.« Sie grinste ihn an und holte ein Glas Erdnussbutter aus ihrem Rucksack. Richard sah ihr gespannt dabei zu, wie sie mit dem Finger eine Portion herausnahm und auf den Fußboden im Flur warf. Sie wiederholte das fünf Mal, erst dann schob sie das Fenster auf. Es schien, als ob sie eine Ewigkeit auf dem Treppenabsatz verbracht hatten, doch als er auf die Uhr sah, stellte er fest, dass erst drei Minuten vergangen waren. Er stand auf, um durch das Fenster zu klettern, doch sie zog ihn zurück.

»Warte noch kurz.«

Sobald sie den Satz beendet hatte, ertönte von innen ein hoher, klingelnder Ton. Sie verharrten reglos, halb verdeckt vom Vorhang. Ein kleiner Pekinese trippelte durch eine Tür in den Korridor und machte sich nach kurzem Schnüffeln an der Erdnussbutter zu schaffen.

»Hi, Puffy, lieber kleiner Puffy«, begleitete ihn Samanthas geflüsterter Singsang.

Der Hund reckte sein Köpfchen und winselte. Rick starrte Samantha an, die ihr Kinn auf die Fensterbank gelegt hatte und zu dem Hund sprach, als sei er ein Baby. Sie streckte langsam ihre behandschuhte Hand aus, ihre Finger waren mit Erdnussbutter beschmiert.

»So ein lieber Puffy. Ist das nicht feine Erdnussbutter? Hmm, fein, kleiner Puffy.«

»Oh mein Gott«, flüsterte Richard, er konnte sich nicht zurückhalten.

»Sei still«, raunte sie und kletterte mit dem Oberkörper voran in die Wohnung. »Puffy ist Mamas Liebling, und Hunde können nicht bellen, wenn ihr Gaumen mit Erdnussbutter verklebt ist.«

Eine Minute später saß sie auf dem Boden im Flur mit dem Pekinesen auf dem Schoß, der die Erdnussbutter von ihren Handschuhen leckte. Wirklich erstaunlich. »Komm rein, Papa Bär, und bring das Glas mit«, sagte sie, während sie den Bauch des Hundes mit ihrer freien Hand kraulte. »Und sei still.«

Nun, ihre Methode hatte immerhin funktioniert. Er kletterte geräuschlos durch das Fenster und hielt ihr das Glas hin. Sam schüttelte den Kopf und stand behände mit dem Hund in ihren Armen auf. Bevor Rick protestieren konnte, schmierte sie Erdnussbutter auf sein Kinn und übergab ihm Puffy. Einer der reichsten Männer der Welt war somit zu einem Hundesitter degradiert worden.

Der Hund leckte sein Kinn ab, und ihm wurde seine Rolle bei diesem Einbruch allmählich klar. Er arrangierte sich damit, denn wenn er nicht mitgekommen wäre, dann hätte Samantha Puffy mit ins Schlafzimmer tragen und mit einer Hand die Sachen der Hodges durchsuchen müssen. Sie bedeutete ihm, im Flur zu bleiben und Puffy zu beschäftigen, dann verschwand sie in dem Zimmer, aus dem der Hund gekommen war.

Perry und Jean Hodges lagen schlafend in ihrem Riesenbett, das überall mit Rüschen verziert war. Sie lagen zusammen auf einer Seite des Betts, ihre weißhaarigen Köpfe teilten sich ein Kopfkissen. Verdammt, konzentriere dich. Sie riss sich von dem Anblick los und ging zur Kommode. Ihre Gedanken waren immer noch bei ihren Opfern. Ihr wurde warm ums Herz bei der Vorstellung, dass sich die beiden nach zweiundvierzig Jahren Ehe immer noch aneinanderkuschelten. Diese Reaktion war bestimmt Ricks vermaledeitem Einfluss zuzuschreiben, ein weiterer Grund, warum sie nicht mehr mit Einbrüchen ihren Lebensunterhalt verdienen konnte.

Sie ging zu dem begehbaren Kleiderschrank und sah hinein. Hinter den Schuhen auf dem Boden stand ein Safe. Die Hodges waren lange auf Boydens Party geblieben, sie waren erst kurz vor ihnen gegangen und hatten schon sehr müde gewirkt. Hoffentlich zu müde, um die Juwelen einzuschließen, die Mrs Hodges getragen hatte. Sonst müsste sie den Safe aufbrechen, und das würde mehr Zeit in Anspruch nehmen, als sie hier verbringen wollte.

Ihr Blick fiel auf eine niedrige Kommode. *Bingo.* Ein Diamantenkollier mit passendem Armband und Ohrringen lag neben einer Brieftasche und zwei diamantenbesetzten Eheringen. Daneben lag noch eine Kette, die wohl am vorigen Abend nicht für passend befunden worden war. Obwohl Sam die Sachen auf der Party begutachtet hatte, war sie sich nicht hundertprozentig sicher, wie viel sie wert waren. Doch gewiss annähernd so viel wie die geforderte Summe.

Sie nahm den Schmuck in die Hand. Zusammen mit den Eheringen läge der Wert sicherlich darüber. Sie hob die Ringe hoch und betrachtete sie im schwachen Lichtschein der Straßenbeleuchtung. Samantha holte tief Luft und legte sie in die Schublade zurück. Nicholas ging es nicht um den Schmuck, sondern um den Beweis, dass sie immer noch zu den Bösen gehörte. Sie drehte sich um und sah, dass Rick im Türrahmen stand und sie beobachtete. Der Hund auf seinem Arm hatte seine Schnauze ganz im Glas mit Erdnussbutter. Rick lächelte sie an. Sie konnte nur erraten, wie er die Tatsache interpretierte, dass sie die Eheringe nicht genommen hatte, doch sie verschob ihre Spekulationen auf später.

»Weg hier«, formte sie mit den Lippen und ging zur Tür. Auf dem Flur steckte sie die Juwelen in ihre Hosentasche und nahm Puffy wieder an sich.

Rick stieg durch das Fenster auf den Treppenabsatz, sie setzte den Hund mit der Erdnussbutter auf dem Boden ab und folgte Rick nach draußen. Das Fenster schloss sie von außen, da sie nicht riskieren wollte, dass der Hund ihnen hinterhersprang und zwei Stockwerke tief fiel. Sie zog ihren Rucksack auf, folgte Rick zum unteren Absatz und ließ sich dann am Seil auf den Weg hinunter. Rick löste das Seil vom Abfalleimer, und sie zog es vorsichtig über das Geländer zu ihnen. Sie rollte es zusammen und verstaute es in ihrem Rucksack. Plötzlich kam Rick auf sie zu und drängte sie gegen die Mauer hinter ihnen. Bevor sie reagieren konnte, verschloss er ihren Mund mit einem leidenschaftlichen, heißen Kuss.

»Wofür war das nun?«, fragte sie und zog ihre Baseballkappe zurecht. Er sollte nicht sehen, dass sie soeben beinahe einen Orgasmus gehabt hatte. Was für eine Kombination, Rick und das Adrenalin.

»Dass ich dich liebe«, flüsterte er. »Wir bringen die Sachen jetzt zu deinem Freund zurück und schleichen uns dann ins Hotel?«

»So lautet der Plan.« Als sie auf die Straße kamen, zupfte sie ihn am Ärmel. »Ich werde das wiedergutmachen.«

Rick nahm ihre Hand. »Und ich werde das ganze nächste Jahr alle meine Büros mit Mrs Hodges' berühmten Keksen bestücken. Lass uns von hier verschwinden. Ich will mir Puffys Spucke vom Gesicht waschen.«

Sie grinste. »Du wirst richtig verwöhnt werden, wenn wir zurück im Hotel sind.«

»Das habe ich mir fast schon gedacht.«

14

Samstag, 19.42 Uhr

Samantha hatte Mrs Hodges' Juwelen in ein Samttäschchen gesteckt. Sie hatte den Schmuck mit äußerster Sorgfalt behandelt, wie alle anderen gestohlenen Objekte.

Dann hatte sie das Täschchen neben ihr Handy auf den Couchtisch unten im Salon gelegt. Sie wusste nun nichts mehr mit sich anzufangen. Sie hatten keine Uhrzeit für den Anruf oder die Übergabe vereinbart, doch da der große Coup kurz bevorstand, würde Veittsreig sicherlich bald mit ihr Kontakt aufnehmen. Schließlich hatte sie ein Geschenk für ihn.

Sie hatte sich schon versichert, dass im Fernsehen über den Einbruch bei den Hodges berichtet worden war. In den Nachrichten war er mehrmals erwähnt worden, und sie lief nun unter »Erdnussbutter-Einbrecher«. Zumindest war nicht von mehreren Tätern die Rede gewesen, und sie selbst hatte ja ein Alibi. Das Zimmer im Hotel war eine exzellente Idee von Rick gewesen. Darüber hinaus war es naheliegend, da er schließlich das Hotel kaufen wollte.

Zum Glück hatte Rick das Abendessen mit Matsuo Hoshido am Ende doch nicht abgesagt. Als der Tag verging, ohne dass sich Veittsreig meldete, war er kurz davor gewesen. Doch es sollte alles den Anschein haben, als sei nichts geschehen. Sowohl wegen der Gesetzeshüter wie auch wegen der Gesetzesbrecher, die das Haus im Visier hatten, konnte es sich das Addison-Jellicoe-Team nicht leisten, sich verdächtig zu verhalten. Außerdem würde Nicholas wohl erst dann anrufen, wenn Rick nicht mehr im Haus war.

Voller Unruhe schaltete Sam einen anderen Kanal ein, da sie noch mal die Nachrichten sehen wollte. Das frühlingshafte Wetter sollte sich in den nächsten Tagen halten. Eigentlich waren ihr Einbrüche bei Regen und Wind lieber, aber nicht, wenn sie mit Fremden arbeiten sollte und dann noch bei einem abgekarteten Spiel, ob nun von denen oder von Interpol.

Wilder erschien an der Wohnzimmertür. »Vilseau macht Ihnen gerne Spaghetti, wenn Sie das möchten, Miss Sam. Kann ich Ihnen eine kalte Cola light bringen?« Rick hatte in all seinen Häusern einen Vorrat ihres Lieblingsgetränks anlegen lassen, stets kalt gestellt.

»Das wäre wunderbar, Wilder. Vielen Dank.«

»Ist mir ein Vergnügen.«

Als der Butler gegangen war, wurde ihre Aufmerksamkeit auf den Fernseher gelenkt, einer der gut aussehenden Reporter des Senders war im Bild, Bill Nemoski, aus einem Wohnviertel zugeschaltet. »… der dritte Einbruch innerhalb einer Woche und der zweite in vierundzwanzig Stunden; die Polizei räumt ein, dass sie hofft, dass es sich nicht um den Anfang einer Einbruchsserie in den Häusern der Reichen handelt.«

Samantha setzte sich, nun wurden zuvor gefilmte Aufnahmen eingeblendet.

»Der dritte Einbruch in dieser Woche fand heute Vormittag zwischen 10 und 12 Uhr statt, als Mr Lockes Haushälterin gerade einkaufen war.«

Ein Schauer lief ihr über den Rücken, als Boyden Lockes Anwesen gezeigt wurde, das sich nicht sehr von Ricks Haus unterschied und in einer ruhigen Straße gelegen war – abgesehen von den Polizeischeinwerfern und der Traube neugieriger Nachbarn. Am Abend zuvor hatte es dort ganz anders ausgesehen.

»Das Gemälde von Picasso, das Boyden Locke im vergangenen Jahr für fast 15 Millionen Dollar erworben hat, wurde gestohlen. Die Polizei ermittelt in verschiedene Richtungen, doch es wurde noch kein konkreter Verdacht geäußert. Wie Sie sich erinnern, wurde Rick Addisons Freundin Samantha Jellicoe nach dem Einbruch in dessen Haus kurzzeitig festgenommen. Die Polizei möchte sich jedoch nicht dazu äußern, ob Ms Jellicoe immer noch unter Verdacht steht.«

»Verdammte Scheiße«, fauchte Sam. Ricks und Stoneys bescheuerter Zwölf-Schritte-Fluchtplan würde nun womöglich doch zum Einsatz kommen. Der Einbruch bei den Hodges galt nun nicht mehr als Einzelfall, sondern wurde zu einer ganzen Serie gezählt. Und sie hatte zu den beiden anderen Einbrüchen eine persönliche Verbindung.

Das Telefon auf dem Tisch in der Ecke klingelte, und sie schrak zusammen. Es war nicht ihr Handy, es konnte also nicht Veittsreig sein. Sie musste ruhig bleiben. »Hallo?«, meldete sie sich schließlich.

»Über Satellit schaue ich mir gerade die Nachrichten aus New York an«, war der gedehnte texanische Akzent Tom Donners zu hören, »und was sehe ich da? Etwas über eine Serie von Kunstdiebstählen und Samantha Jellicoe!«

»Nun, wenn das nicht Yale ist«, rief sie aus und wünschte, sie hätte eine dieser Trillerpfeifen zur Selbstverteidigung und könnte damit ins Telefon pfeifen, »das bekannte Tratschmaul und der Pfadfinder! Solltest du nach deinem Abendessen aus Milch mit Keksen nicht ein Nickerchen machen?«

»Mach du nur deine Witze, so lange du noch kannst, Knastschwester. Wo ist Rick?«

»Oh, heißt das, er hat dir nicht gesagt, dass er heute mit Matsuo Hoshido zu Abend isst? Hm, womöglich bist du gar nicht so unentbehrlich für seine Geschäfte?«

»Er hat mir davon erzählt. Vor lauter Aufregung habe ich es wohl vergessen, als ich dich wieder mit Kriminalfällen in Verbindung sah. Man könnte meinen, ich hätte mich inzwischen daran gewöhnt, nicht wahr?«

Samantha hörte die Türklingel, dann Wilders Stimme und

schließlich den unverwechselbaren Staten-Island-Akzent von Detective Gorstein. Ihr Mund wurde auf einmal ganz trocken.

»Komm schon, Jellicoe, was hat dir …«

»Donner«, unterbrach sie ihn im Flüsterton, »die Polizei ist an der Tür. Ich werde jetzt den Hörer hinlegen. Wenn etwas Schlimmes passiert, ruf Phil Ripton an, und wenn es ganz schlimm wird, Rick.«

»Nur die Ruhe, Jellicoe«, gab er zurück, er hatte nun einen professionellen Ton angeschlagen. Sie griff nach der Samttasche und stopfte sie gerade noch rechtzeitig unter eines der Sofakissen. Eine Sekunde später stand Gorstein in der Tür, mit dem aufgebrachten Wilder im Schlepptau. Samantha nahm einen tiefen Atemzug, stellte das Telefon umgedreht in die Station und stand auf.

Sie würde sich auf keinen Fall noch einmal Handschellen anlegen lassen, ganz gleich, was gegen sie vorlag. »Detective«, sagte sie mit lieblicher Stimme, »ich hoffe, Sie haben Ihren Freund, den Haftbefehl, dabei?«

»Ich habe den Herrn gebeten zu warten, bis ich nachgesehen habe, ob Sie zu sprechen sind, Miss Sam.«

»Schon gut, Wilder.«

»Genau genommen gilt das Haus immer noch als Tatort«, sagte Gorstein, schob sich einen Zahnstocher zwischen die Zähne und zerknitterte dabei eine Papiertüte, die er in der anderen Hand hielt. »Aber brauche ich wirklich einen Haftbefehl, um mich mit Ihnen zu unterhalten?«

»Das hängt ganz davon ab, worüber Sie sich unterhalten möchten.«

»Es ist schon eine eigenartige Sache, Miss Jellicoe. Heute gab es noch einen Einbruch.«

»In den Nachrichten war von zweien die Rede. Das bedeutet immerhin, dass Ihr Job sicher ist.« Während sie sprach, vermeinte sie Tom Donners Ratschlag zu hören, dass sie nicht aussagen solle. Sie kannte Typen wie Gorstein, das waren Haifische, die das Wasser nach irgendwelchen Zeichen von Blut oder Schwäche absuchten. Sie würde nichts durchsickern lassen.

»Parkvergehen wären mir lieber«, bemerkte Gorstein sarkastisch.

»Rick könnte das sicher für Sie arrangieren. Möchten Sie etwas Bestimmtes, oder ziehen Sie von Tür zu Tür und machen auf geheimnisvoll?«

»Wie wäre es, wenn Sie mir sagen würden, wo Sie heute Vormittag um zehn Uhr waren?«

»Ich habe aus dem Manhattan Hotel mit Rick Addison ausgecheckt. Der Beamte, der mich beschattet, kann das sicher bestätigen.«

»Ja, das ist etwas eigenartig«, sagte er, ohne abzustreiten, dass sie unter Beobachtung stand. »Warum sind Sie letzte Nacht in ein Hotel gegangen?«

Sie schnaubte empört. »Sie machen Witze, oder? Wir haben es doch Ihnen zu verdanken, dass jeder, der Nachrichten schaut, weiß, dass wir in New York sind. Und zahllose Reporter wollen ein Interview mit mir oder Rick. Wir wollten einfach mal eine Nacht unsere Ruhe haben.«

»Addison will das Manhattan kaufen, habe ich gehört.«

»Ja, er ist gerade dabei. Wollen Sie etwa einen Rabatt?«

»Wo sind Sie dann hin, nachdem Sie ausgecheckt haben?«, fuhr er fort, ohne auf ihre Ablenkung einzugehen. Er machte seine Sache gut. Einem Polizisten Informationen zu liefern, selbst wenn es in ihrem eigenen Interesse war, widerstrebte ihr zutiefst. Trotzdem, da sie nicht in noch größere Schwierigkeiten geraten wollte, war es wohl ratsam, sich der Polizei so unschuldig wie möglich zu präsentieren.

»Ich bin direkt hierher gefahren. Ich glaube, ich habe mich erkältet«, sagte sie rasch und hustete zur Bekräftigung.

»Gibt es irgendwelche Zeugen?«

»Nur Ihre Leute, den Milliardär und die Hausangestellten.«

Sie seufzte. »Ich habe es Ihnen schon einmal gesagt, Gorstein. Mein Vater war ein Dieb. Ich bin keiner.«

»Mal angenommen, die Leute können Ihr Alibi für heute bestätigen, ich hätte noch eine andere Frage an Sie.«

Sie sah auf ihre Armbanduhr. »Machen Sie es bitte kurz. *Glücksrad* hat schon angefangen.«

»Kaufen Sie da die Vokale, oder stehlen Sie sie?« Gorstein, der am Türrahmen gelehnt hatte, kam nun ins Zimmer.

Samantha trat einen Schritt zurück und vermied es, zu den Diamanten zu schauen. Verdammt, Juwelen im Wert von beinahe einer halben Million lagen zwei Meter von einem Kriminalbeamten entfernt, der für das Raubdezernat arbeitete.

»Ich habe Sie nicht gebeten reinzukommen. Bleiben Sie bitte dort stehen, Gorstein.«

Er tat wie geheißen. »Hier«, sagte er, legte die Papiertüte auf die Armlehne der Couch und trat wieder zurück.

»Glauben Sie tatsächlich, ich würde eine Tüte an mich nehmen, ohne zu wissen, was darin ist? Für wie dumm halten Sie mich.«

»Meine Güte«, murmelte er und kam erneut näher. Er hob die Tüte mit übertriebener Vorsicht hoch, griff hinein und holte eine Dose Cola light heraus. Er steckte die leere Tüte in seine Tasche und stellte die Dose auf die Lehne zurück. »Es ist was zu trinken.«

»Das sehe ich.«

»Sie haben neulich auf dem Revier nichts bekommen. Ich bringe Ihnen jetzt etwas, es ist ein Friedensangebot, kapiert?«

Samantha schnaubte verächtlich, sie konnte sich nicht zurückhalten. »Sie haben mir Handschellen angelegt, meine Fingerabdrücke genommen und mich in einen kleinen Raum mit Gitterstäben an den Fenstern gebracht.«

»Darum mache ich Ihnen ja ein Friedensangebot.«

»Warum?«, fragte sie und überlegte dabei, ob Donner beim

Zuhören in seinem schönen Haus in Palm Beach wohl weinte oder lachte. In seiner Familie war noch nie jemand in Handschellen abgeführt worden.

»Oh, Addison hat mich gestern Morgen angerufen. Wir hatten Sie da schon mehr oder weniger abgehakt, doch er … hat ziemlich vehement darauf hingewiesen, dass Sie vielleicht ein paar Ideen hätten, wenn ich Sie dafür in Ruhe ließe. Und ich habe Ihren Polizisten in Palm Beach angerufen, er legt die Hand für Sie ins Feuer.«

Sie zog eine Augenbraue hoch und verdrängte erst mal, dass sie Frank Castillo in der Nacht zuvor Lügen gestraft hatte. »Rick hat das gesagt?«

»Nun, er hat es direkter ausgedrückt und damit gedroht, dass ich den Rest meines Lebens im Gefängnis verbringen würde.«

Er war ihr Held. Sie wünschte, sie wäre bei der Unterhaltung dabei gewesen. »Ist sie kalt?«

»Was?«

»Die Cola – ist sie kalt?«

»Wahrscheinlich nicht mehr. Ich habe sie vor über einer Stunde gekauft. Ich war auf dem Weg hierher, musste aber noch mal bei Locke vorbei.«

»Was wollen Sie denn wissen?«

»Darf ich mich jetzt setzen?«

»Nein. Vielleicht, wenn Sie mir ein Sechserpack gekauft hätten.«

Er lehnte sich an das Bücherregal, sie schaltete den Fernseher aus und setzte sich dann auf den Couchtisch, damit sie ihm ins Gesicht sehen konnte. Wilder kam noch einmal mit entschuldigendem Blick herein und wollte ihr eisgekühltes Getränk bringen, doch sie winkte ab.

Während sie und Gorstein sich ins Visier nahmen, griff sie nach dem Telefon. »Yale?«

»Meine Güte, Jellicoe, das ist nun deine Vorstellung, wie …«

»Wir sprechen später. Tschüss.«

»Wer war das?«, fragte Gorstein, nachdem sie aufgelegt hatte.

»Wer wohl, der Werwolf. Fahren Sie fort, Gorstein. Ich habe Besseres zu tun, als Sie den ganzen Abend anzustarren.«

Sie wartete auf den Telefonanruf und wollte auf keinen Fall, dass der Polizist anwesend war. Wenn allerdings einer von Veittsreigs Leuten das Haus beobachtete, dann war sowieso alles zu spät. Sie wurde nun von den Guten und den Bösen verfolgt und wunderte sich eigentlich, dass die sich noch nicht über den Weg gelaufen waren. Allerdings wussten die Bösen ja, dass die Guten da waren, was ihnen einen Vorteil verschaffte.

»Mrs Hodges sind mehrere Schmuckstücke abhandengekommen, und bei Boyden Locke wurde ein Picasso gestohlen.«

»Das habe ich in den Nachrichten gesehen.«

»Vor ein paar Tagen haben Sie Locke sicherheitstechnisch beraten. Und Sie waren gestern bei ihm im Haus.«

»Wird das nun wieder ein Verhör? Wenn dem so ist, werde ich meinen Werwolf wieder anrufen.« Auch wenn sie es ungern eingestand, sie wusste Donners Nummer auswendig. Phil Riptons Nummer hatte sie nicht, sobald Gorstein weg war, würde sie sich darum kümmern.

»So gerne ich Sie zurück zur Wache bringen würde – wenn ich Sie festnehme, müsste ich auch Trump, den Bürgermeister und die halbe Stadtverwaltung festnehmen.«

»Ich bin froh, dass ich nicht in Ihren Schuhen stecke. Und Sie haben Ihre Frage immer noch nicht gestellt.«

»Bei Locke hat jemand das Alarmsystem mit Draht und Klebeband abgestellt. Dann wurde das Fenster mit einem Stemmeisen aufgehebelt, und der Einbrecher ist an drei Gemälden vorbeigeschlichen, um an den Picasso zu kommen. Warum?«

»Warum nur der Picasso?«

»Exakt.«

»Ich würde mal drauf tippen, dass der Dieb schnell arbeitet, mit wenig Gepäck reisen möchte und eine Einkaufsliste hatte.«

»Da ist also nichts Zufälliges an der Einbruchsmethode oder dem Objekt des Diebstahls?«

»Das bezweifle ich. Das enge Zeitfenster und ein Einbruch am Tag bedeuten für mich, dass der Dieb ein ziemlich genaues Timing hatte.«

»Sie glauben, dass bei Locke und Addison der gleiche Einbrecher am Werk war?«

Sie zuckte mit den Schultern. Sie konnte nichts beweisen und war sich nicht einmal sicher, ob sie ihm etwas sagen würde, selbst wenn sie Beweise hätte. Andererseits sprach nichts dagegen, ein paar Pluspunkte bei der New Yorker Polizei zu sammeln.

»Es ist keine Kunst, den Alarm am Fenster auszuschalten und ein Stemmeisen zu benutzen. Es könnten zwei verschiedene Einbrecher gewesen sein. Aber in beiden Häusern ließ der Dieb andere wertvolle Kunstwerke links liegen und nahm nur ein Gemälde mit.«

»Und Sie waren nicht der Dieb.«

»Und ich war nicht der Dieb«, gab sie zurück. Plötzlich spürte sie am ganzen Körper, wie erschöpft sie war, wie aufreibend die vergangenen Tage gewesen waren.

»Sie scheinen aber einiges über die Sache zu wissen«, fuhr er fort, ganz so, als ob er sie nicht gehört hätte.

»Das war's, ich rufe jetzt den Werwolf an.« Das wurde ja immer absurder, dachte sie, als sie zum Telefon griff. Sie würde nun Tom Donner zu Hilfe rufen, die Welt stand wirklich Kopf.

»Damit will ich lediglich sagen«, unterbrach Gorstein, »dass der durchschnittliche Bürger nicht so gut Bescheid weiß.«

»Nun, ich bin kein durchschnittlicher Bürger. Soll ich wählen?«

»Ich könnte Ihnen Handschellen anlegen, bevor Sie dazu kommen.«

»Da habe ich meine Zweifel.«

»Was ist mit der Sache bei den Hodges?«

»Was ist dort passiert? Ich habe gehört, wie sie den Typ den ›Erdnussbutter-Einbrecher‹ genannt haben. Hat er bei seinem Einbruch ein Sandwich gegessen?«

»Nein, er hat den Hund mit dem Zeug abgelenkt. Es gab dort keinen Alarm, daher hat er ein Loch in das Fensterglas geschnitten und ist über die Feuerleiter reingekommen, wie auch die beiden anderen.«

Sie nickte. »Das ist nicht überraschend. Denken Sie, dass es der Typ mit dem Picasso war?«

»Ich weiß es nicht. Es waren auch andere Sachen in der Wohnung. Eine Remington-Skulptur und einige Bilder von Georgia O'Keefe.«

Die Hodges waren also Westernfans. Das bedeutete, dass Perry wahrscheinlich ein Gewehr bei sich gehabt hatte. Zum Glück gab es Erdnussbutter. »Wenn Sie mir sagen könnten …«

In diesem Moment klingelte das Telefon neben ihrem Bein. Es war der Standardton und keiner der personalisierten Klingeltöne, die sie für ihre Freunde und Familienangehörige ausgewählt hatte.

»Wollen Sie nicht rangehen?«

Sie warf ihm einen Blick zu, nahm das Handy und klappte es auf. *»Hola.«*

»Bei dir ist ein Polizist, gerade jetzt, wo ich mein Geschenk erwarte«, war Nicholas Veittsreigs Stimme zu hören. »Kannst du mir das erklären?«

»Hi, Süßer«, antwortete sie und setzte ein Lächeln auf. »Du wirst nicht drauf kommen, wer gerade hier sitzt und mit mir reden will.«

»Was soll …«

»Nein, Detective Gorstein. Er möchte wissen, wo ich heute Morgen war, als Boyden Lockes Picasso geklaut wurde.«

»Und was wirst du ihm sagen, Sam? Ich habe dich gewarnt, was passieren wird, wenn du nicht mit mir …«

»Lass es mich mal so formulieren, ich versuche freundlich zu sein, aber ich langweile mich ein bisschen. Ruf doch in fünf Minuten wieder an.«

»Ich werde in fünf Minuten persönlich vorbeikommen, und wenn der Bulle dann immer noch da ist, ist er ein toter Mann.«

»Danke, Schatz, tschüss.« Sie unterbrach die Verbindung und legte das Telefon beiseite. Ihr Herz klopfte heftig, doch ihr Gesichtsausdruck blieb ruhig. Sie mochte Gorstein zwar nicht, doch sie wünschte ihm sicher nicht den Tod. »Noch etwas, Detective?«

»Momentan nicht. Wenn noch mehr Kunstwerke oder Juwelen verschwinden, komme ich zurück. Mit einem Haftbefehl und Handschellen, dann werden Sie vielleicht meine Fragen beantworten.«

»Wenn Sie das nächste Mal möchten, dass ich Ihnen bei etwas helfe, dann bitten Sie mich doch erst mal darum, bevor Sie mir drohen. Und jetzt verlassen Sie mein Haus.«

Er stand auf. »Sie meinen das Haus Ihres reichen Freundes.«

Seit dem Einbruch wusste sie, dass es zu ihrem Territorium gehörte. »Wir teilen. Gute Nacht.«

Gorstein warf seinen Zahnstocher in den kalten Kamin. »Bleiben Sie in der Stadt, Ms Jellicoe, sonst machen Sie sich verdächtig.«

Sobald die Eingangstür hinter Gorstein zugefallen war, schloss Samantha ab und rannte in die Küche. Der Butler schaute sich zusammen mit dem Koch ein Baseballspiel im Fernsehen an. »Jungs, ihr müsst eine Weile hier unten bleiben«, sagte sie zu Wilder, der aufstehen wollte.

»Ist alles in Ordnung?«

»Im Moment noch, bleibt einfach hier unten. Haben Sie ein Handy?«

»Nein, Miss Sam. Das …«

Sie warf ihm ihres zu. »Wenn ihr irgendetwas hört wie Schüsse oder Schreie, dann schließt euch in der Vorratskammer ein und ruft die Polizei. Und schließt diese Tür jetzt ab«, fuhr sie fort und zeigte hinter sich. »Öffnet sie erst, wenn ihr mich, Addison oder die Polizei hört. Verstanden?«

»Ja, gnädige Frau. Aber …«

Sie zog die Tür hinter sich zu und rannte nach oben. Die Haushälterin war schon vor Stunden gegangen, und Ben war mit Rick unterwegs. Das einzige Problem könnte also sein, dass Rick früher nach Hause kam. Nach Hause. Sie wehrte ihren Anflug von Häuslichkeit ab und überprüfte noch einmal, ob der Kupferdraht, den sie durch den Saum ihrer Bluse gezogen hatte, noch an seinem Platz war. In ihrer Hosentasche befanden sich eine Büroklammer und ein Gummiband, in die Innenseite eines Hosenbeins hatte sie einen Streifen Klebeband geklebt. Wenn man sie festhalten würde, hatte sie damit eine gute Chance zu entkommen. Wenn Veittsreig sie allerdings mit einer Pistole bedrohen sollte …

Sie ging die verschiedenen Objekte im Wohnzimmer durch. Eine Apollomaske aus Bronze, ein Stein, in dem ein Dinosaurierzahn steckte, ein Schürhaken und eine Menge anderer Krimskrams, unterschiedlich groß und wertvoll. Es war eine recht gute Auswahl an Munition, wenn auch teuer. Wenn sie getötet werden sollte, dann wüssten Rick und Stoney zumindest, wer dafür verantwortlich war. Sie hörte Schritte die Treppe herunterkommen. Er war also wieder durch das verdammte Fenster gekommen.

»Hier rein«, rief sie und setzte sich wieder auf den Couchtisch. Er stand in der Mitte des Raumes, sie konnte sich so in alle Richtungen bewegen.

Veittsreig erschien an der Tür. »Seit wann redest du denn mit der Polizei?«, fragte er, sein deutscher Akzent war an diesem Abend deutlich zu hören. Er war also irritiert oder nervös – was beides nichts Gutes bedeutete.

»Seit sie mich festgenommen haben und mich immer noch als Verdächtige behandeln«, gab sie zurück. »Hast du verlernt anzuklopfen?«

»Die Bullen scheinen dein Haus zu beobachten.« Er zuckte mit seinen breiten Schultern. »Außerdem kann ich tun und lassen, was ich möchte.«

»Und offensichtlich auch mitnehmen, was du möchtest. Warum eigentlich den Picasso und warum bei Locke? Wusstest du, dass ich ihn vor ein paar Tagen getroffen habe? Du wusstest, dass ich gestern auf seiner Party war.«

»Bist du verkabelt, Sam? Ist der Polizist deswegen da gewesen?«

»Sei nicht albern. Denkst du wirklich, dass ich wollte, dass der Bulle heute Abend herkommt?«

Nicholas schüttelte den Kopf. Er zog langsam eine Pistole aus dem Hosenbund, sie war von seiner dünnen Jacke verdeckt gewesen. »Ich muss mich absichern – steh auf und strecke die Arme aus.«

»Das ist keine besonders schöne Art, mit der Zusammenarbeit zu beginnen«, schnauzte sie ihn an und folgte seiner Anweisung. »Wenn du frech wirst, werde ich dich kastrieren.«

Er kam näher und tastete mit seiner linken Hand ihre Beine, ihre Taille, ihre Arme und dann ihren BH vorne ab. Er befühlte noch kurz ihre linke Brust und ließ dann von ihr ab.

»Zufrieden, Grabscher?«

»Ich dachte, du wolltest mich kastrieren?«

»Nachdem wir das Geld haben. Ich kann sehr geduldig sein.« Sie war froh, dass ihr Ritter und Gentleman nicht hier war und das gesehen hatte. »Warum Locke?«

»Wo ist mein Geschenk?«

Mit einem Murren kramte sie den Beutel unter den Sofakissen hervor und warf ihn gegen Veittsreigs Kopf. Er fing ihn mit seiner freien Hand auf, zog die Kordel auf, sah hinein und leerte den Inhalt auf einem der Kissen aus.

»Sehr hübsch. Hast du dir die Klunker gestern Abend auf der Party ausgesucht?«

»Bist du etwa verkabelt? Warum Locke?«

»Wir waren schon seit ein paar Tagen an ihm dran, hatten ihn im Auge. Mein Käufer wollte einen Picasso, und du kanntest Locke, also dachte ich, he, je mehr du mit dem Ganzen zu tun hast, desto wahrscheinlicher ist, dass du zu mir hältst.«

»Oh, ich sollte mich wohl geschmeichelt fühlen. Wer ist denn der Käufer?«

»Ich werde dir wohl kaum die Gelegenheit geben, dich in den Deal zu drängen. Er gehört zu meinem Geschäft, du bleibst bei deinem.«

Veittsreig hatte »er« gesagt, es handelte sich also um einen einzelnen Mann. Das schränkte die Auswahl zumindest ein klein wenig ein. »Du bist ziemlich besitzergreifend, stimmt's?«

»Du trägst keine Waffe«, sagte er und steckte seine Pistole wieder weg.

»Waffen sind was für Stümper, die nicht in ein Haus rein und raus kommen, ohne Lärm zu veranstalten. Und sie verärgern die Leute.«

Er legte den Kopf schief. »Bist du denn verärgert?«

Er stand ganz dicht bei ihr, wenn sie sich wieder hinsetzen würde, wäre sie auf Hüfthöhe mit ihm. Das war keine gute Idee, so wie er sie vorhin angesehen hatte. Sie blieb stehen.

»Ich frage mich, ob du dich für unwiderstehlich hältst, oder ob du wirklich etwas hast, für das ich mich interessieren könnte, wie zum Beispiel einen Plan.«

Er musterte sie eingehend, und sie musste ihre Abscheu unterdrücken. Vermutlich sah er sogar ganz gut aus, doch Rick war diesem Mann so unendlich überlegen und nicht nur ihm, sondern den meisten Männern. Sie fragte sich, ob sie, wenn sie sich von Rick trennen sollte, jemals wieder einen anderen Mann treffen, geschweige denn mit ihm schlafen könnte.

Nicholas setzte sich auf die Sofalehne. »Wenn ich es dir sage, dann hängst du einhundert Prozent mit drin. Wenn du dann auch nur zucken solltest, bist du dran.«

Samantha musste ihr Stirnrunzeln nicht spielen. »Ich dachte, ich sei schon drin. Deshalb der verdammte Juwelendiebstahl.«

Er lächelte. »Nun ja, ich will sichergehen, dass du verstehst. Mit dabei oder tot. Und wenn es dir hilft, wegen deines Talents und deines Rufes haben wir uns geeinigt, den Gewinn durch sieben zu teilen.«

»Hat sich mein Vater auch auf einen siebten Teil eingelassen?«

»Dein Vater auch.« Ihr Vater hatte eigentlich nie seine Gewinne geteilt, also arbeitete er wohl tatsächlich für die Schlapphüte. »Wie viel ist das?«

»Wenn man von unserem Gewinn ausgeht, müssten zweieinhalb Millionen pro Mann dabei rausspringen. Das schließt den Hogarth, den Picasso oder die Juwelen nicht mit ein, die sind aus einem anderen Deal – einen ohne dich.«

Die Diamanten hätten sowieso nur eine fünfstellige Summe ergeben. »Euro oder amerikanische Dollar?«

»Gute alte amerikanische Dollar.«

Sie addierte schnell die Anteile zusammen und schätzte dann den Gesamtwert der Beute. »Was habt ihr denn vor? Wollt ihr die Zentralbank knacken?«

»Bist du dabei?«

»Garantierst du mir meinen Anteil?«

Nicholas lachte in sich hinein. »Es gibt im Leben keine Garantien, Sam. Das weißt du so gut wie ich. Wenn wir die Sache durchziehen können und niemand versucht, uns reinzulegen, dann kriegst du deinen Anteil.«

»Ich bin dabei.« Tief in ihrem Innern wünschte sie, sie hätte größere moralische Bedenken, bei einem Raub mitzumachen. Doch nun wollte sie unbedingt wissen, worum es ging, sie war gespannt auf die Operation. Der Diebstahl in der vergangenen Nacht war so einfach gewesen und hatte ihr eigentlich nur bewusst gemacht, wie sehr sie die Aufregung vermisste. »Was ist es denn nun?«

»Ich möchte dich erst noch mal daran erinnern, dass, falls die Bullen, Interpol, das FBI oder irgendjemand sonst davon erfahren sollten, ich deinen Vater, deinen Freund und alle, die du kennst, töten werde.«

»Jetzt mach mal halblang«, entgegnete sie und kämpfte gegen die Wellen von Panik und Adrenalin an. »Du hast gesagt, ich sei dabei oder tot. Doch die fünf anderen Leute, die du reingenommen hast, die sind auch eingeweiht und wissen wahrscheinlich viel besser darüber Bescheid als ich. Ich werde niemand verpfeifen. Die anderen sind dein Problem.«

Er nickte langsam. »Geht in Ordnung.«

»Also, worum geht es bei dem verdammten Coup?«

»Eine Stradivari, Bellinis *Madonna und Kind,* Tizians *Venus und Adonis,* El Grecos *Der Blick auf Toledo* und Leutzes *Washington überquert den Delaware.* Wie klingt das für fünf Minuten Arbeit?«

Samantha erstarrte, ihr wurde eiskalt. »Ihr habt euch das Metropolitan Museum vorgenommen.«

Mit einem Grinsen stand er auf und ging zur Tür. »Ich werde dich in ein paar Stunden wegen der Einzelheiten kontaktieren, sobald ich sicher bin, dass das wirklich die Diamanten der Hodges sind und du nicht einfach deinen Profit aus der Missetat eines anderen herausgeschlagen hast. Und noch eine Korrektur, Sam: *Wir* nehmen uns das Metropolitan Museum of Art vor. Am Dienstag.«

15

Samstag, 23.25 Uhr

Die Limousine hielt vor der Eingangstreppe, und Richard stieg aus. »Ich brauche Sie um neun Uhr morgen früh, Ben«, sagte er zum Fahrer, der ihm die Tür aufhielt.

»Ich werde mit dem Wagen hier sein.« Ben zögerte. »Brauchen Sie Hilfe, Sir?«

Richard schüttelte den Kopf. »Neun Uhr also.«

»Ja, Sir.«

Die Limousine fuhr davon, und Richard versuchte sich an der Eingangstür. Er wollte nicht an seiner eigenen Haustür klingeln und suchte nach seinem Schlüssel. Er fand ihn schließlich und wollte ihn ins Schloss stecken, verfehlte es jedoch. Der Schlüssel fiel klirrend auf die Steinstufen. Er beugte sich hinunter, um ihn aufzuheben, und fiel dabei beinahe von den Stufen. Das hätte ein schönes Bild für die Titelseite des *Manager Magazins* abgegeben, wenn er auf der Straße gelandet wäre. Träge blickte er um sich, doch außer ein paar vorbeifahrenden Autos war die Straße leer. Wenn es allerdings stimmte, was Samantha sagte, dann wurde das Haus sowohl von der Polizei wie auch von den Ganoven observiert. Und vielleicht auch von Godzilla und dem Weihnachtsmann.

Mit einem Ächzen hob er den Schlüssel auf. Dieses Mal traf er das Schlüsselloch und schloss die Tür auf. Im Haus war es dunkel und still. Es war noch früh, Samantha war bestimmt noch nicht im Bett, aber womöglich stieg sie gerade irgendwo durch ein Fenster. Was wusste er denn schon? Vielleicht hatte Veittsreig noch mehr Diamanten verlangt, oder womöglich Smaragde.

Er verriegelte die Tür hinter sich und schaltete die Alarmanlage ein, auch wenn sie dieser Tage nicht wirklich wirksam war. Die Leute gingen ja offensichtlich bei ihm ein und aus. Dennoch hatte er nicht vor, es ihnen leichter zu machen. Obwohl die Treppe steiler war, als er sie in Erinnerung hatte, schaffte er es in den ersten Stock. Oder vielmehr den zweiten Stock, er war ja in den USA. Die Schlafzimmertür war zum Glück nicht abgeschlossen, denn er hatte ja keinen Schlüssel dafür. Und auch nicht für die Frau, die hoffentlich da drinnen war.

Das Licht und der Fernseher waren an, Samantha saß auf dem Bett, um sie herum waren zahllose Bücher und Papiere verstreut. Sie war also nicht losgezogen, um den Schokoladenkönig zu bestehlen.

»Hi«, sagte sie mit einem Lächeln. »Hast du noch mehr Stockwerke des Hotels gekauft?«

»Nein, aber ich habe es fast geschafft. Außer wenn Hoshido wegen irgendetwas den Preis noch einmal erhöht. Verdammter Matsuo.«

»Warum? Ich mag ihn.«

»Ich auch.«

Während des Abendessens hatte Matsuo ein wenig über die Traditionen in Japan gesprochen und über die Veränderungen, die sich seine Frau bezüglich der Verlobung und der Hochzeit ausbedungen hatte. Miazaki Hoshido war offensichtlich eine besondere und ungewöhnliche Frau, auch wenn sie in ihrem Leben wahrscheinlich noch nie etwas gestohlen hatte.

Er zog sein Jackett aus und warf es über einen Stuhl, dann seine Krawatte. Er hatte das verdammte Ding nun seit sechzehn Stunden um, und er wollte endlich ausspannen – wenn er davon absehen konnte, dass sich Samantha mit einer Killerbande eingelassen hatte und sie in der letzten Nacht gemeinsam Diamanten gestohlen hatten, von einem Ehepaar, das mit einem Teil seiner Einkünfte die gleichen Hilfsorganisationen wie er selbst unterstützte. Er runzelte die Stirn und entledigte sich seiner Schuhe.

»Hast du getrunken?«

Richard sah aufs Bett. »Meine Liebe, ich bin dicht, so nennt man das da, wo ich herkomme.«

Sie legte die Papiere und Bücher auf einen Stapel. »Hoffentlich habt ihr zuerst die Verhandlungen zu Ende gebracht, bevor ihr angefangen habt zu trinken.«

Er öffnete seinen Gürtel und zog seine Hose aus. »Entschuldigung, aber willst du mir jetzt erzählen, wie ich meine Geschäfte zu machen habe? Als ich das bei dir getan habe, hast du meinen Ratschlag nicht angenommen.«

»Heute Abend werde ich nicht mit dir streiten«, sagte sie kühl, kletterte vom Bett und legte die Papiere auf den Schreibtisch. »Ich weiß, dass du betrunken bist und wahrscheinlich das Bedürfnis hast, dir Luft zu machen. Aber ich werde keine Unterhaltung mit dir führen, an die du dich morgen nicht erinnern wirst.«

»Warum nicht? Dass ich ein bisschen was getrunken habe, ändert doch wohl kaum etwas daran, dass du mich angelogen hast, was den Diebstahl des Hogarths angeht. Oder ändert es etwas daran, dass du dich entschieden hast, bei einem Diebstahl mitzumachen, und mir dann beim Mittagessen davon erzählt hast? Ändert es etwas daran, dass wir, *wir,* nette alte Leute bestohlen haben, die Kekse backen? Ändert es etwas daran, dass, was auch immer ich tue, um dir zu helfen, du mich wissentlich an der Nase herumführst, damit du dann zu deinen kriminellen Freunden gehen kannst, die Menschen erschießen?«

Sie starrte ihn lange von ihrer Seite des Bettes an, er stand nur da und musste sich anstrengen, um nicht umzufallen. Dann nahm sie den Stapel mit den Papieren unter den Arm und ging zu ihm.

»Weißt du«, sagte sie leise, »ich habe mir in den vergangenen Stunden so sehr gewünscht, mit dir sprechen zu können. Ich hätte deine Hilfe wirklich gebraucht.« Sie ging an ihm vorbei zur Tür.

Richard drehte sich um und wäre beinahe über seine halb ausgezogene Hose gestolpert. »Wo zum Teufel willst du hin?«

»Ins Gästezimmer. Ich habe noch einiges zu arbeiten, und es wird länger dauern als geplant, da ich es alleine tun muss. Gute Nacht, Rick.«

Er blieb zurück, stand da in seinem dunkelblauen Hemd, seinen karierten Boxershorts und den schwarzen Socken. »Scheiße«, murmelte er noch und ließ sich dann aufs Bett fallen.

Vier Stunden später wachte er auf, ihm war kalt und übel, und sein Kopf schmerzte. Er stand auf und schwankte ins Badezimmer, um nach Aspirin zu suchen, putzte sich die Zähne und nahm eine Dusche.

Nach zwanzig Minuten konnte er beide blutunterlaufenen Augen wieder gleichzeitig öffnen, und sein Gehirn setzte sich langsam wieder in Gang. Samantha. Sie hatte gesagt, dass sie ins Gästezimmer umziehen würde, doch sie hatte diese schreckliche Angewohnheit, sich des Nachts davonzuschleichen. Er zog sich seinen blauen Morgenmantel über und ging zum Gästezimmer, das zwei Türen weiter im hinteren Teil des Gebäudes lag. Die Tür war zu, aber nicht abgeschlossen, was er als gutes Zeichen deutete.

»Samantha?«, rief er leise und öffnete die Tür. Die Nachttischlampe brannte noch, doch Sam las nicht mehr. Die Papiere und Bücher hatten sich scheinbar vervielfältigt und bedeckten das ganze Bett, bis auf den Fleck, auf dem Samantha lag. Ihr kastanienbraunes Haar bedeckte ihr Gesicht, sie trug immer noch Jeans und ein T-Shirt mit einem offenen Hemd darüber.

Falls er die Gewissheit suchte, dass er nicht nur vorgab, sie zu lieben, sondern sie tatsächlich liebte, in diesem Moment fand er sie. Die enorme Erleichterung, sie hier zu sehen, und das überwältigende Gefühl von Zärtlichkeit, sein Wunsch, sie in seinen Armen zu halten und sie zu beschützen, das war Beweis genug.

So leise wie möglich sammelte er die Papiere zusammen. Instinktiv war er versucht, die Sachen durchzusehen, um herauszufinden, was sie vorhatte, doch er widerstand diesem Impuls. Er legte die Sachen auf den Boden und hob die leichte Decke auf, die vor das Bett gefallen war, und deckte sie zärtlich damit zu.

Sie öffnete verschlafen die Augen. »Mir ist kalt ohne dich«, murmelte sie und schloss die Augen wieder.

»Ich liebe dich«, flüsterte er und legte seinen Arm um ihre Schultern.

»Ich dich auch«, murmelte sie und kuschelte sich an ihn. Und mit einem Mal war die Welt wieder in Ordnung. Welche Rolle spielte ein blödes Hotel, wenn er seine ehemalige Einbrecherin hatte? Ihm kam der Gedanke, dass seine Vorfahren vor zweihundertfünfzig Jahren verpflichtet gewesen wären, sie an den Galgen zu bringen. Zum Glück spielte sich ihre Geschichte nicht in der Vergangenheit ab. Denn was auch geschah, selbst wenn sie einen noch schwereren Diebstahl als letzte Nacht begehen sollte, er würde zu ihr stehen.

Richard stöhnte und öffnete die Augen. Jemand rüttelte an seiner Schulter. Samantha.

»Was ist?«

»Es ist acht Uhr«, sagte sie und kletterte vom Gästebett. »Du hast doch gesagt, dass du um halb zehn so ein Strategietreffen abhalten würdest.«

Sie hatte sich umgezogen und trug nun ihre Hauskleidung, eine kurze Jeans und ein rotes, ärmelloses Hemd. Als er sie so sah, wollte er seinen Termin absagen und sich lieber Samantha widmen. »Danke, könnte ich Kaffee …«

»Kaffee?«, fiel sie ihm ins Wort und reichte ihm eine dampfende Tasse. Er setzte sich auf. »Und Vilseau macht dir Toast.«

»Nach gestern Nacht hätte ich erwartet, dass du mir den Kaffee ins Gesicht schüttest«, sagte er und atmete das Vanille-Nuss-Aroma ein. Tee war sicher zivilisierter, doch Gott sei Dank gab es Kaffee.

»Es war komisch«, sagte sie und wuchtete die Papiere wieder aufs Bett. »Mir ist klar geworden, dass ich normalerweise diejenige bin, die ausflippt, und du dann versuchst, mich mit Vernunft davon abzubringen, oder dich zurücknimmst, damit ich Dampf ablassen kann.« Sie zuckte mit den Schultern. »Letzte Nacht war ich der verantwortliche Part und dachte, dass du dich abreagieren musst.«

»Wahrscheinlich war es so.«

»Darf ich fragen, warum?« Samantha streckte sich wie eine Katze auf dem Bett aus.

»Nein«, gab er zurück und schlürfte den heißen Kaffee.

»Nein?«

»Weil es letzte Nacht Sinn ergeben hat, aber heute Morgen wirst du mich deswegen nur auslachen. Und ich bin zu bedeutend, als dass man über mich lachen dürfte.«

Sie grinste. »Dann solltest du es mir definitiv erzählen, denn meine Geschichte ist nicht sehr lustig.«

Er atmete tief durch. Für sein Verhalten letzte Nacht schuldete er ihr eine Erklärung. »Gut, ich habe viel Geld. Eine Menge Leute arbeiten für mich. Einer der Gründe für meinen Erfolg ist, dass ich normalerweise weiß, was als Nächstes kommt, was der nächste Zug sein wird, so dass ich tun kann, was getan werden muss. Und vorgestern, als wir im Café saßen und du mir gesagt hast, dass du bei irgendeinem großangelegten Diebstahl mitmachen wirst und zuvor noch einen kleinen durchführen musst, um die Bande zu amüsieren, da ist mir klar geworden, dass ich überhaupt keine Ahnung mehr habe, was als Nächstes zu tun ist. Und bei Lockes Party wusste ich, dass du nach Opfern Ausschau hältst.«

»Rick, du …«

»Dann spaziere ich zu einem Abendessen, während du dich mit jemandem triffst, der sehr gefährlich ist.«

»Über einen Immobilienkauf im Wert von siebenundachtzig Millionen Dollar zu verhandeln ist ja wohl kein Spaziergang, und ich wusste auch nicht, was ich wegen Veittsreig tun sollte. Ich werde nicht wieder zur Vollblutdiebin werden. All das tue ich nur, um das Schlimmste zu vermeiden, bis wir die ganze Sache klar überblicken.«

»Ja, aber während des Abendessens versuchte ich mir Miazaki Hoshido vorzustellen, wie sie bei jemandem einbricht und den Hund mit Erdnussbutter gefügig macht. Und ich habe mir Patricia dabei vorgestellt. Sie beide hätten das vollkommen vermasselt. Von allen, die ich auf der ganzen Welt kenne, bist du die Einzige, die ich mir dabei vorstellen kann. Und ich wurde wütend, weil ich dabei stolz auf dich war.«

»Hast du zu trinken angefangen, bevor oder nachdem du festgestellt hast, dass du stolz auf mich bist?«

»Danach … deswegen habe ich doch angefangen zu trinken.«

Sie beugte sich zu ihm und küsste ihn auf die Wange. »Du hast also doch eine Schwäche. Wenn es dich beruhigt, ich bin auch nicht immer so Herr der Lage, wie ich vorgebe.«

Richard musste lachen und verschluckte sich an seinem Kaffee. »Da wir gerade dabei sind, was gibt es für Neuigkeiten? Hat Veittsreig angerufen?«

»Ja, aber das ist nur ein Teil meiner Story.«

Er trank vorsichtig noch einen Schluck Kaffee und rief sich ins Gedächtnis, dass sie das Gespräch nicht absichtlich schwierig gestaltete. Sie war einfach nur Samantha, immer auf der Suche nach Positionen und Gelegenheiten, nach dem besten Weg, etwas anzugehen. »Und?«, drängte er sie schließlich.

»Okay.« Sie beugte sich zu ihm und atmete den Kaffeeduft ein. »Wenn er so gut schmecken würde, wie er riecht, würde ich nicht so schlecht über Kaffee sprechen. Aber ich mag eben am liebsten Cola light, deswegen hat mir Detective Gorstein gestern auch eine vorbeigebracht.«

»Was hat er?« Die Tasse fiel Rick fast aus der Hand, und er stellte sie auf dem Nachttisch ab.

»Sie hatten mich wohl schon nicht mehr in Verdacht, und jemand hat ihn angerufen und darauf hingewiesen, dass ich ihm womöglich meine erstaunlichen Erkenntnisse anvertrauen würde, wenn er etwas freundlicher zu mir wäre.«

»Hm.« Gorsteins Tunnelblick war wohl doch nicht so beschränkt, wie Rick befürchtet hatte. »Hast du mit ihm gesprochen?«

»Nachdem ich die Juwelen unter dem Kissen versteckt hatte. Ich glaube, er war selbst schon zu den gleichen Ergebnissen gekommen, aber ich konnte ihn noch mal darauf hinweisen, dass ich für gestern Morgen ein Alibi habe. Er hat auch nach dem Hotel gefragt, sie hatten mich also ganz sicher am Freitagabend im Auge.«

Richard sah sie erstaunt an. »Gestern Morgen?«

»Boyden Locke wurde ein Gemälde von Picasso gestohlen. Wir haben zu diesem Zeitpunkt glücklicherweise aus dem Manhattan ausgecheckt und waren auf dem Weg hierher, mit der Polizei im Gefolge. Nur wir beide wissen, dass ich trotzdem hätte entwischen und einen Diebstahl begehen können, ohne dass sie etwas davon mitgekriegt hätten.«

Ihre Geschichte klang schon schlimm genug, und sie hatte Veittsreig noch nicht einmal erwähnt. Er hob eine Hand, um sie zu unterbrechen, griff nach dem Telefon und wählte die Nummer von unten. »Wilder, bitte sagen Sie Ben Bescheid, dass ich meinen Termin etwas verschiebe. Ich brauche ihn dann um halb zehn.«

»Ist gut, Sir.«

»Nein, lieber um zehn.«

»Ich werde ihm Bescheid geben.«

Rick nahm Samanthas Hand und verschränkte seine Finger mit den ihren. »Was noch?«

Sie seufzte und lehnte ihren Kopf an seine Schulter. »Während Gorstein dann hier war, rief Veittsreig an. Er wollte wissen, warum die Polizei bei mir war. Ich tat so, als wärst du dran, und sagte ihm, er solle mich später anrufen. Daraufhin sagte er, dass er in fünf Minuten hier wäre und ich bis dahin Gorstein loswerden müsse, sonst …«

»Sonst …« Seine Muskeln spannten sich an, auch wenn es natürlich viel zu spät war, um einzugreifen. Wenn er in seinem betrunkenen Zustand rechtzeitig gekommen wäre, dann wäre womöglich einer von ihnen oder beide getötet worden. Auch eine Art, die Situation zu retten.

»Gorstein habe ich rechtzeitig vor die Tür gesetzt. Aber rate mal, was wird der große Coup sein?«

»Sam!«

»Okay, okay, wir räumen das Metropolitan Museum aus, am Dienstag. Vielleicht möchtest du dir den Termin freihalten.«

Sie erzählte ihm alles, was sie wusste, auch vom zweiten Anruf einige Stunden später mit den Details über den Treffpunkt und ihre Rolle bei der Aktion. Als sie schließlich geendet hatte, lagen sie beide bäuchlings auf dem Bett, vor sich hatten sie den Grundriss des Museums ausgebreitet, den Sam in einem seiner Kunstbücher gefunden hatte. Sie hoffte, dass Nicholas oder Martin an die Schaltpläne herangekommen waren, sonst kämen sie nicht weit.

»Eine Sache ergibt für mich keinen Sinn«, sagte Rick und blätterte zu einer Abbildung von *Venus und Adonis* weiter. »Wenn die Gang weiß …«

»Team«, verbesserte sie ihn.

»Wenn das Team deinen Ruf kennt, dann wissen sie doch auch, dass du keine Museen ausnimmst.«

»Vermutlich sind ihnen meine persönlichen Vorlieben egal.«

Rick machte ein finsteres Gesicht und sah dabei unglaublich sexy aus mit seinen morgendlichen Bartstoppeln, seinem zerzausten Haar und dem blauen Morgenmantel, den er über Nacht anbehalten hatte. »Was hält Walter von dem Ganzen?«

»Bislang habe ich ihm noch nichts davon erzählt. Es betrifft uns beide mehr als mich und Stoney. Ich wollte es dir zuerst erzählen.«

Seine dunkelblauen Augen waren auf sie gerichtet. »Bitte entschuldige, dass ich letzte Nacht so ein Idiot war. Du weißt, dass ich normalerweise nicht so bin.«

»Ja, ich weiß.« Was er gesagt hatte, hatte sie sehr verletzt, insbesondere, weil einiges davon zutraf. »Und ich versuche mein Bestes«, sagte sie leise und sah auf ihre Hände. Lange Finger, wie geschaffen für eine Diebin, hatte Martin immer gesagt, als ob ihre Finger der Beweis für ihre Bestimmung seien. »Es ist schwer, anständig zu sein.«

»Es ist nur schwer, wenn du es ernst nimmst«, flüsterte er und strich ihr das Haar aus dem Gesicht. »Es wäre leicht, wenn du nur so tun würdest.«

Sie sah auf, lächelte ihn an und fragte sich, ob ihrem Gesicht die gefühlte Rührung abzulesen war. »Du bist ein sehr netter Mann.«

»Nein, bin ich nicht.«

Er griff nach ihrem Arm und drehte sie auf den Rücken. Dabei begann er sie zu küssen, er schmeckte nach Kaffee und Zahnpasta. Langsam und zärtlich spielten seine Lippen mit ihren, dann kam seine Zunge hinzu, die sich immer wieder vorwagte. Sie stöhnte, und als er sich auf sie legte, umschlang sie ihn mit den Armen. Seine Bartstoppeln kratzten ein wenig im Gesicht, doch es fühlte sich gut an.

Das war es, was niemand aus ihren alten Kreisen nachvollziehen konnte. Wie sie mit Rick zusammen sein konnte und nicht jedes Mal, wenn er ihr den Rücken zudrehte, die Gelegenheit dazu nutzte, ihn zu bestehlen. Sie fühlte sich so wohl in seiner Gegenwart, genoss es, mit ihm zu sprechen, zu wissen, dass er sie genauso aufregend fand wie sie ihn.

Er bedeckte ihr Gesicht mit zärtlichen Küssen und schob ihr dabei das Oberteil über die Schultern. Seine gelenkigen Finger glitten unter ihren BH und schoben ihn ebenfalls nach oben, dann rutschte Rick an ihr herunter und streifte zuerst die eine, dann die andere Brust mit den Lippen. Samantha stöhnte und streckte ihm ihren Körper entgegen. Sein Morgenmantel ließ sich leicht ausziehen, doch er hielt ihre Hände fest, als sie seine Boxershorts herunterziehen wollte.

»Es ist Sonntag«, murmelte er und küsste sie auf den Mund. »Unser Ruhetag.« Rick ließ eine Hand über ihren Rücken gleiten, verstärkte seinen Griff, drehte sich auf den Rücken und zog sie dabei auf sich.

»Das fühlt sich aber gar nicht entspannend an«, keuchte sie und kicherte, »und außerdem musst du gleich zu einem Meeting.« Sie war erregt und erleichtert zugleich. Nachdem er so verärgert über ihren Einbruch bei den Hodges gewesen war und letzte Nacht seine Enttäuschung gezeigt hatte, war es nun wohltuend und beruhigend, in seinen Armen zu liegen und sich von ihm begehrt zu fühlen.

»Sie werden sicher auf mich warten.«

Sam glitt nach unten, küsste seine Brust und seine Brustwarzen und spürte, wie die harten Muskeln unter seiner Haut bebten. Er hatte gesagt, dass er stolz auf sie sei – wohl darauf, dass sie so gut in ihrem Metier war –, doch er hatte sie damit nicht wirklich überzeugt. Menschen kamen nicht betrunken nach Hause und schrien herum, wenn sie glücklich waren.

»Und was ist, wenn es wieder passiert?«, flüsterte sie und hob ihren Kopf, um mit ihren Lippen die Linie seines Kinns nachzuzeichnen.

»Wenn was wieder passiert?«

»Wenn mich die Umstände dazu zwingen, erneut einzubrechen, um Tod und Verstümmelung zu entgehen.«

»Nun, wir werden sicherstellen, dass es nicht wieder passiert«, murmelte er, legte seine Hände auf ihren Hintern und strich dann ihre Schenkel entlang.

»Wir können das nicht tun.«

»Nicht jetzt, Sam.« Bevor sie protestieren konnte, zog er sie auf sich und küsste sie, bis sie keine Luft mehr bekam. »Du bist die schlaueste Person, die ich kenne«, sagte er schließlich und machte sich daran, ihre Shorts aufzuknöpfen. »Du bist ehrenhaft und gutherzig und umwerfend schön, und ich liebe dich. Alles andere ist zweitrangig.«

Sie lächelte, als er sie wieder auf den Rücken rollte. »Ich bin gutherzig?«

Rick setzte sich auf, um ihr die Shorts und ihren blauen Tanga auszuziehen. Ihm schienen die Tangas besser zu gefallen als die Spitzenunterwäsche – wenn diese Strings nicht so unbequem wären, würde sie sich ganz umstellen.

»Du hast Puffy mit Erdnussbutter gefüttert. Irgendwie kann ich mir nicht vorstellen, dass sich deine ehemaligen Genossen die Mühe gemacht hätten, sich den Hund eines Opfers zum Freund zu machen.«

Das traf wohl zu, sie war nicht einmal imstande, einer Spinne etwas zuleide zu tun. »Er war süß«, gab sie zurück und schnappte nach Luft, als er seine Hand zwischen ihre Schenkel drängte.

Er sah ihr in die Augen. »Du bist ganz feucht.«

Sie konnte nicht mehr an sich halten, als er seine Finger in ihr bewegte. »Ich will dich, Brit.«

»Ich liebe dich, Yankee.« Rick beugte sich wieder über sie, strich ihr Haar zurück, leckte und knabberte an der zarten Haut an ihrem Hals. Mit seiner Hand liebkoste er sie unten weiter.

Sie stöhnte, und als sie die Erregung nicht länger aushalten konnte, hob sie ihre Hüften und zog ihn an sich. »Bitte«, murmelte sie.

»Wie du möchtest«, raunte er und drang langsam tief in sie ein.

Sie kam sofort, ganz abrupt, und klammerte sich an ihn, als er begann, sich in ihr zu bewegen. Sie grub ihre Finger in seinen Rücken, warf ihren Kopf in den Nacken und rang nach Atem. Sie liebte es einfach, ihn in sich zu spüren, ganz gleich, wie kompliziert ihre Beziehung war. Das war ein untrügliches Zeichen. Sie passten zueinander, ihre Herzen gehörten einander.

Rick sah auf sie herab. »Du erstaunst mich, weißt du das?«, hauchte er und küsste sie wieder.

»Ja, ich weiß.«

Er kicherte und stieß weiter langsam in sie, schließlich ließ er sich mit einem Stöhnen auf sie fallen. »Wenn ich heute nur nicht dieses blöde Meeting hätte«, sagte er, als er wieder zu Atem gekommen war. »Ich glaube, ich könnte den ganzen Tag so weitermachen.«

Sie lachte und tätschelte seinen Kopf, er war immer noch in ihr. »Das nächste Mal, mein Lieber.«

»Komm mit«, sagte er unvermittelt und hob seinen Kopf, um ihr ins Gesicht zu sehen.

»Bin ich doch gerade.«

»Ich meine das Meeting.« Er küsste sie noch einmal, diesmal noch zärtlicher. »Momentan mache ich mir ein wenig Sorgen um dich.«

»Das geht leider nicht. Zuerst muss ich die Polizei und die Ganoven abhängen und mich dann mit Stoney treffen und einkaufen. Da ich meine Einbruchausrüstung nicht nach New York mitgenommen habe, muss ich ein paar Dinge besorgen. Mehr als das, was Delroy bei sich rumliegen hat.«

Das war nicht die ganze Wahrheit, sie hatte ihren Dietrich und ein paar einfache Werkzeuge dabei, aber nichts, was den

Standards des Metropolitan Museum of Art genügte. Außerdem wollte sie Veittsreig und sein Team ausfindig machen. Es würde die Sache erleichtern, wenn sie wüsste, wo deren Basis war, insbesondere wenn sie dadurch herausfinden konnte, wer den Hogarth und den Picasso in Auftrag gegeben hatte – und wahrscheinlich alle oder die meisten der Dinge, die sich jetzt noch im Museum befanden. Es war von höchster Wichtigkeit, die zwei vermissten Gemälde sowie die Juwelen der Hodges zu finden.

»Darf ich mal anmerken, dass es mich beschäftigt, warum dein Vater dich dabeihaben möchte, wenn er einen Deal gemacht hat, Veittsreig und sein Team an Interpol auszuliefern? Wie passt du da rein?«

»Ich habe so eine Ahnung, doch was auch geschieht, ich muss meine Rolle bis zum Ende spielen.« Sie umarmte ihn fest und atmete den vertrauten und immer noch berauschenden Geruch seines Körpers ein. »So, geh jetzt zu deinem Meeting.«

Widerwillig löste er sich aus ihrer Umarmung und rollte zur Seite. »Manchmal wünsche ich, ich könnte dich für immer hier bei mir halten, Samantha Elisabeth.«

Für immer war eine unheimlich lange Zeit, doch die Vorstellung erschreckte sie nicht mehr so sehr wie früher. »Wir würden Hunger kriegen«, sagte sie lächelnd und suchte nach ihrem Tanga. Als sie ihn und ihr T-Shirt wieder anhatte und ihren BH zurechtgezogen hatte, ging sie zum Schlafzimmer, um sich ein Paar Jeans anzuziehen.

An der Tür neben Ricks Büro bemerkte sie einen Schatten, der sich bewegte. Sie schrie auf und zog die halbgeöffnete Tür zu. Das reichte jetzt wirklich, in dieses Haus brachen entschieden zu viele Leute ein. »Rick!« Die Person auf der anderen Seite der Tür hatte enorme Kraft. Der Türknopf drehte sich in ihrer Hand, und sie stemmte sich mit ihrem ganzen Körpergewicht gegen die Tür.

Rick kam in den Flur geeilt, und sie ließ abrupt los. Die Tür öffnete sich, und der Mann auf der anderen Seite fiel nach hinten über einen Stuhl. Sie warf sich auf ihn, hielt ihn am Knöchel fest und riss ihn zu Boden. Der Mann schrie gellend, als sie schließlich auf seinem Hals kniete.

»Für wen arbeitest du?«, stieß sie hervor, zog seine Krawatte ab und band damit seine um sich schlagenden Hände zusammen.

»Er arbeitet für mich«, sagte Rick gelassen, seine Stimme klang amüsiert. »Samantha, bitte lass meinen neuen Assistenten los.«

16

Sonntag, 10.18 Uhr

»Sie haben wirklich gute Arbeit geleistet«, sagte Richard in der Limousine. Auf dem Weg ins Büro sah er die drei Analysen durch.

John Stillwell fingerte nervös an seiner Krawatte, die ihm Samantha wiedergegeben hatte. »Vielen Dank, Sir.« Er räusperte sich. »Ich möchte mich für mein Benehmen vorhin entschuldigen. Ich wollte nicht …«

»Wilder hatte Ihnen ja gesagt, dass Sie im Büro warten sollen, Sie haben also nichts Unrechtmäßiges getan.« Er hatte in der Tat gar nichts getan, Samantha war ja selbst unter günstigeren Umständen schwierig zu handhaben. Zumindest hatte sich Stillwell nicht in die Hose gemacht, weil ihn eine Frau in Hemdchen und Tanga angefallen hatte.

»Das war wirklich nicht der erste Eindruck, den ich machen wollte.«

Rick raschelte mit den Papieren. »Ich bewerte dies hier als Ihren ersten Eindruck.« Er betrachtete den jüngeren Mann, der ihm gegenübersaß. Sie hatten sich bereits mehrere Male getroffen, Stillwell hatte in verschiedenen Abteilungen von Addesco gearbeitet. Rick hatte seine Arbeit verfolgt und immer nur Positives von den Vorgesetzten gehört. »Wann sind Sie in New York angekommen?«

»Das Flugzeug ist heute früh um sieben gelandet, Sir.«

»Rick, bitte. Hat Sarah eine Unterkunft für Sie organisiert?«

»Sie war sich nicht sicher, wie lange Sie in der Stadt bleiben würden. Ich wollte mein Gepäck bei Ihrem Butler lassen, bis ich …«

»Sie werden ins Gästezimmer ziehen«, beschloss Rick. »Wir sind wahrscheinlich nur noch eine Woche in New York.« Es sei denn, es wartete eine Katastrophe auf sie. »In Palm Beach haben wir viel mehr Platz.«

»Ich hätte noch eine Frage. Miss Jellicoe, ist sie … also ich meine, muss ich irgendetwas beachten, um meinen Aufgaben nachzukommen?«

»Es ist äußerst unwahrscheinlich, dass Samantha Sie noch mal attackieren wird.« Rick musste sich ein Grinsen verkneifen. »Bei uns wurde vor ein paar Tagen eingebrochen, wie Sie vielleicht gehört haben. Wir sind seitdem ein wenig nervös.« Eigentlich hatte es drei Einbrüche gegeben, die wohl alle von der gleichen Person ausgeführt worden waren, doch darauf wollte er jetzt nicht eingehen.

»Ich verstehe, Sir – Rick. Natürlich, ich hätte meine Anwesenheit ankündigen sollen, doch ich habe angenommen, dass Sie beschäftigt waren.«

Ja, im Zimmer nebenan. Rick widmete sich wieder den Unterlagen. Wenn Stillwell etwas von seiner Unterhaltung mit Samantha mitbekommen hatte, dann würde das sowohl die Eile erklären, mit der der junge Mann versucht hatte, aus dem Büro zu kommen, wie auch seine offensichtliche Nervosität. Andererseits war es auch möglich, dass John sie beim Sex gehört hatte, oder er war einfach nur aufgeregt, weil es sein erster Tag war. Richard neigte zwar nicht zu Paranoia, doch mit Samantha in seinem Leben wäre es verrückt, nicht ein wenig mehr Vorsicht an den Tag zu legen.

»Nun, ich sollte Sie wohl auf den neuesten Stand bringen«, setzte er an. Er war so weit gekommen, weil er seine Gegner und Partner einschätzen konnte, und er würde Stillwell ebenso überprüfen. »Ein Preis wurde vereinbart – nämlich siebenundachtzig Millionen. Allerdings ist kein Zeitpunkt vereinbart, an dem ich den Betrieb übernehmen soll, es gibt noch keine endgültige Zusage der Stadt über die Grundstückssteuerschätzung und Steuervergünstigungen.«

»Auf dem Flug hierher habe ich mich über Gewerbeimmobilien in New York informiert«, sagte Stillwell.

»Das trifft sich gut«, entgegnete Rick, »denn Sie sollen das Meeting leiten. Ich muss mich heute Morgen um etwas anderes kümmern.«

Sein neuer Assistent blinzelte verwirrt. »Bitte entschuldigen Sie, Rick, aber ich habe nur ein Buch darüber gelesen. Gerne bin ich bereit zu assistieren, aber ehrlich gesagt fürchte ich, dass ich alleine die Sache in den Sand setzen würde.«

»Was die amerikanische und britische Rechtslage betrifft, dafür sind unsere Anwälte zuständig, die dabei sein werden, um Sie zu beraten. Machen Sie davon Gebrauch. Ich möchte einfach sehen, was Sie für mich aushandeln können. Ihre bisherige Arbeit kenne ich, jetzt möchte ich wissen, ob ich mich auf Sie verlassen kann, John. Das will ich so früh wie möglich herausfinden.«

»Nun gut. Ich werde Sie nicht enttäuschen, Rick.«

Rick sah ihm in die Augen. »Das hoffe ich«, sagte er leise. Er reichte Stillwell die Unterlagen und gab ihm noch ein paar Ratschläge, dann ließ er Ben am Haupteingang des Gebäudes anhalten. »Sie haben ja meine Handynummer für den Fall, dass Sie mich brauchen«, sagte er noch, als John ausstieg. »In ein oder zwei Stunden werde ich wieder hier sein.«

»Vielen Dank für diese Chance, Rick.«

Als Stillwell durch die Drehtür verschwunden war, lehnte er sich zurück.

»Ben, welcher Ort in Manhattan ist am geeignetsten, um gesehen zu werden?«

»Von wem denn, Sir?«

»Von allen.«

»Der Times Square.«

»Gut, dann fahren Sie mich dorthin.«

Es war kein wirklich ausgeklügelter Plan, doch er hatte ihn sich erst am Morgen ausgedacht. Und es hatte schon einmal funktioniert, nämlich als er zum ersten Mal versucht hatte, Samantha zu finden. Rick hoffte, dass Samanthas Vater zumindest halb so intelligent war wie seine Tochter.

Ben parkte die Limousine in der zweiten Reihe kurz vor dem Gebäude von Planet Hollywood. »Sir, sind Sie sicher, dass Sie hier aussteigen möchten? Es sind sehr viele Leute unterwegs.«

»Das kommt mir sehr gelegen.«

»Man wird über Sie herfallen. Soll ich nicht lieber mitkommen?«

»Nein, fahren Sie zurück ins Büro.« Er schnitt eine Grimasse. »Aber halten Sie sich bereit, falls ich gerettet werden muss.«

»Ja, Sir, viel Glück.«

Richard atmete tief durch und stieg aus der Limousine. Unter normalen Umständen schätzte er seine Zurückgezogenheit, seine Sicherheit und die Distanz zu anderen Menschen.

In Manhattan war es nicht schwierig, seine Privatsphäre zu wahren – außer man begab sich an einen touristischen Ort. In seinem Armanianzug, dem weinroten Hemd und der schwarzen Krawatte würde man ihn am ehesten erkennen. Und darauf baute er.

Er schlängelte sich durch hupende Taxis, Straßenverkäufer und eine gefühlte halbe Million Fußgänger hindurch und ging dann langsam vor dem Fernsehstudio von ABC auf und ab. Dies schien ein guter Ort, um gesehen zu werden, und er musste nicht einmal zwei Minuten warten. Eine Gruppe junger Frauen scharte sich um ihn. Sie waren ein paar Jahre jünger als Samantha und trugen Cheerleader-Outfits mit dem Schriftzug »Texas Tech« auf der Brust.

»Sind Sie nicht Rick Addison?«, piepste eine von ihnen.

Er schenkte ihr sein Kameralächeln. »Ja, der bin ich.«

»Ich habe es dir doch gesagt!«

»Oh, können wir ein Foto mit Ihnen machen?«

»Selbstverständlich«, sagte er.

»Was machen Sie in New York?«

»Ich wollte hier etwas kaufen …«

»Kennen Sie Donald Trump?«

Sein Lächeln fiel nun etwas schief aus, und er konnte es gerade noch für die anderen Touristen retten, die sich zu den Cheerleadern gesellt hatten. »Ja, den kenne ich.«

»Sprechen Sie ihn mit ›Donald‹ an?«

»N…«

»Wen kümmert denn hier Trump?«, rief ein anderer. »Addison hat mehr Geld.«

»Er sieht auf jeden Fall viel besser aus.«

Zehn Minuten lang tat er nun etwas, was ihm sonst nicht behagte – er posierte für Fotos und gab Autogramme. Die Menge wurde immer größer und lauter, doch zumindest hatte ihn noch keiner beklaut oder sich auf ihn gestürzt.

Ein Polizeibeamter bahnte sich schließlich einen Weg durch die Menge. »Ist alles in Ordnung, Mr Addison?«

Rick lächelte noch breiter, und die Umstehenden zückten ihre Fotoapparate. »Ja, mir geht es gut. Heute ist mir aufgefallen, dass ich schon so oft in New York, aber noch nie auf dem Times Square war.«

»Verstehe.« Der Beamte sprach in sein Funkgerät. Von der anderen Seite des Broadway setzten sich zwei berittene Polizisten in Bewegung. Es wurde aber auch Zeit.

Endlich kam eine Reporterin aus dem Fernsehstudio herausgerannt. »Rick Addison«, rief die Journalistin und drängte sich an den Schaulustigen vorbei, »was machen Sie denn auf dem Times Square?«

Für die Kamera wiederholte er, was er bereits dem Polizisten gesagt hatte.

»Letzte Woche wurde Ihnen ein wertvolles Gemälde gestohlen. Hat die Polizei irgendwelche neuen Hinweise?«

»Nein, ich habe um zwölf Uhr ein Treffen mit Martin, einem meiner Anwälte. Er wird wohl in mein Büro kommen.«

Die Reporterin, an deren Namen er sich nicht erinnern konnte, sah ihn einen Moment lang irritiert an und setzte dann wieder ihr professionelles Lächeln auf. »Was ist mit Ihrer Freundin, Samantha Jellicoe? Ist sie immer noch im engen Kreis?«

Richards Mission war erledigt, und sein Lächeln erstarb. »In meinem sicherlich. Wenn Sie die Polizei meinen, müssen Sie sie selbst fragen.«

»Kann man dieses Jahr noch die Ankündigung der Hochzeit erwarten?«

Rick starrte sie an. »Kein Kommentar.« So, das würde in den Elf-Uhr-Nachrichten gesendet werden. Er konnte sich nun ins Büro begeben in der Hoffnung, dass Martin ebenso eifrig wie seine Tochter Nachrichten schaute und dass Veittsreig sie nicht sah oder zumindest keinen Zusammenhang herstellen würde. Falls er in der Sendung etwas eigenartig wirkte, er war schließlich Brite. Was einiges erklärte.

»Karabinerhaken und ein Bergsteigerseil – erledigt«, sagte Stoney und warf sich auf den Beifahrersitz des schwarzen Jeeps, den er gemietet hatte.

Samantha fädelte sich wieder in den Verkehr ein. »Es ist wirklich zu schade«, brummelte sie. »Wenn ich gewusst hätte, dass ich in New York einen Einbruch machen werde, hätte ich meine eigenen Sachen mitgebracht.«

»Täusche ich mich, oder bist du deswegen aufgebracht?«

»Komm schon, der tolle Trick vor zwei Tagen war Erdnussbutter. Das ist mein erster Bruch seit fünf Monaten. Ich habe das Geschäft ja nicht deswegen aufgegeben, weil es mir keinen Spaß mehr gemacht hat.«

Stoney verschränkte die Arme vor der Brust. »Warum hast du es dann aufgegeben? Also wenn ich ohne guten Grund in einem verdammten Büro arbeite und blöde Termine wegen Alarmanlagen arrangiere, dann werde ich mich ziemlich darüber ärgern.«

»Ich habe es aufgegeben, weil ich eine ziemlich lange Zeit sehr viel Glück hatte, das früher oder später ein Ende haben wird. Und weil während meines letzten Jobs drei Leute draufgegangen sind.« Und weil sie bei ihrem letzten Job jemanden kennengelernt hatte, der sie zum ersten Mal mehr erregt hatte als die aufreizende Gefahr in ihrem alten Leben. Selbstverständlich dachte sich Stoney den letzten Teil dazu, ob sie ihn nun erwähnte oder nicht.

Er schnaubte verächtlich und warf die Ausrüstung auf den Rücksitz. »Fahr mal zur Dreiundsechzigsten Straße. Ich kenne jemanden, der einen Typ kennt, der einen elektronischen Splitter für dich hat.«

Ihr Telefon klingelte. Sie runzelte die Stirn, als sie auf die Nummer sah; man konnte lediglich erkennen, dass der Anruf aus Manhattan kam. *»Hola«*, sagte sie beim Abnehmen.

»Hast du mich etwa deswegen ermutigt, mich an Boyden Locke ranzumachen?«, erklang Patricias wutentbrannte Stimme. »Weil du wusstest, dass du ihn am nächsten Tag bestehlen würdest?«

»Oh, meine Güte. Damit habe ich nichts zu tun, Patricia. Es geht nicht immer um dich.«

»Warum? Weil es um dich gehen soll?«

»He, du hast mich doch angerufen.«

»Weil ich mich nicht an der Nase herumführen lasse. Ich habe dir geholfen, und so dankst du mir meine Freundlichkeit. Du bist ein noch gemeineres Biest, als ich dachte.«

»Die Ex?«, murmelte Stoney.

Sam nickte. Eines Tages würde sie ein ernstes Gespräch mit Rick darüber führen, was mit ihm nicht stimmte, warum er diese Frau geheiratet hatte. Er war schließlich derjenige, der die Ex in ihr Leben gebracht hatte. Sie hätte Patty sofort durchschaut.

»Deine Freundlichkeit habe ich dir vergolten, indem ich dich mit Boyden verkuppelt habe. Alles andere ist wahrscheinlich nur das Pech, das dich zu verfolgen scheint. Vielleicht ist bei dir ein Exorzismus nötig.«

»Höchstens, um mich aus deinen Fängen zu befreien.«

Samantha prustete. »Ich will dich nicht mal in der Nähe meiner Fänge. Und ich habe gerade …«

»Es hat dir wohl nicht gereicht, meine Chancen bei zwei Männern zu ruinieren? Du musstest mich noch mal reinreiten, um mich wieder am Boden zu sehen!«

»Du hast den einzigen guten Mann in deinem Leben betrogen, dann hast du einen Mörder geheiratet und warst mit einem weiteren zusammen. Mach die dafür verantwortlich, dass sie mir in die Quere gekommen sind, und dich selbst dafür, dass du nichts auf die Reihe bringst. Ich habe nichts von Boyden Locke gestohlen. Auf Wiedersehen.« Sie klappte das Handy zu. »Jetzt ist der Tag erst richtig komplett.«

»Wofür schiebt sie dir denn jetzt die Schuld zu?«, fragte Stoney.

»Ich habe angedeutet, dass ihr Boyden Locke gefallen könnte, und nun denkt sie, dass ich sie hintergangen hätte, weil bei ihm eingebrochen wurde.«

»Deswegen versuche ich erst gar nicht, Leute zusammenzubringen.«

»Danke für deine Unterstützung.«

»Hm. Fahr hier rechts rein, um die Baustelle da vorne zu umfahren.«

Samantha blinkte und bog nach rechts ab. Zwei Wagen hinter ihnen fuhr ein blauer Lincoln, der ebenfalls abbog. Ein halbes Dutzend Taxis taten es ihm jedoch gleich, und als sie in die andere Spur wechselte, folgte der Wagen ihnen nicht mehr.

»Du musst aber an der nächsten Kreuzung nach rechts«, wies Stoney sie an.

»Mach ich schon. Ich spiele nur Tourist.« Zehn Meter vor der Ampel wechselte sie wieder in die rechte Spur und bog dann ab. Der Lincoln bog ebenfalls ab, nachdem er ordnungsgemäß geblinkt und gewartet hatte.

»Was ist denn?«, fragte Sams Beifahrer mit Blick in den Seitenspiegel.

»Wahrscheinlich bin ich paranoid. Aber wenn es einer von Gorsteins Jungs ist, dann sollten sie mich nicht dabei sehen, wie ich einen Splitter kaufe. Und Nicholas' Leute sollen nicht wissen, dass du in die Sache verwickelt bist.«

»Waren sie denn schon bei unserem letzten Halt hinter uns?«

»Ich habe nichts bemerkt.«

»Dann waren sie auch nicht da. Bieg noch mal ab, damit wir sehen, was sie tun.«

Diesmal blinkte sie, wechselte dann erst die Spur und bog nach links ab. Ebenso der Lincoln, der nun direkt hinter ihnen war. Der Fahrer hatte wohl die letzten Male, als sie mit dem Taxi entkommen war, einiges dazugelernt. Diesmal wollte er sich nicht abhängen lassen.

»Verdammt«, murmelte sie.

»Häng sie doch ab.«

»Du hast das Auto gemietet. Wenn wir uns auf eine Verfolgungsjagd einlassen, werden sie deinen Namen haben.«

»Sie haben das Nummernschild sicher schon überprüft, Schatz.« Er grinste. »Glaubst du etwa, ich hätte meinen eigenen Ausweis benutzt?«

Samantha atmete erleichtert auf. »Zumindest hat einer von uns seinen Biss noch nicht verloren. Wer fährt denn das Auto?«

»Antoine Washington aus Brooklyn.«

»Ach, einer der alten Kollegen. Lass die Sachen vom Rücksitz verschwinden, ja?«

Stoney drehte sich um und griff nach der Kletterausrüstung, der schwarzen Sprühfarbe, dem Industrie-Glasschneider und stopfte alles in den Rucksack, den Samantha mitgebracht hatte. Dann legte er sich den Sicherheitsgurt wieder an.

»Fertig?«, fragte Samantha und nahm einen Lappen aus ihrer Handtasche, mit dem sie das Lenkrad, die Gangschaltung und den Türgriff abwischte. Dann reichte sie ihn an Stoney weiter, der den Griff auf seiner Seite ebenfalls abwischte. Sie streifte sich ihre Lederhandschuhe über.

»Ich bin fertig.«

»Halt dich fest.« Sie ging aufs Gas und vergrößerte den Abstand zu dem Wagen hinter ihnen. Dann schaltete sie den Rückwärtsgang ein und trat aufs Gas.

Der Jeep krachte rückwärts in den Lincoln. Sie konnten trotz der geschlossenen Fenster das Zischen der sich aufblasenden Airbags im Lincoln hören. Samantha schaltete nun wieder in den Vorwärtsgang und riss das Steuer erst nach rechts und dann nach links, wobei sie beinahe ein Taxi und einen Hotdogstand mitnahm. Dann bog sie nach links ab und ging wieder auf die zulässige Geschwindigkeit herunter.

»Hier rechts ist ein Parkhaus«, sagte Stoney und sah in den Außenspiegel. Samantha hatte sich auf ihrer Seite schon vergewissert, dass ihnen niemand folgte.

»Verstanden.« Sie fuhr die Einfahrt hoch, zog ein Ticket aus dem Automaten und parkte den Jeep. Sie stieg zuerst aus, mit dem Lappen in der Hand schloss sie die Tür, Stoney tat es ihr gleich. Schließlich wischte Samantha die Schlüssel ab und warf sie auf den Vordersitz. Das Auto würde wahrscheinlich innerhalb von zehn Minuten gestohlen werden.

»Wie kommst du darauf, dass du deinen Biss verloren hast, Schatz?«, sagte Stoney, reichte ihr den Rucksack und ging zur Treppe. »Das war doch nicht schlecht.«

»Danke, ich hoffe nur, dass der Typ im Lincoln wirklich ein Polizist war.«

Er deutete auf den Rucksack, als sie auf die Straße traten. »Wie wäre es, wenn wir die restlichen Sachen auf der Einkaufsliste getrennt besorgen und uns dann vor dem Trump Tower um …«

Sie sah auf ihre Uhr. »Um drei treffen? Dann haben wir noch ein paar Stunden.«

Stoney nickte. »Ich erledige das mit dem Splitter und der Abisolierzange. Du holst die Infrarotbrille und das Thermometer.«

»Und dann schieben wir den Braten in den Ofen.«

Stoney nahm das erste Taxi, Samantha ging zur nächsten Straßenecke und winkte eines heran. Aus der Ferne konnte sie Sirenen hören, aber da niemand auf der Straße reagierte oder sich umsah, kümmerte sie sich auch nicht darum. Sie setzte sich auf die Rückbank des Taxis und erhaschte einen Blick auf einen gemieteten Mercedes, der mit erhöhter Geschwindigkeit vorbeifuhr. Der Fahrer hatte silbergraues Haar und trug eine Ray-Ban-Sonnenbrille. Boyden Locke. Welch Zufall, es sei denn, er war ihr auch gefolgt. Ob er sie im Verdacht hatte, den Picasso gestohlen zu haben?

»Folgen Sie diesem Mercedes«, sagte sie und deutete auf den Wagen.

»Okay.« Der Fahrer gab Gas. »Sie Polizei?«, fragte er in gebrochenem Englisch.

»Ich bin seine Frau«, antwortete sie mit gequältem, beleidigtem Gesichtsausdruck.

»Keine Schüsse aus Taxi, Lady.«

»Ich will nur wissen, wohin er fährt. Keine Schießerei.«

»Okay.«

Locke fuhr um den Block und dann um den nächsten. Er hielt wohl tatsächlich nach ihr Ausschau. So viel also dazu, dass er sie als Geste der Unterstützung eingeladen hatte – zu jenem Zeitpunkt hatte er aber auch seinen Picasso noch gehabt. Wahrscheinlich hatte Patty sie angeschwärzt.

Großartig, es war also bald ein Anruf zu erwarten, und ihr würde höflich mitgeteilt werden, dass man ihre Dienste nun doch nicht in Anspruch nehmen wollte. Wenn man in Palm Beach von den Geschehnissen in New York erfuhr, dann würde sicher nicht nur Tom Donner aus Florida anrufen. Sie musste bei Aubrey Pendleton nachfragen, ob irgendjemand wegen der Ereignisse hier Termine mit ihr abgesagt hatte. Sie verfluchte Martin und Nicholas Veittsreig. Sie hatte keinerlei Vorstellung, welcher Beschäftigung sie nachgehen sollte, wenn ihre Firma den Bach heruntergehen würde.

Sie bat den Taxifahrer, sie am nächsten Elektronikmarkt abzusetzen. Veittsreig und sein Team hatten vermutlich alles Notwendige da, doch wenn sie schon als Profi mit von der Partie war, dann auch mit einer professionellen Ausrüstung. Das war Ehrensache, sie war schließlich Sam Jellicoe, Martins Tochter. Das Mädchen, das ihren Vater zu seinem Leidwesen übertrumpft hatte.

Wenn er deswegen immer noch gekränkt war, warum hatte er dann dafür gesorgt, dass sie bei diesem Job mitmachte? Hatte er vor, sie an Interpol auszuliefern, wie Rick vermutete? Sie konnte es nicht wirklich einschätzen. Martin spielte mit ihr, so wie er mit allen spielte, doch immerhin war er ihr Vater.

Im Elektronikladen eilte sie an den Regalen mit Fernsehern, Handys und iPods vorbei. Sie fand nur zwei unterschiedliche Jagdferngläser mit Infrarot- und Nachtsichtmodus, das leichtere davon schien für ihre Zwecke geeignet.

Normalerweise arbeitete sie mit einer technisch einfachen Ausrüstung, da sie es vorzog, sich auf ihre eigenen Fähigkeiten zu verlassen statt auf technische Wunderwerke mit winzigen Teilchen, die kaputtgehen konnten. Doch das Metropolitan Museum verfügte über eine sehr moderne Technik, und sie würde sich wohl daran anpassen müssen.

Sie hörte eine wohlbekannte Stimme, als sie an der Fernsehabteilung vorbeiging, und hielt an. Ricks Gesicht war auf ungefähr zwanzig Bildschirmen vervielfältigt. Er stand inmitten einer Menschenmenge, über seiner Schulter war das Schild des Planet Hollywood zu erkennen. Sie drehte einen der Fernsehapparate lauter.

»... um zwölf Uhr ein Treffen mit Martin, einem meiner Anwälte. Er wird wohl in mein Büro kommen.« Die Reporterin stellte dann eine Frage zu Miss Jellicoe und zum Hochzeitstermin. Bei Ricks »Kein Kommentar« hörte Samantha schon nicht mehr zu.

»Dieser gemeine, hinterhältige Kerl«, murmelte sie, rannte zur Kasse und bezahlte den Feldstecher – sie wollte nicht wegen Ladendiebstahls erwischt werden, wenn sie gerade dabei war, ihre Ausrüstung für einen Millionen-Auftrag zusammenzustellen.

Draußen stieg sie in ein Taxi und ließ sich zu Brookstone fahren, wo sie bestimmt ein digitales Außenthermometer erstehen konnte. Dann würde sie zu Ricks Büro fahren und herausfinden, warum zum Teufel er mit ihrem Vater in Kontakt treten wollte.

Richard ging an der verglasten Wand des Konferenzzimmers auf und ab. Hinter ihm am Tisch saß John Stillwell, der mit seiner britischen Gelassenheit und Höflichkeit bei der New Yorker Baukommission tatsächlich einige Fortschritte erzielte. Es war ein seltsames Gefühl, bei einer Verhandlung lediglich als Statist zu fungieren. Doch er hatte schließlich die Entscheidung getroffen, sein Leben mit Samantha in eine andere Richtung zu lenken als seine Ehe mit Patricia Addison-Wallis oder wie sie nun hieß. Damals hatte er sein Unternehmen ausgebaut, ein Imperium aufgebaut und große Erfolge erzielt. Er hatte aber auch versagt, und er würde seine Fehler nicht wiederholen. Sam wollte er nicht aus dem Grund verlieren, weil er zu viel Zeit damit verbrachte, sich mit Quadratmeterzahlen und Gewinnanteilen zu beschäftigen. Sein Telefon brummte.

»Addison«, sagte er beim Abnehmen.

»Sir«, Marias Stimme war zu hören, »in der Lobby ist ein Anwalt, ein Mr Martin, der Sie sprechen möchte. Er steht nicht auf der Liste …«

»Schicken Sie ihn nach oben.«

Er war also wirklich gekommen. Vom Konferenzzimmer aus hatte Richard den Vorraum mit drei der sechs Fahrstühle im Blick. Um zwölf Uhr fünfundzwanzig trat ein Mann aus dem Aufzug, sah sich um und ging dann zum Empfang. Richard beobachtete ihn durch die verglasten Wände des Konferenzzimmers.

Martin war mittelgroß, ungefähr einen halben Kopf kleiner als er selbst, hatte braunes, graumeliertes Haar und trug einen gut geschnittenen, recht teuren grauen Anzug und eine elegante Aktentasche aus Leder – er passte perfekt in ein Büro, ein Mann, den er unter anderen Umständen nicht beachtet hätte, an dem er vorübergegangen wäre.

Das war auch Samanthas Spezialität, diese erstaunliche Anpassungsfähigkeit an ihre Umgebung. Sie war wie ein Chamäleon, und erst als Rick sie besser kennengelernt hatte, war die humorvolle, unbeirrbare und sogar weichherzige Samantha zum Vorschein gekommen.

Er selbst hatte im Laufe seines Lebens eine sehr gute Beobachtungsgabe für Menschen und Situationen entwickelt. Ihm fielen die hohen Wangenknochen, die langen Finger und die lässige Art auf, mit der Martin sich bewegte. Er kannte diesen Gang, es war Sams Gang. Oder vielmehr glich der ihre dem ihres Vaters, Martin Jellicoe.

Ohne ein Wort an die Menschen hinter ihm zu richten, riss er die Tür auf und ging zum Empfang. »Mr Martin, nehme ich an«, sagte er mit leiser Stimme.

Braune Augen taxierten ihn. »Mein Mandant, vermute ich«, gab dieser zurück, wobei er Richards Tonfall nachahmte.

»Ja. Kommen Sie bitte mit in mein Büro.«

»Ich folge Ihnen.«

»Maria, stellen Sie bitte keine Anrufer durch«, sagte Richard und ging voran. Er drehte sich nicht zu Martin um. Im Büro angekommen, bot er ihm einen Stuhl an und setzte sich auf den Stuhl daneben. Er hätte sich auch an seinen Schreibtisch setzen können, doch dies war ein etwas heikles Zusammentreffen. Dieser Mann war der Vater der Frau, die er liebte, und stellte wahrscheinlich auch die größte Bedrohung für ihr Wohlbefinden dar. Sie sollten sich wohl auf gleicher Ebene begegnen.

»Ich sollte mich vielleicht vorstellen«, sagte er nach einer Weile. »Rick Addison.«

»Ich weiß, wer Sie sind. Sie sind der Brite, der meine Tochter vögelt.«

»Wenn Sie es so ausdrücken wollen.« Rick senkte den Kopf. Der Kampf hatte begonnen. »Für mich ist die Sache etwas komplizierter.«

»Vermutlich in dem Moment, als sie Ihnen gesagt hat, dass ich nicht tot bin.«

»Es heißt, dass Sie jetzt für Interpol arbeiten. Haben Sie das in den letzten drei Jahren gemacht?«

»Sie gehen ja direkt zur Sache. Haben Sie so Samantha rumgekriegt?«

Rick ignorierte die Bemerkung. »Ich frage nur, weil Sie ja die vergangenen fünf Monate wussten, wo sich Samantha aufhält, und Sie keinen Versuch gemacht haben, sie zu sehen. Das haben Sie erst vor fünf Tagen getan, und ein paar Stunden später wurde sie festgenommen. Da muss man doch misstrauisch werden.«

»Sie denken, ich hätte meine eigene Tochter reingelegt?«

»Wenn ich wirklich davon ausgehen würde, würde ich Sie gleich erschießen. Wenn ich es noch nicht deutlich gemacht habe, ich mag Sie nicht.«

»Natürlich mögen Sie mich nicht. Weil es Ihr Ego verletzt,

dass Samantha bereit ist, alles umzuschmeißen, um mit ihrem Vater zusammen zu sein? Sie sind wohl nicht so wichtig für Sie wie ich.«

»Sie sind sicherlich ein größeres Problem für sie als ich.«

»Ja, klar, ich bin nicht derjenige, der sie vor Fernsehkameras zerrt und wegen dem Fotos von ihr in den Zeitungen erscheinen. Ich will Ihnen mal was sagen, Addison. Dem Mädchen habe ich alles beigebracht, was sie weiß, und sie hat Millionen Dollar damit gemacht, das umzusetzen, was sie von mir gelernt hat. Sie sind doch nur eine Episode.«

»Nun, ich bin aber nicht derjenige, der einen Deal mit den Behörden machen musste, um aus dem Gefängnis zu kommen. Vielleicht ist sie Ihnen einfach über den Kopf gewachsen.«

»Sie können mich mal, Addison.«

Aha, da hatte er wohl einen wunden Punkt getroffen.

»Warum haben Sie sie jetzt mit reingezogen, nachdem Sie es drei Jahre nicht für nötig hielten, sich zu melden?«

»In was reingezogen? Sie sind ein ziemlich paranoider Typ, Addison.«

Rick lächelte kühl und geschäftsmäßig. »Wenn Sie es nicht wissen, werde ich es Ihnen sicher nicht sagen. Es scheint mir jedoch angesichts Ihrer … Zugehörigkeit zu Interpol, dass der Kontakt zu Samantha nicht gut für sie sein kann. Besonders nicht unter dubiosen Umständen.«

Der Einbrecher beugte sich leicht nach vorne. »Sam denkt, dass sie alles weiß. Tut sie aber nicht, und es ist meine Aufgabe, sie zu erziehen. Nicht Ihre.«

»Wir könnten uns darauf einigen, dass wir uns da nicht einig sind. Mich interessiert eigentlich nur, ob Sie Samanthas Wohlergehen im Sinn haben oder nicht. Ich glaube immer noch, dass es Ihnen nicht um Ihre Tochter geht. Und ich überlege, ob ich Ihnen hier einen schmerzhaften Denkzettel verpassen sollte, dafür, dass Sie sie in Gefahr gebracht haben.«

Jellicoe – Rick konnte sich einfach nicht überwinden, ihn

Martin zu nennen – lehnte sich wieder auf seinem Stuhl zurück. »Ich habe meine Gründe dafür, dass ich mich an sie gewandt habe.«

»Und die wären?«

»Wenn sie Ihnen nicht davon erzählt hat, werde ich es auch nicht tun.« Jellicoe lächelte. »Vielleicht stehen Sie ihr doch nicht so nahe, wie Sie glauben.«

Richard bemühte sich, seine Wut im Zaum zu halten. Je mehr Informationen er diesem Mann entlocken konnte, desto besser. »Zu welchem Zweck soll Samantha dabei eingesetzt werden?«, hakte er nach. »Sie halten Interpol auf dem Laufenden, das bedeutet doch, dass Sie Samantha gefährden.«

Zum ersten Mal war die Irritation Jellicoe anzumerken. »Sie weiß genau, welcher Gefahr sie sich aussetzt. Es gehört zu ihrem Job, Risiko gegen Gewinn abzuwägen und dann die Entscheidung zu treffen, ob sie sich darauf einlässt oder nicht. Es sieht so aus, als hätte sie beschlossen, wieder mit ihrem Vater zusammenzuarbeiten.«

»Obwohl sie sich aus dem Geschäft zurückgezogen hat.«

Ihr Vater kicherte. »Ja, sie hat sich ungefähr so zurückgezogen wie zum Beispiel Michael Jordan.«

Rick versuchte, langsam und gleichmäßig zu atmen und seine Hände, die er zu Fäusten geballt hatte, zu entspannen. »Und Sie wissen das natürlich, weil Sie so viel mit ihr zu tun hatten, seit sie ihre Entscheidung getroffen hat.«

»Ich kenne meine Tochter. Wollten Sie mich deswegen treffen? Damit Sie mir vorwerfen können, dass ich mich nicht genug um sie kümmere?«

»Bestimmt nicht, da ich mir bewusst bin, in welche Schwierigkeiten sie durch Ihr Auftauchen überhaupt erst gerät.«

»Vielleicht sollten wir uns darauf einigen, dass wir uns nicht einig sind, Addison. Sie sagen, dass es Ärger geben wird, und ich sage, dass sie genau das sucht. Und sie arbeitet wieder mit mir zusammen, weil sie weiß, dass ihr alter Vater ihr immer noch einiges beibringen kann.« Er stand auf und nahm seine Aktentasche. »Wenn das jetzt alles war, ich muss noch weiter zu einem Termin.«

»Wenn sich Interpol einschaltet, um Veittsreig und sein Team hochzunehmen, was haben Sie sich für Samantha ausgedacht?« Rick ließ nicht locker und stand ebenfalls auf. »Oder haben Sie das noch gar nicht bedacht?«

»Ich weiß, was ich selbst vorhabe. Ich werde mir einen neuen Namen zulegen und ein großes Haus am Mittelmeer kaufen. Es scheint ja, dass Samantha das alles schon hat. Noch nicht den neuen Namen, aber ich denke mal, sie arbeitet daran. Ich glaube nicht, dass sie in der Beziehung meine Hilfe braucht.«

Er ging zur Tür, und Rick sah ihm nach. »Ihre Tochter ist eine unglaubliche junge Frau«, sagte er, als Jellicoe die Tür öffnete. »Und nicht etwa, weil sie eine Einbrecherin ist. Und ganz bestimmt ist das nicht dem Einfluss zuzuschreiben, den Sie auf sie gehabt haben.«

»Richtig, ich habe die Nachrichten verfolgt. Sie haben sie kennengelernt, weil sie in Ihr Haus eingebrochen ist. Sie können sich ja weiterhin etwas vormachen, wenn Sie dann nachts besser schlafen können, Addison. Wie ich bereits gesagt habe, ich kenne meine Tochter. Sie ist wie ich. *Adios,* Rick.« Mit einem Lächeln, das nicht annähernd so charmant war wie das seiner Tochter, trat Martin Jellicoe durch die Tür und ging zu den Aufzügen.

Rick trat hinüber zum Fenster. Er hatte sich wohl von Martin eine Zusicherung erhofft, dass jemand im Team auf Samantha aufpassen würde oder zumindest auf ihrer Seite wäre. Was er nun gehört hatte, war nicht sehr beruhigend, im Gegenteil. Ganz gleich, auf welcher Seite sich Samantha befand, Interpol brachte bestimmt nicht mehr Sympathie für sie auf als die New Yorker Polizei, eher noch weniger. Und ohne eine Abmachung mit ihnen würde sich dieser Verein wahrscheinlich auf die Gelegenheit stürzen, Samantha für dreißig oder vierzig Jahre hinter Gitter zu bringen. Es sei denn, ihrem kleinen Trupp gelang es, etwas anderes in die Wege zu leiten.

Noch beunruhigender war, dass Martin zu glauben schien, Samantha irgendeine Lektion erteilen zu müssen. Unter den gegebenen Umständen konnte diese Verschiedenes beinhalten – etwa wie man etwas aus einem Museum stahl, wie man ein doppeltes Spiel mit seinem Team spielte und für Interpol arbeitete, oder dass man seinem eigenen Vater nicht vertrauen konnte, wenn es um Geld ging. All diese drei Lektionen gaben Anlass zur Beunruhigung.

Mochte Martin doch behaupten, dass Sam ihm glich, und es selbst auch glauben. Richard wusste es besser, denn er kannte Samantha Elisabeth Jellicoe. Er wusste, dass sie das Richtige tun würde – selbst wenn sie damit ihr eigenes Wohlergehen aufs Spiel setzen würde. Und nichts lag ihm mehr am Herzen als ihr Wohlergehen.

17

Sonntag, 13.40 Uhr

Samantha fuhr mit dem Fahrstuhl in den fünfzigsten Stock des Addisco-Gebäudes. Oben angekommen, konnte sie durch die Glasscheibe Rick im zentralen, verglasten Konferenzraum sehen. Sie legte ihren Rucksack auf einen Stuhl und behielt dabei ihr Ziel im Auge.

Sie war mit Jeans und einem ärmellosen T-Shirt für diesen Ort zu leger gekleidet, doch heute war sie auch nicht hier, um sich anzupassen. Rick sollte sie zur Kenntnis nehmen. Die meisten der Angestellten kannten sie schon, und niemand stellte sich ihr in den Weg. Als sie zum Konferenzzimmer kam, riss sie die Flügeltür auf.

»Hallo Rick«, sagte sie mit eiskalter Stimme.

Er drehte sich auf seinem Stuhl zu ihr um. »Samantha, was …«

»Kann ich dich mal kurz sprechen, Schatz?«, unterbrach sie ihn und ignorierte das erstaunte Gemurmel der Anwesenden.

Ricks Gesichtsausdruck erstarrte. »Natürlich, kannst du einen Moment auf mich in meinem Büro warten?«

Sie konnte ihn schwerlich in der Öffentlichkeit anschreien, also machte sie kehrt und marschierte in sein Büro. Auf dem Weg dorthin nahm sie ihren Rucksack wieder an sich. Im Büro ging sie wutentbrannt auf und ab, zu gerne hätte sie dabei etwas zerschmettert, wenn es in diesem Raum etwas Geeignetes gegeben hätte. Verglichen mit seinen opulenten Privathäusern konnte man Ricks Büro nur als spartanisch bezeichnen. Endlich öffnete sich die Tür, und Rick kam herein.

»Wie du vielleicht bemerkt hast«, herrschte er sie an, »war ich gerade sehr beschäftigt.«

»Ist mir scheißegal. Was denkst du dir dabei, auf Sendung zu gehen, damit sich Martin mit dir trifft? Im Fernsehen auftreten und Leute zu dir zitieren.«

»Bei dir hat es damals funktioniert«, sagte er mit leiser und beherrschter Stimme.

»Und dann hast du gedacht, du könntest es ja mal bei Martin probieren? Bist du extra dorthin, um seine Aufmerksamkeit zu erregen?«

»Ja, bin ich. Du hingegen bist mitten in der Nacht weg, um ihn zu treffen.«

»Er ist mein Vater.«

»Ja, eben deswegen wollte ich mit ihm sprechen.«

»Wieso, wolltest du ihn etwa um Erlaubnis fragen, ob du mir den Hof machen kannst? Wie kannst du es wagen, dich so in mein Leben zu drängen, ohne mich auch nur zu fragen! Ganz abgesehen davon, dass Nicholas und sein Team dich möglicherweise auch gesehen haben. Was zum Teufel glaubst du denn, was sie von deinem Treffen mit Martin halten würden?«

Rick ging zum Schreibtisch und wieder zurück. Seine Körperhaltung verriet, dass er ebenso aufgebracht war wie sie. Gut so, nach einem einseitigen Streit stand ihr auch nicht der Sinn.

»Du wirst doch in zwei Tagen in ein Museum einbrechen, stimmt's?«, fragte er mit seinem besten Devonshire-Akzent.

»Ja, werde ich, und ich brauche deine Einwilligung dafür auch nicht …«

»Vergiss es, ich wollte einfach den Mann treffen, der nach drei Jahren wieder in dein Leben geschneit ist, nur um dich in etwas sehr Dubioses reinzuziehen«, unterbrach er sie. »Und ich nehme mir das Recht heraus, mich in dein Leben einzumischen, weil es mir wichtig ist.«

»Du …«

»Deinen Vater habe ich nicht nach Geheimnissen oder Einblicken in deinen Charakter gefragt, oder nach seiner Erlaubnis, mit dir zusammen zu sein. Ich habe ihn gefragt, warum er mit diesem Job wieder zu dir gekommen ist. Und ich habe keine zufriedenstellende Antwort bekommen.«

»Die du zufrieden…«

»Hast du ihn denn gefragt, ob er einen Fluchtplan für dich hat, wenn er Interpol von der Aktion unterrichtet? Meine Vermutung ist nämlich, dass er keinen hat. Er hat keinen, Samantha. Er wird keine selbstlose, heroische Tat vollbringen, um dich für deine Unterstützung zu belohnen oder deine Freiheit zu beschützen.«

Sie schlug nach ihm, Rick wehrte den Schlag mit seinem Unterarm ab und packte sie am Handgelenk.

»Lass mich los!«, schrie sie.

»Niemals«, rief er aufgebracht.

Mit einem Schrei befreite sie ihren Arm und ging auf ihn los. Sie fielen über den Schreibtisch und landeten auf dem Boden vor dem Fenster. Samantha konnte keinen klaren Gedanken mehr fassen, in ihrem Kopf war nur noch blinde Wut. Plötzlich begann sie zu schluchzen, und Rick, der unter ihr lag, schlang seine Arme um sie und drückte sie an seine Brust.

»Ich habe gerade … keinen Zusammenbruch«, schluchzte sie.

»Ja, ich weiß.«

»Ich bin sehr wütend auf dich.«

»Natürlich.«

»Warum hast du mit ihm gesprochen?«

»Weil ich mir Sorgen um dich mache.« Sein Griff lockerte sich ein wenig, und er begann, sie hin und her zu wiegen.

Sie richtete ihren Oberkörper auf und saß nun auf seinen Schenkeln. »Hör auf damit. Ich bin doch kein kleines Kind.«

Er setzte sich ebenfalls hin und stützte seine Arme hinter sich auf. »Habe ich das etwa behauptet?« Einen Moment sagte er nichts mehr. »Als mein Vater und meine Mutter starben, Sam«, setzte er unvermittelt an, »da war ich zweitausend Meilen weit weg im Internat. Es war sehr hart. Wenn mein Vater da plötzlich aufgetaucht wäre und mich gezwungen hätte, zurück in die Schule zu gehen, während ich gerade dabei war, seinen Tod zu verarbeiten – ich kann mir das nicht einmal vorstellen.«

»Das ist es gar nicht«, sagte sie schniefend und wischte sich mit der Hand über die Augen. Sie hasste Tränen und vermied sie tunlichst. Nur Rick gelang es offenbar, sie zum Weinen zu bringen.

»Was ist es dann?«

Sie verschränkte ihre Hände und flocht ihre schlanken Finger ineinander. »Ich wollte nicht, dass du ihn kennenlernst«, sagte sie schließlich, ihre Stimme klang dünn und zittrig.

Rick veränderte seine Position und legte einen Arm um ihre Schultern. »He, Sam. Du bist nicht er, wenn du das etwa denkst.«

Sie blickte in seine tiefblauen Augen, die sie mitfühlend ansahen.

»Aber es könnte doch sein. Ich hasse es, Museen zu bestehlen, und … ich bin immer noch so erregt, dass ich kaum geradeaus sehen kann. Und ich weiß, wie hoch das Risiko ist, dass ich geschnappt werde. Ich verheimliche dir Dinge und schleiche mich nachts aus dem Haus, nur um … es zu tun. Mein Geschäft läuft zwar immer besser, aber jedes Mal, wenn ich einen meiner ›Kunden‹ treffe, denke ich, den könnte ich bis aufs letzte Hemd ausnehmen, und er wüsste nicht, wie ihm geschähe. Und jetzt ist mir Boyden Locke auf den Fersen, was bedeutet, dass er mir misstraut und mit ihm wahrscheinlich alle anderen Kunden. Und Patty hat angerufen, sie glaubt, ich hätte sie reingelegt. Ich habe ihr gesagt, dass bei ihr wohl ein Exorzismus vonnöten ist, aber vielleicht bin ich diejenige, die einen braucht.«

»Du schleichst dich nachts aus dem Haus?«

»Damit ich mich wieder hineinschleichen kann.« Sie schlug mit den Fäusten auf ihre Schenkel. »Ich bin eine absolute Katastrophe. Warum willst du nur, dass ich bei dir bleibe?«

Er fuhr langsam mit seinen Fingern durch ihr Haar. »Weil du immer wieder in mein Haus einbrichst«, flüsterte er ihr ins Ohr. »Und weil du mir das Leben gerettet hast, als wir uns kennengelernt haben. Und weil du dein Leben riskierst, um anderen zu helfen.«

Sie seufzte, sie war wieder gefasster. »Okay, also ich bin toll. Ich bin zwar verrückt, aber ich bin toll.«

»Genau.« Er küsste sie auf den Kopf, fasste sie am Kinn und gab ihr einen zärtlichen Kuss auf den Mund. Samantha schmiegte sich an ihn, und Rick schloss erleichtert die Augen. Er war zwar sehr beunruhigt, doch wollte er erst darüber nachdenken, wenn er dazu Zeit hatte. Es war nicht ihr erster Streit, doch noch nie war sie so kurz davor gewesen, ihn zu schlagen. Das war es aber gar nicht, was ihm Sorgen bereitete.

Mit einem Seufzer stand Sam schließlich auf und reichte ihm ihre Hand, um ihm aufzuhelfen. Trotz des blauen Flecks, den er an seiner Hüfte spürte, schlug er ihre Hilfe aus.

»Gib mir ein paar Minuten, und dann können wir hier weg«, sagte er.

»Nein, ist schon okay. Ich muss noch Stoney treffen, um den Rest der Ausrüstung abzuholen.«

»Ich dachte, ihr wärt zusammen einkaufen gewesen.«

»Waren wir auch, bis uns die Bullen aufgespürt haben, die dann ihren Wagen zu Schrott gefahren haben. Sobald wir den Mietwagen los waren, haben wir uns getrennt.« Ihr Mund verzog sich zu einem Grinsen, wie immer, wenn sie über sich selbst lachen musste.

»Dann war dein Tag also zumindest keine Verschwendung«, sagte er leichthin, legte den Arm um sie und ging mit ihr aus dem Zimmer.

»Vermutlich nicht. Veittsreig wird mich wahrscheinlich anrufen, bevor du nach Hause kommst. Wenn ich vorher weg muss, werde ich dir einen Zettel auf den Nachttisch legen.«

Rick musste all seine Willenskraft aufbieten, um sie durch seine Bürotür gehen zu lassen. Wenn er jedoch jetzt versuchen würde, sie zurückzuhalten, dann würde er eine Mauer zwischen ihnen errichten, die kaum wieder zu durchbrechen wäre. »Bitte sei vorsichtig«, sagte er und hoffte, dass er mit dieser Ermahnung nicht schon zu weit ging. »Wie du gesagt hast, diese Leute sind Killer.«

»Ich frage mich, was für ein Typ ihr Auftraggeber ist.«

»Lass uns das lieber erst gar nicht herausfinden.«

Samantha drehte sich zu ihm, legte ihre Hände auf seine Schultern und küsste ihn sanft auf den Mund. Sie streichelte noch flüchtig seine Wange und ging dann zum Fahrstuhl.

Richard lehnte sich an den Türrahmen, steckte sein Hemd in die Hose und versuchte, seine Jacke glatt zu streichen. Armani stellte zwar tragbare Kleidungsstücke her, doch sie waren nicht wirklich für Angriffe im Stil von amerikanischen Footballspielern gemacht.

Er konnte Samanthas Anspannung wegen des Diebstahls nachvollziehen, auch wenn sie nur unter Zwang mitmachte. Inzwischen war er bei einigen kleineren Einbrüchen mit dabei gewesen, auf der Seite der Anständigen, und diese Momente zählten zu den aufregendsten seines Lebens. Der Nervenkitzel und die Herausforderung waren daran mindestens ebenso verlockend wie das Geld, das man damit machen konnte.

Ein anderer Gedanke beschäftigte ihn nun. Er hatte versucht, geduldig zu sein, sie ihr Unternehmen in ihrem Tempo und auf ihre Weise aufbauen zu lassen. Er hatte angenommen, dass sie mit zunehmendem Erfolg ihrer Firma gar nicht mehr daran denken würde, sich von ihm abzuwenden und in ihr altes, spannungsreiches Leben zurückzukehren. Es war ihm nicht in den Sinn gekommen, dass ihr die neue Beschäftigung überhaupt keinen Spaß machte.

Was konnte ein Einbrecher, der sich auf dem Zenit seines Könnens zur Ruhe gesetzt hatte, sonst noch tun? Herumsitzen und Kreuzworträtsel lösen wohl kaum, sie wäre nicht Samantha, wenn sie sich damit arrangieren würde. Bodyguard? Sie mochte keine Waffen, und sie wäre zu viel unterwegs. Professionelle Ringerin? Zu sehr im Rampenlicht und nicht gerade eine intellektuelle Herausforderung, auch wenn ihn der Einfall durchaus amüsierte.

Er schloss für einen Moment die Augen. Sie mussten beide gründlich nachdenken. Keiner von ihnen würde glücklich werden, wenn sie eine Arbeit machte, an der sie keinen Gefallen fand. Besonders dann nicht, wenn ihre Beschäftigung nur dazu diente, ihn zu beruhigen oder mit einem Bein in der alten Branche zu bleiben. Er wollte auch nicht, dass ihre Kunden ihr den Rücken kehrten, weil es ihrem Vater gelungen war, sie wieder mit einem Diebstahl in Verbindung zu bringen. Wenn sie die Firma aufgab, dann sollte es ihre eigene Entscheidung sein und nicht dem Misstrauen der Kunden zuzuschreiben sein.

Er biss die Zähne zusammen und ging in die Besprechung zurück. Die wichtigste Aufgabe war, erst mal sicherzustellen, dass Samantha frei und unversehrt blieb. Das bedeutete wohl, dass er weder Interpol noch die Polizei oder irgendjemanden sonst kontaktieren konnte. Er hielt inne. Traf das wirklich zu? Er blieb auf dem Absatz stehen, ging zurück in sein Büro, schloss die Tür und setzte sich an seinen Schreibtisch. Er nahm einen tiefen Atemzug, griff dann zum Telefon und wählte.

»Tom Donner.«

»Hallo, Tom.«

»Hi, Rick. Ich bin bei Micks Baseballspiel. Rate mal, wer gerade doppelte Punkte geholt hat?«

Richard lächelte, sein Familienleben ging Tom über alles. Er fragte sich, ob er wohl jemals auf einer Tribüne sitzen und seinen Sohn oder seine Tochter anfeuern würde. Dienstag, Rick, konzentriere dich.

»Ich denk mal, dass es Mike war«, antwortete er. »Richte ihm meine Glückwünsche aus.«

»Werde ich.« Tom hielt inne. »Was gibt es?«

»Du bist auf Anwaltsvorschuss, oder? Also alles, was ich dir erzähle, wird vertraulich behandelt, richtig?«

»Ja, warum? Wurde Jellicoe wieder festgenommen?«

»Noch nicht.«

»Noch nicht? Das klingt nicht allzu vielversprechend. Warte mal. Ich klettere hinter die Snackbar, da kann ich dich besser verstehen.«

»Nicht, dass du Micks Spiel verpasst.«

»Er ist noch nicht wieder auf dem Feld. So, okay, also was ist los?«

»Jemand wird am Dienstag das Metropolitan Museum of Art ausrauben.«

»Was? Hat sie dir das erzählt? Gib der Polizei Bescheid, Rick.«

»Es handelt sich um eine verdeckte Operation von Interpol. Samantha hilft dabei … einem Freund von ihr, der bei der Operation mitmacht. Das Problem ist, dass sie selbst keine Abmachung mit der Behörde hat.«

»Dann sollte sie aussteigen.«

»Kann sie aber nicht. Es ist kompliziert. Sie haben damit gedroht, uns beide umzubringen, falls sie nicht kooperiert.«

»Interpol hat das getan? Das ist ja Wahnsinn.«

»Nicht Interpol. Die Ganoven. Ich will einfach nur herausfinden, ob wir irgendetwas machen könnten, um das Risiko für sie zu minimieren.«

»Ich bin Jurist, Rick.« Tom fluchte unflätig. »Und was ist mit deinem Risiko? Sie hat vielleicht die New Yorker Polizei überzeugt, dass sie den Hogarth nicht genommen hat, doch wenn sie im Museum festgenommen wird, wird sich das anders darstellen. Und du wirst da voll mit drinstecken, entweder als Komplize oder als Schwachkopf, der nicht gemerkt hat, was sich da vor seinen Augen abspielt.«

Richard saß eine Weile wortlos da, er rief sich ins Gedächtnis, dass Tom nicht wusste, dass er bei dem Einbruch bei den Hodges dabei gewesen war, und zweitens, dass ihn sein Anwalt nur schützen wollte und dass ihn niemand als Schwachkopf bezeichnet hatte.

»Noch einmal«, sagte er langsam, »kann man irgendetwas tun, um sie aus der Schusslinie zu nehmen?«

»Lass mich mal nachdenken. Ich bin mit ein paar Typen vom Ministerium zur Schule gegangen. Mal sehen, ob ich etwas herausfinden kann. Aber es ist Sonntag, erwarte also keine Wunder.«

»Gerade jetzt, Tom, wäre ein Wunder sehr willkommen.«

»Also gut, ich ruf dich dann an.«

»Ich warte.«

Währenddessen würde er selbst die unterschiedlichen Optionen im Kopf durchspielen.

Samantha bezahlte den Taxifahrer und sprang vor ihrem Haus aus dem Auto. Stoney hatte einen erstklassigen Splitter besorgt und dazu drei verschiedene Abisolierzangen, sie konnte sich die beste aussuchen. Sie hatte sich bedankt und war gegangen – sie hatte nichts von Ricks Überraschungsauftritt im Fernsehen und seiner Einladung an Martin gesagt, auch nichts darüber, dass Locke sie suchte, wahrscheinlich um seinen Picasso zurückzuholen.

Sie war sich nicht sicher, warum sie ihm nichts von alldem erzählt hatte. Soweit sie sich erinnern konnte, hatte sie mit Stoney immer über alles sprechen können. Er war sogar derjenige gewesen, der ihr die ersten Tampons gekauft hatte, auch wenn sie dabei gemerkt hatte, dass auch er seine Grenzen hatte. Doch als ihr Rick erklärt hatte, warum er Martin hatte sehen wollen, und ihr berichtet hatte, dass dieser keinen Fluchtplan für sie hatte – das war so bedrohlich, dass sie nicht wusste, wie sie damit umgehen sollte. Sie hatte immer für sich selbst gesorgt, und am Dienstag musste sie das eben auch tun. Ein Lebensmotto, das Martin ihr tief eingeprägt hatte, war, dass man immer auf sich selbst achtgeben musste.

Selbst Stoney handelte bis zu einem gewissen Grad nach diesem Prinzip, sie war immer diejenige gewesen, die alles riskiert hatte, während er das Diebesgut nur weiterverkauft hatte. Dabei hatte er auch sehr viel Geld gemacht.

Rick ging jedoch anders vor. Sie hatte ihn schon erlebt, wie er Geschäfte machte, da konnte er sich von einem Moment zum nächsten in einen Berserker verwandeln und alle Gegner in Reichweite niedermachen. Aber wenn es um sie ging, riskierte er Kopf und Kragen, das hatte er schon mehrmals bewiesen. Normalerweise ging es für beide gut aus, zumindest bis jetzt, sie hatten wohl einfach Glück gehabt.

Als sie den Rucksack vom Gehsteig aufheben und zur Haustür gehen wollte, hörte sie, wie hinter ihr ein Auto an den Bordstein heranfuhr. Sie sah sich nicht um, griff jedoch den schweren Rucksack fester. Er könnte eine beachtliche Beule an einem Kopf hinterlassen, wenn das notwendig sein sollte.

»Sam.«

Eine Silbe reichte aus, um die Stimme zu erkennen. Veittsreig. Natürlich rief er nicht einfach an, um ein Treffen zu vereinbaren, wenn er auch vorbeifahren und sie holen konnte. So viel also zu dem Plan, Rick eine Notiz zu hinterlassen. Verdammt.

Sie drehte sich um. »Hast du dich verfahren?«

Er saß auf dem Beifahrersitz des schwarzen Ford Explorer und schüttelte den Kopf.

»Steig ein.«

»Die Bullen beobachten wahrscheinlich das Haus.«

»Also mach schnell.«

Sie machte ein verärgertes Gesicht und gehorchte. »Das war ziemlich doof, findest du nicht auch?«, bemerkte sie, als sie auf den Sitz in der Mitte kletterte. Die beiden Männer, die auf dem Rücksitz saßen, machten ihr Platz.

»Vielleicht will ich ja, dass dich die Bullen mit uns sehen«, gab Nicholas zurück. »Nur um sicherzugehen, dass du hundert Prozent bei dem Projekt dabei bist.«

»Oh, jetzt ist es ein Projekt? Ich dachte, es wäre ein Diebstahl. Wenn ich das geahnt hätte, dann hätte ich Eisstiele und Pfeifenreiniger statt einem Glasschneider mitgebracht.«

»Soll ich dich wieder nach Kabeln absuchen, Sam?«

»Nein. Wer sind denn deine Freunde hier? Ich erkenne natürlich Bono.« Der Mann neben ihr mit langem, fettigem Haar, einer Hakennase und Sonnenbrille runzelte die Stirn.

»Bono, das passt.« Nicholas schnaubte lachend. »Er heißt Eric. Der am anderen Fenster ist Dolph, und unser Fahrer heißt Wulf.«

»Wer fehlt denn außer Martin? Du hast gesagt, die Beute würde durch sieben geteilt.«

»Das ist richtig. Zwei Anteile für mich, ich habe schließlich alles organisiert.«

»Vermutlich werde ich erst am Dienstag wissen, ob du das wert bist oder nicht.«

Nicholas drehte sich nach hinten um und sah sie an. »Ich bin nicht derjenige, um den wir uns Sorgen machen müssen.«

Schon wieder Drohungen. In dem Geschäft gehörten sie ebenso dazu wie Glasschneider.

»Wenn das nun das große Treffen geben soll, wo ist dann Martin?«, fragte Samantha weiter.

»Wir werden ihn dort treffen. Ich dachte, ich erspare dir das Taxigeld und die Mühe, die Polizisten loszuwerden, die hinter dir her sind.«

»Danke, wenn sie nur nicht dir folgen. Du hast dich nun schon viermal an meinem Haus sehen lassen.«

»Wulf?«, fragte Veittsreig.

»Niemand folgt uns«, sagte der Fahrer mit einem starken deutschen Akzent. Trotzdem drehte er mit dem Explorer noch eine halbe Stunde lang Runden durch Manhattan.

Samantha war froh über diese Vorsicht, wenn auch diese an den Tag gelegte Gewissenhaftigkeit nichts Gutes für sie und Martin bedeutete. Wenn Interpol die Leute hochnahm, dann hätten diese eine ziemlich genaue Vorstellung, wer die Information weitergegeben hatte. Wenn es stimmte, was Rick über seine Unterhaltung mit Martin gesagt hatte, und sie hatte schließlich keinen Grund, ihm zu misstrauen, dann musste sie sich einen Fluchtplan ausdenken. Einen guten.

»Habt ihr euch verfahren?«, fragte sie schließlich. »Vor Dienstag würde ich gerne den Schlachtplan sehen. Und die Schaltpläne.«

»In fünf Minuten sind wir da. Gib Bono deinen Rucksack.«

Bono alias Eric beschwerte sich auf Deutsch bei Veittsreig, dass er über den Namen gar nicht lachen konnte.

Samantha tat, als ob sie nichts verstünde, und stellte ihren Rucksack mit missmutigem Gesicht auf Erics Schoß. »Bitte nichts kaputt machen. Es ist alles neu.«

Eric holte den Splitter heraus. »GPS«, knurrte er.

»Das ist ein elektronischer Splitter, du Depp«, berichtigte ihn Samantha. »Damit kann man Teile des Alarmsystems ausschalten.«

»Warum ist er denn neu? Hattest du keinen, Jellicoe?«

»Doch, aber der ist in Palm Beach. Ich bin ja zum Urlaub nach New York gekommen. Wegen euch musste ich das Zeug organisieren. Ich wollte gut vorbereitet sein.«

Eric verkündete auf Deutsch, dass der Inhalt ihres Rucksacks koscher war. Er stopfte alles zurück in den Rucksack und reichte ihn Samantha.

»Danke. Heißt das, dass ich bestanden habe? Bin ich jetzt in eurem Club?«

»Ja, jetzt kannst du zum Lager fahren, Wulf.«

Diese Einbrecherbanden schienen wohl immer Lager anzumieten. Da Samantha stets alleine gearbeitet hatte, war ihr nicht klar, wozu. In ihren Augen war es eher auffällig, wenn ein Lager von einer Gruppe von Männern gemietet wurde, es aber keine regelmäßigen Warenlieferungen gab. Doch sie war ja eine Gesetzesbrecherin, keine Hüterin von Recht und Ordnung.

Sie hielten vor einem unauffälligen Lagergebäude am Fluss, gegenüber von New Jersey. Dolph stieg aus, tippte am Tor einen Code ein, den sie sich sofort merkte, und schob dann das Wellblechtor nach oben. Der Explorer fuhr darunter durch, und Dolph schloss das Tor wieder.

»Das ist also das streng geheime Hauptquartier«, sagte Samantha beim Aussteigen. »Es ist … geräumig.«

Martin kam hinter einem Turm von Kisten hervor auf sie zu. »Jellicoe und Jellicoe, wieder vereint.«

»Hi, Martin.«

»So viel zu deinem kurzen Ruhestand. Ich habe immer gesagt, dass ein wahrer Champion nicht aufhören kann, solange er noch Spitzenleistungen bringt. Es ist nichts für ihn. Er muss weiterkämpfen, bis er ganz unten angekommen ist.«

»Und wir wissen, auf welcher Höhe du dich befindest, stimmt's, Martin?« Veittsreig kicherte und schlug ihrem Vater auf den Rücken. »Lass uns die Pläne anschauen, okay?«

Samantha stellte ihren Rucksack auf eine der unzähligen Kisten. Ihr Blick fiel auf einen schwarz umgespritzten UPS-Transporter, der die Aufschrift SWAT trug. Der Transporter sah nun aus wie ein Fahrzeug dieser Spezialeinheit der Polizei. »Bevor wir anfangen, habe ich noch eine Frage.«

»Und die wäre?«

»Ich vermute mal, ihr habt die Sache schon seit Wochen geplant. Warum holt ihr mich erst drei Tage vorher dazu?«

»Erst mal«, sagte Nicholas und warf ihr ein Bier zu, »wussten wir nicht, dass du zur richtigen Zeit in New York sein wirst. Als wir dann davon erfuhren, wäre es doch dumm gewesen, die Gelegenheit nicht wahrzunehmen. Zweitens, die Anfrage für die Stradivari kam erst letzte Woche rein, und wir wussten nicht, wie wir das noch hinkriegen sollten, bei all den andern Sachen.«

»Ihr habt also noch einen Mann mehr gebraucht.«

»Eine Frau«, sagte Dolph und starrte auf ihre Brust. Großartig, so ein Typ mit Hormonüberschuss.

»Und drittens, ein Pfuscher, wie du uns so gerne bezeichnest«, fuhr Nicholas fort, »wäre nicht in der Lage, sich in drei Tagen einzuarbeiten und gut vorzubereiten. Ich wette aber darauf, dass du es kannst.«

»Womit du deine Intelligenz zeigst«, sagte Samantha und schenkte Veittsreig ein Lächeln. »Aber taugst du auch etwas als Einbrecher?«

Nicholas rollte die Grundrisse und Schaltpläne auf.

»Überzeuge dich selbst.«

18

Sonntag, 22.47 Uhr

Als sie zuhause ankam, machte ihr Rick die Eingangstür auf.

»Du hast keine Nachricht hinterlassen«, sagte er, nahm ihre Hand mit dem Schlüssel und zog sie ins Haus.

»Dazu hatte ich keine Gelegenheit«, sagte sie erschöpft, warf ihren Rucksack in den Kleiderschrank und zog sich ein Sweatshirt über, das sie darin fand. Es war ein kühler Abend, und Wulf hatte sie ein paar Straßen entfernt herausgelassen, von dort hatte sie ein Taxi genommen. »Sie sind hier vorbeigefahren und haben mich vor der Tür abgefangen.« Auf ihrem Sweatshirt war der Aufdruck »Oxford« zu lesen, und es roch nach Ricks Aftershave.

Stoney kam nun hinter Rick zum Vorschein. »Du solltest deine Sachen nicht da drin lassen. Wenn die Polizei kommt, werden sie dort zuerst suchen.«

»Das weiß ich«, grummelte sie. »Kann ich ein Sandwich und ein Aspirin kriegen, bevor ihr hier die Show mit dem guten Milliardär und dem bösen Hehler abzieht?«

»Natürlich kannst du das.« Rick fasste sie an der Schulter und führte sie zur Küche.

»Gut«, sagte sie. »Und ich will keine schlechten Nachrichten auf leeren Magen hören, okay?« Sie spürte, wie sich Ricks Hände verkrampften, sich dann aber wieder entspannten.

»Verstanden.«

Kurz vor der Küchentür drehte sie sich um und sah, dass Stoney ihnen hinterherkam. »Was machst du eigentlich hier? Und du sagst, die Bullen seien misstrauisch.«

»Addison rief mich an, als du nicht zurückgekommen bist. Ich bin über die Feuerleiter geklettert und durchs Fenster eingestiegen.«

Trotz ihrer Erschöpfung musste sie lachen. »Du hast einen Bruch gemacht?«

»Mehr einen Einstieg«, sagte Rick. »Ich habe ihm das Fenster geöffnet.«

Sie legte einen Arm um Ricks Hüften. »Ihr seid meine Jungs.« Samantha setzte sich an den kleinen Küchentisch, und Rick ging zur Vorratskammer. Er holte einen Teller und Brot heraus, stellte es auf dem Tresen ab und ging zum Kühlschrank.

»Wo ist denn Vilseau?«

»Unter den gegebenen Umständen hielt ich es für angebracht, Vilseau und Wilder in Sicherheit zu bringen«, gab er zurück. »Die nächsten Tage habe ich ihnen freigegeben. Und Ben ebenfalls.«

»Aber sie schlafen doch hier.«

Er grinste. »Ich muss mich wohl klarer ausdrücken. Ich habe sie dafür bezahlt, dass sie die nächsten Tage freinehmen, und zwar recht großzügig.«

»Verstehe.«

»Erdnussbutter oder Truthahn?«

»Truthahn, wenig Mayo, viel Senf.«

Rick hob eine Augenbraue. »Sehe ich aus wie ein Koch?«

»Ja, bis Vilseau zurückkommt, schon. Denn außer Pizza in der Mikrowelle ist das wohl eher dein Bereich, Schatz.«

Mit einem Grinsen bestrich er eine Scheibe Brot mit Senf. »Na wunderbar. Ich muss nun ein Millionen-Dollar-Geschäft zum Abschluss bringen und dazu noch kochen? Möchtest du Tomaten?«

»Ja, gerne, Liebling.«

»Ähm, hier drüben ist ein unschuldiger Zuschauer, dem schon übel wird.« Stoney stand im Türrahmen und winkte ihnen zu.

»Soll dir Rick ein Sandwich machen?«

»He«, protestierte Rick.

»Nein, danke, ich hab schon bei Delroy gegessen.« Stoney schnitt eine Grimasse. »Der Mann kann wunderbar backen, aber er macht ein Steak so ungenießbar wie niemand sonst.«

»Warum bist du nicht ins Hotel?«

»Das wollte ich ja, aber dann machte Delroy dieses vorwurfsvolle Gesicht. Also schlafe ich weiter auf seinem verdammt unbequemen Sofa und esse das Zeug, das er mir auftischt.«

»Du hast wirklich ein weiches Herz.« Langsam gewann Samantha ihren Sinn für Humor wieder, und ihre Kopfschmerzen ließen nach. Sie ging zur Ablage und riss für ihr Sandwich ein Salatblatt ab.

»Erinnere mich doch noch mal daran, dass ihr beide kriminelle Meisterhirne seid und ich ein Immobilienmagnat, der über Milliarden verfügt, ja?« Rick beugte sich zu ihr und küsste sie. Er tat sein Bestes, um Samanthas Bitte nachzukommen und eine unbeschwerte Stimmung zu verbreiten, zumindest bis sie gegessen hatte. Der Abend würde noch unangenehmer werden, als sie ahnte – sie war nicht die Einzige mit schlechten Nachrichten.

Samantha ging zum Kühlschrank und goss sich ein Glas Limonade ein. Dann durchstöberte sie die Schränke, bis sie Aspirin fand. »Stoney, ich habe Tortillachips gefunden«, sagte sie und schüttelte die Tüte.

»He, hör auf, sie so durchzurütteln«, murrte Barstone und kam mit für einen so gewichtigen Mann erstaunlicher Geschwindigkeit auf sie zu. »Du brichst noch alle Ecken ab.« Er nahm die Tüte an sich und ging zurück zum Tisch. »Kannst du mir bitte ein Glas Limonade einschenken, Liebes.«

»Ja natürlich, und du, Rick?«

»Danke, für mich nichts.« Rick fiel auf, dass sie eine ziemlich skurrile Familie ergaben, doch ihr Schicksal hatte sie zusammengeschweißt. Er war sich zwar nicht sicher, ob er Walter

Barstone jemals mögen würde, doch in den vergangenen zwei Tagen hatte dieser Mann ihm einigen Respekt abgenötigt. Walter legte eine aufrichtige Fürsorge für Samantha an den Tag, auch wenn sein Einfluss nicht immer der beste war. Verglichen mit Martin Jellicoe war der Mann jedoch ein Heiliger.

»Alles okay?«, fragte Samantha und stupste Rick mit dem Ellbogen in den Rücken, als sie an ihm vorbei zum Tisch ging.

Er riss sich aus seinen Gedanken. »Ich habe darüber nachgedacht, wie fesch du in meinem alten Pullover von der Uni aussiehst.«

»Fesch?«

»Na, niedlich eben.« Er schichtete ihr gewaltiges Sandwich aufeinander, holte ein Messer aus der Schublade hervor und schnitt es in zwei Hälften. »Das Abendessen ist angerichtet, meine Dame«, sagte er großspurig, trug den Teller zum Tisch und setzte sich auf den Stuhl neben sie.

Gierig verschlang Samantha eine Hälfte des Sandwichs und stibitzte dann eine Handvoll Tortillachips von Walter. »Veittsreig arbeitet mit drei Deutschen zusammen.«

»Kennst du einen von denen?«, fragte Walter. Dabei griff er nach einer Ecke der Chipstüte, und sie zog sie vorsichtig wieder in seine Reichweite.

»Nein, ich kannte keinen. Offenbar gehören sie fest zu Veittsreigs Team.«

»Wie sieht der Plan aus?«

»Wir gehen zwanzig Minuten bevor das Museum schließt rein. Ich soll den Hauptalarm ausschalten, das heißt die Brandschutztüren«, erklärte sie mit Blick auf Richard, »und ebenso die äußeren Sensoren, die Videoanlage und den Polizeinotruf. Und dann begebe ich mich zum Instrumentenraum und nehme die Stradivari an mich. Die anderen kümmern sich um die Gemälde.«

»Die Leute werden dich bemerken«, sagte Richard und verschränkte seine Hände ineinander, »ob die Kameras nun an sind oder nicht. Zwanzig Minuten vor Schluss ist …«

»Es ist absoluter Irrsinn. Ich denke, Veittsreig geht davon aus, dass das Chaos bei mehr Leuten größer sein wird und so unsere Chancen steigen, unbemerkt entwischen zu können, bevor sie das Alarmsystem wieder aktiviert haben.« Sie nahm die zweite Hälfte des Sandwichs in die Hand und biss hinein. »Wenn ich es geplant hätte, ich würde um zwei Uhr morgens mit einem Team von drei Leuten übers Dach einsteigen. Aber ich würde sowieso kein Museum berauben.«

»Ich vermute mal, dass sie bewaffnet sein werden?« Rick beugte sich zu ihr und strich ihr eine Haarsträhne hinters Ohr. Wenn man ihr zuhörte und von ihrem Vorleben wusste, dann erwartete man eine muskelbepackte Amazone mit Superkräften und nicht den gerade mal ein Meter sechzig großen, sechzig Kilo schweren Wirbelwind, der vor ihm saß.

»Ja, sie haben sogar Martin eine Glock-Pistole gegeben und waren ziemlich verärgert, als ich sagte, dass ich keine Waffe tragen werde. Vielleicht wäre es doch ratsam, weil es am Ende auf zwei gegen vier hinausläuft.«

»Was dieses Verhältnis angeht, bin ich mir nicht so sicher«, sagte Richard und wünschte, dass er ihr das unter vier Augen beibringen könnte, oder noch besser, dass er es ihr gar nicht sagen müsste.

»Was meinst du damit?«, fragte sie.

»Heute Mittag habe ich ein paar Anrufe getätigt.«

Sie warf den Rest ihres Sandwichs zurück auf den Teller. »Du hast Donner angerufen, stimmt's? Verdammt, Rick, kapierst du denn immer noch nicht, wie diese Typen drauf sind? Wenn sie etwas riechen, irgendetwas, dann werden sie Martin und mir eine Kugel in den Kopf jagen und sich dann dich vorknöpfen.«

»Sie können aber gar nichts riechen.«

Sie runzelte die Stirn. »Was meinst du?«

»Tom kennt ein paar Leute im Ministerium, die kennen wiederum Leute vom FBI. Er hat dort anklingen lassen, dass ich dem Met einige meiner Kunstwerke leihen möchte. Mit ein wenig Druck entlockte er dann einem FBI-Beamten die Information, dass in New York eine Operation durchgeführt wird. FBI und Interpol sind auf den Zugriff vorbereitet – am Freitag. Sie werden auch als Besucher getarnte Agenten im Museum positionieren.«

»Am Freitag«, wiederholte Walter, seine dunkle Haut wirkte plötzlich grau. Samantha saß eine ganze Weile da, ohne ein Wort zu sagen. Bei jedem anderen Menschen würde Richard annehmen, dass er wie vor den Kopf gestoßen sei. Aber nicht bei seiner Samantha. Sie dachte sicher nach und ließ sich alles durch den Kopf gehen. Schließlich nickte sie.

»In gewisser Hinsicht fühle ich mich damit besser.«

»Besser? Weil Martin Interpol an der …«

»Nein, Stoney, weil Martin mich nicht in die Falle laufen lässt. Ich habe schon geahnt, dass er irgendjemand hinters Licht führt, und habe gedacht, dass ich es sein würde. Aber er hat mich für einen sauberen Job mit dazugeholt. Jedenfalls für seine Version davon.«

»In einem Museum, mit bewaffneten Typen?«

»Im Gegensatz zu mir hatte Martin nie ein Problem mit Museen. Er hat dazu immer gesagt, ich sei ein Snob.«

Richard sah sie an. »Wenn ich mal darauf hinweisen darf, du machst jetzt bei einem ganz ordinären Diebstahl mit.«

»Eins nach dem andern.« Sie wollte aufstehen.

»Nein, das zuerst«, beharrte Rick und drückte sie auf den Stuhl zurück.

»Ich muss da mitmachen, Rick«, sagte sie mit fester Stimme. »Wenn ich jetzt kneife, werden sie mich das büßen lassen. Sie vertrauen mir nun endlich, und somit bin ich in einer günstigeren Position. Wenn ich aber jetzt irgendwas Suspektes unternehme, dann bin ich erledigt.«

»Und wenn du mitmachst, wirst du auf andere Weise büßen müssen. Da reinzugehen und inmitten einer Menschenmenge mit Waffengewalt abzuräumen, das ist keine Fassadenkletterei. Es ist bewaffneter Raub. Hast du eine Ahnung, was alles dabei schiefgehen kann? Wenn du festgenommen wirst, selbst wenn niemand erschossen wird, kriegst du dafür zwanzig Jahre Gefängnis. Lebenslänglich, wenn sie etwas über deine Vergangenheit herausfinden.«

Sie grinste ihn an. »Schenk mir doch ein wenig Vertrauen, Sahneprinz. Und gib mir ein paar Minuten zum Nachdenken und tu nicht so, als ob du Einstein wärst, okay?«

Er ließ Samantha los. Sie schob den Stuhl nach hinten, stand auf und ging zur Tür.

»Einstein war aber kein Engländer«, rief ihr Rick hinterher.

Samantha warf ihm einen entnervten Blick zu. »Dann eben Sir Galahad. Ich gehe jetzt duschen. Stoney, fahr du zurück zu Delroy. Ich ruf dich an, sobald ich mir etwas ausgedacht habe.« Sie ging hinaus, und die beiden Männer blieben stumm sitzen.

Nach einer Weile brach Walter das Schweigen. »Sie wird einen Ausweg finden, sie findet immer einen.«

»Aber sie wird nicht versuchen, einen Weg zu finden, aus der Sache ganz auszusteigen«, entgegnete Rick. »Sie will es durchziehen.«

»Wahrscheinlich nur, um zu sehen, ob sie es kann.«

»Was mich beunruhigt, ist, dass sie nicht sicher ist.« Das und die Tatsache, dass es das Ende ihrer Beziehung sein würde, wenn sie nun einen ganz gewöhnlichen Raub durchzog. Er konnte ihren Einbruch bei den Hodges rechtfertigen. Doch diese Museumsaktion war eine ganz andere Kategorie, mit möglicherweise schwerwiegenden Folgen. Ganz gleich, wie sehr er sie liebte, er konnte nicht zulassen, dass sie sein Haus, seine Existenz als Operationsbasis benutzte.

Er seufzte und stand auf. »Komm, ich helfe dir durchs Fenster.«

Walter erhob sich ebenfalls. »Okay, aber die Chips nehme ich mit.«

Samantha hatte gesagt, dass sie Zeit zum Nachdenken brauchte, doch Richard wollte sie daran erinnern, dass es hier um mehr als nur um einen gefährlichen Job ging. Hier stand ihre gemeinsame Zukunft auf dem Spiel.

Er half Walter durch das Fenster und sah ihm nach, wie er die Feuerleiter hinunterkletterte. Dann schloss er das Fenster wieder und ging nach unten, um den Alarm einzuschalten.

Als er wieder nach oben kam, hörte er, wie eine Tür geschlossen wurde. Samantha war jedoch schon unter der Dusche – er konnte sie durch die Schlafzimmertür hören. Er ging zur übernächsten Tür. Verdammt.

»John?«, sagte er und klopfte leise an die Tür.

Nach ein paar Sekunden wurde die Tür geöffnet. »Ja, Sir?«

»Wie kommen Sie zurecht?«

»Gut, Sir. Ich, ähm, jetzt, wo der Koch nicht da ist, wie ist das mit den Mahlzeiten geregelt? Mit dem Frühstück?«

»Bedienen Sie sich selbst. Die Schränke sind voll. Oder lassen Sie sich etwas bringen.« Er hielt inne. »Brauchen Sie Handtücher oder eine Decke?«

»Nein, Sir, ich habe alles. Mir geht's gut. Das … Sie haben ein herrliches Haus.«

»Danke.« Er trat ein paar Schritte zurück. »Also dann, gute Nacht.«

»Gute Nacht, Sir.«

»Und bitte, ich heiße Rick.«

»Ja, Sir. Rick. Ich werde mich daran gewöhnen.«

»Oh, und der Alarm ist an. Wenn Sie eine Tür nach außen oder ein Fenster öffnen, wird er ausgelöst.«

»Ich werde daran denken, Rick. Danke.«

Die Tür wurde wieder geschlossen, es war das gleiche Geräusch wie ein paar Minuten zuvor. Rick fragte sich nun, wo John Stillwell gewesen war, als sie in der Küche gesessen hatten.

Und wie hatte Rick nur vergessen können, dass noch jemand im Haus war? So etwas war ihm noch nie passiert.

Richard öffnete die Tür des Schlafzimmers und schloss sie hinter sich ab. Er schleuderte seine Schuhe in die Ecke und knöpfte das weinrote Hemd auf, das er den ganzen Tag angehabt hatte. Dann zog er sich Hemd und Hose aus und ging zum Badezimmer, an der Tür entledigte er sich seiner Boxershorts und Socken.

»Ich habe noch was vergessen, Yank«, sagte er und schob die Tür zur Dusche auf. Sie stand mit dem Gesicht ihm zugewandt da, der Seifenschaum lief an ihrer nackten, nassen Haut in feinen Rinnsalen herunter. Sein Körper reagierte sofort, er betrat die große Duschkabine und schob die Tür hinter sich zu.

»Das sehe ich«, bemerkte sie, als ihr Blick auf seinen Schwanz fiel.

»Wir haben einen Gast im Haus.« Sie sah ihm wieder ins Gesicht. »Stoney kann nicht hierbleiben.«

»Nein, es ist John Stillwell.«

»Der Typ, dem ich heute Morgen eins übergezogen habe?«

»Ja, da ich ein bisschen … abgelenkt bin, habe ich ihn hergeholt, damit er mir bei einigen Dingen hilft.«

»Er ist also hier, jetzt in diesem Moment?«

»Ja, im Gästezimmer.«

»Das hast du nur getan, damit ich mich nicht wieder dorthin verziehen kann.«

»Genau, das ist meine hinterlistige Art. Ich bezahle einem Mann fast eine halbe Million Dollar jährlich, damit du unser Bett nicht verlässt.«

»Gut, dann weiß ich jetzt Bescheid. Geh jetzt, ich bin immer noch am Überlegen.« Sie drehte ihm den Rücken zu und hielt ihr Gesicht unter das heiße Wasser.

»Denk auch hier dran«, murmelte er, umschlang sie von hinten und liebkoste ihre Brustwarzen. Unter seinen Fingern wurden sie hart.

»Rick, du …«

»Und hier dran«, fuhr er fort, beugte sich herunter und begann an ihrem Ohr und ihrem Nacken zu knabbern.

Sie versuchte, sich umzudrehen, doch er hielt sie fest, ihr Hintern an seinem Schwanz machte ihn so scharf, dass es schmerzte. Er ließ eine Hand zwischen ihre Beine gleiten und strich mit den Fingern über ihre Falten, dann schob er sie mit seinem Körper nach vorne und drang langsam in sie ein.

Samantha hielt sich an der Duschstange fest, und er stieß sie schnell und heftig. Das klatschende Geräusch ihrer nassen Haut versetzte ihn in eine Art Trance, er stöhnte und ließ eine Hand nach oben zu ihren Brüsten gleiten. Sicher konnte sie das auch fühlen – dass sie füreinander geschaffen waren, dass sie ihm auf eine Weise gehörte, die über den Verstand hinausging. Und er gehörte ihr ebenso.

»Gott«, entfuhr es ihr mit rauer Stimme, ihre Muskeln zogen sich um ihn zusammen.

»Wie ich es liebe, wenn du für mich kommst«, flüsterte er und steigerte seinen Rhythmus, bis er schließlich selbst mit einem Stöhnen zum Höhepunkt kam.

Er hielt sie noch eine Weile heftig atmend fest, auf ihren Körpern vermischten sich Seife, Schweiß und Wasser. Schließlich zog er sich aus ihr heraus. »Ich wollte dich nur daran erinnern, dass du über mehr nachzudenken hast als über einen Diebstahl«, sagte er, öffnete die Tür, stieg aus der Duschkabine und griff nach einem Handtuch.

»Rick?« Er drehte sich zu ihr um. Ein klitschnasser Waschlappen landete in seinem Gesicht. Wütend griff er danach und schaute auf Samantha, die ihn betrachtete.

»Das habe ich nicht vergessen«, sagte sie mit sanfter Stimme. »Komm wieder zurück und wasch mir den Rücken.«

Richard ließ das Handtuch fallen und stieg wieder in die Duschkabine.

19

Montag, 7.40 Uhr

»Es ist nicht unbedingt nötig, dass ich ins Büro gehe«, sagte Rick während er sich seine schwarz-graue Krawatte umband.

Samantha saß an dem kleinen Tisch am Schlafzimmerfenster und blätterte im Katalog des Metropolitan Museum of Art, den sie bei ihrem Besuch mit Stoney dort gekauft hatte. »Doch, musst du«, sagte sie und starrte auf das Foto der Stradivari, die sie am nächsten Tag stehlen sollte. »Ich schreibe dir nicht noch eine Entschuldigung dafür, dass du deine Verhandlungen verpasst.«

»Deswegen habe ich doch Stillwell dazugeholt, damit ich zur Stelle sein kann, falls etwas Unvorhergesehenes geschieht.«

Sie sah ihn an. »Du hast ihn eingestellt, damit du Zeit hast, mir nachzuspionieren? Du bist nicht meine Mutter und auch nicht mein Bewährungshelfer.«

Rick runzelte die Stirn. »Schon gut.« Er ging zur Tür und schloss sie leise. »Er hat uns vielleicht gehört.«

»Heute Morgen? Wir haben nichts Unbedachtes gesagt.«

»Nicht heute Morgen, sondern gestern Abend.«

»Gestern … Oh, verdammt.« Sie hielt inne. »Du meinst nicht den Sex in der Dusche, sondern das Gespräch in der Küche, oder?«

»Genau.«

»Verdammt, dann musst du ihn wohl feuern.«

»Er hat aber nichts verkehrt gemacht. Im Gegenteil, er hat gestern vielleicht eine halbe Million Grundsteuer jährlich für mich gespart.« Rick sah über ihre Schulter auf das Foto.

»Ist es nicht ein wenig scheinheilig von dir, davon auszugehen, dass er Ärger bringen wird?«

Sie grinste ihn an. »Du hattest doch auch damit recht, dass ich Ärger machen werde.«

»Behalte ihn einfach nur im Auge, bis wir mehr wissen.«

»Mir behagt die Vorstellung gar nicht, einen Spion im Haus zu haben.«

Er seufzte. »Mir auch nicht, aber ich werde schon mit ihm fertig.« Er setzte sich neben sie. »Ich habe ihn eingestellt, weil sich mein Leben in den vergangenen Monaten drastisch verändert hat und ich mich umstellen möchte. Ja, du bist der Grund für die Veränderung.« Rick griff nach ihrem Glas Cola light und nahm einen Schluck. »Es ist einfach kein Kaffee.«

»Gott sei Dank. Geh jetzt zur Arbeit. Ich werde die Liste noch einmal durchgehen und überprüfen, ob ich auch alles habe.«

Er kippte ihren Stuhl nach hinten und küsste sie von oben. »Ich rufe dich an, sobald ich dazu komme.« Er setzte den Stuhl wieder auf dem Boden ab, griff nach seinem Jackett und ging zur Tür.

Als Samantha ihm nachsah, kam ihr plötzlich eine Idee. Die Lösung, wie sie Veittsreig drankriegen und verhindern konnte, dass Martin seinen Deal mit Interpol nicht einhielt, ohne dass irgendein Verdacht auf Rick fiel. Ihr Herz setzte einen Moment aus, um dann umso schneller weiterzuschlagen. »He, Brit«, rief sie, sprang auf und eilte zum Treppenabsatz.

Rick blieb auf der Treppe stehen und sah zu ihr nach oben. »Was ist?«

»Ich liebe dich.«

Er sah sie entgeistert an. »Ich liebe dich auch, Yank.« Er überlegte, ob er wieder hochkommen sollte.

»Ruf mich an«, sagte sie und lächelte ihm zu. »Wir können zusammen zu Mittag essen. Und vergiss nicht, Stillwell mit ins Büro zu nehmen.«

Er grinste, deutete eine Verbeugung an und ging die Treppe

hinunter. Samantha wartete und hörte die beiden Männerstimmen. Dann fiel die Haustür zu.

Sie eilte zurück ins Schlafzimmer und griff nach ihrem Handy, das im Ladegerät steckte. Sie wählte eine Nummer, die sie einmal gesehen und sich gemerkt hatte. Sie drückte so schnell auf die Tasten, dass sie es sich nicht noch anders überlegen konnte.

»Gorstein«, meldete sich die Stimme am anderen Ende.

»Detective, hier ist Jellicoe. Ich möchte mich gerne mit Ihnen unterhalten.«

Einen Augenblick war nichts zu hören. Sie hatte ihn also überrascht.

»Kommen Sie zur Wache.«

»Nein, kommen Sie um halb neun zum Frühstück ins Art Café auf dem Broadway.« So würde ihr genug Zeit bleiben, um mögliche Verfolger abzuschütteln.

»Ich habe schon gefrühstückt.«

»Das macht nichts. Werden Sie kommen?«

»Ja, ich werde dort sein.«

»Wenn ich Uniformen oder Handschellen sehe, Gorstein, dann werde ich denken, dass Sie Böses vorhaben.«

»Sie leiden unter Paranoia, Lady.«

»Vergessen Sie das nicht.«

Heute spielte es eigentlich keine Rolle, ob ihr die Polizei folgte, doch es ging ums Prinzip. Außerdem wollte sie nicht riskieren, dass ihr Wulf, Bono oder sonst jemand aus Veittsreigs Team auf den Fersen war, wenn sie sich mit einem Polizisten traf. Noch dazu ein Polizist, den diese Leute schon beim Betreten ihres Hauses gesehen hatten.

Kurz überlegte sie, ob sie Rick eine Notiz hinterlassen sollte. Doch falls ihr Plan nicht aufgehen sollte, dann würden ein paar Zeilen als Erklärung wohl kaum ausreichen. Sie nahm ihr Telefon, ihren Geldbeutel und den Museumskatalog, verließ das Haus und winkte ein Taxi heran.

Nach vier verschiedenen Taxis stieg sie schließlich vor dem Art Café aus. Ihr gefiel dieser unprätentiöse Ort – es gab gutes, bezahlbares Essen, außerdem kannten Veittsreig und sein Team das Café bestimmt nicht.

»Ms Jellicoe.«

Detective Gorstein kam um die Ecke, er war pünktlich. Das war nun also der Mann, dem sie ihre Seele offenbaren sollte. Ihr brillanter Plan bestand darin, Gorstein alles zu beichten in der Hoffnung, dass er lieber ein paar notorische Kunstdiebe hochnehmen und sich mit Interpol und dem FBI gut stellen wollte, statt sie und Martin hinter Gitter zu bringen. Was den Diebstahl bei den Hodges anging, hatte sie noch keine Entscheidung getroffen. Es schien einfach nicht richtig, ein Verbrechen zu gestehen, dessen sie nicht einmal verdächtigt wurde.

Man sah Gorstein nicht an, dass er Polizist war, im Gegensatz zu Frank Castillo in Palm Beach. Es war also nicht auffällig, sich in der Öffentlichkeit mit ihm zu unterhalten. Sie mochte ihn zwar immer noch nicht, doch das war zweitrangig. Alle, die etwas über sie wussten, würden denken, sie träfe sich mit einem Hehler oder Antiquitätenhändler.

Plötzlich kam ihr ein Gedanke, der ihr Herz stocken ließ: Gorstein sah nicht wie ein Bulle aus, und doch hatte ihn Nicholas als solchen identifiziert, als er die Diamanten abholen wollte. Nicholas war gerade erst nach New York gekommen, wie hatte er also wissen können, wer Gorstein war? Nun, es gab dafür nur eine Erklärung. Gorstein hatte keine saubere Weste. Was bedeutete, dass ihr Plan einem Selbstmord gleichkam.

»Gehen wir rein?«, fragte er und hielt ihr die Tür auf. Sie musste es herausfinden. Unbewusst hatte sie ihm so weit vertraut, dass sie ihn angerufen hatte. Wenn sie einen Fehler gemacht hatte, dann wusste Nicholas jetzt genau, wo sie war, und wartete nur darauf, zu sehen, ob sie ihn an die Polizei auslieferte.

Sie betraten das Café. »Da das hier so unauffällig wie möglich ablaufen soll, haben Sie eigentlich einen Vornamen? Außer Detective natürlich.«

»Ja, Sam.«

Samantha blinzelte irritiert. »Sie machen Witze, oder?«

»Nein.«

»Nun, so werde ich Sie nicht nennen.«

»Habe ich mir schon gedacht.«

Sie wollte etwas Zeit schinden, um alle Unterhaltungen, die sie mit ihm geführt hatte, im Geiste noch einmal durchgehen zu können. Samantha bestellte Pfannkuchen mit Banane und Walnuss und eine Cola light, er Kaffee und einen Muffin. Es tat nicht wirklich etwas zur Sache, doch das war ein typisches Polizistenfrühstück.

»Sagten Sie nicht, Sie hätten schon gegessen?«, bemerkte sie und sah sich um, ob sie jemanden kannte. Doch unter den Gästen war kein bekanntes Gesicht.

»Einen Kaugummi und ein Pfefferminzbonbon.«

»Sie versuchen gerade mit dem Rauchen aufzuhören, oder? Das erklärt auch, warum Sie so reizbar sind.«

»Ich rauche nicht«, sagte er mürrisch. »Und ich bin immer reizbar.« Ohne seinen Zahnstocher, auf dem er an diesem Morgen nicht kaute, sah er gar nicht so übel aus. Das ließ sie zwar in einem noch zweifelhafteren Licht erscheinen, doch man konnte es für das Motiv ihres Treffens halten – wenn sie denn ein anderes Motiv brauchte als das, dass sie sich ihm anvertrauen wollte.

Nachdem der Kellner das Essen gebracht hatte, stützte Samantha ihre Ellbogen auf dem kleinen braunen Tisch auf, der in einer Nische im hinteren Bereich des Cafés stand. »Irgendwelche Spuren der gestohlenen Kunstwerke?«

Als sie sich nach vorne neigte, lehnte er sich zurück. »Wenn Sie mich treffen wollten, um etwas aus mir rauszulocken, vergessen Sie's. Ich habe viel zu tun.« Man konnte seinen Frust herausören. Es klang ehrlich, was ein gutes Zeichen war, es sei denn, er war ein besserer Schauspieler als sie selbst. Sie war wirklich eine Idiotin, sich ohne Absicherung in diese Situation zu begeben. Ihr blieb trotzdem die Hoffnung, die Situation für sich nutzen zu können.

Sie lächelte. »Ich will gar nichts aus Ihnen herauslocken. Aber in meiner Position muss ich vorsichtig sein, wissen Sie.« Das klang gut.

»Und was ist Ihre Position?«

»Sie haben gesagt, dass Sie schon einmal hinter meinem Vater her waren. Haben Sie ihn je gesehen? Ich meine, wie konnten Sie wissen, dass Sie hinter Martin Jellicoe her waren?« Besonders, da er nicht einmal der Dieb gewesen war. Doch wenn Gorstein nicht sauber war, dann hatte er Martin wahrscheinlich danach gesehen – und vor kurzem.

»Nein, ich bin ihm nicht begegnet. Nicht damals. Dieser Schweinehund, entschuldigen Sie bitte, ich weiß, er war Ihr Vater, aber er war wirklich einer.«

»Das weiß ich. Er hat mir nie viel darüber erzählt, wie er seinen Lebensunterhalt verdiente, aber so viel weiß ich.« Sie würde nicht alles preisgeben, sie war ja keine Idiotin.

»Irgendwie gefiel mir Ihre Art, wie Sie mich gleich herausgefordert haben. Aber wenn Sie mich an der Nase herumführen, dann werde ich einen Weg finden, Sie dranzukriegen. Das schwöre ich Ihnen. Außerdem weiß ich, dass Sie gestern dafür verantwortlich waren, dass ein Wagen von uns zu Schrott gefahren wurde.«

»Was Sie nicht beweisen können. Und ich halte Sie nicht zum Narren, versprochen.«

Es glich einem Wunder, dass sie nicht schreiend weglief, so blank lagen ihre Nerven.

»Damals hatte ich keine Ahnung, wer für den Einbruch verantwortlich war. Acht Monate später nahm die Polizei in Miami Jellicoe unter spanischen Dublonen begraben im

Historischen Museum in Südflorida fest. Der Tathergang passte zu meinem Fall, und sie riefen mich an. Ich flog nach Miami, um ihn zu verhören, doch er sagte kein Wort. Er lächelte nur, hatte sein Beweis-es-mir-doch-Gesicht aufgesetzt. Er wusste, dass ich dazu nicht in der Lage war. Sehr gewieft.« Er stellte seine Tasse so unsanft ab, dass der Kaffee auf die Untertasse schwappte. »Wie viele Jahre hat er noch mal bekommen?«

»Einhundertachtzehn«, antwortete sie leise.

»Einhundertachtzehn Jahre Gefängnis, und ich konnte ihm nicht nachweisen, dass er den Warhol gestohlen hatte. Was würde ich nicht dafür geben, derjenige gewesen zu sein, der ihn drangekriegt hat.«

Samantha erforschte seinen Gesichtsausdruck, aus seiner Stimme und seinen Worten konnte sie Frustration und Wut heraushören. Sie konnte sich nicht vorstellen, dass der Mann ihr gegenüber sich jemals darauf einlassen würde, mit ihrem Vater zusammenzuarbeiten, und noch weniger, dass er ihm dabei helfen würde, nach einem so spektakulären Diebstahl davonzukommen.

Martin hatte Gorstein zuvor schon einmal gesehen. Bestimmt hatte er den Polizeibeamten in den Nachrichten erkannt, in der Nacht, als sie festgenommen wurde, und dann an dem Abend, als er zu ihr gekommen war, um sie um Hilfe zu bitten. Voller Erleichterung stellte sie fest, dass diese Erklärung Sinn ergab.

»Der Warhol wurde vor acht Jahren gestohlen«, sagte sie und machte sich innerlich sprungbereit, um blitzschnell zu verschwinden. Eigentlich sollte sie einem ehrlichen Polizisten nicht mehr trauen als einem unehrlichen, wenn auch aus unterschiedlichen Gründen. Sie wettete darauf, dass dieser Polizist hier zur ehrlichen Sorte gehörte. Und dass sie ihm trauen konnte. »Es ist also verjährt.«

»Es ärgert mich immer noch. Und der Bastard ist tot, ich

kann kein Bekenntnis auf dem Totenbett mehr erwarten. Wie ich offene Enden hasse.«

»Nun, da ich darauf hoffe, mit Ihnen eine Art Partnerschaft eingehen zu können, kann ich Ihnen sagen, dass der Warhol in einer privaten Sammlung in Amsterdam gelandet ist. Er ist immer noch dort, soweit ich weiß.«

Gorsteins braune Augen verengten sich. »Wollen Sie damit etwa das sagen, was ich denke?«

»Ich habe ihn gestohlen.«

Er sprang auf. Samantha streckte eine Hand aus, die andere griff nach dem Buttermesser auf dem Tisch. »Verjährt, mein Lieber. Sie können mich dafür nicht festnehmen.«

»Sind Sie hier, um sich daran zu ergötzen, dass ich hinter dem falschen Jellicoe her war und jetzt nichts mehr tun kann?«

Sie packte sein Handgelenk und zog ihn zurück in die Nische. »Gorstein, leise bitte«, zischte sie. »Nein, ich bin nicht hier, um mich hämisch zu freuen. Sie haben mir eine Cola gebracht und waren ehrlich zu mir. Vielleicht kann ich das mit dem Warhol wiedergutmachen.«

»Ach ja? Und wie wollen Sie das anstellen?«

»Okay. Ich werde keinen offiziellen oder inoffiziellen Spitzel spielen. Ich werde Ihnen ein paar Sachen erzählen, da ich nur zwei Optionen habe, und bei der einen werde ich auf dem Friedhof enden und bei der anderen werde ich … einiges verlieren, was ich nicht verlieren möchte. Sie sind die dritte Option.«

»Sie haben den Hogarth und den Picasso gestohlen, stimmt's? Ich weiß es, Sie …«

»Nein, ich war es nicht.« Sie sprach nun noch leiser. »Ich stelle nur eine Bedingung, und zwar die, dass Sie mir zuhören, bis ich zu Ende geredet habe.«

Gorstein setzte sich aufrecht auf die Stuhlkante. »Und dann kann ich Sie festnehmen.«

Ihre Fingerspitzen wurden eiskalt. »Das wäre dann die vierte Option, aber die überlasse ich Ihnen.«

»Ich bin es langsam leid, ständig die gleiche Unterhaltung führen zu müssen«, sagte Richard, der am Kopfende des Konferenztisches stand. »Wenn die Stadtverwaltung lieber mitten in Manhattan ein heruntergekommenes Gebäude mit fünfunddreißig Stockwerken stehen haben möchte und mein Angebot ausschlägt, zwanzig Millionen für ein Wohnbauprojekt für Menschen mit geringem Einkommen zu spenden, dann müssen Sie nur noch einmal die Verkehrsbelastung erwähnen, und die Sache hat sich erledigt.«

John Stillwell räusperte sich, als Rick zum Fenster hinüberging. »Ich denke, Mr Addison möchte damit sagen, dass die verstärkte Verkehrsbelastung unerheblich ist im Vergleich mit der Aufwertung, zu der ein Fünf-Sterne-Hotel inmitten des innerstädtischen Bezirks führen wird. Es schafft Arbeitsplätze, und die Steuereinnahmen werden erhöht. Mr Addison hat bis jetzt sehr viel Geduld aufgebracht, aber irgendwann wird es zum Verlustgeschäft, und wir werden es aufgeben müssen.«

»Aber wir müssen doch beachten …«

»Das kann doch nicht wahr sein!« Richard ging zur Tür. »Meine Leute, bitte raus jetzt.« Seine Angestellten gingen an ihm vorbei zum Empfang, während die Leute von der Stadtverwaltung sitzen blieben und sich fassungslos ansahen. Rick schickte sich auch an, den Raum zu verlassen, und blieb an der Tür stehen. »Sie haben noch einmal fünfzehn Minuten, um zu beraten, was Sie möchten.« Dann schloss er die Tür.

»Rick?«, sagte Stillwell und kam mit einem Stapel Unterlagen auf ihn zu.

»Nein, wir werden uns nicht weiter mit dem Projekt beschäftigen, bis ich eine Antwort von der Stadt habe. Holen Sie sich einen Kaffee. Ich will in der nächsten Viertelstunde niemanden sehen. Ach ja, und noch was, John!«

»Ja, Sir?«

»Das eben war eine tolle Vorstellung von böser Bulle, guter Bulle. Gut gemacht.«

Stillwell musste lächeln, sah dann in Richtung der Glaswände und machte wieder ein ernstes Gesicht. »Danke.«

Das Team ging in verschiedene Richtungen auseinander. Rick wünschte, er könnte die Tür des Konferenzraumes abschließen.

Auf dem Weg zu seinem Büro klingelte sein Handy, es war Samanthas Klingelzeichen. Er griff nach dem Telefon an seinem Gürtel und öffnete es. »Hallo, meine Liebe.«

»Bist du gerade sehr beschäftigt?«

»Wir streiken die nächsten vierzehn Minuten«, sagte er und blieb stehen, erschrocken über ihre tonlose Stimme. »Was ist los?«

»Ich wäre dir sehr dankbar, wenn du ins Art Café auf dem Broadway kommen würdest«, gab sie leise zurück.

»Bist du in Sicherheit?«

»Ja, aber bitte achte darauf, dass du nicht verfolgt wirst.«

Verdammt. »Sam?«

»Mir geht's gut, aber wir haben nicht viel Zeit.« Sie wirkte äußerst beunruhigt.

»Ich bin schon auf dem Weg.«

Er drehte sich um und ging in Stillwells neues Büro. »John, ich muss noch etwas erledigen. Falls sie immer noch kein grünes Licht geben, wenn Sie wieder reingehen, vertagen Sie die Konferenz. Sagen Sie ihnen, dass mich der Bürgermeister anrufen kann, wenn er möchte.«

»Ist gut.«

Er nahm den Fahrstuhl und fuhr die fünfzig Stockwerke hinunter, wobei er sich bemühte, einen ruhigen Eindruck zu machen. Er wünschte sich, er hätte einen privaten Fahrstuhl einbauen lassen. Oder eine Kletterstange, das würde Samantha gefallen.

Mit dem ersten Taxi fuhr er drei Straßen nach Osten, stieg aus, bog nach rechts ein und winkte ein anderes Taxi heran, mit dem er sich in die entgegengesetzte Richtung fahren ließ. Er hoffte, dass ihm jemand folgte, denn sonst wäre das ganze Manöver ziemlich idiotisch. Er ließ das Taxi an dem Café vorbeifahren, und nachdem er dort nichts Auffälliges bemerkt hatte, stieg er aus und nahm ein drittes Taxi bis zur Eingangstür des Cafés.

Er erblickte Samantha sofort in einer der Nischen hinten im Raum, sie saß mit dem Gesicht zur Tür am Tisch – und Detective Gorstein saß ihr gegenüber. Als er an den Gästen vorbeiging, entstand Unruhe, die er jedoch ignorierte. Samantha winkte ihm zu, sie war also zumindest nicht in Handschellen. Sie sprang auf, und er küsste sie auf die Wange, dann setzte er sich neben sie.

»Detective«, setzte er an und sah von einem zum andern.

»Ms Jellicoe hat mir eine Geschichte erzählt«, sagte Gorstein.

»Was für eine Geschichte?«

»Ach, weißt du«, nahm Samantha den Faden auf, »von Menschen, die von den Toten auferstehen, Museen, die bestohlen werden, solche Sachen eben.«

Rick wurde blass. »Entschuldigung?«

»Mr Addison?« Ein Kellner kam an den Tisch. »Kann ich Ihnen etwas bringen?«

»Nein, danke …«

»Eine Tasse Tee für ihn«, unterbrach ihn Samantha.

Der Kellner nickte und ging weiter.

»Samantha …«

»Wir haben uns hier zum Kaffee getroffen«, sagte sie leise. »Das ist kein offizielles Treffen.«

»Das wäre ja noch schöner.« Er griff unter dem Tisch nach ihrer Hand. »Du wolltest mal mit dem Mann plaudern, der dich festgenommen hat?«, flüsterte er. »Und du hast mir nicht gesagt, wohin du gehen wirst?«

»Das war mein Deal. Meine Entscheidung.«

»Du hast vermutlich Walter davon erzählt?«

»Welchen Teil von ›meine Entscheidung‹ hast du denn nicht verstanden, Addison?«, gab sie zurück. Trotz ihres scharfen Tons drückte sie dabei seine Hand. »Ich dachte, wenn ich zu Gorstein ginge, könnte ich größeres Unheil verhindern.«

Richard wandte sich an Gorstein. »Und was halten Sie von der Geschichte, Detective?«

»Keiner würde mir etwas so Verrücktes erzählen, wenn es nicht wahr wäre.« Der Detective sah Samantha an. »Es war sehr mutig, mir das anzuvertrauen.«

Vertrauen, ein vielversprechendes Wort unter den gegenwärtigen Umständen.

Der Kellner brachte den Tee und eine Kanne mit heißem Wasser. Richard nickte dankend. »Und woher kam dieses Vertrauen?«

»Ich habe die Optionen gegeneinander abgewogen und bin zu dem Schluss gekommen, dass nur Gorstein in Frage kommt und dass ich selbst mit ihm sprechen muss.« Samantha zuckte mit den Schultern. »Wenn du deswegen mit mir streiten möchtest, können wir das auf später vertagen. Jetzt müssen wir uns um andere Dinge kümmern. Mein … Ausflug ist schon morgen Nachmittag.«

Ihr Ausflug, die Untertreibung des Jahres. Erst jetzt erfasste er das Geschehene. »Ihr seid tatsächlich hier gesessen und habt alles besprochen?«

»Nun, die meiste Zeit hat sie geredet, und ich habe mit offenem Mund zugehört.«

»Rick hat recht«, sagte Samantha. »Niemand hat uns beachtet, doch jetzt, wo Sir Galahad da ist, sollten wir wohl an einen privateren Ort gehen.«

Als sich Ricks Überraschung gelegt hatte, wurde ihm bewusst, dass sich hier die Rollen verkehrt hatten … Sein Leben, seine Berühmtheit waren in dieser Situation das Problem. »Wie sind Sie hergekommen, Detective?«, fragte er.

»In meinem Wagen, er ist im Parkhaus um die Ecke.«

Richard stand auf und zog Samantha aus der Nische. »Dann sollten wir ihn holen.« Er legte Geld auf den Tisch für das, was nach dem Rest eines Frühstücks aussah, und folgte den beiden. Es war vollkommen absurd, ein verschwörerisches Treffen in einem Parkhaus, doch wie Samantha gesagt hatte, es blieb ihnen nicht viel Zeit.

»Kann ich davon ausgehen, dass ihr einen Plan ausgeheckt habt?«, fragte er und stellte sich an die hintere Stoßstange des Taurus.

Samantha kletterte auf den Kofferraum und lehnte sich an seine Schulter. »Gorstein wird dem FBI einen Tipp geben, dass sich der Zeitpunkt des Kunstraubs geändert hat.«

»Also bist du trotzdem bei einem bewaffneten Raub dabei. Darin sehe ich keine wirkliche Verbesserung.«

»So werden aber Schlapphüte zugegen sein und die Typen festnehmen, und Martin wird immer noch als derjenige gelten, der die Operation möglich gemacht hat.«

»Sicher kann ich einige meiner Jungs im Museum stationieren«, sagte der Detective, der ein paar Meter entfernt von ihnen stand. »Wir werden tun, was wir können, um Jellicoe den Rücken zu stärken.«

»Das reicht nicht.«

»Nun, da sie zugestimmt hat, bei der Operation mitzumachen, ohne vorher einen Deal mit irgendeiner übergeordneten Behörde auszuhandeln, kann ich jetzt nicht viel mehr tun.« Gorstein sah Samantha an. »Ich vermute mal, dass Sie Informationen haben, über die Interpol gerne mit Ihnen sprechen würde. Über Sachen, die in den letzten sieben Jahren passiert sind und immer noch strafrechtlich verfolgt werden können. Ich könnte wetten, dass Sie für die eine ebenso heiße Ware wie dieser Veittsreig sind.«

Was um alles in der Welt hatte sie ihm bloß erzählt? »Was noch deutlicher macht, dass dies kein guter Plan ist«, sagte Richard missmutig. Er konnte Samantha nicht davon abhalten, sich in gefährliche Situationen zu begeben. Er hatte akzeptiert, dass ihr Hunger nach Abenteuer zu ihrem Charakter gehörte. Doch diese Sache hier barg ein viel zu hohes Risiko.

»Meine andere Option ist, dass ich mich von Gorstein verhaften lasse, damit ich nicht im Museum dabei sein kann.« Sie war überrascht, dass sie sich das gerade ausgedacht und sogar gesagt hatte.

Rick ergriff die Hand, die auf ihrem Oberschenkel lag. »Ich würde dich lieber einen Tag im Gefängnis sehen als lebenslänglich.«

»Es wird nicht dazu kommen«, sagte sie knapp. »Wenn ich verhaftet werde, dann werden Nicholas und Martin die Sache abblasen. Wir sind dann immer noch in der Klemme, und Interpol wird auf Martin wütend sein.«

»Sie sollten auch wütend sein. Er hintergeht sie.«

»Vielleicht konnte er ihnen auch noch nicht die neuesten Informationen zukommen lassen. Der Plan wurde ziemlich schnell auf die Beine gestellt.« Sie runzelte die Stirn. »Was heißt, dass die Aktion wahrscheinlich schlampig durchgeführt wird.«

»Das beruhigt mich auch nicht.«

»Ich gehe da rein, Rick. Der Job muss gemacht werden, damit die Polizei eingreifen kann, sonst werden wir nur später wieder reingezogen. Zudem rechne ich damit, ganz auf mich allein gestellt zu sein, denn Martin wird nicht auf mich aufpassen. So gut wie möglich habe ich mich abgesichert, etwas anderes ist nicht drin.«

»Soll ich Sie eine Minute allein lassen?«, fragte Gorstein, der aus seiner Jackentasche einen Zahnstocher hervorkramte und ihn zwischen die Zähne steckte.

Richard wollte nicht nur eine Minute. Er ging ein paar

Schritte vom Wagen weg und starrte Samantha an. Es war sehr lange her, dass jemand über ihn bestimmt hatte, und es behagte ihm noch weniger als je zuvor. Irgendwie musste er sie davon abhalten. Er wollte ihr eigenhändig die Handschellen anlegen, sie in ein Flugzeug schleppen und nach England bringen. Dort war sein Besitz von einem hohen Zaun umgeben, der ihn von der übrigen Welt trennte. Auch wenn ein Zaun Samantha nicht gefangen halten konnte, so würde er zumindest einige Gefahren abhalten.

»Also gut«, sagte er widerwillig, er stieß die Worte zwischen zusammengebissenen Zähnen hervor.

»Ausgezeichnet«, entgegnete der Detective, bevor Samantha etwas sagen konnte. »Denn ich habe nur dreißig Stunden Zeit, um FBI, Interpol und die New Yorker Polizei zusammenzutrommeln, einen Plan auszuarbeiten und den dann durchzuführen.«

Richard wandte seinen Blick nicht von Samantha ab. »Und wenn er das nicht schafft, werde ich morgen alles tun, damit du dem Museum fernbleibst. Ist das klar?«

Sie kniff ihre grünen Augen zusammen. »Vollkommen klar.«

»Okay«, murmelte Gorstein und klatschte in die Hände. »Gehen Sie von meinem Auto runter. Ich muss zur Wache.«

»Und Sie werden meinen Namen nicht weitergeben.«

»Nur an die Jungs, die morgen auf Sie achtgeben sollen.« Er holte seine Schlüssel heraus und öffnete die Fahrertür. »Und bleiben Sie bitte erreichbar. Ich werde ein paar schwierige Fragen beantworten müssen.«

»Wir werden zu Hause sein«, sagte Rick, »und uns um einen Fluchtplan für Samantha kümmern.«

Oder gleich mehrere.

20

Dienstag, 8.23 Uhr

»Okay, ich hab alles dabei«, ächzte Stoney, dem Samantha dabei half, sich durch das Fenster oben im Flur zu zwängen. »Langsam bin ich es leid, durchs Fenster reinzuklettern.«

»Damit habe ich meinen Lebensunterhalt verdient«, entgegnete Samantha, schloss das Fenster und schob das Tischchen wieder auf seinen Platz.

»Du bist ja auch beweglicher als ich, und außerdem dreißig Jahre jünger.«

»Alles faule Ausreden«, murmelte sie und führte ihn in die Bibliothek, wo sie ihre Ausrüstung ausgebreitet hatte. »Schauen wir uns die Sachen mal an.«

»Sag doch erst mal danke.«

»Danke, Stoney.«

»Schon besser. Das ist aber ein bisschen mehr Hightech, als dir zusagt, oder?«

»Viel zu viel. Ich hoffe, ich finde heraus, wie man die Sachen verkabelt.«

»Besonders, da du genau fünf Minuten dafür hast. Ich muss schon sagen, Sam, du hast Dinger gedreht, bei denen ich wahnsinnig Angst hatte, aber das hier ist einfach nur irrsinnig.«

Sie lächelte ihn an. »Wenn es nicht klappt, werde ich zumindest mit Getöse untergehen.«

»Sprich bitte nicht davon.« Stoney schloss die Tür zur Bibliothek. »Wo ist denn dein Engländer?«

»Unten, er muss den Hausgast beschäftigen, bis er ihn zur Arbeit schicken kann.«

»Ist das nun ein neues Spiel? Ihr beide lebt hier mit einem Anstandswauwau?«

»In Florida leben wir sowieso mit mehreren«, antwortete sie und streckte die Hand aus, um ihm seinen Rucksack abzunehmen. »Solano Dorado ist ein riesiges Anwesen. Außerdem wird Stillwell viel auf Reisen sein.«

»Es wundert mich nur, dass Addison plötzlich einen Helfer braucht.«

Sam sah ihn an. »Er braucht einen Assistenten, weil er mehr Zeit mit mir verbringen möchte.«

»Um auf dich aufzupassen, meinst du.«

»Nein. Ja, wahrscheinlich. Ich weiß es nicht, ich versuche, offen dafür zu sein, bis ich sehe, was daraus wird. Wir wissen doch alle, dass ich mich nicht an Rick anbinden lasse, ganz gleich, wie gerne ich mit ihm zusammen bin.«

Sie packte ein halbes Dutzend winzige Fernbedienungen und Empfänger aus den Packungen aus. »Die sehen gut aus. Von Ramon?«

Er schüttelte den Kopf. »Nein, von Douglas. Und ich musste ihn bezahlen, du schuldest mir also viertausend Piepen.«

Sie setzte sich an den Tisch in der Bibliothek, breitete die Werkzeuge aus und öffnete die Rückseite des ersten Teils. »Du bekommst das Geld.« Sie war in einem äußerst konzentrierten Zustand, wie immer kurz vor einem Einsatz. Sie klopfte auf den Stuhl neben sich. »Ist das also meine Schuld, ja? Dass du mit Bargeld zahlen musstest?«

»Du hast mich dazu gebracht, mich aus dem Geschäft zurückzuziehen, ja, es ist also deine Schuld. Die Jungs kapieren schnell, dass man nicht mit jemand handeln kann, der nichts liefern wird, das Geld bringt.«

»Von mir hörst du jetzt keine Entschuldigung. Das Leben ist so für uns beide sicherer.«

Er prustete los. »Oh ja, wie man sieht.«

Samantha runzelte die Stirn. »Nun, es sollte so sein.« Sie

war nun mit dem Lötkolben zugange. »Weißt du, ich stünde bei Gorstein und den anderen noch besser da, wenn ich ihnen auch den Käufer liefern könnte.«

»Dann würdest du wirklich einen Schritt zu weit gehen. Du kennst viele Käufer. Sobald die denken, dass du bereit bist, sie zu verpfeifen, werden dir eine Menge reicher Typen das Leben auf verschiedenste Weise zur Hölle machen.«

»Mag sein«, sinnierte sie, »aber diese Typen sind überwiegend ziemlich clever. Deswegen werden sie wissen, dass der Käufer bei dieser Sache zu weit gegangen ist. Man tut das nicht, ein Gemälde aus dem Haus einer Einbrecherin stehlen. Das wirft ein schlechtes Licht auf mich.«

»Dann hol dir die Information von Veittsreig, bevor es losgeht.«

»Das habe ich schon versucht, aber er denkt, ich würde dann hinter seinem Rücken verhandeln.«

»Es lohnt sich einfach nicht mehr, Ganove zu sein.«

»Musst du mir nicht sagen. Aber wer auch immer der Mann ist, er hat mich sehr gereizt, und ich werde ihn nicht davonkommen lassen.«

Stoney sah ihr eine Weile bei der Arbeit zu. »Kann ich dich mal was fragen?«

»Mmm.«

»Warum hast du beschlossen, die Polizei zu verständigen?«

»Weil wir nicht direkt an Interpol rankommen.«

»Das meine ich nicht.«

»Was meinst du dann?«

Stoney legte eine Hand auf ihre, so dass die Fernbedienung verdeckt wurde. »Sieh mal, Martin hat dich zu einem ziemlich lukrativen Job dazugeholt. Er hat es dir unmöglich gemacht, Nein zu sagen. Ich weiß, es ist ein Museum, und du hast was gegen solche Einbrüche, aber abgesehen davon ist es …«

»… die Art von Job, die mich reizen würde«, beendete

Samantha seinen Satz und legte die Zange aus der Hand. »Du meinst, warum habe ich nicht die Gelegenheit ergriffen und bin zurück in mein altes Leben geschlüpft?«

»Offensichtlich fühlst du dich momentan richtig gut. Du bist doch schon ganz gespannt auf heute Nachmittag, stimmt's?«

Sie hatte die letzte Nacht mit eben diesen Fragen im Kopf wach gelegen. »Es ist eine Herausforderung. Du weißt, dass ich darauf stehe.«

»Es ist mehr als eine Herausforderung. Du bist wie ein Süchtiger, der nach fünf Monaten wieder seinen Stoff bekommt. Die Sache mit den Diamanten war wie ein Schluck Tequila, und jetzt würdest du alles für eine große Flasche Jack Daniels geben.«

»Oh, das ist ein schöner Vergleich. Danke.«

»Du weißt schon, wie ich das meine.«

Sie wusste es nur zu gut. »Warum wollte mich Martin da reinziehen, hast du dir darüber schon Gedanken gemacht?«

»Du bist sicher zu dem Schluss gekommen, dass er dich nicht reinlegen will. Er braucht deine Hilfe, um das durchzuziehen.«

»Nein, braucht er nicht. Zu zweit können wir die Elektronik zwar schneller lahmlegen, aber er braucht mich nicht wirklich.«

Stoney lehnte sich auf seinem Stuhl zurück. »Also gut, dann sag es mir. Warum will Martin, dass du mitmachst? Du weißt, dass er nicht will, dass man dich festnimmt, denn er hat Interpol auf den Freitag angesetzt.«

Sie drehte sich zu ihm und zog einen Fuß auf den Stuhl. »Er hat nun seit drei Jahren alles ausgeklügelt, seit seinem vermeintlichen Tod. Drei Jahre hat er seine Spielchen getrieben, auf gut Freund mit Interpol getan, ihnen gerade das Nötigste geliefert, damit er ihnen von Nutzen war und sie ihn nicht wieder in den Knast steckten.«

»Genau so habe ich mir das auch vorgestellt.«

»Was glaubst du, wie oft er sie schon angeschmiert hat? Das ist seine neue Masche, Stoney – er tut so, als ob er für die gute Seite arbeitet. Und das gibt ihm den Spielraum, seine kleinen Dinger allein zu drehen. Die kann er sogar auf diejenigen schieben, die er dann Interpol ans Messer liefert …«

Stoney schwieg einen Augenblick, bevor er antwortete. »Das ist durchaus möglich. Martin war schon immer gut darin, andere Leute auszunutzen.«

»Daran kann ich mich nur zu gut erinnern. Und immer hat er dabei behauptet, er würde ihnen – oder mir – nur eine Lektion erteilen. Was geschieht also, wenn er mich dazu kriegt, ihm bei diesem Job zu helfen? Er entreißt mich Rick, denn selbst wenn der mich schützen möchte, dieses Mal ist es unmöglich. Martin steckt das Geld ein, das erfolgreiche Team hält immer noch große Stücke auf ihn, und für mich gibt es keinen Ausweg. Das Einzige, was mir dann bleibt, ist ein schwerer Einbruch auf meinem Konto.«

»Er zwingt dich dazu, sein Partner zu sein, nachdem du ihm vor sechs Jahren einen Korb gegeben hast.«

Sie hob ihre Cola light hoch und prostete Stoney zu. »Gib dem Mann eine Medaille.«

»Hast du deswegen mit der Polizei gesprochen? Damit du nicht mehr mit Martin zusammenarbeiten musst?«

»Lass mich doch. Mein Leben ist bestimmt nicht perfekt, aber es gibt Momente, in denen ich wirklich glücklich bin. Ich bin verliebt und in Sicherheit.« Sie grinste, als sie seinen zweifelnden Gesichtsausdruck sah. »Sicherer, als ich es je war. Heute ist eine Ausnahme.«

»Und bei wie vielen Ausnahmen wird Addison mitspielen?«

Samantha hatte sich das auch schon gefragt. »Ich weiß es nicht. Vermutlich werde ich es herausfinden, wenn ich die magische Zahl erreicht habe.«

»Möchtest du die Zahl denn erreichen?«

»Bist du mein Eheberater?«

»Ich dachte, ich sei dein Yoda.«

»Nun, heute Morgen bist du mein C-3PO, und du gehst mir kolossal auf die Nerven. Natürlich will ich die magische Zahl nicht erreichen. Wenn Rick und ich uns trennen sollten, dann nicht deswegen, weil ich nicht den Mut hatte, die Richtung einzuhalten, für die ich mich entschieden habe.«

Es klopfte an der Tür. »Seid ihr alle brav?«, fragte Rick beim Hereinkommen.

»Ist Stillwell weg?«

»Ja, ich habe ihn weggeschickt, um die Stadtverwaltung hinzuhalten. Sie haben es verdient, denn schließlich lavieren sie seit drei Tagen herum.« Er setzte sich Samantha gegenüber an den Tisch. »Darf ich fragen, wie du das alles in das Museum schaffen willst?«, fragte er und deutete auf ihre Ausrüstung.

»Nun, wir werden nicht durch den Haupteingang reingehen. Zumindest nicht alle von uns.«

»Dann erkläre mir noch mal, wie du rauskommst. Bei dem Teil will ich wirklich sicherstellen, dass nichts schiefgehen kann.«

Die Sorge war deutlich in seinen blauen Augen zu erkennen, und sie verzichtete auf die lässige Antwort, die ihr auf der Zunge gelegen hatte. Alles, was sie unternahm, betraf nicht mehr nur sie selbst. Sich daran zu gewöhnen war wohl das Schwierigste: ein anderer Mensch nahm mit Leib und Seele Anteil an ihrem Leben.

»Der Abgang wird ziemlich einfach. Wenn die Schlapphüte reinkommen, lasse ich alles fallen, gehe durch den nächsten Ausgang raus und laufe um die Ecke. Du wartest in einem Taxi auf mich, und wir fahren in dein Büro, damit ich ein Alibi habe. Wenn mir Gorsteins Jungs ein paar Sekunden Vorsprung lassen, sollte es keine Schwierigkeiten geben.«

»Ja«, murmelte Stoney, »kinderleicht. Außer den Bewaffneten und all den Menschen, die da herumrennen, und der

Möglichkeit, dass dir jemand folgt. Oder dass dich jemand erkennt. Du warst inzwischen im Fernsehen zu sehen, falls du dich erinnerst.«

»Ach, daran habe ich auch gedacht«, entgegnete sie, griff in den Rucksack und zog eine blonde Perücke hervor.

»Nun, hoffentlich ist das Ding kugelsicher«, sagte ihr ehemaliger Hehler grimmig.

Sie schenkte Rick ein Lächeln. »Ist das wahr, Mr Addison?«, flötete sie und zog an der Perücke. »Bevorzugen Milliardäre Blondinen?«

Er prustete los, lehnte sich über den Tisch und nahm eine blonde Strähne in die Hand. »Du siehst mit jeder Haarfarbe gut aus, Yank. Wenn dich blonde Haare sicher aus dem Metropolitan Museum herausbringen, ja, dann bevorzuge ich heute Blondinen.«

Sie stand auf, beugte sich zu ihm und küsste ihn auf den Mund. »Das war eine sehr schöne Antwort.«

Er ließ die Perücke los und richtete seine Aufmerksamkeit auf die Elektronikteile auf dem Tisch. »Wenn du vorhast, alles einfach nur fallen zu lassen, warum bastelst du überhaupt daran herum?«, fragte Rick, hob eine Fernbedienung hoch und untersuchte sie eingehend.

»Absicherung. Nicholas oder Martin werden vielleicht nachsehen, was ich dabeihabe. Ich muss zumindest den Eindruck erwecken, dass ich meine Leistung bringe.« Wenn sie ihm erzählen würde, was sie wirklich damit vorhatte, würde er sie bis zum Jüngsten Tag in den Schrank sperren. Es gab Dinge, die er besser nicht wissen sollte.

»Und welchen Fluchtplan hat das Team?«

»Das haben wir doch schon besprochen.«

»Bitte geh ihn noch mal durch, wenn es dir nichts ausmacht.«

So war er eben, immer wollte er alle Aspekte einer Situation beleuchten. Hierin waren sie sich sehr ähnlich. »Martin und ich werden die Sensoren und Alarme deaktivieren«, sagte sie und bemühte sich, sich ihre Ungeduld nicht anmerken zu lassen, »und während die Museumsführer und Sicherheitsleute die Leute aus den Räumen scheuchen, werden wir Sachen von den Wänden reißen. Panik wird ausbrechen, wir werden ein paar Leuchtkugeln abschießen und Rauchbomben auf den Boden werfen und die Kunstwerke einpacken, die wir mitnehmen wollen.«

»Wie im Supermarkt.«

»So ähnlich. Wir richten weiter Chaos an, während wir uns auf den Ausgang zubewegen, und rennen dann durch den Haupteingang zum wartenden UPS-Transporter, der zum SWAT-Fahrzeug umlackiert ist. Mit eingeschalteten Sirenen und Warnlichtern brettern wir dann davon, tauschen den Laster gegen einen Lieferwagen aus und fahren zum Lager. Dort laden wir die Beute aus und trennen uns.«

»Aber selbst wenn das Alarmsystem ausgeschaltet ist, gibt es immer noch bewaffnete Sicherheitsleute im Museum.«

»Die werden hoffentlich alle Hände voll zu tun haben mit den Besuchern und den Kunstwerken, die wir überall verstreut haben.«

»Das ist alles auf Veittsreigs Mist gewachsen, nicht wahr?«, setzte Rick nach. »Er hat in Paris einen Wärter erschossen, und er würde es wieder tun. Ich hoffe, du bist dir darüber im Klaren.«

»So dumm bin ich nicht, Rick«, entgegnete sie. »Die Polizisten wissen, wozu er fähig ist, und sind darauf vorbereitet. Das ist doch der Hauptgrund, warum ich alles Gorstein erzählt habe, hast du das vergessen?«

Er machte weiterhin ein skeptisches Gesicht. Sie warf ihm einen Blick zu, der unmissverständlich besagte, dass er sich nicht mit ihr anlegen sollte, und stand auf.

Sie fühlte das Adrenalin in ihrem Körper. »Ich brauche noch was zu trinken«, sagte sie eilig und stürmte aus dem Zimmer.

Sobald sie weg war, wandte sich Richard an Stoney. »Wann werden sie sie rufen?«

»Irgendwann in den nächsten zwei Stunden. Damit ihnen Zeit bleibt, noch ein paar letzte Änderungen vorzunehmen, die keiner nach draußen übermitteln kann.«

»Gibt es unter Dieben gar keine Ehre?«

»Nicht bei denen. Herrje, ich habe vielleicht ein schlechtes Gefühl wegen der ganzen Sache.«

»Da bist du nicht der Einzige.« Rick senkte die Stimme. »Sobald sie weg ist, müssen wir auf eigene Faust einige Maßnahmen ergreifen.«

Walter runzelte die Stirn. »Welche Art von Maßnahmen?«

»Solche, die sicherstellen, dass unser Mädchen heil da rauskommt. Bist du dabei?«

Der ehemalige Hehler streckte seine Hand aus. »Oh ja, ich bin bei allem dabei.«

Rick schlug ein. »Gut.«

Er würde tun, was er tun musste, genau wie Samantha. Als Kunstsammler wurde ihm ganz übel bei dem Gedanken, dass unbezahlbare Kunstwerke als Ablenkungsmanöver herumgeschleudert werden würden. Es spielte jedoch keine Rolle, welche Gefühle Veittsreigs Methoden bei ihm auslösten. Sobald die Kriminalbeamten überall im Museum auftauchten, hätten die Jungs Wind davon, dass sie verpfiffen wurden. Sie würden dann auf Martin oder Samantha losgehen, oder auf beide. Ricks Ansicht nach hatte Martin dabei von niemandem Hilfe zu erwarten.

Im FBI oder bei Interpol wäre keiner besonders bestürzt, wenn einer der Diebe dabei draufgehen würde, und auf was auch immer Gorstein hoffte, seine Leute saßen bei dieser Operation nicht an den Schalthebeln. Rick musste nun gemeinsam mit Walter Barstone die Sache in die Hand nehmen. Wenn er irgendetwas zu entscheiden hatte, dann würde Samantha nichts geschehen. Er würde alles unternehmen, um dafür zu sorgen, dass er etwas entscheiden konnte.

Als Samantha mit einem Getränk in der Hand zurück in die Bibliothek kam, stand Walter auf. »Wenn es euch nichts ausmacht, werde ich mir die Nachrichten anschauen. Mal sehen, ob einer der Lokalsender eine Übertragung wie ›Live aus dem Metropolitan Museum‹ im Programm hat.«

»Feigling«, sagte Samantha, stellte ihr Getränk ab und machte sich wieder an den Geräten zu schaffen.

»Sagst du mir, wozu das alles dienen soll?«, fragte Richard, nachdem er ihr eine Weile zugesehen hatte.

»Damit kann man einen Alarm aus nächster Entfernung an- oder ausschalten«, sagte sie und klebte auf jedes Teil ein Stück Klebeband, das sie dann alphabetisch mit den Buchstaben von A bis F beschriftete. »So habe ich immer noch ein wenig Kontrolle, wenn der Sicherheitsdienst gemerkt hat, dass etwas nicht stimmt.« Sie grinste ihn an. »Hoffentlich.«

»Mein Angebot, dich auf die Bahamas zu schaffen, gilt immer noch«, merkte er an. »Du kannst auch die Perücke mitnehmen.«

Er hatte Samantha gesehen, wie sie Wände hochkletterte und Fensterglas durchschnitt, und er hatte gewusst, dass sie technisch versiert war, doch er hatte sie noch nicht mit eigenen Augen am Werk gesehen. Es war neu und faszinierend.

»Ja, ich weiß. Du kannst mich nach Palm Beach schaffen, wenn das hier vorbei ist. Wie klingt das?«

Damit sie dann weiter in ihrer Sicherheitsfirma arbeiten konnte, an der sie keinen besonderen Spaß hatte. »Das klingt gut«, sagte er trotzdem.

Als sie die Fernsteuerungen und Empfänger fertig präpariert hatte, half ihr Richard dabei, alles wieder in ihrem Rucksack zu verstauen. Noch vor ein paar Monaten hatte er nicht geahnt, dass er der Dame seines Herzens bei ihren Arbeitsvorbereitungen helfen und Drahtschneider, eine Lötlampe, zwanzig Meter Kupferdraht, einen elektronischen Splitter und Ferngläser einpacken würde. Man merkte Samantha an, wie sie sich auf den bevorstehenden Einsatz freute, Rick konnte es an dem leichten, aufgeregten Zittern in ihrer Stimme hören. Es machte ihm Angst, doch er konnte es nachvollziehen.

»Willst du auch noch ein Erdnussbuttersandwich einpacken?«, fragte er und zeigte auf den Rucksack.

»Die anderen Diebe würden nur über mich lachen.«

»Das wollen wir nicht.«

Richard drängte es danach, sie zu berühren, er wollte sie ins Schlafzimmer tragen und ihr die Kleider vom Leib reißen, sie daran erinnern, dass er sie ebenso erregen konnte wie ein guter Einbruch oder Diebstahl. Doch er selbst würde sich auch kurz vor dem Abschluss eines Geschäfts gegen jede Ablenkung oder Störung wehren. Und da ihre Konzentrationsfähigkeit in diesem Fall womöglich lebensrettend war, würde er nichts unternehmen, das sie beeinträchtigen konnte.

»Und was passiert jetzt?«, fragte er.

»Nun, ich werde auf und ab gehen und gereizt sein, bis es endlich losgeht.«

»Wie wahrscheinlich ist es, dass Veittsreig seine Pläne im letzten Moment noch ändern wird?«

»Ich habe noch nie mit ihm zusammengearbeitet, doch die ganze Sache ist so maßgeschneidert, ich wüsste nicht, was er ändern könnte. Der Plan wird in seinen Grundzügen sicher so bleiben.«

»Was ist, wenn er …«

Ihr Telefon klingelte, der Ton kam ihm bekannt vor, doch er konnte ihn nicht zuordnen. Richard legte die Stirn in Falten, als Samantha das Telefon aus ihrer Tasche nahm. Sie sah mit einem Grinsen zu ihm auf.

»Das ist aus *Terminator*«, erklärte sie und klappte das Handy auf. *»Hola.«* Sie hörte eine Minute mit ausdruckslosem Gesicht zu. »Geht klar«, sagte sie schließlich und klappte das Telefon wieder zu.

»Und?«

»Es geht los, ich muss jetzt weg.«

Der entscheidende Moment war gekommen, und wieder war er drauf und dran, sie zurückzuhalten. Sein männliches Ego und sein Besitzanspruch wollten sie einfach nicht gehen lassen, er wollte sie sicher bei sich wissen. Er holte tief Luft.

»Sei vorsichtig«, sagte er, nahm ihre Hand und zog sie an sich. Sie stellte sich auf Zehenspitzen und küsste ihn, warm, fürsorglich und aufgeregt zugleich.

»Sei da, wenn ich rauskomme.«

»Du kannst dich darauf verlassen.«

Sie zwinkerte ihm zu, setzte den Rucksack auf und ging zur Treppe. »Ich liebe dich, Brit.«

Das war nun schon das zweite Mal, dass sie es von sich aus gesagt hatte. Womöglich war es auch nicht das letzte Mal.

»Ich liebe dich, Yank. Bis später.«

21

Dienstag, 16.41 Uhr

Bono alias Eric stand an einen Baum gelehnt vor dem Museum und stritt sich mit Dolph darüber, wer von ihnen genug Geld hatte, Samantha ins Bett zu locken. Samantha, Martin und Nicholas posierten einige Meter von ihnen entfernt als Touristen. Martin sprach zwar auch Deutsch, doch die Diskussion über die Tugendhaftigkeit seiner Tochter schien ihn nicht weiter zu kümmern.

»Noch vier Minuten«, sagte Veittsreig und klopfte sich ebenso oft auf sein Bein, um den Komplizen die verbleibende Zeit anzuzeigen. Martin sah aus, als warte er auf den nächsten Zug bei einem Schachspiel. Die Deutschen machten wie sonst auch einen selbstsicheren Eindruck.

»Wirst du mir irgendwann verraten, für wen wir hier arbeiten?«, fragte Samantha.

Nicholas schüttelte den Kopf. »Du wirst dein Geld kriegen, mehr musst du doch nicht wissen.«

»Irgendwie fühle ich mich außen vor. Sag mir doch zumindest, ob er den Hogarth, den Picasso und den Schmuck auch noch dazubekommt.«

Martin lachte. »Eine Sache kann er nicht nicht haben.«

»Martin, bitte, ein wenig Diskretion.«

»Sie gehört doch zum Team, Nicky.«

»Nein, du selbst weißt auch nur davon, weil du mir geholfen hast, an den Hogarth zu kommen.«

Dem Käufer war es also verwehrt, etwas nicht zu bekommen. Bedeutete die doppelte Verneinung, dass er ein Objekt bereits hatte? Und es ging wohl kaum um den Hogarth, bei dessen Diebstahl Martin geholfen hatte.

»Schau mal, wie sie versucht, das Rätsel zu lösen.«

»Halt die Klappe, Bono«, fauchte ihn Samantha an. Es gab im Moment Dringenderes, um das sie sich kümmern musste. Sie hatten noch drei Minuten, es blieb nicht mehr viel Zeit.

»Nicholas, kann ich mal kurz mit Martin sprechen?«, fragte sie. »Es gibt da so eine Sache, die wir immer machen, bevor wir zusammen in Aktion treten.«

Veittsreig zog an seiner filterlosen Zigarette. »Du wirst doch nicht nervös werden, Samantha?«

»Seit ein paar Monaten bin ich aus dem Geschäft«, gab sie zurück. »Lass mich kurz mit meinem Vater sprechen, okay?«

»Ja, klar, aber nichts über unseren Käufer, Martin.« Mit einem lässigen Grinsen schlenderte Veittsreig hinüber zu den beiden anderen. Wulf saß bereits im imitierten SWAT-Transporter, mit dem er sie abholen würde, sobald sie aus dem Museum herauskamen.

»Martin«, setzte Samantha an, »wie sind die …«

»Was ist nur los mit dir«, unterbrach sie ihr Vater, »warum zeigst du einem kleinen Stümper wie Nicky, dass du nervös bist? Wie oft habe ich dir schon gesagt, dass nie jemand mitkriegen darf, dass du schwitzt?«

»Es ist mir völlig egal, was er denkt. Wie geht es deinen Freunden heute?« Sie kannte seine Antwort – soweit er wusste, bereiteten sich seine Freunde auf eine Operation am Freitag vor. Rick war sich sicher, dass Martin sie benutzte, so wie er alle benutzte, doch sie wollte es aus dem Mund ihres Vaters bestätigt wissen, bevor sie ihre eigene Show durchzog.

»Es ist immer wichtig, was die Kollegen denken«, entgegnete er mit seiner leisen, überheblichen Lehrerstimme. »Die Welt ist klein. Du willst doch wohl nicht als Nervenbündel gelten, vor allem nicht, wenn du eigentlich verdammt cool bist.«

»Dies ist ein einmaliger, letzter Einsatz für mich, Martin,

und du weißt das. Ich mache es dir zuliebe. Und ich würde gerne wissen, was ich von deinen verdammten Freunden zu erwarten habe.«

Er verschränkte die Arme vor der Brust. »Du denkst also, dass du mir aushilfst. Da hast du dich aber geschnitten, ich helfe dir. Und wenn du die zweieinhalb Millionen in der Tasche hast, wirst du mir dankbar sein.«

Verdammt, Rick hatte recht gehabt, von Anfang an. »Deine Freunde kommen gar nicht, stimmt's?«, flüsterte sie.

»Ich habe meinen ›Freunden‹«, gab er zurück, »die besten drei Jahre meines Lebens zu verdanken. Sie haben mich mit Nicky zusammengebracht, kaum zu glauben. Nach dieser Sache wird Interpol aber zur Belastung, und wir werden uns trennen.«

Die besten drei Jahre seines Lebens. Und sie hatte ihn währenddessen für tot gehalten. »Einfach so? Glaubst du nicht, dass die unbedingt mit dir sprechen wollen, nachdem du an einem Hundertfünfundneunzig-Millionen-Dollar-Coup beteiligt warst und dann abtauchst?«

»Wen kümmert's? Sie haben mich auch vorher fünfundzwanzig Jahre lang gejagt, bis sie Erfolg hatten. Bei den Gewinnchancen gehe ich das Risiko gerne wieder ein.«

Sie unterließ es, ihn darauf hinzuweisen, dass hierbei der springende Punkt war, dass sie ihn am Ende geschnappt hatten. Er konnte so arrogant sein, wie er wollte, diese Tatsache war nicht von der Hand zu weisen.

»Und was ist mit mir, Martin? Denkst du denn, Rick wird nicht spitzkriegen, dass ich hier dabei war? Ich bin letzte Woche wegen Kunstdiebstahls festgenommen worden. Glaubst du nicht, dass die Polizei darauf kommen wird, dass ich hier mitgemacht habe?«

»Zuerst musst du an dich selbst denken, Mädchen. Früher kanntest du die Spielregeln. Ich glaube, ich bin gerade noch rechtzeitig wieder aufgetaucht.«

»Du bist zu spät gekommen. Ich habe damit aufgehört.«

»Nein, hast du nicht, du hast eine Auszeit genommen. Und als Geschenk zum Wiedereinstieg habe ich zwei Tickets nach Venezuela. Eines davon ist für dich.«

»Wir machen jetzt also auf *Butch and Sundance?* Das ist auch nicht gut ausgegangen.«

»Wir sind schlauer, als sie es waren.«

Es stimmte also. Dies sollte ihre große Hier-bin-ich-Party werden, eine spektakuläre Aktion, die alles übertraf, was in den vergangenen fünfzig Jahren in den Vereinigten Staaten durchgeführt worden war.

»Du bist doch noch dabei, oder?«, fragte er, zum ersten Mal machte sich Unsicherheit in seinem Gesichtsausdruck bemerkbar.

»Du und Nicholas, ihr beide habt es mir irgendwie schwer gemacht, Nein zu sagen«, war ihre ehrliche Antwort. »Es wäre jedoch schön gewesen, wenn du mich nicht auch hättest benutzen müssen. Und es wäre auch nett gewesen, wenn du mal in den letzten drei Jahren bei Stoney vorbeigekommen wärst, um zu sagen: ›He, ich bin gar nicht tot.‹«

»Du solltest nicht kurz vor einem Job noch rumzicken, Sam. Behalt es für dich, zieh es durch, und morgen sind wir in Südamerika.«

Darauf entgegnete sie nichts. Für sich behalten war wohl eine gute Idee, in Anbetracht dessen, dass eine Hundertschaft Polizisten einige Meter entfernt ihre Position bezogen hatte. Für die gehörte sie auch nur zum Team.

Nicholas kam auf sie zu. »Bist du so weit, Sam?«, fragte er. »Wenn du es vermasselst, erschieße ich dich zuerst.«

»Das hast du schon mal gesagt. Ich bin so weit, pass nur auf, dass du nicht selbst zurückfällst.«

Er gab den anderen ein Zeichen. »Lasst uns einkaufen gehen.«

Samantha übergab Martin ihren Rucksack. Den Drahtschneider und einen Schraubenzieher hatte sie in ihrer Handtasche verstaut, in dem Täschchen, in dem sie ihre Binden aufbewahrte.

Während die anderen durch den Lieferanteneingang hineingingen, begab sie sich zum Haupteingang. Zwei Sicherheitsleute standen an Tischen am Eingang und durchsuchten die Taschen der Besucher. Sie öffnete ihre Handtasche und zeigte sie dem Jüngeren der beiden vor.

»Ich bin doch nicht zu spät dran für den Museumsshop, oder?«, fragte sie und nahm sich einen Ausstellungsplan vom Tisch.

»Nein, die Ausstellungsräume werden in fünfzehn Minuten geschlossen. Der Laden und die Cafeteria sind noch bis halb sechs geöffnet.«

Sie lächelte den Männern und der Videokamera über ihnen zu. »Danke.«

Jetzt hatten sie eine Aufnahme von ihr. Sie ignorierte das Jucken unter ihrer Lieblingsperücke. Sie tat ihr Bestes, die Besucher in der Lobby ebenfalls zu ignorieren. Sie hatte den Eindruck, dass ein Großteil der Besucher alleinstehende Männer waren, doch das war womöglich ihrer Einbildungskraft zuzuschreiben. Nun, ob es sich um gewöhnliche Besucher handelte oder nicht, es galt, sie alle an der Nase herumzuführen.

Mit energischen Schritten ging sie zum Museumsshop. Sie durchquerte ihn und ging auf der anderen Seite wieder hinaus. Dann machte sie sich auf den Weg zum Security-Raum, entlang der rückwärtigen Wand. Für die im Gang positionierte Kamera sah sie dabei immer wieder auf ihren Plan, so als ob sie sich im Museum verlaufen hätte.

Verdeckt vom Plan zog sie ihre Lederhandschuhe aus der Handtasche und streifte sie sich über. Sie ging auf die Kamera zu, stellte sich in den toten Winkel, holte ihren Drahtschneider hervor und durchtrennte das Stromkabel. Dann sah sie sich in beiden Richtungen des kurzen Gangs um, suchte sich ihren

Punkt an der Wand, umfasste den Seitenschneider mit festem Griff und stieß ihn in Hüfthöhe in die Wand.

Bingo. Die Pläne waren sehr genau. Sie bewegte sich schnell, griff mit der Hand um einen fünf mal zehn Zentimeter starken Querriegel herum, öffnete die Rückwand des Sicherungskastens und drückte auf alle Schalter, an die sie herankam. Sie wartete zwanzig Sekunden und schob dann die Metallplatte wieder davor. Von vorne würde niemand bemerken, dass sich jemand daran zu schaffen gemacht hatte.

Sie ging um die Ecke und behielt die Tür des Security-Raumes im Auge. Nach einigen Sekunden kamen drei Security-Leute herausgerannt und liefen in unterschiedliche Richtungen davon. Samantha schlüpfte durch die Tür, bevor sie wieder zufiel.

Ein Sicherheitsbeamter, der auf einem Stuhl saß, drehte sich zu ihr um. »Was zum Teufel machen Sie …?«

Sie sprühte dem Mann Pfefferspray ins Gesicht. Er bekam einen Hustenanfall, und sie band ihn schnell mit Isolierband an seinem Stuhl fest, klebte ihm den Mund zu, zog ihm eine Papiertüte über den Kopf und schob ihn hinter die Tür. Diese Art von direkter Konfrontation behagte ihr gar nicht. Sie war stolz auf ihre Fähigkeit, dergleichen normalerweise vermeiden zu können. Unter den gegebenen Umständen war sie jedoch der Ansicht, dass es die bessere Option war, den Mann an seinen Stuhl zu fesseln, statt ihn ihren bewaffneten Kollegen zu überlassen.

Sie schaltete rasch die Kameras aus, zog alle Verbindungskabel heraus und schnitt die Enden ab. So würde es länger dauern, die Anlage zu reparieren. Dann öffnete sie per Knopfdruck die Notausgänge und schaltete den Außenalarm ab. Es war nun genau 17.07 Uhr, sie war also eine Minute zu früh dran.

Das Team würde durch den Notausgang der Tiefgarage ins Gebäude gelangen. Martin sollte sich hier in der Sicherheitszentrale einfinden und ihr den Rucksack übergeben, und gemeinsam würden sie sich dann ins Getümmel stürzen.

Nach zwei Minuten klopfte es im vereinbarten Rhythmus. Samantha öffnete die Tür. »Hi.« Sie wollte keine Namen nennen, das würde den gut verpackten Sicherheitsmann in Gefahr bringen.

Martin kam herein und schloss die Tür hinter sich. »Ein paar Wärter laufen kopflos durch die Gegend«, sagte er mit einem Grinsen. »Aber noch weiß niemand, was sich abspielt.«

»Werden sie bald.« Sie nahm den Splitter aus ihrem Rucksack, mit dem sie die Wandsensoren im zweiten Stock überbrücken konnte.

»Wir werden schon weg sein, bevor jemand ein Shutdown veranlassen und alles schließen kann.«

»Aber du bist bereit, Leute zu erschießen, falls wir nicht weg sind.«

Er war gerade dabei, die schweren Feuertüren außer Gefecht zu setzen, und sah vom Computer auf. Die Türen fielen zum Schutz gefährdeter Exponate von oben herab, sobald die Wandsensoren Alarm gaben. Außer diesen Türen blieben als einziges Hindernis die Wärter, die nicht damit beschäftigt waren, die panischen Besucher in Schach zu halten.

»Andere Länder, andere Sitten«, sagte er und machte sich wieder an die Arbeit.

»Wir sind aber nicht in einem anderen Land. Wir sind in einem Museum.«

»Mach du weiter mit deiner Arbeit. Wir können uns auch im Flugzeug ins Paradies noch streiten.«

Sie nahm einen tiefen Atemzug. Konzentration. Während sie die Telefonleitungen durchschnitt, beobachtete sie Martin. Dabei fiel ihr auf, dass er nur die Türen und Sensoren in den drei Hauptausstellungsräumen deaktivierte, in denen sie zugange sein würden. Das schien sinnvoll, für jedes System gab es ein Backup an einem anderen Ort im Gebäude, und sie hatten nur sehr wenig Zeit, bis man bemerken würde, was los war, und die Systeme umgeleitet würden.

»Ich bin so weit«, sagte sie nach einer Minute. »Mit einem Mobiltelefon kann man zwar immer noch die Bullen anrufen, aber nichts wird automatisch ausgelöst werden.« Es sei denn, jemand half dabei nach – womit sie fest rechnete.

Einige Sekunden später stand Martin auf. »Die Türen werden nicht runtergehen, und die Sensoren an den Wänden sind zumindest für neun Minuten ausgeschaltet.« Er schnappte sich seinen Rucksack. »Gehen wir.«

»Nach dir.« Martin ging durch die Tür und vergewisserte sich dabei, dass sie sich hinter ihnen wieder schließen würde.

Blitzartig drückte Samantha auf die blinkende Neustart-Taste an dem Bildschirm, an dem Martin gesessen hatte. Es dauerte ein paar Minuten, bis sich das System wieder aufbauen würde, doch innerhalb von drei Minuten wäre die Kontrolle zum Teil wiederhergestellt. Eben das wollte sie erreichen. Sie ließ sich gerne auf Risiken ein, doch ihr Credo war, immer zwei Auswege aus einer brenzligen Situation zu haben. Sie hoffte, dass der, den sie gerade geschaffen hatte, auch begehbar sein würde.

Als sie wieder in den Publikumsbereich des Museums gelangten, ging sie mit Martin ins obere Stockwerk. Sie trennten sich dann im zweiten Stock, er lief zur Ausstellung amerikanischer Kunst und sie in Richtung des Instrumentenzimmers.

Samantha sah auf ihre Armbanduhr. In einer Minute würde hier die Hölle los sein. Sie atmete tief durch und ging zu einem der drei Eingänge zu den Räumen mit europäischer Malerei. Diese Sektion war durch eine Tür mit dem amerikanischen Flügel verbunden, was ihr hoffentlich zum Vorteil gereichen würde. Sie sichtete den Stromkasten und wartete dann, in einem Kunstband blätternd, an der Tür des Museumsshops im zweiten Stock.

Ihr Herz klopfte heftig. So viele Dinge konnten schiefgehen. Wenn nur eine ihrer Annahmen nicht zutraf, würde sie entweder im Gefängnis oder im Jenseits landen. Und Rick würde zwei Straßen weiter nichtsahnend in einem Taxi sitzen, bis ihm Gorstein die Nachricht überbringen würde.

Genau um 17.15 Uhr ertönte die Durchsage, dass die Ausstellung nun schloss, und die Museumsführer und Wärter scheuchten die Besucher aus den Räumen. Als sich die Menge aus den Schausälen in den Museumsshop drängte, riskierte sie einen Blick in den Ausstellungsraum. Dabei sah sie, wie Bono einem Wärter eins überzog und dann ein großes Batoni-Gemälde von der Wand riss. Dies geschah in einer schwindelerregenden Geschwindigkeit.

Plötzlich schrie jemand neben Samantha, dann explodierte mit lautem Knall eine Rauchpatrone. Die Besucher kreischten und trampelten an ihr vorbei.

Samantha drehte sich zur Wand um, öffnete den Stromkasten und entfernte die Isolierung der Kabel. Glücklicherweise war alles gut gekennzeichnet, und innerhalb einer Sekunde hatte sie den Strom des gesuchten Schaltkreises überbrückt und zu einem ihrer Fernsteuerungen geleitet. Sie schloss den Stromkasten, ließ sich von der Menge in Richtung Ausgang treiben und schlüpfte dann in den nächsten Raum. Die Sektion bestand aus einem Labyrinth an Ausstellungsräumen, war aber nur durch drei Türen zugänglich. Es blieben also noch zwei Kästen, dann konnte sie in der nächsten Galerie weitermachen.

»He!«

Ein Wärter packte sie an der Schulter, während sie an den Kabeln hantierte. Sam drehte sich um und erwischte ihn mit dem Rucksack am Kopf, und er ging wie ein Stein zu Boden.

Die Leute, die zu den Treppen flüchteten, hatten sie nun leider bemerkt. Sie zog eine Rauchbombe heraus und schleuderte sie in die Richtung, in die sie wollte.

»Raus hier!«, rief sie und fuchtelte mit den Armen herum. Es war, als hätte sie eine Schlange in eine Grube voller Mäuse geworfen. Alle sprengten auseinander, von der Bombe weg, während sie die Luft anhielt und daran vorbeilief. Sie warf blitzschnell noch eine Bombe in den Instrumentenraum, dann nahm sie eine Abkürzung durch den Gang.

Immer weniger Menschen waren unterwegs, ein deutlicher Vorteil. Samantha hielt kurz an, um nachzusehen, ob sich die Stradivari sicher hinter Glas befand. Wie sollte es auch anders sein, sie selbst hätte sie ja mitnehmen sollen. Doch wenn ein anderer aus dem Team ihre Aufgabe übernommen hätte, dann wäre ihre Tarnung im Eimer.

An der Tür zwischen dem amerikanischen und dem europäischen Flügel schloss sie erneut einen Empfänger an den Schaltkreis an. Bei den weiteren Eingängen zur amerikanischen Ausstellung ging sie ebenso vor. Vielleicht war das nicht notwendig, womöglich hatten Interpol, das FBI und die New Yorker Polizei alles unter Kontrolle, doch sie war in dieser Hinsicht nicht allzu zuversichtlich. Sie konnte ihre Zukunft nicht auf der Annahme gründen, dass es diesen Leuten mit ein paar Stunden Planung gelingen würde, Nicholas und Martin zu überrumpeln. Wahrscheinlich stritten sie immer noch darüber, wer die Operation leiten sollte.

Sie hatte gerade ihre Arbeit am letzten Stromkasten beendet, da erschien Martin im Rauch, er trug eine große schwarze Leinwandrolle über der Schulter. Er hatte das Gemälde von Leutze an sich genommen. »Washington überquert den Delaware« sollte der Öffentlichkeit nie wieder zugänglich sein.

»Sam, was zum Teufel machst du hier?«, herrschte er sie an. »Hol die verdammte Stradivari, bevor …«

»FBI! Stehen bleiben!«

Großartig, genau in diesem Moment mussten sie auftauchen. Ein großer Mann in dunklem Anzug stand plötzlich vor einem Gemälde, ein paar Meter von Martin entfernt. Er hielt eine Pistole in der Hand. Sie war auf ihren Vater gerichtet, doch der Blick des Beamten ging zwischen Sam und Martin hin und her. Sam stand außerhalb des Ausstellungsraums.

»Hier rüber, Lady, sofort!«

Okay, der Zeitpunkt war gekommen. »Du hast uns reingelegt, Martin«, sagte sie laut, »das wirst du büßen.«

Im gleichen Augenblick betätigte sie die Fernbedienung. Ein paar Meter neben ihr krachten die schweren, feuerbeständigen Metalltüren von der Decke herab und schlossen Martin und den FBI-Beamten ein. Sie ignorierte das Schuldgefühl, das sich in ihr ausbreitete, und rannte um die Ecke. Sie zog eine schreiende, verwirrte Frau vom Eingang fort und ließ die Tür herunter. Sie kam krachend auf dem Boden auf.

»Gehen Sie weiter«, fuhr sie die Frau an und schob sie zur Treppe.

»Danke, Sie …«

Samantha rannte weiter. »Noch vier«, keuchte sie und bog in einen anderen Gang ein. Die Fernbedienungen hatten zwar eine recht große Reichweite, doch in den Wänden des Museums steckte ein hoher Metallanteil, und sie wollte nicht riskieren, dass sich eine der Türen nicht schloss. Sie hätte sie auch schon schließen können, als sie die Stromkästen präpariert hatte, doch zu dem Zeitpunkt hatten sich noch nicht alle Touristen in Sicherheit gebracht. Es blieb zu hoffen, dass sich alle Gangster und Schlapphüte schon auf der Treppe befanden. Sie wollte gewiss keine Geiselnahme herbeiführen, wenn sie es vermeiden konnte.

Zwei Männer, einer mit Sprechfunkgerät und beide bewaffnet, rannten in dem Moment in die Ausstellung für Europäische Kunst, als sie die Verbindungstür herunterlassen wollte. Sie duckte sich hinter einer Bank, als die Männer an ihr vorbeistürmten. Verdammt. Sie stand auf und stellte sich hinter die beiden.

»He«, sagte sie. Sie rammte dem, der sich zu ihr umdrehte, den Rucksack in die Brust, so dass er rückwärts durch die Tür in den amerikanischen Flügel taumelte. Der zweite bekam Samantha am Arm zu fassen, sie drehte sich herum und trat mit der Fußsohle gegen sein Knie. Er stolperte und fiel auf seinen Kollegen, der seine Pistole hochriss.

»Bleiben Sie sofort stehen …«

Sie drückte auf die Fernbedienung, und die Tür sauste herunter. Sie war ihnen entkommen. Adrenalin strömte durch ihre Adern, sie wandte sich um und rannte weiter. Nun waren zumindest drei Pistolen mit Nicholas und Martin eingeschlossen, und sie waren von Dolph und Eric getrennt. Sie selbst befand sich allerdings noch immer in der Europäischen Ausstellung, zwei Ausgänge mussten noch verschlossen werden.

Der Rauch war so dicht, dass sie gerade mal einen halben Meter weit sehen konnte. Als sie durch einen Raum mit Renaissancegemälden lief, trat sie fast auf einen El Greco. Danach bewegte sie sich etwas langsamer. Veittsreig hatte nicht übertrieben, sie hatten wirklich Chaos angerichtet.

Es hatte sie hoffentlich so viel Zeit gekostet, dieses Durcheinander zu veranstalten, dass sie alle in der Ausstellung in der Falle saßen. Das Toledogemälde war jedoch nicht mehr an seinem Platz, einer der beiden Deutschen hatte es also schon mitgenommen. Wenn sie nicht vor ihnen hier herauskam, riskierte Samantha entweder deren Flucht oder würde mit ihnen hier eingeschlossen werden.

Sie hatte soeben den zweiten Ausgang der Ausstellung erreicht, als Bono durch die Tür der Italienischen Abteilung gerannt kam.

»Sam, weg hier«, bellte er.

»Warte mal, ich habe da draußen Polizeifunk gehört«, improvisierte sie.

Er hielt sein Gewehr in die Höhe. »Kein Problem.«

Bono wollte durch die Haupttür gehen. Samantha hatte einen Einfall und fasste ihn an der Schulter. »Warte, ich gehe besser zuerst, ich wirke unschuldiger als du.«

»Mach aber schnell.«

Sie nickte, ging durch den Ausgang und ließ dann die Tür so

dicht hinter ihr herunterkrachen, dass ihr der Rucksack weggerissen wurde. Sie hörte Schüsse hinter sich, Bono war sicher außer sich vor Wut.

Sie schulterte wieder ihren Rucksack. Nun musste sie sich noch um Dolph kümmern, dann konnte sie abhauen. Sie rannte durch den Instrumentenraum und den Museumsshop, um zur letzten Tür zu gelangen. Hinter ihr öffnete sich der Fahrstuhl.

»Bleiben Sie stehen!«

Samantha rannte weiter. Eine Kugel schlug direkt neben ihrem Kopf in ein Monetposter an der Wand ein. Sie duckte sich und hechtete hinter Postkartenständern vorbei. Offenbar hatte Gorstein niemandem von ihr erzählt. Sie betätigte noch einmal die Fernbedienung, als sie an der letzten Tür zur Ausstellung mit Europäischer Malerei ankam. Die Tür fiel herab – und kam einen halben Meter über dem Boden zum Halten.

»Verdammt.«

Sie sah sich um. Auf der Flucht hatte jemand ein Bücherregal und einen Postkartenständer umgeworfen. Die Tür ächzte und stöhnte, während sie langsam Holz und Kunstbände unter sich zermalmte.

»Schnell, schnell«, murmelte Samantha vor sich hin und räumte mit dem Fuß die Bücher aus dem Weg. Da griff eine Hand durch den offenen Spalt hindurch und packte sie am Knöchel. Sie verlor das Gleichgewicht und stürzte zu Boden.

Nicholas Veittsreig robbte unter der Tür hervor. Eine Sekunde später kam die tonnenschwere Tür mit lautem Krachen auf dem Boden auf. Samantha rutschte auf ihrem Hintern auf dem Boden herum und versuchte, ihren Knöchel zu befreien. Mist, Veittsreig hatte wohl mit Dolph getauscht. Nicholas ließ nicht los.

»Miststück«, keuchte er und stemmte sich auf alle viere. Es gelang ihm, Samantha unter sich zu ziehen. Sie zog ihre Beine an und ließ sie dann nach oben schnellen. Mit einem Stöhnen rollte Veittsreig zur Seite. Samantha wollte sich auf den Bauch drehen und blieb mit dem Rucksack an einem Postkartenständer hängen. Sie zog daran.

Der Ständer fiel auf Veittsreigs Rücken und drückte ihn wieder zu Boden. Samantha schlüpfte aus dem Riemen am Rucksack, kam auf die Füße und rannte davon. Sie erreichte die Treppe, hinter ihr waren bewaffnete Beamte. Sie hoffte, dass einer davon Nicholas gegriffen hatte – wenn ihn überhaupt jemand in dem Tohuwabohu bemerkt hatte.

Als sie den ersten Treppenabsatz erreichte, kamen ein Dutzend Männer mit FBI-Abzeichen am Arm auf sie zu. Samantha nahm Anlauf und sprang mit einem Stoßgebet in die Luft. Sie kam auf weichen Körpern auf, zog sich am Geländer hoch, stieß sich ab und sprang darüber. Die Landung auf den Treppenstufen im ersten Stock war hart. Während sie die letzten Stufen zum Foyer herunterrollte, hörte sie eilige Schritte und ein Dutzend Männer, die in ihre Funkgeräte brüllten. Sie sprang auf die Füße und rannte an der Wand entlang. Sie ignorierte die Schmerzen im Fuß, sie hatte sich wohl den Knöchel verstaucht.

Wie in Zeitlupe nahm sie nun den Anblick wahr, der sich ihr im Eingangsbereich bot. Es herrschte ein einziges Chaos, Polizisten und Gewehre, schreiende Touristen, die auf die Türen zurannten, Päckchen und Kataloge lagen überall verstreut.

Samantha war mittlerweile von zu vielen Schlapphüten gesehen worden, es war höchste Zeit, die Identität zu wechseln. Sie duckte sich hinter einem steinernen Abfalleimer, riss sich die Perücke vom Kopf und zog ihre schwarze Bluse aus. Darunter trug sie ein rotes T-Shirt, in dem sie wie eine Touristin aussah. Dann warf sie die Bluse und Perücke in den Abfalleimer und strich sich ihr Haar glatt. Sie setzte einen ängstlichen Gesichtsausdruck auf, als ob sie kurz davor sei, in Tränen auszubrechen, und richtete sich auf.

Ein großer Mann mit den Buchstaben FBI auf der Brust

kam auf sie zu, in seinen Armen hielt er ein halbautomatisches Gewehr. »Hände hoch«, herrschte er sie an.

Sie hob ihre Arme, das Zittern war nicht vorgetäuscht. Der Mann dachte bestimmt, dass sie aus Angst zitterte, sie allein wusste, dass das Adrenalin dafür verantwortlich war.

»Was ist denn hier los?«, rief sie. »Ich war auf der Toilette; plötzlich gingen die Lichter aus, und es war nur noch Geschrei zu hören.«

Er senkte das Gewehr. »Man hat versucht, das Museum auszurauben«, sagte er. »Bitte gehen Sie zum Ausgang, dort wird jemand Ihre Aussage aufnehmen.«

»Ich habe meine Handtasche in der Toilette …«

»Die werden wir später holen.« Er ging an ihr vorbei, und sie begab sich zum Ausgang auf der anderen Seite der Lobby.

Plötzlich spürte sie einen Schlag im Rücken, die Wucht schleuderte sie gegen ein Marmorpodest. Benommen drehte sie sich um. Eine Pistole wurde ihr in den Mund gerammt, die ihr ins Zahnfleisch schnitt. Veittsreig.

»Jetzt hab ich dich«, keuchte er. »Interpol!«, schrie er, als die Umstehenden auf sie aufmerksam wurden, und ließ dabei eine gefälschte Marke aufblitzen.

Er zog Samantha hoch und ließ einen schweren, harten Gegenstand in ihren Hosenbund gleiten. Mein Gott, eine Pistole, er wollte sie also hier vor all den Leuten erschießen. Nun war sie bewaffnet, es würde also wie Notwehr aussehen. Dann würde Veittsreig durch die Tür gehen, Rick suchen und ihn ebenfalls umbringen.

»Wo ist die Bombe?«, schrie Veittsreig und schob dabei Samantha mit der Pistole im Mund rückwärts. »Wo ist die Bombe? Alle raus!«

Es funktionierte. Alle beeilten sich, zum Ausgang zu kommen, als das Wort »Bombe« durchs Foyer hallte.

»Leb wohl, Sam«, murmelte er und drückte ab.

22

Dienstag, 17.33 Uhr

Samantha warf sich zur Seite, als Nicholas den Abzug drückte. Im gleichen Moment löste sich aus dem Schatten eine große, undeutliche Gestalt und schlug Veittsreig mit einem runden Gegenstand auf den Kopf. Es war Rick.

Sie spürte einen brennenden Schmerz an ihrer linken Wange und hörte wie aus weiter Ferne das Echo eines Schusses. Samantha kam taumelnd wieder auf die Füße. Ihre Ohren waren von dem Schuss ganz taub.

Veittsreig lag am Boden, und Rick stand mit einer römischen Bronzeschüssel in der Hand über ihm. Es sah aus, als sei er noch nicht fertig mit Nicholas.

»Rick?«, sagte sie und schwankte. Er drehte sich zu ihr um. Sie sah erst jetzt, dass er einen Schnurrbart und Koteletten trug.

»Komm mit«, sagte er, griff sie am Arm und warf die Schüssel in einen Pflanzenkübel.

»Aber …«

»Nun komm schon«, wiederholte er. »Wir haben keine Zeit für einen ordentlichen Boxkampf, dich soll hier niemand sehen.«

Er zog oder vielmehr trug sie zum Ausgang. Samantha fiel die Pistole ein, sie nahm sie aus ihrem Hosenbund und ließ sie auf den Boden fallen. Keine Pistolen, niemals. Ein Mann in Polizeiuniform sah in ihre Richtung, und Samantha deutete mit dem Daumen auf Veittsreig. Der Polizist nickte und lief dorthin. Gorstein hatte also Wort gehalten.

Rick holte ein Taschentuch aus der Tasche und hielt es ihr vorsichtig an die Wange, als sie durch den überfüllten Ausgang hinausgingen. »Gehen Sie bitte zur Seite«, sagte er mit Südstaaten-Akzent, der britische Einschlag war kaum zu hören. »Meine Frau hat sich an einem Glassplitter geschnitten.«

Samantha bemühte sich, ihre Benommenheit abzuschütteln und wieder einen klaren Kopf zu bekommen. »Du solltest hier auch nicht gesehen werden«, murmelte sie.

Er fuhr sich mit dem Finger über den Schnauzer. »Ich bin doch gar nicht hier. Sieht gut aus, oder?«

»Welche Figur aus den Siebzigern bist du denn?«

Rick nahm sie wieder am Arm, und sie gelangten mit den anderen Museumsbesuchern auf die Straße. Die Kakophonie der Sirenen und Megaphone drang nun in Samanthas pochenden Schädel. Dies hier war wie Armageddon auf der Fifth Avenue. Rick half ihr dabei, geradeaus zu gehen, und sie liefen durch die hin und her wogende, panische Menge. Inmitten der Menschen fühlte sich Samantha geschützter, doch Rick zog sie weiter. Dann nahm er sein Handy heraus und wählte eine Nummer.

»Los geht's!«, sagte er ohne Einleitung und legte wieder auf. Ein SWAT-Fahrzeug mit heulenden Sirenen hielt vor ihnen am Straßenrand. Um Himmels willen, das war doch Wulf. Samantha bewegte sich rückwärts, doch Rick schob sie nach vorne an die Stufen zum Truck.

»Rick, nein, du …«

»Es ist alles in Ordnung, Schatz.«

Nun fiel ihr Blick auf den Fahrer. Stoney sah sie mit angestrengtem Grinsen an. »Steig ein, der Zähler läuft.«

»Aber …«

Rick lief an ihr vorbei, und der Transporter setzte sich langsam in Bewegung. Samantha hielt sich mit einer Hand am Dach fest, damit sie das Gleichgewicht nicht verlor, und sah sich nach Rick um. Er hatte eine der Hecktüren geöffnet und beförderte ein in Leinwand gehülltes Objekt mit einem Tritt auf die Straße.

»Das war doch Wulf, oder?«, fragte sie ihn, nachdem er die Tür geschlossen hatte.

»Hieß er so? Hat er gar nicht gesagt.«

Samantha setzte sich unbeholfen auf den Boden des Fahrzeugs, und sie rasten mit Höchstgeschwindigkeit die Straße entlang. »Was ist los? Bin ich ohnmächtig? Oder etwa tot?«

»Weder noch.« Rick setzte sich neben sie. »Hast du wirklich gedacht, ich würde brav in einem Taxi auf dich warten?«

»Das hatten wir so vereinbart.«

»Ja, natürlich.« Er beugte sich zu ihr und entfernte vorsichtig das Taschentuch von ihrem Gesicht. »Das war verdammt knapp, Samantha«, sagte er mit zitternder Stimme. »Ich bin fast zu spät gekommen.«

Sie fasste sich an ihre Wange. Es war keine tiefe Wunde, eher eine leichte Verbrennung, doch es tat höllisch weh. »Unter diesen Umständen werde ich mich nicht beklagen.«

»Warum hast du dich nicht einfach aus dem Staub gemacht, als die Plünderung losging?«

»Nun ja, ich wollte sicherstellen, dass sie nicht entkamen. Die Brandschutztüren musste ich einzeln in Gang setzen. Nicholas gelang es, durch die letzte Tür zu entwischen.«

»Walter, fahr ins nächste Krankenhaus«, befahl Rick.

»Bin schon auf dem Weg.«

»Nein, nein, fahr in Richtung Fluss, Stoney.«

»Sind wir auf der Flucht?«

»Veittsreigs Lagergebäude befindet sich dort. Wir hätten die Sachen dort hinbringen sollen. Der Hogarth und der Picasso sind wahrscheinlich dort.«

»Später«, sagte Rick und legte das Taschentuch wieder auf die Wunde.

»Aua. Wenn wir damit warten, hat womöglich einer der Typen den Unterschlupf schon an die Polizei verraten.«

»Und was wäre daran schlimm?«

»Ich will nachsehen, was alles dort ist, und außerdem dafür sorgen, dass keine Fotos von mir mit Nicholas herumliegen.« Außerdem wollte sie wissen, wer der Käufer war. Sie wollte wissen, wer der Drahtzieher war, der das Unheil zu verantworten hatte, das sie hatte abwenden müssen.

Richard zuckte zusammen, als er sich den Schnurrbart und die enormen Koteletten abzog. Er hatte Samantha mit seiner Maskerade nicht wirklich überzeugt. Doch er schien zu glauben, dass sie ihren Zweck erfüllt hatte und er von niemandem erkannt worden war. »Okay«, sagte er schließlich widerwillig. »Zuerst zum Lager.« Er wünschte, er hätte mehr Zeit gehabt, Veittsreig zu Brei zu schlagen, dieser Wulf war wirklich keine Herausforderung gewesen. Andererseits hatte Walter nach dieser Begegnung darauf hingewiesen, dass Rick ziemlich wütend gewesen sei und härter zugeschlagen habe als nötig.

Sein Telefon klingelte. Er klappte es auf. »Addison.«

»Rick, hier ist John Stillwell.«

»John, kann ich Sie in einer Stunde zurückrufen? Ich bin gerade ziemlich …«

»Bieg hier links ab, Stoney«, sagte Samantha, »zwei Blocks weiter auf der rechten Seite ist es.«

»Rick, ich habe Matsuo Hoshido am Telefon. Er sagt, wenn er mit Ihnen sprechen kann, will er den Verkauf heute Abend unter Dach und Fach bringen.«

»Und was ist mit der Stadtverwaltung?«

»Er sagt, er habe einen Plan, wie man mit ihnen umgehen kann.«

Samantha beugte sich nach vorne. »Stoney, halt hier an.«

»Was ist, Liebes?« Richard legte die Stirn in Falten. »Ich ruf Sie zurück, John.«

»Aber …«

Er klappte das Telefon zu und steckte es in die Tasche. »Was ist los?«

»Nichts ist los«, entgegnete Samantha und stand auf. »Wir sind in einem großen Transporter, der nach einer Eingreiftruppe der Polizei aussieht, und ich will damit lieber nicht bis vor das Lager fahren, falls da jemand wartet, der denkt, dass Nicholas zurückkommt.«

»Ist gut.« Stoney machte ein verdrießliches Gesicht und bog in eine Seitenstraße ein. Dort hielten sie an und stiegen aus.

Rick hielt sich dicht an Samantha, langte in seine rechte Hosentasche und betastete seine Pistole. Er war noch nie so kurz davor gewesen, einen Menschen zu erschießen, wie im Foyer des Museums. Der Anblick Samanthas, die mit der Pistole im Mund Veittsreig ausgeliefert war … Er hätte das Schwein erschossen, wenn er sicher gewesen wäre, schneller schießen zu können. Auch mit all den FBI-Leuten um ihn herum.

Samantha sah sich rasch in alle Richtungen um, stellte sich dann an das Eingangstor zum Lager und tippte eine Nummernkombination in das Zahlenfeld ein. Der rote Schalter darüber leuchtete nun grün auf.

»Schiebt das Tor hoch«, sagte sie und trat zurück. Richard hatte eigentlich erwartet, dass Samantha die Abdeckung des Türöffners abnehmen und die Kabel umstecken würde. Er packte mit an und schob das Tor nach oben. Sie gingen hindurch, und Rick zog es hinter ihnen wieder zu.

»Wenn schon jemand gesungen hat, dann wird die Polizei gleich anrücken«, sagte Samantha und lief zu einem Arbeitstisch, auf dem sich Pläne häuften. »Seht euch nach den Bildern um. Wenn sie hier sind, sind sie wahrscheinlich bereits eingepackt.«

»Hier stehen eine Menge Kisten rum«, sagte Walter und sah zu Richard herüber. »Sollen wir rechts oder links anfangen?«

»Links«, entschied Richard und lief zur anderen Seite des Raumes.

»Rick!«

Er drehte sich zu Samantha um und fing die Handschuhe

auf, die sie ihm zuwarf. Richtig, die Fingerabdrücke. Er wollte der Versicherung keinen Anlass für den Verdacht liefern, dass er den Hogarth selbst gestohlen hatte.

An den Wänden waren Kisten zu hohen Türmen aufeinandergestapelt. Er hatte keine Ahnung, wie groß der Picasso war, doch das Hogarth-Gemälde war ziemlich groß. Das war zumindest ein Anhaltspunkt. Weder Samantha noch Stoney schienen bei der Suche besondere Sorgfalt walten zu lassen, also griff Richard nach einem Schraubendreher und machte sich an die Arbeit.

»Hier gibt es nur Ersatzteile für Autos und Lastwagen«, bemerkte Walter. Dann kam er hinter einem Kistenturm hervor und eilte zum nächsten. »Sie haben die wahrscheinlich zur Tarnung gekauft.«

»So würde ich es auch machen.«

Samantha zog ein paar Kartons unter dem Tisch hervor. »Verdammt«, fluchte sie und leerte den Inhalt einer Kiste auf den Boden. »Ich kann auch nichts finden. Wenn die Sachen nicht hier sind, weiß ich auch nicht, wo sie sein könnten. Die Typen sind hier untergeschlüpft, die Sachen müssen also hier sein.«

»Es sei denn, die Gemälde wurden bereits verkauft«, warf Richard ein und ging zu einer Reihe Pritschen, die an der Wand lehnten. Er kippte jede einzelne nach vorne, um nachzusehen, ob an der Rückseite etwas befestigt war. Er wollte zwar sein Gemälde wiederhaben, doch es hatte größere Priorität, Fotos von Samantha mit Veittsreig zu finden.

Neben den Pritschen befand sich eine Tür mit der Aufschrift »Hausmeister«. Hier war seit mindestens einem Jahrzehnt kein Hausmeister mehr gewesen. Vor der Tür konnte er jedoch Fuß- und Schleifspuren in der dünnen Staubschicht auf dem Boden erkennen. Er drückte die Türklinke nach unten. Abgeschlossen.

»Hier könnte vielleicht etwas sein«, sagte er. Im gleichen

Moment klingelte sein Handy. »Verdammt«, murmelte er und ignorierte das Klingeln.

»Was ist denn?«, fragte Samantha und kam auf ihn zu.

»Die Tür …«

Walter stieß einen hohen Pfeifton aus.

»Scheiße, versteck dich«, zischte Samantha, tauchte hinter einer Kiste neben Rick ab und zog ihn zu sich herunter. Das Tor ratterte und öffnete sich. Eine Minute später fuhr ein Mercedes herein und hielt an.

»Was hat denn der hier zu suchen?«, flüsterte Samantha.

Er sah sie an. Ihre Augen hatten sich zu Schlitzen verengt, und ihr Gesicht hatte einen unerbittlichen Ausdruck angenommen. Offensichtlich wusste sie, wer in dem Mercedes saß. Die Autotür wurde geöffnet, ein stämmiger Mann mit dunklen Haaren stieg aus und zog das Tor wieder herunter. Ein teurer Anzug, ein teurer Wagen – und beides wirkte irgendwie vertraut.

»Boyden Locke«, flüsterte er.

»Dieses verdammte Schwein.« Samantha kroch seitwärts, und Richard veränderte seine Position, so dass er sie und Locke im Auge behalten konnte.

Boyden Locke war Samanthas Kunde gewesen. Einen Tag nach ihrer Ankunft in New York hatte er sie angerufen, weil er seine Sicherheitstechnik überprüfen lassen wollte. Dann hatte er sie beide zu seiner Party eingeladen. Am Tag darauf war sein Picasso gestohlen worden. Was zum Teufel hatte er hier im Lager des Teams zu suchen, das sein Gemälde gestohlen hatte?

»Du glaubst, dass er Veittsreig beauftragt hat, nicht wahr?«, flüsterte er Samantha zu.

Sie nickte, ihr Blick war auf Locke gerichtet, der durch das Lager ging und auf sie zukam.

»Jetzt bin ich mir sicher. Und ich habe versucht, Patty mit ihm zu verkuppeln, verdammt.« Sie hielt inne. »Geh ein Stück zurück«, raunte sie ihm zu und kroch um die Kisten herum, so dass sie nun zwischen ihr und Locke standen. Rick kauerte ein paar Meter entfernt von ihr und duckte sich noch tiefer.

Locke ahnte nicht, dass sich eine ehemalige Fassadenkletterin in nächster Nähe versteckt hielt, sonst hätte er sicherlich nicht den Schlüssel herausgeholt und die Kammer aufgesperrt. Er verschwand in der Kammer, Samantha stand auf und schlich sich zur Tür. Rick dachte zuerst, dass sie vorhatte, Locke einzusperren, doch sie blieb dort einfach stehen. Eine Minute später kam Boyden wieder mit einer flachen, rechteckigen Kiste unter dem Arm heraus.

»Boyden!«, rief sie.

Locke blieb abrupt stehen und drehte sich um. Samantha schlug ihm mit der flachen Hand ins Gesicht. Die Kiste fiel krachend auf den staubigen Boden. Samantha sprang zurück, und Locke taumelte rückwärts. Er war ein kräftiger Mann, doch sie hatte Verstärkung. Er hatte sie also für seine Zwecke benutzt, so wie fast jeder hier in New York. Ihr Bemühen um ein anständiges Leben wurde offenbar auf diese Weise belohnt.

»Was zum Teufel machen Sie hier?« Locke spuckte aus und fuhr sich mit dem Handrücken über seine blutige Lippe. Ob er immer noch dachte, dass sie bei dem Diebstahl mit von der Partie gewesen war? Das könnte sie zu ihrem Vorteil nutzen.

»Ich habe mich hier versteckt«, gab sie zurück. »Das war wirklich ein toller Plan. Sie haben uns ans Messer geliefert, stimmt's?«

»Es war ein großartiger Plan, und ich habe euch nicht reingelegt. Helfen Sie mir mal, das im Wagen zu verstauen.«

»Für zweieinhalb Millionen vielleicht. Sonst werden wir beide Streit bekommen.«

Sie beobachtete, wie sich Rick von hinten an Locke heranpirschte, er bewegte sich seitwärts und stellte sich dann zwischen Boyden und den Mercedes. Rick wirkte ebenso sanftmütig, wie sie sich im Moment fühlte. Doch er griff nicht ein, er hatte wirklich sehr gute Instinkte. Sie war inzwischen überzeugt, dass Rick einen exzellenten Dieb abgegeben hätte.

»Das Geld war für die Sachen aus dem Museum. Helfen Sie mir jetzt, dann werde ich den Behörden auch nicht verraten, dass Addison mir angeboten hat, dass Sie für mich Gemälde stehlen könnten, für die dann die Versicherung zahlen muss.«

Er hatte wirklich die besseren Karten, er und Rick waren zusammen in diesem Lager, und wem würde die Polizei Glauben schenken? Dem reichen Typ oder dem noch reicheren, dessen Freundin im Verdacht stand, krumme Dinger zu drehen? Verdammt. Dann bemerkte sie, was Rick in der Hand hatte. Auf den ersten Blick hatte sie es für eine Pistole gehalten. Es war jedoch sein Handy mit Fotoapparat. Sie unterdrückte ihren plötzlichen Impuls zu lächeln.

»Sie haben den Diebstahl im Museum vor meiner Ankunft in der Stadt geplant«, sagte sie und bewegte sich auf die Kiste zu. »Wie kamen dann der Picasso und der Hogarth dazu?«

»Das war ein glücklicher Zufall«, gab er zurück und wischte sich wieder über den Mund. »Am Telefon habe ich für den Hogarth mitgesteigert, doch dann hat ihn Addison gekriegt. Dann kam Plan B zum Einsatz. Und wenn Addison bestohlen wird, warum dann nicht auch ich selbst? Mit der Versicherungssumme des Picassos könnte ich dann Nicholas und das Team bezahlen. Sie dann zur Party einzuladen, nun, das war einfach ein cleverer Schachzug.«

»Das war wirklich schlau eingefädelt«, gab sie zu. »Doch ich schleppe trotzdem keine Gemälde umsonst herum.« Sie deutete mit dem Daumen in Ricks Richtung. »Für ihn vielleicht, aber nicht für Sie.«

Locke drehte sich um. »Was …«

Rick grinste ihn an. »Bitte lächeln!«, sagte er und schoss ein Foto. Locke stürzte sich mit Geheul auf ihn. Rick warf Samantha seine Kamera zu, wich dem Angreifer zur Seite aus und versetzte ihm dabei einen ordentlichen Schlag in die Nieren. Jetzt war wohl die Zeit für eine Rauferei gekommen. Rick stieß den taumelnden Locke zur Seite in einen Kistenturm, und beide gingen zu Boden.

Sehr schön, schon seit Tagen hatte sich Rick nach einer anständigen Prügelei gesehnt. Er war jetzt ganz in seinem Element. Samantha rannte in die Kammer. Dort stand eine zweite, größere Kiste an die Wand gelehnt, und auf einem Regal lagen drei jungfräuliche, saubere Briefumschläge, die eindeutig nicht hierhergehörten.

Sie griff danach und riss den ersten auf. *Bingo.* Die Diamanten der Kekstante. Sie waren wertlos, verglichen mit dem Rest der Beute, mit der Nicholas gerechnet hatte. Die Hodges wären aber sicher überglücklich, sie wiederzubekommen. Und sie selbst wäre glücklich, wenn sie wieder bei ihren Besitzern landeten. Vorsichtig legte sie den Umschlag so zurück, dass er gut sichtbar war. Im zweiten Umschlag befanden sich Fotos, auf denen sie mit Nicholas vor Ricks Haus zu sehen war, sowie Fotos, auf denen sie aus Lockes Haus kam – nicht wirklich belastend, doch in Kombination mit anderen zufälligen Beweisstücken waren sie schwerwiegend genug.

Nachdem sie die Fotos unter ihre Bluse gesteckt hatte, öffnete sie den dritten Umschlag. Darin befanden sich Fotos von Locke mit Veittsreig und einige Fotos von Veittsreig mit Martin. Sie atmete tief durch und steckte die Fotos mit Martin ein. Dann legte sie den Umschlag wieder auf das Regal. Wenn die Diebe so paranoid waren, dass sie Fotos von sich selbst bei ihren Treffen machten, dann sollten sie auch mit den Folgen leben.

Ricks Telefon klingelte. Sie verließ die Kammer und pfiff nach Stoney, dann erst ging sie ran. Sie mussten die Polizei rufen und dann abhauen. »*Hola*«, sagte sie.

»Miss … Sam?«, fragte Stillwell.

»Hi, John. Rick ist gerade beschäftigt«, gab sie zurück und

sprang zur Seite. Locke wankte gerade in ihre Richtung, gefolgt von Rick. »Kann er Sie zurückrufen?«

»Wenn er nicht sofort mit Hoshido spricht, wird der Deal platzen. Matsuo-san denkt, dass Rick mit ihm spielt, und ist mittlerweile ziemlich aufgebracht.«

»Okay, warten Sie einen Moment.« Sie legte die Hand auf das Mikrofon. »Rick, für dich.«

»Er soll eine Nachricht hinterlassen«, knurrte Rick, von seiner Lippe tropfte Blut, an seinem Hemd fehlte ein Ärmel. Locke versuchte Samantha zu packen, sie wich zurück und rammte dann ihr Knie gegen sein Kinn. Er ging mit einem Ächzen zu Boden.

»Stillwell ist dran. Er sagt, dass Matsuo denkt, dass du mit ihm spielst; wenn du jetzt nicht ans Telefon gehst, dann wird dir das Hotel durch die Lappen gehen.«

»Ist mir egal.«

»Mir aber nicht. Sprich jetzt mit ihm.« Sie warf ihm das Handy zu.

»Verdammt.« Er ging ran. »Was ist, John?«, bellte er und schüttelte seine aufgeschürfte rechte Hand.

Samantha setzte sich auf Locke und holte ihr Handy aus der Tasche. Sie wählte und hielt sich das Telefon ans Ohr. Als es an die Wunde an ihrer Wange kam, zuckte sie zusammen und wechselte es an ihr anderes Ohr. Das würde bestimmt eine Narbe geben.

»Gorstein.«

»Hallo, wie stehen die Dinge bei Ihnen?«

»Sehr gut. Ich bin der große Held. Drei Deutsche und ein weltberühmter Einbrecher, den man für tot gehalten hatte. Der Typ, der auf der Straße landete, und die Frau, die zwei FBI-Leute niedergeschlagen hat, haben mich aber in einen gewissen Erklärungsnotstand gebracht. Und einer meiner Männer ist auf dem Weg ins Krankenhaus.«

»Wird Martin von Interpol verhört?«

»Ja, ich kann da nicht wirklich viel erfahren, doch es scheint so, dass er die in der Galerie eingeschlossenen Deutschen für sich verbucht.«

»Okay. Schicken Sie ein paar Leute zum Lagerhaus Ecke West-End-Avenue und West Neunundfünfzigste. Sie werden dort ein paar gestohlene Bilder finden und den Mann, der den Deutschen den Auftrag gegeben hat.«

»Wir sind schon auf dem Weg. Werden Sie dort sein?«

»Nicht, wenn ich … Haben Sie gerade von drei Deutschen gesprochen?«

»Ja.«

Erst in diesem Moment fiel ihr auf, dass sie nichts mehr von Rick gehört hatte und dass Stoney gar nicht aufgetaucht war, nachdem sie nach ihm gepfiffen hatte. Sie hob den Kopf und sah Nicholas Veittsreig, der mit einer Pistole in der Hand an der Tür stand. Stoney kniete zu seinen Füßen.

»Leg sofort auf, Sam«, rief er.

Samantha klappte das Handy zu.

23

Dienstag, 18.55 Uhr

»Und du legst auch auf«, sagte Veittsreig und richtete seine Pistole auf Richard.

»Rick? Bist du noch dran?«, fragte Stillwell.

»John, schließen Sie das Geschäft ab«, sagte Richard und legte auf. Er war außer sich vor Wut. Im Museum hatte er Samantha aus der Gefahr gerettet, und hier stand nun der Mann, der sie hatte erschießen wollen.

»Die Polizei ist auf dem Weg hierher, Nicholas«, sagte Samantha kühl. Boyden unter ihr stöhnte und versuchte, sich umzudrehen.

»Geh von Locke runter, Samantha.« Veittsreig zeigte nun mit seiner Pistole auf sie. »Ich dachte, du hättest was mit diesem Mr Addison hier drüben.«

Sie stand auf und stellte sich auf die andere Seite der Tür. Richard hätte sie lieber näher bei sich gehabt, um sie schützen zu können. Doch strategisch war diese Position wohl vorteilhafter, denn wenn der Abstand zwischen ihnen größer war, musste Veittsreig seine Aufmerksamkeit aufteilen. Doch als überzeugter Sir Galahad hatte Rick trotzdem ein Problem damit, dass Samantha nicht an seiner Seite war.

Locke setzte sich hin. »Er hat Fotos gemacht«, stöhnte er, hielt mit einer Hand seine Stirn und gestikulierte mit der anderen in Richards Richtung. »Mit seinem Handy.«

»Wirf es hier rüber, ganz brav«, befahl Veittsreig.

Mit zusammengebissenen Zähnen warf ihm Richard sein Handy zu. Veittsreig zielte, und das Handy explodierte mit einem lauten Knall in der Luft. In diesem Augenblick krabbelte Walter durch das halbgeöffnete Tor nach draußen und verschwand.

»Hol ihn zurück«, schrie Locke und richtete sich auf.

»Wozu? Wir haben doch, was wir brauchen.« Veittsreig sah zu Samantha. »Und was wir wollen.« Er fuchtelte wieder mit der Pistole herum. »Sam und Addison, legt die Bilder auf den Rücksitz des Wagens. Sofort.«

»Ihr habt gehört, was er gesagt hat.« Locke schob Samantha nach vorne.

Sie trat zu der Kiste und fasste an einer Seite an. »Rick?«

Rick löste seine Aufmerksamkeit von Locke und ging zur anderen Seite der Kiste. »Ich hätte beide erschießen sollen, als ich die Gelegenheit dazu hatte«, murmelte er.

»Bleib ruhig, Rick«, flüsterte ihm Samantha mit grimmigem Blick zu.

»Er wird dich töten. Sag mir nicht, dass ich dabei ruhig bleiben soll.«

»Er wird versuchen, uns beide zu töten.«

Sie schoben die Kiste auf den Rücksitz des Mercedes. »Versuche ruhig zu bleiben, Rick.«

»Ich bin bewaffnet«, raunte er ihr zu, als sie sich wieder aufrichteten. »Geh in Deckung, wenn ich dir ein Zeichen gebe.«

Veittsreig näherte sich ihnen. »Wir holen nun das andere. Und kein Geplapper, ich könnte sonst nervös werden.«

Rick hatte eine Vorahnung, dass sie nicht lebend aus der Kammer des Hausmeisters herauskommen würden. »Wissen Sie was, Veittsreig«, sagte er im Plauderton, »ich bin momentan in einer ziemlich ungünstigen Position. Wenn Sie irgendeine finanzielle Forderung stellen würden, kann ich sie Ihnen kaum abschlagen.«

»Ich habe schon zwölf Millionen von Ihnen. Ich bin nicht habgierig.«

»Sie haben bestimmt nur einen kleinen Anteil an den zwölf

Millionen. Ohne Zweifel kassiert Locke einen größeren Anteil als Sie.«

»Wir sind beide zufrieden mit unserer Abmachung.«

»Bewegen Sie sich jetzt endlich.«

»Mit Ihnen habe ich gar nicht gesprochen. Wenn ich das tun würde, würde ich Ihnen sagen, dass ich das Video mit Ihrem Geständnis, dass Sie Veittsreig beauftragt haben, bereits per E-Mail weitergeschickt habe.« Er richtete nun wieder das Wort an den Mann mit der Pistole. »Und da man Sie überall jagen würde, wenn Sie uns jetzt töten, dachte ich, dass Sie vielleicht lieber Geld hätten.«

»Er lügt doch«, stammelte Locke.

»Oh, das klingt aber überzeugt«, sagte Samantha sarkastisch. »Locke hat die besten Anwälte, Nicky. Was glaubst du, wer mehr Zeit im Knast verbringen wird? Ich schätze …«

Eine Sirene übertönte den Rest ihres Satzes. Veittsreig hielt Samantha fest, das Metalltor wurde nach innen gedrückt, und der SWAT-Transporter fuhr in die Lagerhalle. Walter.

Richard warf sich nach vorne und packte mit aller Kraft die Hand mit der Pistole und riss sie herum. Die Pistole wurde durch die Luft geschleudert, und die drei stürzten aufeinander und verwandelten sich in ein tretendes, sich windendes Knäuel. Als Samantha versuchte wegzurollen, zog Veittsreig sie brüllend an den Haaren zurück. Sie stieß ihren Ellenbogen gegen sein Kinn, und er ließ sie los.

»Locke darf die Pistole nicht kriegen«, zischte Richard, der gleich darauf eine Faust in die Rippen bekam.

Samantha kroch zu der Waffe, die auf dem Boden gelandet war. Locke war ebenfalls auf dem Weg dorthin. Er hatte zwar mehr Kraft, doch sie war schneller. Samantha machte eine anmutige Rolle vorwärts und trat Locke ins Gesicht. Mit der rechten Hand griff sie dabei nach der Waffe. Dann kniete sie vor ihm und hielt die Waffe einige Zentimeter von seiner blutigen Nase entfernt. »Keine Bewegung«, keuchte sie.

Richard konnte sich jetzt auf den Mann konzentrieren, der versucht hatte, Samantha zu töten. Er drehte sich um, stützte sich auf ein Knie und konnte gerade noch einen Tritt ins Gesicht abwehren. Er packte Veittsreigs am Knöchel und drehte ihn, bis der Dieb auf dem Rücken lag. Dann kniete er sich auf seine Brust, ballte die Hände zu Fäusten und schlug auf ihn ein.

Veittsreig stöhnte, und in seinen Augen war nur noch das Weiße zu sehen. Rick zog die Glock aus der Tasche. Er atmete heftig, spannte den Abzug und hielt die Mündung in den Mund seines Gegners.

»Rick.«

»Du wolltest sie töten«, knurrte er, seine Hände zitterten. Niemand durfte ihm Samantha wegnehmen. »Steh auf.«

Er zog den Mann am Kragen nach oben und hielt die Pistole immer noch zwischen Veittsreigs Zähne. »Du hast sie erpresst, damit sie mit dir zusammenarbeitet, und als sie dich überlistet hat, wolltest du sie töten.«

»Rick, hör auf!«

Von draußen war näher kommendes Sirenengeheul zu hören. Er sah sich um und registrierte, dass Walter dabei war, Lockes Arme und Beine mit Isolierband zu umwickeln. Dann wandte er sich wieder Veittsreig zu, in dessen farblosen Augen die nackte Panik stand.

»Du kennst doch bestimmt die Redewendung«, murmelte er, zog die Pistole aus Veittsreigs Mund und trat ein paar Zentimeter zurück, »wie war die noch mal? Ach ja, Rache ist süß.« Er drückte ab.

Samantha schrie auf, als Nicholas nach hinten taumelte und rückwärts zu Boden fiel. Einige Augenblicke später drehte er sich jedoch auf den Bauch und krümmte sich. Sie atmete auf.

Veittsreig fasste sich ans Ohr. »Du hast mein Ohr abgeschossen!«

»Nur einen Teil davon«, antwortete Rick voller Verachtung

und steckte die Pistole wieder ein. Er ging zu Samantha, die reglos mit offenem Mund dastand, und nahm ihr vorsichtig die andere Pistole aus der Hand. Sie hatte vollkommen vergessen, dass sie die Waffe hatte. Er leerte das Magazin, ging zum Mercedes und legte alles auf den Kofferraum.

»Ich dachte schon …«, murmelte sie, sie war außerstande, den Satz auszusprechen.

»Hätte ich auch fast«, gab er zurück, sein Blick war immer noch hart und unerbittlich.

Samantha lief zu ihm und nahm ihn in die Arme. In ihren schlimmsten Albträumen war es immer sie gewesen, die zu weit gehen und Rick damit in die Flucht treiben würde. Sie hatte nie in Betracht gezogen, dass Rick die Grenze überschreiten würde. Und nun hätte er das beinahe getan. Fast hätte er einen Menschen getötet, weil dieser sie hatte töten wollen. Er umarmte sie fest. Sie fühlte sich warm und sicher bei ihm.

»Bleibst du noch?«, wisperte er in ihr Haar. »Gorstein wird nicht alleine hier ankommen.«

»Ich muss jetzt bleiben«, gab sie zurück. Sie ließ sich nicht anmerken, dass ihr vor Angst die Knie zitterten. Waffen waren nicht das Schlimmste. Interpol und das FBI, davor hatte sie wirklich Panik. »Du musst nicht bleiben.«

»Doch, selbst ein Superheld wie du hätte das hier nicht alleine bewerkstelligen können.«

Stoney trat zu ihnen. »Dann regelt das mal mit den Schlapphüten. Ich verschwinde lieber. Ich ruf dich später an, Liebes.« Er kletterte über die zertrümmerten Teile des Tors und machte sich in Richtung Fluss davon.

Zwanzig Sekunden später rollte das erste Polizeiauto herein. Gorstein saß nicht darin.

»Hände hoch, allesamt!«, schrie der Polizist, hinter ihm schwärmten mehrere Männer in Uniform aus.

Rick ließ Samantha los und hob seine Arme in die Höhe.

»Wir haben Sie doch gerufen«, sagte er mit seinem gelassenen, freundlichen britischen Akzent.

»Ich will aber Ihre Hände oben sehen, bis wir das geklärt haben«, setzte der Polizist nach. Zwei Beamte zogen den stöhnenden Nicholas hoch.

»Er hat auf mich geschossen!«, röchelte Veittsreig, der sein verletztes Ohr hielt, während ihn die Polizisten durchsuchten. Sie richteten ihre Pistolen auf Richard. Wenn dieser nicht so abgerissen, dreckig und blutig wäre, dann hätte die Masche mit dem souveränen Briten bestimmt funktioniert.

»Und er hat mein Gemälde gestohlen!«, stieß Locke hervor.

»Wo ist die Waffe, Mann?«

Rick war klug genug, sich nicht zu bewegen. »Vorne in meiner rechten Jackentasche«, sagte er ruhig. Sie fielen über ihn her. Samantha konnte nachvollziehen, wie hilflos er sich gefühlt hatte, als er mit ansehen musste, wie ihr Handschellen angelegt wurden.

Richard sah zu ihr, als sie ihn herumstießen, er wollte ihr zu verstehen geben, dass das hier nicht wichtig war. Er wollte sie davor bewahren, irgendetwas Dummes zu tun.

Tatsächlich war sie drauf und dran einzugreifen. Während die Polizisten mit Rick beschäftigt waren, wollte sie sich eine Pistole schnappen, ihn in ein Auto schieben und wegfahren. Ihre Hände waren zu Fäusten geballt, und sie musste mit ansehen, wie sie seine Hände auf den Rücken drehten und ihm Handschellen anlegten.

»Ms Jellicoe.«

Beim Klang von Gorsteins Stimme wäre sie vor Erleichterung fast in Ohnmacht gefallen. Aber sie war wohl nicht der Typ dafür. Ihr Leben war wirklich auf den Kopf gestellt, sie freute sich über den Anblick eines Polizisten. »Gorstein, sie sollen Rick loslassen.«

Gorstein war in Begleitung von einem Dutzend Interpol-

und FBI-Leuten in die Halle gekommen. »Meine Herren, das ist Samantha Jellicoe«, sagte er. »Sie hat mir die Information über die Aktion geliefert.«

»Jellicoe«, sagte einer der Leute von Interpol, ein stämmiger Italiener. »Seine Tochter?«

Sie nahm all ihren Mut zusammen und nickte. »Mein Vater hat mir erzählt, dass er an einem großen Fall dran ist«, flunkerte sie, »und sagte mir auch, dass Rick Addisons Gemälde hier sei. Als ich in den Nachrichten von der Sache im Museum erfahren habe, dachte ich, wir sollten herkommen und dafür sorgen, dass niemand mit dem Hogarth abhauen konnte.«

»Ich bin ihr hierher gefolgt«, sagte Locke laut, die Polizisten waren bei ihm und tauschten das Isolierband gegen Handschellen aus. »Ich wollte nur meinen Picasso zurückholen, und sie und Addison haben versucht, mich umzubringen.«

»Nehmen Sie Mr Addison und Mr Locke die Handschellen ab«, sagte Gorstein und schob seinen Zahnstocher in den anderen Mundwinkel. »Wir werden sie zur Wache bringen, und dort werden alle eine Aussage machen.«

Alarmiert zeigte Samantha mit dem Finger auf Locke. »Er hat doch die ganze Sache eingefädelt.«

Rick stand neben ihr, und Gorstein stellte sich auf die andere Seite. »Haben Sie irgendeinen Beweis dafür?«, murmelte er.

Sie schaute zu den Überresten des Handys und dann in Ricks blutiges, zerkratztes Gesicht. Er schüttelte den Kopf. Die Sache mit der E-Mail war also ein Bluff gewesen.

»Die Fotos«, erinnerte sie sich plötzlich. »In einem Umschlag hier in der Kammer. Da ist er mit diesem Typ drauf«, fuhr sie fort und zeigte auf Nicholas. »Er hat den Diebstahl im Museum geplant, hat mein Vater gesagt.«

Locke wurde aus dem Lager geführt und beteuerte dabei weiter seine Unschuld. Gorstein schien zufrieden, dass Interpol Veittsreig in Gewahrsam genommen hatte, doch dann sah er Samantha bedrückt an.

»Was haben Sie denn?«, murmelte sie. »Sie sind doch nun ein Held, oder?«

»Im Museum haben Sie ein heilloses Durcheinander angerichtet«, murrte er. »Rauchbomben, durchgetrennte Kabel, Einschusslöcher …«

»Ich weiß nicht, wovon Sie sprechen, Detective«, unterbrach ihn Rick und griff nach Samanthas Hand. »Wir waren doch zuhause, bis wir die Nachrichten gesehen haben und der Anruf von Samanthas Vater kam.«

»Gut, also Sie fahren beide mit mir zur Wache mit, und da werden Sie dann unter Eid aussagen.«

»Da wird nichts anderes dabei herauskommen als das, was wir Ihnen gerade gesagt haben«, beharrte Rick, »aber wir kooperieren natürlich gerne.«

»Ich bin wirklich gespannt, wie das alles ausgehen wird.« Gorstein nahm seinen Zahnstocher aus dem Mund, warf ihn weg und zog einen neuen aus seiner Tasche. »Es wird auf jeden Fall interessant.«

Drei Stunden später kam Gorstein in das Konferenzzimmer, in das Samantha und Rick gebracht worden waren. Der kleine Raum mit den Gitterstäben vor den Fenstern war offensichtlich nicht gut genug für Sir Galahad. Phil Ripton war seit einer Stunde bei ihnen.

Er hatte sich hauptsächlich darum bemüht, das FBI von ihrem Verdacht abzubringen, dass Samantha die Person gewesen war, die im Museum mehreren Beamten schwer zugesetzt hatte.

Auch wenn Milliardäre Blondinen bevorzugten, so war Sam doch froh, wieder kastanienbraun zu sein.

»Wie fühlen Sie sich?«, fragte der Detective und stellte eine Dose Cola light auf den Tisch. Es war schon die dritte, offensichtlich war das seine Art, Dankbarkeit zu zeigen.

»Mit einer Pizza würde es mir noch besser gehen«, entgegnete Samantha. Auch wenn Gorstein recht zuvorkommend war, sie konnte sich hier auf der Wache nicht entspannen. Ihre Wange brannte, und sie und Rick hatten eine Dusche nötig. Am liebsten zusammen.

»Ich denke, wir sind erst mal fertig.« Gorstein setzte sich auf den Stuhl neben Ripton. »Mr Veittsreig wurde aus dem Krankenhaus entlassen und wird gerade ins Büro des FBI gebracht. Die anderen drei Deutschen und Ihr Vater waren schon dort.«

»Was hat Martin denn ausgesagt?«, fragte Samantha vorsichtig. Dies war der schwierigste Teil gewesen. Ihr war es dennoch gelungen, Martin aufzuhalten und ihn in eine Lage zu bringen, in der es ihm zum Vorteil gereichte, sich korrekt zu verhalten. Allerdings würde er nur kooperieren, wenn er es selbst wollte. Und er musste entscheiden, wie viel er den Behörden über ihre Rolle dabei erzählen wollte.

»Viel weiß ich nicht darüber«, antwortete der Detective. »Das FBI lässt wenig durchsickern. Aber ich weiß, dass er ausgesagt hat, dass er versucht habe, seine Kontaktperson davon zu informieren, dass der Diebstahl drei Tage vorher stattfinden würde. Doch er stand unter ständiger Beobachtung von Veittsreig, so dass er Sie als Mittelsmann eingesetzt hat.«

Gut, damit konnte sie leben. Rick drückte ihre Hand fest, während Gorstein sprach. Er hatte den ganzen Abend über ihre Hand gehalten. Sie war sehr froh über seine Nähe und Unterstützung, ganz gleich wie viel Wert sie sonst auf ihre Unabhängigkeit legte. Es war ein sehr langer Tag gewesen, und sie hatten beide ihren Teil abbekommen.

»Und das war das ganze Ausmaß von Samanthas Verwicklung in der Sache, ja?«, fragte Rick nach.

»Vorerst ja.«

»Das ist nicht gut genug.«

»Ich bin erst seit gestern dabei, Mr Addison. Und entschuldigen Sie bitte, oberste Priorität hat für mich, dass die Gang, die versucht hat, in meiner Stadt mein Museum auszurauben, für lange Zeit hinter Gittern verschwindet. Wenn Martin Jellicoe dafür sorgt, dann werde ich danach alles mir Mögliche tun, um Ms Jellicoe da rauszuhalten.«

»Ich bin nicht …«

»Das geht schon in Ordnung«, unterbrach ihn Samantha. Sie beabsichtigte keinesfalls, als Zeugin für die Staatsanwaltschaft aufzutreten, doch Gorstein und Interpol mussten das ja nicht wissen.

Rick sah sie an. »Das ist …«

»Es ist gut so«, sagte sie bestimmt.

Er nahm einen tiefen Atemzug und atmete dann langsam aus. »Okay.«

»Sind jetzt alle zufrieden?«, fragte der Detective.

»Was ist mit Boyden Locke?«, hakte Samantha nach. Dieser Mann war mindestens ebenso wie Martin dafür verantwortlich, dass sie überhaupt in diesen Schlamassel verwickelt worden war.

»Momentan wollen sie nichts gegen ihn unternehmen.«

Samantha war wie vor den Kopf geschlagen. »Wie bitte?«

Gorstein legte die Stirn in Falten. »Er ist ein sehr angesehener Bürger mit guten Verbindungen.«

»Es gibt doch Fotos von ihm mit Veittsreig!«

»Die Fotos sind ohne Kontext. Das heißt, da steht Ihre Aussage gegen seine. Und Sie sind nicht bereit, wirklich reinen Tisch zu machen, wobei ich Ihre Gründe durchaus nachvollziehen kann.«

»Verdammte Scheiße«, fluchte Rick.

»Betrachten Sie es mal aus der Perspektive des Staatsanwalts. Die beiden Besitzer der Bilder, die gestohlen wurden, werden in dem Lagerhaus der Bande angetroffen, mitsamt den Gemälden. Einer der beiden ist auf Fotos mit Veittsreig zu sehen, und der andere hat eine Freundin, deren Vater mit Veittsreig zusammengearbeitet hat. Da kann man gleich eine Münze werfen.«

Samantha schnaubte empört. »Warum strenge ich mich nur so sehr an, zu den Anständigen zu gehören?«, fragte sie. »Wissen Sie, wie viel Geld ich heute hätte machen können?«

Gorstein räusperte sich. »Entschuldigen Sie bitte, mein Telefon klingelt.« Er stand auf und ging zur Tür, wo er den Anruf entgegennahm. Nachdem er aufgelegt hatte, wandte er sich wieder an Samantha. »Sie können gehen, Ms Jellicoe; nach dem, was ich gerade gehört habe, sind wir quitt.«

Sie stand auf und ging an ihm vorbei, wartete weder auf Rick noch Ripton. »Vergessen Sie das nicht, wenn Sie das nächste Mal meine Hilfe brauchen. Da wir jetzt quitt sind, wird Sie das mindestens eine Kiste Cola kosten. *Adios,* Sam.«

Er schnitt eine Grimasse. »Auf Wiedersehen, Sam.«

Rick holte sie im Flur ein. »Er heißt Sam?«, fragte er und streckte seine Faust mit dem Daumen nach oben in Gorsteins Richtung.

»Ja.« Sie sah ihn an.

Er schluckte herunter, was er hatte sagen wollen. »Was für ein blöder Name für einen Mann.«

Samantha legte den Arm um Ricks Hüfte und lehnte sich an ihn. »Bring mich nach Hause, Schatz.«

»Erst mal ins Krankenhaus, würde ich sagen.«

»Mir fehlt aber nichts.«

»Dir vielleicht nicht, aber ich habe mir einen Zeh verstaucht.« Sie lachte, und er beugte sich zu ihr und küsste sie auf die Stirn.

»Du bist vielleicht eine Memme.«

»Deswegen will ich ja ins Krankenhaus.«

»Großartig, dann sind wir also zwei lädierte Witzfiguren.«

Phil Ripton fuhr die beiden zur Notaufnahme ins Krankenhaus.

Ricks Stirn musste mit fünf Stichen genäht werden, und Samanthas Wange wurde bandagiert. Der Anwalt wartete draußen, er hatte entweder einen hohen Vorschuss bekommen, oder aber er kümmerte sich einfach um sie, weil er große Stücke auf Rick hielt.

Wenn man allerdings in Betracht zog, wie unbeschadet Boyden Locke davongekommen war, dann war es wohl eher dem Geld zuzuschreiben, dass Rick diese Vorzugsbehandlung genoss.

Geld regierte eben die Welt. Sie wusste, dass Rick die Regeln manchmal brach, ihrer Erfahrung nach taten das alle Menschen mit Geld hin und wieder. Doch bei dem, was Locke getan hatte, ging es nicht nur um Geld. Er hatte unbezahlbare Kunstwerke aus einem öffentlichen Museum entwenden wollen. Und er war straffrei davongekommen, weil er die richtigen Leute kannte.

»Alles okay mit dir?«, fragte Rick. Er half ihr auf den Rücksitz von Riptons Mercedes und stieg dann auf der anderen Seite ein.

Irgendwie gefiel ihr das – Phil Ripton war Anwalt der Reichen und zugleich ihr Chauffeur. »Alles okay. Ich bin wieder mal angeschossen worden.«

»Es war nur ein Streifschuss.«

»Du bist nur neidisch, weil man dich lediglich unsanft behandelt hat.« Sie streichelte seinen Oberschenkel. »Aber irgendwann wird auch mal jemand auf dich schießen, ich bin mir da sicher.«

»Hm, wahrscheinlich du.«

»Wahrscheinlich.«

24

Mittwoch, 0.31 Uhr

»Ich hoffe, du hast den Schlüssel dabei«, sagte Samantha und lehnte sich an das gusseiserne Geländer an den Stufen zu ihrem Haus, »ich schaffe es nicht, aufzuschließen, ich bin total erledigt.«

Richard winkte dem davonfahrenden Phil Ripton hinterher. Da war nun noch jemand, dem er einen Riesengefallen schuldete. Er fasste in seine Tasche und fuhr zusammen, als sich der Stoff an seiner aufgeschürften Hand rieb. »Ich hab ihn.«

»Hurra«, sagte sie gähnend.

Er schloss die Tür auf. Als er den Türgriff umdrehen wollte, drehte dieser sich ganz von selbst. Überrascht hielt er inne. Nicht schon wieder. Dann drückte er die Tür mit der Schulter auf und stürmte ins Haus. Im Dunkeln bekam er ein Kleidungsstück zu fassen, das sich wegreißen wollte. Mit einem Knurren hob er seinen Arm. Samantha hielt ihn fest.

»Wow, Cowboy«, sagte sie amüsiert.

»Sir! Rick! Ich bin's doch!«

Richard ließ Stillwell los. »Entschuldigung«, sagte Rick barsch und schaltete das Licht an.

»Es war ein langer Tag«, fügte Samantha hinzu und schloss die Tür hinter ihnen ab.

»Ich habe Sie beide im Fernsehen gesehen. Und ich habe mehrmals auf Ihre Mailbox gesprochen, Rick.«

»Mein Handy ist kaputt«, entgegnete Richard. Und außerdem im Gewahrsam des FBI, dort wurde überprüft, ob man die digitalen Bilder von Lockes Geständnis rekonstruieren konnte. Darum musste sich Ripton auch noch kümmern: er sollte sicherstellen, dass die FBI-Leute wirklich nur nach diesen Bildern suchen.

»Nun, ich dachte, Sie hätten es vielleicht ausgestellt. Aber ich …«

»Wenn es Ihnen nichts ausmacht, John«, unterbrach ihn Rick, »könnten wir das morgen früh besprechen.« Er wollte duschen, und dann wollte er Samantha …

»Natürlich, Rick.«

Stillwell drehte sich um und ging die Treppen hoch, Richard lief hinter ihm her. Er hörte, wie Samantha unten den Alarm einstellte und über den Flur in Richtung Küche ging.

»Ich mache mir ein Sandwich«, rief sie nach oben, »möchtest du auch eines?«

Er war schon seit Stunden am Verhungern. »Ja, gern.« Sein Blick fiel wieder auf seinen Assistenten. »Gibt es noch was?«

»Ja, schon.« John stolperte auf die höchste Stufe. »Sie erinnern sich wahrscheinlich, dass ich versucht habe, zwischen Ihnen und Matsuo Hoshido eine Telefonkonferenz zu arrangieren.«

Verdammt, das Hotel. Es war wirklich ein langer Tag gewesen. »Morgen werde ich Matsuo anrufen und mich dafür entschuldigen, dass ich ihn hingehalten habe …«

»Das ist genau der Punkt, Rick. Er hat die Nachrichten auch gesehen. Der versuchte Diebstahl im Metropolitan Museum, und dann Sie in diesem Lagerhaus mit dem FBI … Er meinte, dass Sie wirklich Mumm in den Knochen haben. Er wird morgen früh die Baubehörde anrufen und darauf drängen, dass man Ihnen keine Steine mehr in den Weg legt.«

Rick hielt überrascht inne. »Das ist ja großartig, John, gut gemacht.«

Stillwell lächelte. »Danke, Rick, aber ohne Ihre Unterstützung hätte ich das nicht geschafft.«

Dies schien ein eindeutiges Beispiel dessen zu sein, was er Samantha hatte vermitteln wollen – dass Stärke von Stärke angezogen wurde. Er hatte dabei geholfen, sein gestohlenes Eigentum wiederzubeschaffen, und dadurch hatte er seine Macht zurückgewonnen. »Wir können die Details morgen früh besprechen.«

»Selbstverständlich, Rick. Gute Nacht.«

Richard öffnete die Schlafzimmertür und hielt dann inne, als er gewahr wurde, dass John immer noch wie angewurzelt dastand. »Was ist?«

Stillwell sah in Richtung Treppe. »Ich, äh, ich will den Job, Rick.«

»Sie haben ihn doch schon, John.«

»Ja, aber es ist nur fair … ich meine, ich möchte aufrichtig zu Ihnen sein.«

Richard unterdrückte ein Gähnen. »Rücken Sie endlich damit raus, Stillwell.«

»Also gut. Ich habe … Ihre Unterhaltung mit Miss Sam und diesem Stoney vorgestern Abend mitgehört.«

»Das habe ich mir schon fast gedacht.«

»Warum haben Sie dann nichts gesagt?«

»Warum haben Sie nichts gesagt?«

»Weil ich zuerst mit Ihnen sprechen wollte. Es ist nicht meine Art, hinter Ihrem Rücken und ohne Genaues zu wissen zu den Behörden zu gehen.«

Da hatte er ja noch mal Glück gehabt. »Ihre Offenheit weiß ich zu schätzen, und ich will Ihnen nichts vormachen. Mein Haushalt ist etwas ungewöhnlich. Wenn Sie bei mir bleiben, dann werden Sie einiges sehen und hören, das, sagen wir mal, ungewöhnlich ist. Und es wird Dinge geben, über die ich nicht mit Ihnen sprechen werde, auch wenn Sie nachfragen.«

Stillwell räusperte sich. »Werden diese … Dinge ähnliche Resultate nach sich ziehen wie das, was sich heute im Museum ereignet hat?«

»Ziemlich wahrscheinlich.«

»Wenn das so ist, Rick, dann sehe ich keine Schwierigkeiten für unsere Beziehung.« Ein Lächeln huschte über sein Gesicht. »Obwohl ich nicht versprechen kann, dass ich nicht manchmal Fragen stellen werde.«

»Also dann, willkommen im Team.« Richard streckte ihm die Hand entgegen, und Stillwell schlug ein. »Und wenn wir gerade dabei sind, ich hätte noch eine Aufgabe für Sie.«

»Was immer es ist.« Rick musste an sich halten, um über diesen jugendlichen Überschwang nicht zu lachen. »Können Sie mir bitte eine Liste mit all den Firmen zusammenstellen, an denen Boyden Locke beteiligt ist? Er darf aber nichts davon erfahren.«

»Gleich morgen werde ich mich darum kümmern.«

»Es wird noch einiges folgen, aber jetzt geh ich erst mal ins Bett.«

»Ja, Sir, gute Nacht.«

Schließlich ging Stillwell in sein Zimmer und schloss die Tür. Der junge Mann schien eine ehrliche Haut zu sein, was vielleicht ein wenig nervtötend sein konnte. Da aber Samantha nicht davon abzuhalten war, in regelmäßigen Abständen in ihr Haus einzubrechen, waren ihm Ehrlichkeit und ein paar Fragen lieber als Erpressungsversuche.

Rick ging in Richtung Schlafzimmer, als Samantha gerade die Treppe hochkam. In jeder Hand hielt sie ein eingewickeltes Sandwich und hatte eine Flasche Wasser unter den Arm geklemmt. Ihr Blick war auf ihn gerichtet. Trotz des anstrengenden Tages bewegte sie sich leichtfüßig wie eine Katze.

»Hi«, sagte er.

»Und, wirst du Boyden Locke fertigmachen?«

»Ja.«

»Gut so.« Sie reichte ihm ein Sandwich und schlüpfte vor ihm durch die Schlafzimmertür.

Gut so. Das war wohl alles, was sie darüber sagen würde. Sie erledigte die Dinge auf ihre Art und er auf die seine. Sie waren wirklich ein fantastisches Team.

Er schloss die Tür und drehte den Schlüssel herum, dann machte er sich über das Sandwich her. Orangenmarmelade. Sie hasste Orangenmarmelade, sie hatte es also extra für ihn gemacht. »Du bist eine Göttin«, sagte er.

Sie hatte sich auf die Bettkante gesetzt und zog ihre Schuhe aus. »Ja, genau, Laverna, die Göttin der Diebe.«

»Eigentlich meinte ich das Sandwich. Willst du zuerst duschen?«

»Wir können auch zusammen duschen.«

»Samantha, du hättest doch heute aus dem Museum alles mitgehen lassen können, was auf der Liste stand, oder?«

Samantha musterte ihn. »Ja, hätte ich«, sagte sie schließlich. »Wenn ich noch ein paar Tage mehr gehabt hätte, das Ganze zu planen, dann hätte ich die Beute noch verdoppeln können. Wenn ich immer noch eine Diebin wäre. Und wenn ich Museen ausrauben würde.«

Er zweifelte nicht an dem, was sie sagte. Sie hatte eigenmächtig drei Diebe außer Gefecht gesetzt, einer davon war ihr Vater gewesen. Und das, obwohl überall Leute vom FBI, Interpol und der New Yorker Polizei zugegen waren, die nur darauf gewartet hatten, zum Einsatz zu kommen. Wenn sie sich darauf konzentriert hätte, einen Diebstahl auszuführen statt ihn zu verhindern, dann hätte sie niemand davon abhalten können.

»Manchmal machst du mir wirklich Angst.«

Sie grinste. »Gut.« Sie zog ihr Oberteil aus und warf sich rücklings aufs Bett. »Kann ich dich mal was fragen?«

Rick setzte sich neben sie. »Mmm.«

»Wolltest du Veittsreigs Ohr abschießen, oder hast du ihn verfehlt?«

Er überlegte kurz, was er ihr antworten sollte. »Hast du den Film ›Die Braut des Prinzen‹ gesehen?«

»Ja, ich wollte immer der grausame Pirat Roberts sein.«

Richard schmunzelte bei der Vorstellung. »Erinnerst du dich an den Kampf am Ende? Oder vielmehr an den nicht stattfindenden Kampf? Prinz Humperdinck will einen Kampf auf Leben und Tod, doch Westley will einen Kampf, um seinem Gegner Schmerzen zuzufügen. Er spricht davon, wie er Humperdinck leiden sehen möchte für das, was dieser Buttercup angetan hat. Wenn ich mehr Zeit gehabt hätte, hätte ich wohl mehr als Veittsreigs Ohr abgeschossen. Ja, ich hätte ihn getötet. Letzten Endes.«

Samantha setzte sich auf. Sie fuhr mit den Fingern durch sein Haar, schmiegte sich an ihn und gab ihm einen Kuss. »Und ich dachte, ich wäre der einzige Filmfreak hier«, murmelte sie und küsste ihn wieder, er konnte die Erdbeermarmelade auf ihren weichen Lippen schmecken.

»Ich versuche nur, mich anzupassen«, gab er zurück und sank mit ihr in seinen Armen nach hinten. »Warum hast du mir nicht gesagt, dass du die Arbeit in der Sicherheitsfirma nicht gerne machst?«

Sie erstarrte, doch dann entspannte sie sich wieder, als er sich darauf konzentrierte, ihren BH zu öffnen. »Nicht, dass ich es nicht gerne mache. Ich meine … Oh, das fühlt sich gut an.«

»Was meinst du?« Nach einem Blick in ihr Gesicht ging er wieder dazu über, an ihren Brüsten zu knabbern und sie zu lecken.

»Ist das deine Version eines … oh … Wahrheitsserums oder so etwas?«

»Jetzt nicht das Thema wechseln, Jellicoe.« Sie bog ihren Rücken durch, als er eine Hand in ihre Jeans gleiten ließ.

»Gut, es ist mein Fehler.« Samantha musste sich verdrehen, um seine Hose öffnen zu können. Er schloss seine Augen, sie griff in die Hose und umschloss seinen Schwanz mit ihren Fingern.

»Mein vorheriges … Gott, Rick … Leben war sehr aufregend.«

»Und das hier ist nicht aufregend?« Er zog ihren Slip zur Seite und drang mit einem Finger in sie ein.

»Jetzt Sex. Reden später«, raunte sie und schob seine Hose herunter.

Er war kaum noch imstande zu sprechen, doch als er ihre Jeans und ihren Slip ausgezogen und auf den Boden geworfen hatte, unternahm er einen letzten Versuch. »Wir reden später darüber, versprochen?«

»Versprochen. Rick, ich will dich in mir spüren.«

Er zog sie an sich und legte eines ihrer Beine über seine Schulter. Dann drang er ganz tief in sie ein. Samantha stützte ihre Arme auf dem Bett auf und schnappte nach Luft, sie gab sich dem Gefühl hin, völlig von Rick ausgefüllt zu werden. Er bewegte sich langsam und kostete das Gefühl aus, von ihrer engen Hitze umgeben zu sein. Er blieb in ihr und legte ihre Beine um seine Hüfte. Samantha war jetzt ganz auf dem Bett ausgestreckt. Sie reckte ihren Hals, schlang ihre Arme um seine Schultern und stöhnte bei jedem seiner Stöße.

Fünf Monate waren sie nun zusammen, und immer noch wurde er jedes Mal steif, wenn sie ihn küsste. Auch nach fünf Monaten konnte er einfach nicht genug von ihr kriegen.

»Sam«, stöhnte er, »komm für mich. Ich kann dich spüren, komm für mich.«

Sie erbebte und klammerte sich an ihn, als sie schließlich kam. Er ließ seinen Kopf auf ihre Schulter sinken, seine Bewegungen wurden schneller, und ihre Körper verschmolzen miteinander, bis auch er zum Höhepunkt kam. Es dauerte eine Weile, bis seine Erregung nachließ.

Samantha hielt ihn immer noch fest, spielte mit einer Strähne seines Haars und küsste ihn aufs Kinn. »Für die meisten Leute ist die Arbeit nicht gerade anregend, oder?«, sagte sie, es war wohl eine rhetorische Frage.

»Die meisten Leute müssen arbeiten. Du nicht.«

»Doch, muss ich. Und das mit der Sicherheitstechnik ist schon okay. Da bin ich so dicht dran, wie es mir möglich ist, ohne Gesetze zu brechen.«

Rick drehte sie herum, sie lag nun ganz weich auf ihm. »Sam, ich will nicht, dass du bodenständig wirst. Darin bist du nicht so gut.«

»Das zeigt, wie viel du über mich weißt.« Sie musste sich förmlich von ihm losreißen und küsste ihn noch einmal auf den Mund. »Jetzt sollte ich wirklich duschen. Und du auch, komm, wir sollten saubere Helden sein. Wir müssen doch ein gutes Beispiel abgeben und so weiter.«

»Dieser Held hier wird morgen ausschlafen.«

Samantha setzte sich auf, legte ihre Hände auf seinen Brustkorb und sah ihm in die Augen. Ihr wildes, kastanienbraunes Haar umrahmte ihr Gesicht und warf einen Schatten auf ihre grünen Augen. »Ich liebe dich«, sagte sie.

Richard lächelte. »Ich dich auch.« Er hoffte nur, dass das ausreichen würde, um sie bei sich zu halten. Es hatte bei Westley und Buttercup funktioniert. Doch Buttercup war auch keine ehemalige Diebin, die immer neue Herausforderungen suchte.

»Verdammt!« Samantha verschluckte sich beinahe an ihrer Cola light. Sie griff nach der Fernbedienung und stellte den Ton lauter.

»Rick!«

Ein paar Sekunden später erschien er im Wohnzimmer. »Was ist denn …«

»Schau mal«, sagte sie und zeigte auf den Bildschirm.

Er setzte sich neben sie und gab ein seltsames Geräusch von sich, das zugleich nach Lachen und Fluchen klang. »Du siehst ja wirklich abgefahren aus«, sagte er dann.

In den Nachrichten war sie zu sehen, wie sie durch einen

Ausstellungssaal im Metropolitan Museum rannte. Dann wurde das Bild wacklig, und man konnte durch den Rauch nur undeutlich erkennen, wie sie eine Frau aus dem Weg riss und mit einer Fernbedienung die Brandschutztür runterfahren ließ.

»Verdammte Touristen«, murmelte sie, als ihr Blick auf den Schriftzug »Amateurvideo« unten im Bild fiel.

Zumindest hatte sie die Perücke auf. Das Nachrichtenteam konnte über die geheimnisvolle Frau nur spekulieren. Dann wurde über das Auffinden der zwei gestohlenen Gemälde und des Schmucks berichtet, im Zusammenhang damit wurden der Milliardär Rick Addison und seine Lebensgefährtin, Samantha Jellicoe, erwähnt. Hoffentlich brachte niemand die »geheimnisvolle Frau im Museum« mit ihr in Verbindung.

»Das FBI wird herausbekommen, dass ich das bin, besonders weil sie die Blondine nicht finden werden. Und warum bin ich immer deine ›Lebensgefährtin‹?«

Er hob eine Augenbraue, zuckte zusammen und fasste sich an den Verband über den Stichen. »Willst du dich über die Bezeichnung beschweren?«

»Nein, es ist nur … Meine Güte, es ist egal. Ich bin schon wieder im Fernsehen.« Sie ließ die Fernbedienung fallen. »Sie können an Aufnahmen von mir im Museum herankommen, aber sie können das Video nicht zusammenbasteln, mit dem man Locke drankriegen würde.«

»Zumindest sagen sie, dass die mysteriöse Blondine bei der Festnahme der Diebe geholfen hat. Sie wissen also, dass du nicht zu der Bande gehörst.«

»Ich will aber nicht, dass sie überhaupt etwas sagen.«

Gestern hatte sie noch gedacht, dass Ripton die Schlapphüte überzeugen könnte, dass sie keine gute Zeugin abgeben würde. Und nun wurden Aufnahmen gezeigt, auf denen eine Frau zu sehen war, die, abgesehen von den Haaren, genauso aussah wie sie.

Rick stand auf und ging zum Telefon. »Ich werde Phil anrufen und ihn informieren.« Genau in dem Augenblick, als er zum Hörer griff, klingelte es.

Samantha fuhr zusammen und musste dann über sich lachen. »Mann, ich bin wirklich urlaubsreif«, murmelte sie.

Rick nahm ab. »Hallo.« Sein Gesichtsausdruck verfinsterte sich. »Es ist für dich«, sagte er und reichte ihr das Telefon.

»Wer ist es?«, hauchte sie. Rick überkreuzte beide Zeigefinger. Das hatte ihr gerade noch gefehlt, seine Ex.

»Hi, Patricia«, meldete sie sich und schnitt eine Grimasse.

»Hallo, Samantha«, sagte Ricks Exfrau mit ihrem steifen britischen Akzent, »ich nehme an, dass du mich anrufen wolltest, um mir zu sagen, dass du dich in Boyden Locke geirrt hast, und dich dafür zu entschuldigen, dass du mich mit ihm zusammenbringen wolltest.«

»Nun ja.« Das klang eigentlich relativ vernünftig. »Tatsächlich wollte ich dir Bescheid geben, als ich die Sache mit Locke herausgefunden habe, und es tut mir leid, dass ich euch beide verkuppeln wollte.« Sie machte eine Pause. »Wenngleich Locke bis jetzt noch nicht wegen irgendetwas angeklagt wurde, so steht er wohl doch ein oder zwei Stufen über Peter und Daniel.«

»Das ist nicht …« Patricias schrille Stimme brach ab. »Er war es doch nicht, oder?« Sie wollte es wohl nicht wahrhaben.

»Patty, ich weiß nicht, ob du jemals etwas von dem ernst genommen hast, was ich gesagt habe, aber jetzt will ich dir wirklich ans Herz legen, Locke zu vergessen.«

»Ach, ich kann es kaum erwarten, dir den gleichen Rat zu geben, wenn Richards Verliebtheit verpufft ist und er dich ebenso fallen lässt wie mich.«

»Danke für deine weisen Worte«, entgegnete Samantha und versagte es sich, Patty unter die Nase zu reiben, dass Rick einen Assistenten eingestellt hatte, damit er mehr Zeit mit ihr verbringen konnte.

»Nun, die ganze Sache gefällt mir gar nicht.«

»Und ich bin gerade beim Frühstück. Tschüss, Patty.«

»Patri…«

Sie legte auf und warf Rick das Telefon zu. »Tut mir leid, wenn du dir gewünscht hast, dass wir miteinander klarkommen«, sagte sie.

Rick prustete vor Lachen. »Mir ist es lieber, wenn ihr beide gar nichts miteinander zu tun habt, meine Liebe.«

Als Rick die Nummer des Anwalts wählte, klingelte es an der Tür. Wahrscheinlich war es das FBI. Sie beugte sich vor, um ihre Schuhe zu binden, ihr Puls raste. Zuerst die Nachrichten, dann Patty und nun jemand an der Tür. Womöglich war es nur eine zufällige Abfolge von Ereignissen, doch sie wollte sich nicht darauf verlassen und damit ihre Freiheit oder ihr Leben aufs Spiel setzen.

»Gehst du mal ran?«, fragte Rick und bedeckte mit einer Hand den Hörer.

Sie stand auf. »Ich werde durchs Fenster hinten rausklettern. Von Delroys Wohnung rufe ich dich an, dann kannst du mir sagen, ob es sicher ist, zurückzukommen oder nicht.«

»Ich rufe Sie zurück.« Rick legte auf und warf das Telefon auf die Couch. »Samantha, du hast nichts verbrochen, und alle werden das einsehen.«

»Okay, vielleicht bist du Ehrenmitglied in meinem Fanclub, aber ich will nie wieder Handschellen an meinen Handgelenken spüren.«

Er stand auf und packte sie am Arm, bevor sie in den Flur verschwinden konnte. »Warte hier«, sagte er barsch, als es noch einmal klingelte. »Ich mache auf. Du gehst an das Fenster hinten. Wenn es etwas Schlimmes ist, werde ich laut irgendetwas über Yankees sagen.«

Sie wollte nicht darüber nachdenken, dass er im Gefängnis landen könnte, wenn er ihr bei der Flucht half. Er wusste das sicher auch. Sie gab ihm einen flüchtigen Kuss und rannte ins

Schlafzimmer, um ihren Rucksack zu holen – den sie immer gepackt in der Nähe hatte. Die Tür unten wurde geöffnet, und sie hörte mehrere Männerstimmen. Niemand sagte »Yankees«, doch sie schob trotzdem das Tischchen vom Fenster weg und öffnete es.

»Samantha, kommst du mal bitte kurz runter?«, rief Nick nach oben.

Okay, entweder es war harmlos, oder es war ganz schlimm, und er brauchte ihre Hilfe. Sie stellte den Rucksack unter den Tisch und ging die Treppe hinunter.

»Wir sind im Wohnzimmer.«

Rick klang nicht besorgt, andererseits war er ja auch nicht so leicht aus der Ruhe zu bringen. Sie schlich sich auf leisen Sohlen heran, zur sofortigen Umkehr bereit spähte sie durch die offene Tür in das Zimmer. Phil Ripton saß auf dem Sofa und Rick in einem der Sessel ihm gegenüber. Neben dem Anwalt saß ein dritter Mann, er war klein und schmächtig und wirkte übernächtigt. Gut, diesen Männern konnte sie allemal davonrennen.

»Hi, Phil«, sagte sie und trat ein.

Alle drei Männer standen auf, Sir Galahad natürlich als Erster.

»Phil ist wegen einer inoffiziellen Sache hier«, sagte er und bedeutete ihr, sich zu ihnen zu setzen.

Sie nahm Platz. »Inoffiziell? Inwiefern?«, fragte sie.

»Sam, das hier ist Joseph Viscanti. Joseph, Samantha Jellicoe. Joseph ist der …«

»… Direktor des Metropolitan Museum of Art«, führte Samantha seine Vorstellung zu Ende. Falls Viscanti gekommen war, damit sie sich dafür entschuldigte, das Museum ein wenig durcheinandergebracht zu haben, hatte er sich gründlich geschnitten. Sie war offiziell gar nicht dort gewesen.

»Phil und ich spielen zusammen Tennis«, sagte Viscanti, er sprach mit der leisen, sanften Stimme eines Bibliothekars. »Mir war natürlich bekannt, dass er für Addisco arbeitet.«

Die Konversation entwickelte sich in kürzester Zeit von besorgniserregend zu langweilig. »Das ist ja reizend«, sagte sie und lächelte aufgesetzt. »Ich habe die Nachrichten gesehen, und der gestrige Tag muss für Sie sehr aufreibend gewesen sein.«

»Ja, sicher. Zum Glück hat niemand etwas entwendet, wir müssen nur einige Gemälde restaurieren, die aus den Rahmen gelöst wurden.«

»Sie haben sich doch bestimmt um eine Menge zu kümmern. Was tun Sie hier, wenn ich mir die Frage erlauben darf?«

Viscanti räusperte sich. Hätte er eine Brille gehabt, so hätte er sie jetzt abgenommen und die Gläser gesäubert. »Es ist mir ein wenig unangenehm, doch ich werde ganz geradeheraus mit Ihnen sprechen. In meinem Bereich bekomme ich einiges mit, und ich kenne Ihren Ruf, Miss Jellicoe.«

Rick wurde unruhig. »Wir wissen alle, dass Samanthas Vater ein Einbrecher war. Das heißt nicht, dass sie irgendetwas damit ...«

»Oh, nein, nein, deswegen bin ich auch nicht hier. Natürlich weiß ich, dass Sie als Beraterin in der Sicherheitsbranche arbeiten und dass Sie eine hohe Erfolgsquote haben, wenn es darum geht, abhandengekommene Kunstwerke wieder aufzufinden. Daher wollte ich Sie fragen, ob Sie ... Interesse daran hätten, einen Renoir, der vor acht Monaten aus unserem Magazin gestohlen wurde, für uns wiederzubeschaffen. Es ist uns gelungen, den Verlust geheim zu halten, doch unsere Versicherung beharrt darauf, dass jemand aus dem Museum das Gemälde habe verschwinden lassen, und weigert sich nun zu zahlen.«

Samantha war wie vom Blitz getroffen. Die Wiederbeschaffung eines Gemäldes. Sie hatte schon von einigen wenigen gehört, die in diesem Bereich Aufträge übernahmen, meist für Versicherungen. Lange machte diese Arbeit jedoch niemand.

»Wie Sie schon gesagt haben«, bemerkte Rick, seine Stimme riss sie aus ihrer Träumerei, »Samantha ist Beraterin in Sicherheitsfragen. Sie hatte und hat nichts mit Diebstählen zu tun. Unter keinen Umständen …«

»Wie hat sich der Diebstahl denn zugetragen?«, unterbrach ihn Samantha, ihre Stimme zitterte ein wenig, sie konnte ihre Aufregung nicht verbergen. Sie fühlte sich, als ob sie gerade den Auftrag für einen komplizierten Einbruch angenommen hätte: die gleiche Spannung, der gleiche intensive Adrenalinstoß.

»Darüber habe ich eine zehn Zentimeter dicke Akte, die ich Ihnen schicken kann, wenn Sie an der Aufgabe interessiert sind. Das Museum wäre bereit, Ihnen achtzigtausend Dollar zu bezahlen, wenn Sie das Gemälde zurückbringen.«

Viscanti sah nun zu Rick. »Sehen Sie, ich möchte hier gar nichts unterstellen, Mr Addison. Ich wollte nur anfragen, ob Miss Jellicoe womöglich daran interessiert wäre, dem Museum zu helfen.«

»Ich bin daran interessiert.«

»Samantha …«

»Am besten wäre es, wenn Sie mir die Unterlagen noch heute zukommen ließen«, fuhr sie fort und stand auf. Sie musste Rick nicht anschauen, um zu wissen, dass dieser gar nicht glücklich über die neue Entwicklung war. Aus diesem Grund wollte sie die beiden Männer loswerden, bevor Rick ihr die Sache vermasseln konnte.

»Ausgezeichnet, ich werde sie Ihnen heute Nachmittag mit einem Boten schicken.«

Die Männer standen auf, und Samantha führte sie zur Tür.

»Es hat mich sehr gefreut, Sie kennenzulernen, Mr Viscanti. Ich werde Sie wissen lassen, was ich unternehmen werde.«

»Vielen Dank.«

Sie gingen hinaus, und Samantha schloss die Tür. Dann ging sie zurück ins Wohnzimmer und setzte sich aufs Sofa. Ein Gemälde wiederbeschaffen, das wäre wirklich der Knüller.

Rick stellte sich in den Türrahmen, der Blick seiner dunkelblauen Augen war auf sie gerichtet.

»Was ist?«

»Mir gefällt das gar nicht.«

Sie atmete tief durch. »Was genau gefällt dir denn nicht?«

»Dass du diesen Auftrag von Viscanti annimmst.«

Er wollte sie also davon abhalten. Das erste Mal wurde ihr eine wirklich coole Arbeit im legalen Bereich angeboten, und er beschloss sofort, dass es ihm nicht gefiel. Sie stand auf und ging auf ihn zu. »Zu blöd, dass du gar nichts dazu zu sagen …«

»Sag ihm ab«, unterbrach er sie in scharfem Ton.

»Absagen, bist du verrückt? Ich bin nicht …«

»Setz dich hin.«

»Ich werde ihm nicht …«

»Setz dich!«

Sie verschränkte ihre Arme und starrte ihn an. Er starrte zurück, und sein Ausdruck war undurchdringlich, ungleich dem ihren.

»Gut.«

Sie marschierte zu einem Sessel und setzte sich. Sie hatte ihre Hände zu Fäusten geballt und wartete nur darauf, dass er es wagte, ihr noch einen Befehl zu geben.

Er setzte sich in den Sessel, in dem Viscanti gesessen hatte. »Samantha, ich will dir gar nicht vorschreiben, irgendetwas zu tun.«

»Als ob ich deine verdammte Erlaubnis bräuchte …«

»Kannst du mal still sein, damit ich das sagen kann, was ich dir sagen will?«

»Selbstverständlich«, entgegnete sie sarkastisch und lehnte sich in dem Sessel zurück.

»Vielen Dank.« Er nahm einen tiefen Atemzug und atmete dann langsam aus. »Natürlich weiß ich, dass du das übernehmen willst. Du lechzt geradezu danach, einen Einbruch für einen guten Zweck veranstalten zu können.«

Rick hielt inne in der Erwartung, dass sie ihn unterbrechen würde, doch diesen Gefallen tat sie ihm nicht. Er hatte gesagt, dass er zu Ende sprechen wollte, und sie würde seinem Wunsch nachkommen. Danach würde sie ihm genau erklären, was sie dachte …

»Samantha, ich möchte doch nur, dass du eine Minute darüber nachdenkst«, fuhr er schließlich fort. »Keinen Moment zweifle ich daran, dass du die Fähigkeiten und die Intelligenz hast, den Auftrag erfolgreich durchzuführen. Aber wenn du den Renoir zurückholst, dann wird man davon erfahren. Die anderen Museen, die Leute, die bestohlen wurden, und auch diejenigen, die ihn gestohlen haben.«

Er rutschte auf die Sesselkante und berührte ihr Knie mit seinen Fingern. »Du hast doch gesagt, dass du nicht weißt, wie du dich dabei fühlen würdest, deine ehemaligen Kollegen vorzuführen. Mit der Sicherheitsfirma konntest du das umgehen. Es ist …«

»Es ist, als ob ich ein ›Unbefugter Zutritt verboten‹-Schild aufstelle«, stimmte sie widerwillig zu. »Wenn sie das nicht beachten und gefasst werden, dann ist das ihr Fehler.«

Er hatte recht, es lief auf eine direkte Konfrontation hinaus, wenn sie von den Dieben etwas wiederbeschaffte. Sie musste sich wirklich entscheiden, auf welcher Seite sie stand, ein für alle Mal. Rick hatte das klar erkannt, doch sie war so aufgeregt gewesen, dass es ihr entgangen war.

»Wow, das ist ein ziemlich großer Schritt«, wisperte sie.

»Ja, das ist es wohl.«

Samantha betrachtete eine Weile sein schönes, besorgtes Gesicht. Wenn sie den Job annahm, würden ihre ehemaligen Komplizen davon erfahren. Vielleicht würden noch mehr Aufträge in dieser Richtung folgen, vielleicht auch nicht. Doch das war nicht relevant, denn es gab kein Zurück, auch wenn sie nur einen einzigen Auftrag dieser Art ausführte. Niemand in ihrem alten Umfeld würde ihr je wieder vertrauen oder mit ihr zusammenarbeiten.

»Es könnte gefährlich werden, wenn ich das tue.«

Rick nickte. »Dein Leben ist im Moment auch nicht gerade gemütlich.«

»Nun ja, ich meine nicht nur für mich.«

»Das habe ich schon verstanden.«

»Du hättest also nichts dagegen?«

»Da habe ich nichts zu entscheiden.«

»Aber es wäre okay für dich?«, fragte sie noch einmal.

»Gewiss, ich würde mir Sorgen machen, aber es wäre okay. Die Frage ist nur, ist es okay für dich?«

»Ja, ich denke schon.«

»Du denkst …?«

Sie schloss die Augen und wartete darauf, dass sich Unsicherheit oder Angst davor, nicht mehr zurückzukönnen, in ihr ausbreiten würde. Doch nichts geschah.

Samantha schlug die Augen wieder auf. »Ja, ich bin mir sicher, dass ich es gerne machen würde«, sagte sie ruhig.

»Ich wollte nur, dass du dir über diesen Schritt wirklich im Klaren bist«, sagte Rick und glitt von seinem Sessel auf den Boden. Er kniete nun zu ihren Füßen. »Denn ich bin mir ziemlich sicher, dass du einen tollen Schlapphut abgeben würdest.«

Samantha beugte sich vor, umarmte ihn und gab ihm einen langen Kuss.

»Du bist einfach genial.«

»Ja, ich weiß.«

Epilog

Dienstag, 14.21 Uhr

»Aber wir würden trotzdem mit der Sicherheitsfirma weitermachen?«, wollte Aubrey Pendleton wissen, der am Empfangstisch von Jellicoe Security in Palm Beach in Florida saß.

»Das wäre immer noch ein Großteil unserer Arbeit«, gab Samantha zurück. »Es wird nicht allzu oft vorkommen, dass Museen oder Sammler so viel Geld springen lassen, um dermaßen wertvolle Objekte zurückzubekommen. Ware dieser Preisklasse wird nicht jeden Tag gestohlen.« Sie zuckte mit den Schultern. »Es ist auch möglich, dass wir nie wieder einen Auftrag wie diesen bekommen. Aber ich möchte, dass ihr vorbereitet seid, falls es wieder dazu kommt.«

Aubrey schenkte ihr sein charmantes Südstaatenlächeln. »Das ist wirklich aufregend, Miss Samantha. Wir wären dann so was wie Robin Hood, Rächer der Enterbten.«

»Wohl eher die Rächer der Erben«, war die skeptische Bemerkung von Stoney, der in einem Sessel im Empfangszimmer saß.

»Darüber will ich nicht abstimmen.« Samantha drehte sich zu ihm um. »Aber wenn es dir nicht passt, dann bitte nicht sarkastisch werden. Sag es mir einfach direkt.«

»Meine Liebe, ich überlege doch nur, was du tun wirst, wenn du mit diesem Auftrag Erfolg hast und dich dann jemand anruft, der einen Mayaschädel aus Bergkristall wiederhaben möchte. Wirst du den Auftrag dann annehmen?«

Sie wusste, was er sagen wollte. Den Kristallschädel hatte sie damals gestohlen, und wenn sie ihn von demjenigen, der ihn Stoney damals abgekauft hatte, zurückholen würde, dann würde sie sich ernsthaft Feinde machen. Zusätzlich zu den bereits verstimmten ehemaligen Kollegen.

»Wenn es so weit ist, sehen wir weiter«, sagte sie. »Wir müssen die Entscheidung von Fall zu Fall treffen.«

»Und Addison steht in dieser Sache hinter dir?«

»Ja, das tut er.« Durch die offene Tür erklang Ricks britischer Akzent. Er kam in den Empfangsraum und schloss die Tür hinter sich. »Irgendwie habe ich das Gefühl, wenn ich sie das nicht machen lasse, muss ich eine Kanone kaufen, aus der sie rausgeschossen wird.«

Sie schmunzelte. »Und du bist hier, weil …«

»Tom kommt mit dem Wagen und holt mich zum Mittagessen ab. Ich wollte dich dazu einladen.«

»Nein, danke. Es ist schon schlimm genug, dass mein Büro genau gegenüber von Donner liegt. Ich werde nicht öfter mit ihm zu Mittag essen als unbedingt nötig.«

»Okay.« Er ging zu ihr und küsste sie zärtlich auf den Mund. »Bis später also.«

»Okay.«

Das Telefon im Büro klingelte, und Aubrey nahm ab. »Jellicoe Security, guten Tag.« Er machte eine Pause. »Einen Moment bitte.«

Er leitete den Anrufer in die Warteschleife um und sah Samantha fragend an. »Da ist ein John Robie am Telefon für dich, Sam.« Ihr Herzschlag setzte aus. Stoney sprang auf, er kannte diesen Codenamen ebenfalls.

»Stell das Gespräch in mein Büro durch.«

»Samantha?« Rick stand noch in der Tür, ihm war nicht entgangen, dass etwas nicht stimmte.

»Kannst du kurz mitkommen?«, fragte sie.

Er schloss die Tür wieder und folgte ihr. »Natürlich.«

In ihrem Büro drückte sie auf die Lautsprechanlage. »Den Namen John Robie finde ich immer noch ein bisschen zu naheliegend, Martin.« Rick sank ganz langsam auf den Stuhl ihr gegenüber am Schreibtisch.

»Mag sein, aber es hat Stil«, war die Stimme ihres Vaters zu hören, die im Zimmer ein schwaches Echo gab. »Du hast die Lautsprechanlage eingeschaltet. Warum? Wer ist denn bei dir?«

»Rick.«

»Nimm bitte den Hörer ab, Sam. Dies ist eine Familienangelegenheit, also privat.«

»Rick gehört zur Familie. Und ich will nicht, dass du mich wieder für deine Zwecke benutzt. Was willst du?«

»Nun, vermutlich hast du mir einen Gefallen getan«, sagte er nach einer kurzen Pause. »Interpol ist jedenfalls zufrieden. Doch wenn du das nächste Mal versuchst, mich reinzulegen, dann werde ich darüber nicht erfreut sein.«

»Die gleiche Warnung möchte ich dir auch geben.«

»Das war nur eine Lektion für dich, Sam. Ich habe dir alles beigebracht, was du weißt.«

»Nein, du hast mir alles beigebracht, was du weißt.«

Er kicherte. »Das denkst du. Addison, behalt sie im Auge. Sie ist ziemlich schlau.«

»Das liebe ich auch an ihr«, bemerkte Rick trocken.

»Martin, du solltest wissen, dass ich mit dem Metropolitan Museum zusammenarbeiten werde, um ein paar gestohlene Gemälde wiederzubeschaffen. Die von jemandem gestohlen wurden, der davongekommen ist.« Es war wahrscheinlich nicht klug, ihn zu ärgern. Doch sein Plan hätte schließlich beinahe ihr Ende bedeutet.

»Das wäre eine ziemlich dumme Sache. Ich wollte dir sagen, dass es schade wäre, wenn ich meine weiße Weste für ein anständiges Leben verschwenden würde, und dir vorschlagen, dass wir wieder zusammenarbeiten könnten, wie in alten Zeiten.«

Sie spürte Ricks Blick, sah aber nicht vom Telefon auf. »Die alten Zeiten will ich nicht mehr. Ich will neue Zeiten. Du solltest besser alles vermeiden, was dich in direkten Konflikt mit mir bringen würde.«

»Das Einzige, was ich garantieren kann, Sam, ist, dass du die Tochter deines Vaters bist. Den Pfad der Tugend zu gehen macht vielleicht eine Weile Spaß, doch auf längere Sicht liegt es dir nicht im Blut. Du wirst das bald feststellen.« Er legte auf.

»Er hat Unrecht, das weißt du.« Rick stand auf, ging zu ihr und hockte sich neben sie.

Samantha lächelte ihn dankbar an. »Ich bin froh, dass sich wenigstens einer von uns dessen sicher ist.« Sie räusperte sich. »Verdammt, hätte ich einen Deal mit Interpol laufen gehabt, dann könnte ich mich mit einer neuen Identität zurückziehen, und es würden sich neue Gelegenheiten ergeben, krumme Dinger anzustellen. Ich könnte sogar blond sein.«

»Hörst du auf damit? Ich mag kastanienbraunes Haar. Ich mag dein Haar.« Er zögerte. »Und ich vertraue dir«, sagte er leise. »Da wir gerade von Ruhestand sprechen, welche Perspektiven bietet eigentlich deine neue Geschäftsidee?«

Samantha lächelte ihn an. »Das spielt keine Rolle, ich habe nämlich einen reichen Typ an der Angel.« Sie glitt von ihrem Stuhl auf den Boden und küsste ihn.

Ein reicher Typ und der Anfang eines neuen, aufregenden Kapitels in ihrem Leben. Was konnte schon dabei schiefgehen, wenn eine ehemalige Diebin den Auftrag hatte, gestohlene Kunstwerke wiederzubeschaffen?